기억과 거울

기억과
거울

이재일 지음

어느 인문주의자의 5년 月記

산지니

머리말

몸을 관통하거나 스쳐 갔던 시간들과 고요히 내려앉아 몸에 스민 시간들(기억), 그리고 삶의 현장에서 눈길을 잡아끌었던 현상들(그에 대한 견해)이 오래전부터 언어의 옷을 입혀 달라 보챘다.

다른 바쁜 일이 많아 외면했으나, 그 보챔이 만들어 내는 관념들의 부유(浮遊)로 늘 머릿속이 맑지 못한 느낌이었다.

더는 외면할 수 없어서, 2019년부터 2023년까지 매월 한 편씩 글을 썼다. 글들을 관통하는 콘셉트가 '기억과 현상에 대한 인문적 사색 또는 성찰'이 되도록 줄곧 유념하였다.

한 편의 글을 쓰는 과정은 제목을 정하고, 들어갈 내용을 메모하고, 내용의 배치와 논리를 구상하고, 참고 도서나 자료를 확인하고, 쓰면서 퇴고를 거듭하는 것이었는데, 한 달 동안 어느 한 날이라도 손이나 눈이나 머리 중 적어도 하나는 글을 떠나지 않았던 것 같다.

회계사 업무를 수행하면서 그렇게 60편의 글을 쓰는 일은 결코 쉽지 않았다. 그래서 마지막 글이 완성된 2023년 12월 28일에는 혼자 막걸리 한잔 마시며 한 달에 한 편이라는 약속을 한 번도

5

어기지 않은 스스로를 위로하는 시간을 갖지 않을 수 없었다.

향후 팽창할지 수축할지 알 수 없지만 현재 시점에서 글을 쓴 일에 의미를 부여해 보자면, 철학자 김영민이 『인간의 글쓰기 혹은 글쓰기 너머의 인간』(글항아리, 2020)에서 글쓰기가 생래적으로 자성적(自省的)이며 성숙과 모종의 내연을 맺고 있다 했듯이, 다른 것으로는 가능하지 않았을 사색과 성찰의 과정이었고 그 과정을 통과함으로써 생각이 제법 많이 정돈되고 내면 또한 조금은 야물어진 느낌이 든다.

덧붙이면, 초고를 읽어 본 아이에게서 "아버지가 어떤 사람인지 알게 되었습니다. 여태까지는 아버지를 잘 알지 못했던 셈입니다."라는 말을 들은 점도 아비로서는 적지 않은 의미라고 여긴다.

글을 쓰겠다고 마음먹으면서, 그리고 글을 쓰는 상당한 시간 동안에도 책은 염두에 두지 않았다. 글쓰기가 종반에 접어들면서 간간이 출간을 떠올려 보았을 따름이다.

끝내 출간을 결심한 이유는 글들이 흩어지지 않도록 간수하는 데는 책으로 묶어 두는 것이 가장 좋을 듯했고, 나름 심혈을 기울인 글들인 만큼 출간 과정을 통해 완성도를 높이고 싶었으며, 한편으로는 글들의 내용을 다시금 몸과 마음에 새겨 넣고도 싶었기 때문이다. 부끄러움 무릅쓰기가 난감하긴 해도 사색과 성찰의 내용을 타인들과 공유하고픈 마음이 적잖이 작용한 것도 이유이겠다.

책의 표제에서 '거울'은 성찰의 은유이다. 성찰은 도덕의 냄새를 풍긴다는데, 그 냄새를 사람들이 별로 좋아하지 않는 것 같아서이다. 여하튼, 그 표제에 이 책의 콘셉트라고 밝힌 '기억과 현상에 대한 인문적 사색 또는 성찰'의 의미를 담고자 했다.

그리고 여태껏 쉼 없이 인문학을 공부해 왔으니, 자칭 인문주의자라 해도 큰 흉이 되지는 않을 듯하다. 부제(副題)가 정해진 이유이다.

애당초 60편의 글을 쓰면서 맥락 같은 것을 염두에 두지는 않았지만 군데군데 앞의 글이 뒤의 글의 전제가 되는 등의 관계는 있어서 읽기에는 쓴 순서대로가 가장 좋을 듯하나, 편집상의 모양새를 고려하여 네 개의 장을 설정해 주제나 소재 등에서 조금이라도 비슷한 것끼리 배치하는 방식으로 목차를 재편하였다.

그 재편에 따라 글들 사이의 흐름의 관점에서 조금 뒷손질이 필요하지 않을까 싶기도 했지만, 글들이 쓰인 순서가 사후적으로는 나름 어느 정도 정합성을 갖추고 있는 것으로 판단되어 실행하지 않았다. 그런 이유로 목차대로 읽다 보면 약간 껄끄러운 부분이 없지도 않을 것 같아(그러나 읽기에 별 지장은 없지 싶다), 참고용으로 쓴 순서대로의 목록을 부록으로 붙인다.

계획한 대로 글쓰기를 마칠 수 있었던 데는 오랜 벗 자경(自鏡)이 훌륭한 고수(鼓手)가 되어 준 덕분이 크다. 그러지 않았다면 어쭙잖은 소리꾼의 완창은 어려웠으리라.

졸고를 거듭 읽고 요긴한 조언을 건네주신 정출헌 부산대학교 명예교수님, 편지에 동봉한 몇 편의 초고에 성원을 보내며 출판을 권유하신 고등학교에서 국어를 가르치던 최성두 선생님께도 고마운 마음을 전하지 않을 수 없다.

어지러웠을 원고를 어엿한 책으로 빚어 준 산지니 출판사의 강수걸 대표님과 이선화 편집자에게는 큰 빚을 졌다.

이 책을 독서의 대상으로 선택하시는 독자 제현(諸賢)께도 미리 감사드린다. 그분들의 삶에 조금이나마 도움이 된다면 저자로서 더할 나위 없는 보람이 되겠다.

2024년 가을
이재일

차례

3장 : 현상과 시선의 만남

1장

이성의 다리와 감성의 날개

공부법 세 가지

공부에 일가견이 있다고 말할 수 없는 사람의 공부법 운운(云云)은 언감생심이겠다. 그러나 나름 공부를 해 오면서 느낀, 다시 공부를 한다면 해 보고 싶은 공부법 몇을 말해 보고자 한다.

첫째는 '공중바람 타기'법이다.

어릴 때 고향에서의 겨울 놀이 중 하나는 연날리기였다. 꼬리가 긴 가오리연을 만들어, 자세의 실을 풀면서 다랑이 논둑들을 숨이 차도록 뛰어내리면 연은 서서히 공중바람이 부는 권역(圈域)까지 높이 솟아오른다. 연을 날리는 아이가 바람기를 전혀 느낄 수 없는 때에도 그 권역의 연은 긴 꼬리를 펄럭이며 떠 있는 것이다. 이제 아이는 숨이 차도록 다랑이 논둑을 뛸 필요가 없다. 한 논둑에 자세를 꽂아 두고 그 옆에 누워, 파란 하늘에 조그맣게 떠 있는 연을 올려다보면서 가끔 실을 튕겨 연과 교감만 하면 되는 것이다.

공부도 그러하다. 연소(年少)할 때 치열하게 공부하여 사람과 세계에 대한 통찰력을 아주 높은 단계에 올려 놓으면, 연로(年老)해서는 크게 애쓰지 않아도 처사접물(處事接物)에 원만하여 질곡에 빠질 가능성이 낮을 것이고 독서를 함에도 읽는 대로 순조롭게 이해할 수 있을 것이다.

『논어』에서의 '종심소욕불유구(從心所欲不踰矩)'도 공부가 공중바람을 탄 경계라 하겠다. 그 경계는 결코 수월하게 온 것이 아니다. 공부하는 사람이 지우학(志于學), 이립(而立), 불혹(不惑), 지천명(知天命), 이순(耳順)의 계단을 연 날리는 아이가 다랑이 논둑 뛰듯 거쳐 온 결과인 것이다.*

둘째는 '숙성'법이다.

오래전, 『삼국유사』 원전강독회에 입회하여 3년 만에 완독하였다. 일주일에 하루, 퇴근 후 2시간 강독하였다. 주지하다시피 『삼국유사』에는 일반인의 시각으로 보면 황당무계한 이야기가 아주 많이 실려 있는데, 어떤 때는 그 황당한 이야기가 민간에 회자(膾炙)되는 온갖 귀신 이야기로 가지치기를 하여 진도가 2~3행에 불과하기도 했다. 그럴 때는 참 허탈했다. 분주했던 하루의 업무를 마치고 저녁밥도 먹는 둥 마는 둥 허겁지겁 왔는데, 내가 지금 무슨 짓을 하고 있나 싶었던 것이다. 그런데 완독 후에 생각해 보니, 그 시간은 허비된 것이 아니었다. 그때까지 강독했던 내용들이 숙성되는 데 필요한 시간이었던 것이다.

---

* 「위정(爲政)」편에 보이니, 다음과 같다. "공자 말씀하시길 '나는 열다섯 살에 배움에 뜻을 두었고(志于學), 서른 살에 자립했으며(而立), 마흔 살에 미혹하지 않았고(不惑), 쉰 살에 천명을 알았으며(知天命), 예순 살에 귀가 순해졌고(耳順, 듣는 대로 이해됨), 일흔 살에 마음이 하고자 하는 바를 좇아도(하고 싶은 대로 하여도) 법도를 넘지 않았다(從心所欲不踰矩).'고 하였다."

어느 저명한 예술가가 자기의 예술적 영감의 원천이 『삼국유사』라 한 글을 보고 전적으로 공감했는데, 『삼국유사』가 그 긴 시간 속에서 숙성되지 않았더라면 나 역시 에른스트 카시러(Ernst Cassirer)가 개인의 세계인식의 방식이라던 '상징'을 황당하다며 일축해 버렸을 것이다.

퇴계는 「도산잡영병기(陶山雜詠幷記)」 기문(記文)에서 "책을 읽다 이해되지 않는 부분이 있으면 억지로 이해하려는 대신 일단 덮어 두고는 가끔씩 떠올려 사색하며 저절로 이해되기를 기다린다." 했으니, 그 의미 역시 공부에서의 숙성이라 할 터이다.

숙성의 과정을 거쳐야 공부는 체화되는 것이고, 체화되지 않은 공부는 삶의 구체적 현장에서 힘을 발휘하기가 어려운 법이다.

셋째는 '가시밭길 헤쳐 나가기'법이다.

우리나라 왕조시대에 숱한 학자가 있었지만, 많은 사람이 손꼽는 자로는 화담(서경덕), 퇴계(이황), 남명(조식)을 들 수 있을 것 같다. 그런데 공교롭게도 그 세 사람은 모두 스승 없이 자력으로 학문의 일가를 이루었다. 퇴계의 경우 그렇게 일가를 이룬 후 문하생들에게 "나는 스승 없이 공부하느라 많은 시행착오를 겪었지만 그대들은 그러지 말라." 말하곤 했다. 그런 훈계를 유념하고 또 퇴계 같은 출중한 스승의 가르침을 받았건만, 그 많은 문하생들 중 퇴계를 넘어서는 사람이 없었다. 화담이나 남명의 경우도 마찬가지이다. 화담, 퇴계, 남명과 그들의 문하생들 간 학문적 성취의 차이는 학문으로 나아가는 '다리 힘'의 차이에서 기인한다 하겠는데,

그들 세 사람의 그 다리 힘은 스승 없이 자력으로 학문하는, 그야말로 가시밭길을 헤쳐 나가는 과정에서 획득된 것이라 할 터이다.

공부에서 가장 필요한 것은 돌파력이고, 그러한 힘은 가시밭길을 헤쳐 나가는 과정 없이는 결코 얻어질 수 없는 것이다.

싯다르타가 수행에서의 중도(中道)를 설파했지만, 그 중도의 터득 또한 6년 설산수행이라는 가시밭길을 헤쳐 나간 결과라 할 것이니, 불제자 중 6년 설산수행 같은 극단의 과정 없이 중도의 도리(道理)만으로 대각(大覺)을 이루는 자가 나오기는 어려우리라 생각된다. 싯다르타의 중도 설파는 종점에 다다른 자의 경험이어서, 시점에 선 자에게는 여전히 자신만의 새로운 6년 설산수행이 요구되는 것이 인간의 업식*을 그 소종래(所從來, '거기'서부터 온 '거기')로 하는 세상사의 이치인 것이다.

요즈음 가장 필요한 공부법으로 거론되는 자기주도 학습은 '가시밭길 헤쳐 나가기' 공부법의 현대판이라 할 수 있지 않을까 싶다. 그렇다면 '가시밭길 헤쳐 나가기'법은 공부법의 오래된 미래

---

* 업식은 불교의 용어이다. 나는 불교를 종교로 신봉하지 않지만, 삶이 작동하는 양상에 비추어 볼 때 업식을 아주 타당한 개념으로 인정하고 있다. 그런 만큼 업식은 사람에 대한 이해에 있어서 거의 불가결한 것이라고까지 여긴다. 또 업식은 최근 과학적으로, 심리학적으로도 충분히 설명되고 있는 것 같다. '중생이 다겁생래(多劫生來)로 탐내고[貪] 성내고[瞋] 어리석은[痴] 미혹한 마음에 기인하여 몸[身]과 입[口]과 생각[意]을 발동해서 지었던 바의 과보(果報)로 인해 현재 일어나는 마음의 작용'쯤이 업식에 대한 불교적 해설일 수 있을 것 같다. 뭉뚱그려 말하면 행위(몸)와 말(입)과 생각의 고착된 습관을 업식이라 하겠는데, 다겁생래 같은 말이 비현실적으로 느껴진다면 'DNA를 통해 유전된 성향' 정도로 이해해도 무방하지 싶다. 살아갈수록 우리의 삶은 업식의 작용이자 현현(顯現)인 성격이 다분하다고 생각된다.

(Ancient Future)라 하겠다.

이제, 공부의 목적에 대한 논의로 글을 맺고자 한다. 방법은 목적에 부합해야 하기 때문이다. 공부의 목적은 무엇일까?

근자에 학생들의 학습 동기나 학습 능력의 저하를 우려하는 목소리가 높은데, 그 저하는 학생들이 공부 목적을 정립하지 못했거나 왜곡되게 정립하고 있기 때문이 아닐까 싶다. 무슨 일이든지 고비가 있고 특히나 공부는 결코 쉬운 것이 아닌데, 그 쉽지 않은 일을 하면서 왜 하는지 모른다면 과연 고비를 넘기고 열심일 수 있겠는가? 또, 대부분의 학생은 공부의 목적을 좋은 대학 진학에 두고 있을 것이다. 그래야 좋은 회사 취직하여 사회적으로 성공하고 경제적으로 풍요로울 수 있다고 여기는 것이다. 우리 사회에서 그러한 인과관계가 결코 부인될 수는 없다. 그러나 사회적 성공과 경제적 풍요가 어느 단계를 넘어서면 행복의 다른 말이라 할 '풍성하게 존재하기'와 거의 무관해진다는 실증적 연구들을 접하고 보면 그나마 정립된 학생들의 공부 목적도 왜곡되었다 아니할 수 없을 것 같다. 삶의 목적이 행복이라고 한다면(행복이 삶의 '목적'이 되는지는 철학적 천착이 필요해 보이지만), 공부의 목적도 그러한 궤적 내에서 정립되어야 할 것이다. 나는 공부의 목적이 '삶의 본질'(추상적이긴 하지만)을 직시할 수 있고, 그 본질을 향해 뚜벅뚜벅 나아갈 수 있는 정신적, 육체적 힘을 키우는 것이어야 하리라 생각한다.

공부의 목적이 이렇다면 위의 공부법 세 가지는 그 목적에 여실히 부합한다 할 수 있지 않겠는가? (2019. 3. 27)

원효의 어법에 기대어

요즈음엔 인생이나 역사는 우연의 집적일 뿐 거기에 필연 같은 것이 개재하지는 않는다고 생각하는 편이지만, 내가 원효의 저술을 접한 것으로 보면 우연과 필연을 그렇게만 치부할 수 없을 것 같기도 하다.

고등학교 시절 국사 교과서에서 원효의 저술로『대승기신론소』와『금강삼매경론』등이 있다는 내용을 접하고는 적잖은 충격을 받았다. 원효는 내게 신비한 인물이었고 구체적 시선이 닿을 수 없는 먼 시대의 인물이었는데, 그의 저술이 남아 있다니! 그런데 희한하게도, 그때 막연하게나마 언젠가는 그 저술들을 읽게 되리라는 예감 같은 것이 있었던 듯하다.

그로부터 40년이 흘러, 2010년 초부터 2012년 초까지 오경 스님으로부터『대승기신론』과 그에 대한 원효의『소』및『별기』강의를 청취하는 뜻밖의 기회를 가졌다. 나는 그 강의를 통해 불교철학에 대한 그간의 잘못된 이해들을 수정할 수 있었고, 개인의 마음작용과 세계의 존재방식에 대한 이해를 한층 정밀히 할 수 있었다. 후자(後者)의 한 예가 '아니지만 아니지 않은 것도 아니다.' 같

은 유(類)의 원효의 어법*에 기댄 개인과 세계에 대한 관법(觀法)
이라 할 것이다. 기실 그것은 원효의 어법이라기보다 불교 특유의
사유방식이라 하는 것이 타당하겠다.

그러한 어법에 기대어, 먼저 가족 간 관계를 바라보자.

오래전 마음공부 프로그램에 참여했다. 첫 시간에 참석자들이
자기소개를 하고 프로그램에 참여하게 된 사유를 밝혔는데, 그 사
유 중 압도적 비중을 차지한 것이 사람들과의 관계, 특히 가족 관
계에서 비롯된 마음의 고통이었다.

가족 이외의 사람 관계는 그 갈등이 심대할 경우 극단적이나
마 단절해 버리면 그만이지만, 가족 관계에서는 그러한 선택마저
봉쇄되어 있다 할 터이다. 출구 없는 고통이니 천형(天刑)이라 해
도 무방하겠다.

그런데 가족 관계의 갈등은 그 관계가 절대 남이 아니라고 맹
신하는 데 기인하는 것으로 보인다. 그 맹신으로 인하여 관계에서
의 거리조절이 안 되는 것이고, 거리조절이 안 되다 보니 서로 간
에 주고받은 마음의 상처가 누적되는 것이다.

가족 관계가 절대 남이 아닌가? 현상적으로는 결코 남이 아니
다. 그러나 본질적으로는 또한 남이다. 따라서 가족 관계는 남이
아니지만 남이 아니지 않은 것도 아닌 것이다. 가족 관계의 후자적
(後者的) 측면을 깊이 이해한다면 거리조절이 수월하여 상처를 주

---

*   원효의 『소』 권3에 보이는 '諸法不無而非是有 諸法不有而非都無'가 그 한 예라
      하겠다.

고받는 일도 현저히 감소할 것이다.

그 이해를 돕는 의미에서 영감 가득한 칼릴 지브란의 『예언자』 중 한 부분을 소개한다.

함께 있되 거리를 두라. 그래서 하늘의 바람이 너희 사이를 춤추게 하라.
서로 사랑하라. 그러나 사랑으로 구속하지는 마라. 그보다 너희 혼과 혼의 두 땅 사이에 출렁이는 바다를 두어라.
… 함께 노래하고 춤추며 즐거워하되 서로 혼자 있게 하라.
… 함께 서 있어라. 그러나 너무 가까이 서 있지는 마라. …

가족을 포함한 사람 관계는 그 사이에 바람이 춤추고 바다가 출렁일 적절한 거리를 두어야 하는 것이다. 그 거리 두기의 지침으로 두어 가지를 제안한다. 하나는 '기본적으로는 혼자, 때때로 함께'의 실천이고, 다른 하나는 '서늘한 관계'*의 유념이다.

---

* 이러한 관계를 제안하는 데는 철학자 김영민이 『동무론』(한겨레출판, 2008) 및 『동무와 연인』(한겨레출판, 2008)에서 주장한 내용들이 알게 모르게 많이 참고가 되었지 싶다. 서늘함은 열정의 대척점에 자리하는 것 같지만, 냉정과도 차원이 다르다. 대략적으로 말하자면 담담함에 가깝다고 할까? 흔히 하는 '오는 사람 막지 말고 가는 사람 잡지 말라.'는 말의 뜻과 상통한다고도 하겠다. 조금은 견강부회한다 싶지만, 그런 사람 관계의 예로 왕휘지의 일화를 들 수 있을 것 같다. '큰 눈이 내리는 밤. 왕휘지는 친구 대규가 보고 싶어졌다. 곧장 작은 배를 밤새 저어 대규의 처소에 다다랐다. 그러나 왕휘지는 대문 앞에서 발길을 돌렸다. 까닭을 묻는 사람들에게 왕휘지는 흥이 올라서 온 것이고 이제 흥이 다해서 가는 것이라 답했다.' 마음이 밀물져 오면 알량한 자존심 같은 것을 내세울 것도 없고, 썰물져 가면 굳이 의무감 같은 것에 내몰릴 것도 없는 것이겠다.

다음은 부귀와 명예와 권세 같은 세상의 이권(利權)을 바라보자.

주위에서 가끔 세상 이권 추구의 경쟁에 지친 사람들이 부귀나 명예, 권세 같은 그 이권을 강하게 부정하는 모습을 보게 된다. 그들은 한잔 술의 힘을 빌려 말한다. '부귀, 명예, 권세, 그것들 아무것도 아니야!'

일체개공(一切皆空, 우리가 주로 「반야심경」에서 듣게 되는, 모든 것이 공空하다는 의미)이 진리의 잣대라 할진대, 부귀와 명예와 권세 같은 것이 도대체 무엇이겠는가?

'본체'와 '작용'의 프레임으로 보자면 일체개공은 본체적(本體的) 시각이고,* 그 시각에서 볼 때 세상의 이권은 참으로 아무것도 아닌 것이 맞긴 맞는 것이다.

그러나, 누가 뭐라 해도 인간의 중심적 속성은 욕심 및 욕망과 분별심이라 할 것이어서, 그의 삶의 작용적(作用的) 시각은 사뭇 다르다 하겠다. 욕심 및 욕망이 인간의 속성인 까닭에, 인간 삶의 작용은 자연 세상 이권의 추구가 되는 것이다. 따라서 그러한 삶의 작용은 부인될 수 있는 것이 아니다. 세상의 이권은 아무것도 아닌 것일 수 없는 것이다. 그 예화(例話) 하나를 퇴계의 삶에서 끄집어내어 본다. 그의 문집을 통독해 보면, 퇴계는 확실히 성향상 학문을 좋아했을 뿐 세상 이권은 뜬구름으로 여겼던 것 같다. 그

---

* 사실 본체마저도 일체(一切)에 속하는 것으로서, 공(空) 속으로 함몰된다 할 터이다. 불교에서는 힌두교의 브라흐마 같은 존재가 상정되지 않는 것이다.

래서 퇴계는 출사(出仕)의 관문인 과거에도 별 뜻이 없었건만 집안의 권유로 하는 수 없이 몇 차례 응시하여 연거푸 낙방한 채 우거(寓居)하고 있는데, 하루는 밖에서 누군가 '이 서방!'(요즈음으로 치면 사회적 직함이 없어서 '무슨 무슨 씨'라고 하는 것과 같겠다) 하고 부르는 소리가 들렸다. 퇴계는 자신을 부르는가 싶어 문을 열고 살펴보니, 늙은 종을 찾는 것이었다. 퇴계는 자신이 벼슬이 없어 그러한 욕을 당한다 여기고는 이후 과거에 적극 임했던 것이다.* 퇴계가 세상의 이권을 뜬구름으로 여긴 것은 삶의 일반론적 시각에서이고, 그 구체적 국면에 당하면 세상 이권은 또 결코 뜬구름이 아닌 것이기도 한 것이다. 삶은 일반론적 시각도 요구하고 구체적 국면도 당하게 하는 것이다.

욕심 및 욕망은 그야말로 속성이기에 선(善)과 악(惡)으로의 재단을 허용하지 않는다 하겠고, 한편 삶을 추동하는 측면도 다분하다. 문제는 그 속성을 과도하게 행사하여 세상의 이권 추구가 삶의 수단일 뿐임에도 목적이 되어 버리는 전도(顚倒)에 있다 할 것이다. 그래서 우리는 아침저녁으로 이물(배의 이마)과 고물(배의 꽁무니), 그 중심을 가늠하며 주문처럼 읊조려야 한다. '부귀와 명예와 권세는 아무것도 아니지만 아무것도 아닌 것도 아니다.'라고. (2019. 4. 29)

---

* 『퇴계선생연보 보유(補遺)』 권1(『국역퇴계전서 27』, 퇴계학연구원, 1991)

기심(機心)

『장자』에는 읽다가 책을 잠시 덮고 사색해 보지 않을 수 없는 내용이 적지 않다. 그중 나에게 특히 인상 깊었던 것은 대략 다음의 내용이다.

공자의 제자 자공(子貢)이 길을 가는데, 한 노인이 밭에 물을 주고 있었다. 노인의 물 주기는 수고는 많되 효과는 적어 보였다. 자공이 노인에게 기계(機械)의 이용을 권하자, 노인은 기계를 이용하면 기심(機心)이 생기고 기심에는 도(道)가 깃들이지 못한다며 거부한다.*

기심은 직역하면 '기계에 의존하는 마음' 또는 '기계에 사로잡히는 마음'쯤이 되겠고, 내용 전반을 감안하여 의역하면 순박한 마음과 대치되는, 거짓되고 기교를 추구하는 마음이 되겠다.

직관적으로는 공감되지만, 원시 노동은 선(善)이고 기계 이용은 악(惡)이 되는 노인 말의 논리적 근거는 과연 무엇일까? 아래

---

* 『장자』, 외편, 「천지(天地)」 12장

에서 상세히 설명키로 하고 우선 거칠게 답해 두자면, 기계 이용이 인간스러움을 구축(驅逐, 몰아내다)하기 때문일 터이다. 그렇다면 위 『장자』의 내용은 기계 이용이 핵심인 물질문명이 치성(熾盛)하는 현대사회를 여러 측면으로 비추어 볼 유용한 거울이라 할 것이다.

기계 이용으로 인간스러움이 구축되는 현상을 요즈음 인구에 회자되는 용어로 표현하면 소외라 할 수 있지 않을까 싶다. 나는 소외를 소박하게, '있으되 있지 아니함'으로 정의하고자 한다. 몸은 그 현장에 있으나 마음은 그 현장에서 벗어나 있는 것이다. 예컨대, 경사(慶事)에 참석해도 축하하는 마음이 별로 없고, 조사(弔事)에 참석해도 애도하는 마음이 별로 없다. 공사현장을 보아도 일은 포크레인 혼자 하고, 여타 작업자들은 포크레인의 작업을 지켜보고 있을 뿐인 들러리이다. 공사현장의 예는 기계가 인간의 손과 머리를 무용지물로 만들어 인간 자존을 훼손한 것이며, 견강부회의 혐의를 받을 수 있겠지만 경조사의 예 또한 궁극적으로는 기계 이용에 기인한다 할 것인데, 기계 이용으로 더 분주해져 내면이 황폐화하고 또 기계 이용으로 편리추구형 내지 개인주의형이 되어 이타심이 저감(低減)한 것이다.*

작가 김훈은 육신과 대상의 직접적인 만남을 강조한다. 그래

---

* 매리언 울프도 『다시, 책으로』(어크로스, 2019)에서 공감력 부족과 주의력 분산 등을 디지털 문화의 중요한 특징으로 지목하고 있다.

서 아직도 연필과 지우개로 원고지를 메우는 자신의 행태에 대해 "몸이 글을 밀고 나가는 육체성의 느낌이 좋다"고 말하며, 망치로 나무에 못 박는 소리에 대해 "인간 근육의 힘이 이 세계의 재료들과 직접 부딪치면서 발생하는 것"이라고 선망하며, 언어와 관념에 대해서는 그것이 "몸과 대지가 부딪치고 엉키는 직접성의 세계가 아니"라는 이유로 폄훼하는데,* 그 김훈의 행태와 말들은 소외에 대한 저항이자 인간스러움 회복을 위한 몸부림으로 이해된다.

자연에서의 삶을 추구하는 사람들의 로망이라 할 스콧 니어링은 버몬트에서 메인으로 거소(居所)를 옮긴 후 1,000평이 넘는 연못을 외바퀴수레 · 곡괭이 · 삽 같은 원시적 도구만으로 25년 이상에 걸쳐 조성했는데, 외바퀴수레로 흙을 퍼 나른 횟수가 무려 16,000번이었다고 한다.** 스콧 니어링의 그러한 행위 역시 기계에 의해 인간이 무화(無化)되는 현상에 대한 반기라 하겠다.

독일 태생의 경제사상가 슈마허는 기술 발전에 의해 파괴되는 자연과 소외되는 인간의 문제에 대해 오랜 시간 연구한 결과물로 인간 중심의 경제학을 제창했다.*** 나는 슈마허의 사상에 깊이 공감하였으며, 특히 그가 제안한 '중간기술'에 주목했다. 그는 중간기술을 과거의 유치한 기술보다는 훨씬 우수하지만 부유한 나라의 거대기술보다는 훨씬 소박한 기술이라고 정의했다. 거대기술은 극한으로 발달한 기술일 터인데, 거기에는 인간이 들어설 자리가

FOOTNOTE

* 김훈, 『라면을 끓이며』, 문학동네, 2015.

** 헬렌 니어링 · 스콧 니어링, 윤구병 · 이수영 옮김, 『조화로운 삶의 지속』, 보리, 2002.

*** E. F. 슈마허, 김진욱 옮김, 『작은 것이 아름답다』, 범우사, 1986.

없다. 극한기술과 중간기술의 사이가 인간이 들어설 수 있는 자리인 것이며, 그 자리에서 인간은 근육과 두뇌를 작동하면서 비로소 존재감을 가질 수 있는 것이다. 그렇다면 슈마허의 제안 또한 김훈의 말이나 스콧 니어링의 행위와 다르지 않다고 하겠다. 슈마허는 기계 또는 기술이 인간을 소외시키는 현상을 직시하고는 인간이 중심이어야 한다고 주장한 것이다.

위의 세 사람의 삶이나 주장을 범박(泛博)하게 요약하면, 편리를 거부하고 존재를 지향하는 데에 공통점이 있다 하겠다. 나의 근육으로 밥을 벌고 나의 머리로 세계를 인식함으로써 인간으로서의 자존을 느끼는 것이다. 삶의 목적이 행복이라고 한다면, 상식적으로나 경험적으로 보아 인간 자존에 대한 느낌 없이 행복은 가당치 않다고 할 것이다.

오늘날의 기술발전 속도는 그야말로 광속이며, 그 종착지는 가늠하기조차 어렵다. '저러한 것이 꼭 필요한가?' 싶은 기술이 부지기수이다. 인간의 근육과 머리를 조금만 작동하면 필요도 없을 기술들이 그렇게 출시되는 것은 발전과 자본의 자체적 확대재생산 논리 때문일 터이다. 오늘날의 기술은 그러한 논리에 편승해, 방향성은 불문하고 무서운 속도로 앞으로만 치닫고 있는 것이다.

이제 우리는 그 방향성을 진지하게 물어야 한다. 무엇을 위해 그렇게 많은 인재와 자본과 시간을 투입하여 그 기술이 개발되어야 하는지를! 기준은 두말할 필요도 없이 인간의 행복이어야 할 터인데, 인간 행복의 전제는 인간의 자리 확보일 것이다.

위『장자』의, 밭에 물 주는 노인의 경고로 읽히는 기계 이용으로 구축되는 인간스러움이란 '마음의 부재(不在)'에 다름 아니라 하겠다. 그래서 기계 문명의 극성으로 인간의 마음이 고도로 파편화해 부재하는 듯한 현재에서 저 멀리 장주(莊周)의 시대를 돌아보면, 근본주의적인 면모가 있긴 해도『장자』의 통찰력이 참으로 대단하다는 것을 인정치 않을 수 없다. (2019. 7. 30)

부분과 전체: 맥락으로 읽어야지요

얼마 전 신문에 예술 영화 한 편이 소개되었다. 제목은 〈타오르는 여인의 초상〉. 잠시 의문이었다. 무엇이 타오른단 말인가? 여인일까, 초상일까? 제목으로만 보면(부분) 둘 다 가능하겠으나, 정답은 둘 중 하나일 것이다. 그 정답은 영화를 보고 나면(전체) 대체로 자명해질 터이다.[*]

이런 예는 무수하다. 가령 '영희는 철수와 선생님을 만났다.'라는 문장에서, 영희와 철수가 선생님을 만났다는 것일까, 영희가 철수와 선생님을 만났다는 것일까? 부분으로만 보면 둘 다 가능하여 갑론을박(甲論乙駁)이 끝없을 수 있겠지만, 그 문장이 도출된 상황(맥락)을 보면 그런 논박이 가소로울 정도로 해석은 분명해질 것이다.

일상의 개인 간 대화나 사회적 여론에 있어서도, 맥락으로 읽으면 자동 해결될 갈등이 결코 적지 않다. 문제는 맥락으로 읽는 것이 쉽지 않다는 점이다. 왜냐하면, 사람은 자신이 생각할 수 없

---

[*] 이 경우는 영화를 보기 전이라도 상식의 견지에서 타오르는 것이 여인이기보다는 초상일 가능성이 훨씬 크다고 하겠다. 영화를 보았더니, 역시 그러했다.

는 것은 결코 생각할 수 없기 때문이다. 우물 안의 개구리에게 '너는 지금 우물 안에 있을 뿐이야. 이 우물 밖에는 엄청나게 너른 세계가 있어.'라고 아무리 말해 봐야 소용없을 터, 어쩔 수 없는 우리 인간의 업식(業識) 소산(所産)인 것이다. 요체는 생각 가능한 범위를 확장하고 심화하는 것이겠는데 읽고, 생각하고, 경험하는 등등의 그 방법론에 대한 논의는 다음 기회로 미루자.

여하튼, 그렇게 확장·심화된 시야의 상태에서는 보이는 대로 해석하면 별로 어긋남이 없을 것이다. 나는 노장 퇴계가 당대의 재사(才士)인 신예 율곡에게 평실(平實)한 도리를 좇아 공부하라고 충고한 것*도 그러한 관점으로 이해한다. 시각이 툭 트여 버리면 있는 그대로(平) 실(實)답게 보아 무방할 것이언만 굳이 뒤집어 보고 뜯어 보고 할 것이 없겠는데, 뒤집어 보고 뜯어 보는 사이에 부분에 고착된 시각이 형성되어 어처구니없는 궤변이나 여우 같은 의심이 생성되는 것이다.

나는 이 시야의 '부분과 전체'를 말할 때 곧잘 단추 끼우기를 예로 든다.

단추 A~E와 단추구멍 a~e가 있으면, A는 a에, B는 b에, … E는 e에 끼워야 하지만, 우리는 가끔 한 칸씩 내려 A를 b에, B를 c에 끼워 가다가 마지막 단추 E를 끼울 구멍이 없음을 알고는 아차 하는 것이다. 이런 오류는 A-b, B-c의 부분에 눈을 붙박아서는

---

* 『국역퇴계전서 5』, 퇴계학연구원, 1991.

결코 알아차릴 수 없다. 하나의 단추가 하나의 구멍에 끼워졌는데 무엇이 문제란 말인가. 그러나 머리를 들고 시선을 멀찍이 하여 옷섶 전체를 보면 그 오류가 저절로 드러나는 것이다.

　다음의 율곡 시도 좀 무리하면* 시야의 '부분과 전체'의 소재로 삼을 수 있겠다.

　약초 캐다 갑자기 길을 잃고 보니. 모든 봉우리 단풍에 싸여 있네. 산승이 물 길러 돌아가더니, 숲 끝에 차 끓이는 연기 피어나네.**

　화자(話者)는 약초만 쫓다가 길을 잃었다. 발 앞의 약초를 캐고 머리를 드는데 조금 더 앞에 또 약초가 보인다. 그 약초를 캐면 또 다른 약초가 보인다. 그렇게 발 앞의 약초들을 따르다 길을 한참 벗어나 버렸던 것이다. 나 또한 몇 번 경험했던 바인데, 가끔씩 머리를 들어 산 전체를 가늠하고, 내 위치의 '부분'을 그 '전체'와 유기적으로 인식해야 했던 것이다.

　전체를 보지 못하고 부분에 천착하는 것은 기실 사유력의 문제라고도 할 터이다. 그렇다면 우리는 저 유명한 한나 아렌트의 '악의 평범성'을 언급하지 않을 수 없겠다. 아렌트가 전범 재판소

---

*　이 시는 말할 것도 없이 자연몰입의 청취를 읊은 것이고 1행의 길 잃은 것 또한 그 몰입의 메타포이기에, 길 잃음에 대해 시비하는 것은 그야말로 전체를 도외시하고 부분에 집착하는 것이기 때문이다.

**　採藥忽迷路, 千峯秋葉裏. 山僧汲水歸, 林末茶煙起

에서 만나 본 아이히만은 평범하기 짝이 없었다. 그는 주어진 일에 최선을 다했을 뿐이라고 진지하게 항변했다. 그렇다, 그에게는 사유력이 부재했던 것이다. 자기 일(부분)밖에 볼 수 없었고, 그 일이 주변에 대해 갖은 의미(전체)를 인식할 수 없었다. 그래서 그는 나치의 홀로코스트를 그토록 철저하게 집행할 수 있었던 것이리라. 악은 대단한 것이 아니다. 전체에 대한 안목, 즉 해당 사상(事象)의 사회적 · 윤리적 의미에 대한 사유능력이 없으면 부지불식 간에 작동하게 되는 것이다.

그리고, 작금에 목도되는 민주주의 붕괴의 전 세계적 현상에 대해서도 언급하지 않을 수 없겠다. 그 민주정권들은 국민의 선거로 집권했으니 '민주'이기는 하다. 그러나 그 국민이 이미지 또는 감성의 정치, 포퓰리즘, 선전과 선동을 통한 편 가르기, 가짜 뉴스, 음모론 등에 휘둘려 올바른 판단을 한 것이 아니라면 무늬만 민주라 해도 무방할 터이다. 무늬만 민주는 국민이 정치적 주장과 현상의 의미를, 전체망으로 판단할 사유력이 부족한 데 기인하거나, 국가의 미래가 아닌 나의 현재 차원에서 수용해 버리는 윤리적 의지박약의 소산이라 하겠다. 따라서 국민의 사유능력과 윤리의지가 증강하지 않으면 민주주의 붕괴 현상은 결코 개선되지 않을 것이다.*

---

*   매리언 울프도 민주주의를 위협하는 것은 지적 능력의 부족이라고 경고했다. 읽기와 사유를 통한 비판적 사고와 성찰 능력이 공존의 토대인 집단 양심을 키워 민주적 기반을 마련한다는 것이다.(『다시, 책으로』, 어크로스, 2019)

세계를 맥락으로 읽기는 서책을 문맥으로 읽기와 다르지 않아 보인다. 글을 읽음에, 나무로 치자면 몸체와 가지와 잎을 구분하지 못하는 사람을 종종 보게 된다. 그런 사람은 사회 현상, 즉 세계를 맥락으로 읽는 데에도 서툴다 보아 무방할 터이다. 글을 읽으면서 그 몸체, 가지, 잎을 구분하지 못하는 예의 하나가 '단장취의(斷章取義)' 아닌가 싶다. 글자 그대로 전체가 아닌 부분만 잘라서 뜻을 취하는 것이다. 전체로 보면 뜻이 분명 X이지만, 어느 한 부분에 한정하면 그 뜻이 X와 부합하지 않거나 심지어 상반(相反)할 수도 있는 경우를 글을 읽으면서 가끔 만난다. 그러면 그 부분의 뜻은 X를 강조하기 위한 반의(反意) 등으로 이해해야 할 터이다. 그것도 아니라면 작자(作者)가 글을 잘못 쓴 것이겠다. 이 단장취의는 그야말로 손가락과 달을 구분하지 못하는 것과 비슷하다 여겨진다. 어쨌거나, 글의 몸체와 가지와 잎을 구분하지 못하는 사람은 비판적 사고력 또한 결여되었다 해도 별로 틀리지 않을 것 같다. 흔히 시각의 문제와 관련하여 옳고 그름[是非]으로 따질 바 아니라 다름으로 이해해야 한다 하나, 그 다름으로의 이해도 맥락으로 읽은 사람들 간의 일이고 맥락으로 읽지 못하고 단장(斷章)하여 취의(取義)하는 사람은 단호하게 그름으로 규정하지 않을 수 없지 싶다. (2020. 3. 31)

무엇을, 어떻게 읽을 것인가?

독서의 중요성 또는 효용성 등에 대한 논설은 이미 부지기수 (不知其數)이다. 그러니 여전히 독서량의 부족을 절감하고 있는 내가 그에 대해 언급하는 것은 적절하지도 않거니와, 그 언급이 일반론적인 것이라면 쓰는 나 자신에게나 읽는 타인에게나 시간 낭비에 지나지 않을 터이다.

여기서는 그간의 독서 과정에서 체득한 문제의식을 바탕으로, 무엇을 읽어야 하는가와 어떻게 읽어야 하는가에 대해 좀 특수한 측면으로 언급해 보고자 한다.

무엇을 읽을 것인가?

사회생활을 하면 많은 사람을 만나고 대화하게 된다. 나의 경우 그 만남과 대화에서 몇 가지 주목되는 현상이 있었는데, 우선 그중 일부를 소개하는 것으로써 논의를 전개한다.

하나는 상고나 공고를 졸업하고 취업전선에 뛰어들어 일정한 성공을 거둔 사람들에게서 보이는 현실 지상주의이다. 그들은 한창 감수성 예민한 시기에 비현실을 사유해 볼 계기를 가질 수 없었다. 그 시기 그들에게는 생계 해결 등 현실의 기본적 욕구 충족이 급선무였던 것이다. 그러한 생활 및 사유 패턴이 고착되어, 그들의 관심은 현실에 완강하게 붙박인다. 현실적이지 못한 것은 철없는 것, 세상 모르는 것이 되며, 현실 너머는 도대체 부재한 것이다.

또 하나는 대학도 졸업하고 독서 등 상당한 지적 연마도 거친 사람들에게서 보이는 합리 또는 이성 지상주의이다. 그들은 전자와는 달리 현실에의 완강성이 두드러지지는 않으나, 비현실적인 것에 대해서는 비합리적인 것이라 단정하며, 시선 역시 현실 너머로 향하지는 못한다.

거만하게 들릴지 몰라도, 나는 그들 모두에게서 무언가 답답증 같은 것을 느끼곤 한다. 삶에는 현실만 존재하는 것이 아니다. 삶이 합리로만 설명되지 않는 점이 그 증거일 터이다. 따라서 삶에서 비현실적이거나 현실 너머의 세계를 인지하고 감각할 수 없다면, 그 삶은 온전하다 할 수 없겠다. 삶은 몽롱함(비현실)에 머물 때도 있어야 하며, 초월(현실 너머)을 지향하는 측면도 있어야 한다는 것인데, 나는 그 유력한 통로가 문학과 예술이라고 생각한다. 그래서 이번 글에서 읽을 대상으로 문학, 그중에서도 시와 소설을 지목하는 것이다.

같은 인문학의 범주라 해도 역사, 철학, 종교가 머리의 일(이성)이라 하면 시와 소설은 가슴의 일(감성)이라 할 수 있겠는데, 나는 머리에 비해 가슴이 훨씬 중요하며 머리와 가슴의 거리는 실로

까마득하여 머리는 가슴의 일을 잘 알지 못한다고 생각한다.* 그
러니, 감성을 단련하는 것이 급선무라 하겠다.

대부분의 사람은 소설을 '잡문 나부랭이'로 폄훼하고, 시간을
때우기 위해 소설을 읽는다. 나는 그러한 행태가 소설에 대한 인식
부족에 기인한다고 여긴다.

전 대법관 김영란은 자칭 책 중독자인데, 주로 소설을 읽는다
고 한다. 그녀는 자신의 그러한 책 읽기를 쓸모없는 책 읽기라 하
고는 그 쓸모없는 책 읽기의 쓸모에 대해 조곤조곤 들려주는데,**
자신의 삶을 풍요롭게 해 준 것이 그 쓸모란 것이었다. 삶의 풍요
는 가슴의 일과 다른 것이 아닐 터여서,*** 나는 그녀의 독서론에 기
꺼이 동의한다.

소설 읽기가 삶을 풍요롭게 해 준다면 대체로 상상, 공감(이
해), 체험의 바탕이 되기 때문이 아닐까 싶다. 소설을 읽으면 배경
이나 인물 등을 상상하게 되는데, 이 상상력의 증장(增長)으로 인
해 우리의 내면은 훨씬 다채로울 수 있고**** 우리는 보다 용이하게

---

* 이러한 머리와 가슴, 또는 이성과 감성의 관계에 대해서는 주지하다시피 일찍이
헤르만 헤세가 『나르치스와 골드문트』에서 심도 있게 사유한 바 있다.
** 김영란, 『김영란의 책 읽기의 쓸모』, 창비, 2016.
*** 어느 문학 교수는 '좋은 책은 굳어진 나를 출렁이게 한다.'고 하던데, 그러한 출
렁임이 가슴의 일, 삶의 풍요가 아니고 무엇이랴.
**** 엄마 품에 안겨 엄마가 동화책 읽어 주는 소리를 듣다가, 또는 할머니 품에 안
겨 할머니가 옛날이야기 들려주는 소리를 듣다가 잠이 드는 아기의 안온한 내
면을 생각해 보면, 서사(敍事)가 불러일으키는 상상이 우리의 가슴에 얼마나 다
양한 색채를 드리우는지 짐작할 수 있겠다.

세계를 구조적으로 파악할 수 있는 것이다. 소설을 정독(경청)하게 되면 등장인물의 이해할 수 없을 것 같은 마음도 공감할 수 있게 되는데, 이 공감력은 특히 요긴하다. 이 시대의 위중한 병폐는 타인의 고통에 공감하지 못하는 것이기 때문이다. 소설은 다양한 삶을 체계적이고 농밀하게 체험케 한다. 이러한 소설적 체험은 곧 폭넓은 삶의 간접 경험으로서, 우리는 이를 통해 사람과 세계에 대한 보다 온전한 이해가 가능할 터이다. 따라서 상상, 공감, 체험은 인간다움에 불가결한 요소들이라 하겠다.

소설 읽기와 관련하여 꼭 언급하고 싶은 것은 허구성의 문제이다. 소설에 대한 부정적 시각은 허구라는 점 때문일 터인데, 나 역시 오래전 소설 읽기에 몰입하다가도 문득 '결국 허구인걸.'이라는 생각이 들면 힘이 쭉 빠지곤 했다. 그런데 '사실'이라 하더라도 그것이 흘러가 버린 일이라면 '개연성 가진 허구'와 무엇이 다르겠는가? 나아가, 역설적이게도 허구가 개연성을 가지는 한 사실보다 더 진실할 수 있음에랴!

시를 읽어야 하는 이유를 말하기 전에, 질문 하나를 던져 본다. 동일한 대상을 시(운문)로 읊은 것과 산문으로 서술한 것 간의 차이는 무엇일까? 정지용의 시 「향수」의 내용을 산문으로 서술했다면 어땠을까를 짐작해 보면, 답이 좀 쉽게 떠오를 수 있을 것 같다. 아마도 고향 그리는 정조(情調)의 소환력이 훨씬 덜하지 않았을까 싶다. 그렇다면 시의 강한 정조 소환력은 어디에 연유하는 것일까? 나는 비유, 상징, 함축, 리듬 같은 것이라고 여기는데, 이들은 시의 요소 또는 속성인 것이다. 이들로 인해 독자의 감화는 증폭된다. 그러한 감화의 증폭 역시 가슴의 일이겠는데, 옛사람들도 그것을 정확히 간파하고 있었던 모양이다. 주자는 『시경집전(詩經集傳)』 서문(序文)에서 "말로써 다할 수 없어 자차(咨嗟, 탄식함 또는 감탄함)하고 영탄(詠歎)하는 나머지에 발(發)하는 것이 시"라고 했던 것이다.*

감화의 증폭은 확실히 대상에 대한 감각적 개오(開悟)를 수반한다 하겠다. 이는 이성적 인식과는 다르다. 감각적 개오가 체험이라면 이성적 인식은 지식(심지어는 정보)일 터이다. 여러 예술 장르 중 특히 시나 그림은 소위 '낯설게 하기'를 통해 일상적 문법에서 벗어나 색다른 시각으로 대상을 바라보게 하는 측면이 있다.** 그렇게 바라보는 시선은 이성이 아닌 감각의 영역이며, 그 끝자락은 개오로 연결된다는 것이다.

한편, 시는 언어의 질감(質感) 및 양감(量感)에 아주 민감한 장르이다. 우리는 시를 읽음으로써 언어에 대한 그러한 감각을 키울 수 있을 터인데, 언어는 사유를 담는 그릇이기도 하다. 꽃을 꽂으려면 화병이 있어야 하고 막걸리를 부으려면 사발이 있어야 하듯, 풍부한 사유를 담기 위해서는 다양한 질감과 양감의 언어가 구비되지 않으면 안 된다. 그 언어에 대한 감각 및 언어의 다양성은 사

---

* 言之所不能盡而發於咨嗟詠歎之餘者 必有自然之音響節族而不能已焉 此詩之所以作也

** 나는 시로는 서정주의 「화사(花蛇)」와 「영산홍」, 그림으로는 유영국의 산을 모티브로 한 추상화를 통해 여러 차례 그러한 측면을 강하게 느꼈다. 대상의 그 흐릿한 경계가 어쩌면 삶과 세계의 실상일지도 모르겠다.

유세계의 차원(次元)을 규정하는 것으로서,* 시 읽기를 통해 가장
잘 보증된다 하겠다.

"시는 치욕의 강을 건너는 다리 같은 것"**이라는 점도 꼭 기억
해야 하리라.

어떻게 읽을 것인가?

정독(精讀)해야 한다.

사실 짧은 시간에 최대한의 정보를 습득해야 하는 것이 아니
라면 책을 빨리 읽을 필요는 없다. 더구나 독서의 목적 중 하나가
성찰이라면, 속독은 결코 그와 양립할 수 있는 것이 못 된다. 그리
고 작가마다 글의 맛이 달라, 그 음미까지 가능해야 제대로 된 독
서일 것이므로, 정독은 양보할 수 없는 독서법이라 하겠다. 정독하
면 작가의 음성과 어투, 심지어 호흡까지 느껴지는데, 독서는 그렇
게 작가와 함께하는 여정이어야 할 것이다.

---

*   신문에 실렸던 김영민 교수(서울대 정치외교학부)의 글 중에 언어의 의미에 대
해 나의 생각과 유사한 내용이 있어 무척 반가웠다. 언어의 의미의 정곡을 찌
르는 그 내용을 대략 요약하면 다음과 같다. '자신의 독특한 경험에 맞는 섬세
한 언어로 자신의 경험을 포착하지 않으면, 그 경험은 사라지고 그만큼 자신의
삶도 망실된다. 섬세한 언어는 사회적 삶에도 중요한데, 삶은 거칠게 일반화해
도 좋을 만큼 단순하지 않다. 섬세한 언어야말로 자신의 정신을 진전시킬 쇄빙
선이다. 그 쇄빙선을 잘 운용한다면 물리적인 세계는 불변이라도 자신이 체험
하는 우주는 확장할 수 있으며, 메타적인 이해마저 더한다면 그 우주는 입체적
으로 변할 것이다. 섬세한 언어에 대한 공부를 고무하지 않는 사회에서 명철함
과 공동체 의식을 갖춘 시민을 기대하는 것은 사막에서 수재민 찾기일 뿐이다.'
(〈중앙일보〉, 2019.11.2.)

**   신문에 소개된 최영미 시인의 말이다.(〈매일경제〉, 2020.2.11.) 시를 쓰고 읽어
야 할 이유로 이같이 적확한 말이 다시 있을까 싶다.

완독(完讀)해야 한다.

이는 독서의 습관과 관련된 권유이다. 영상과 비교하면 책은 확실히 인지적 인내력을 요구한다 하겠다. 별로 읽을 가치 없는 책에 대해 완독을 고집하는 것은 바람직하지 않으므로, 우선은 읽을 책 선정에서 신중을 기해야 할 것이고,* 그렇게 선정한 책이라면 완독해야 한다. 선정하면 완독하고, 또 선정하면 완독하기를 되풀이하면 인지적 인내력이 구비되는 것이다. 사실 고급한 사유가 담긴 책은 독파가 쉽지 않은데, 어렵다고 중도 폐지하길 버릇하면 고급한 사유에 젖어 볼 기회 만나기는 어려울 터이다.

재독(再讀)해야 한다.

독서에 있어서는 1+1이 2가 아니라 적어도 4, 5쯤 되는 것 같다. 양서(良書)를 한 번 읽고 말아서는 안 되는 이유이다. 여기서도 두 번 이상 읽을 가치 있는 책 선정을 강조하지 않을 수 없겠다. 그리고, 양서라도 짧은 기간에 여러 차례 읽는 것은 말리고 싶다. 읽기와 읽기 사이에 새로운 시각이 작동하기 쉽지 않을 것이며, 처음 읽은 다음 상당한 시간 동안 삶 속에서 그 내용이 되새김질된 연후에 다시 읽으면 그 재독의 의미는 증폭될 것이기 때문이다. 양서를 나이 들어 가면서 재독, 삼독하며 그 나이에 걸맞게 이해와 감상을 새로이 하는 것도 삶의 큰 낙(樂)일 터이다.

이해되면 그만, 굳이 기억할 필요는 없겠다.

많은 사람이 책을 읽고 돌아서면 기억나는 것이 없다며 한탄

---

* 완독의 방도로, '책 선정에 신중 기하기' 이외에 '집은 책 끝내기 전 다른 책 시작 않기'도 제시하고 싶다.

한다. 나 또한 그런 경우가 있지만 한탄하지는 않는다. 읽으면서 이해했다면 이미 내 의식 범주에 들어왔을 터, 그것으로도 족하다고 여기기 때문이다. 오랫동안 기억하기까지 한다면 더할 나위 없겠지만, 그렇게 내 의식에 합류되었다면 내 사고와 행위에 어떻게든 긍정적 작용을 할 터이다. 좀 반어적으로 말하면, 이해만 하고 기억을 못 하는 것이 현학을 과시하는 죄를 범할 기회가 차단되는 측면도 없지 않다 하겠다.

감상도 쓰면 좋겠다.

나는 언제부터인가 책을 다 읽고 난 후 책 마지막의 백지에 간략히 감상을 쓰고 있다. 생각 같아서는 제대로 된 감상을 쓰고 싶지만, 그럴 여유까지는 없는 것이다. 여하튼, 그렇게라도 감상을 쓰니 읽은 내용을 되새기면서 전체적으로 조망할 수 있어 좋다. 좀 여유를 가지게 되면, 읽은 내용 중 특히 인상적인 부분을 중심으로 하여 내 생각을 연면(連綿)하는 식의 감상을 써 보고 싶다.

시 읽는 법에 대해서는 달리 언급할 필요가 있다.

시의 독법(讀法)으로는 '몇 번 소리 내어 읽어보면 좋겠다. 의미를 생각하지 말고 시어가 이끄는 분위기 대로 따라가 봤으면 좋겠다. 시는 의미를 저장하는 창고가 아니다.'라고 한 안도현 시인의 제언이 참으로 적절하다 여겨진다.* 시는 의미 저장고가 아니니

---

* 오래전 지인의 추천으로 김기택의 시집(『갈라진다 갈라진다』, 문학과지성사, 2012)을 읽게 되었다. 한 행 한 행 뜯듯이 읽으며 이해하려 하니 가능한 일이 아니었다. 논리적 이해가 허용되지 않았던 것이다. 몇 차례의 시도가 무산된 후, 숙고 끝에 방법을 바꾸었다. '이해하려 하지 말고 대략적인 느낌만 받아들이면서 읽어 보자.'는 것이었다. 그렇게 여러 번 읽으니 비로소 시가 느낌으로 다가

의미에 천착하지 말아야 할 것이며, 시어 분위기를 따라 시와 함께 흘러야 하리라.

나이가 근 60이고 보니, 노후를 어떻게 보낼 것인가 하는 문제를 자주 생각하게 되고 주위 은퇴자들의 삶을 유심히 바라보게 된다. 그 생각하고 바라본 결과는, 어느 정도 취향에 맞기만 하다면 독서가 노후 생활의 중요한 부분을 차지하는 것이 아주 바람직하지 않을까 싶다는 것이다.

남들과 어울려 정제되지 않은 대화 나누어 봤자 시간과 돈 낭비에다 구업(口業) 짓기 일쑤일 터이고, '관계'라는 것도 성찰이 전제되어야 바람직하게 유지될 터이기 때문이다. '입은 닫고 귀는 열라.'는 노인들에 대한 당부도 독서를 통해 어느 정도 구현될 수 있을 것 같다. 독서는 타자의 말에 귀 기울이는 행위이며, 자신의 무지를 깨닫는 계기일 수 있기 때문이다. 여하튼, 독서를 하면 노년이 좀 차분해지고 맑아질 듯하다. (2020. 5. 31)

왔다. 그 후 위의 안도현 시인의 제언을 접하고는, '아, 시란 그렇게 읽는 것이구나.' 깨달았던 것이다.

잘 배우는 사람

　사람은 윤리 · 도덕, 지식, 처세 등의 면에서 거의 무(無)인 상태로 태어난다. 자라면서, 또 살아가면서 그것들을 배운다. 그것들이 없으면 삶이 영위될 수 없기에, '배움'은 수없이 강조되고 있는 중차대(重且大)한 문제인 것이다.

　아이가 어렸으니, 아마도 내 나이 30대 중반이 채 되지 않았을 때였던 모양이다. 아내의 어깨너머로 원불교 전적을 흘깃거리다가 마음에 와닿는 구절들이 있어서, 작심(作心)하고 전부를 정독해 보았다. 그 결과, 살면서 준적(準的)으로 삼을 만한 내용 몇을 만날 수 있었다. 그중 하나가 '배울 줄 모르는 사람을 잘 배우는 사람으로 돌리자.'이다. 대부분의 사람이 잘 배울 줄 모른다는 사실을 전제하고 이제부터는 잘 배우는 사람이 되자고 결심해 보라는 권유로 이해되었다. 그때까지만 해도 '잘 배운다'는 것에 대해 유념한 적이 없었던 것 같은데, 이후 한동안 '잘 배우는 사람'은 일종의 화두가 되어 나의 배움은 어떠한지도 찬찬히 들여다볼 수 있었으며, 오늘날까지 잘 배우는지의 여부는 사람 평가에 있어서 중요한 척도의 하나로 작용하고 있다.

　사람 평가에서 잘 배우는지의 여부가 중요한 척도로 작용할 수 있는 이유는, 외적 성취에서는 말할 것도 없고 내적 성장에 있어서도 배울 줄 모르는 사람은 진전이 늘 그 자리이거나 아주 더딘 반면 잘 배우는 사람은 가속도가 붙어 일취월장(日就月將)하기 때문이다.

주위를 보건대, 배울 줄 모르는 사람과 잘 배우는 사람 간의 차이는 하심(下心)에 달린 것 같다. 자기를 낮출 수 있어야 잘 배울 수 있다는 것이다. 내가 저 사람보다는 우월하다고 여기면서 저 사람에게 내 부족한 부분을 배우는 것은 쉽지 않은 일이다. 하나 마나 한 말이지만, 배움은 '나의 우월'에 집착하면 불가능하고 '내 부족'에 집중할 수 있어야 가능한 것이다.

그런데 우월감이라는 것도 상당히 다기(多岐)한 입체적 감정이어서 평면적으로 보아 넘길 것이 결코 아니라 생각된다. 배움에 나아가기를 거부하는 우월감은 기실 열등감의 다른 측면인 경우가 대부분이어서 우월감은 열등감에 대한 방어기제라 할 터, 열등감은 내가 잘났다고 여기고 싶은 마음이 입은 상처이고 나는 그 상처를 인정하고 싶지 않거나 숨기려고 우월을 고집한다는 것이다. 따라서 배움에 즈음하여 나의, 또는 남의 거만한 우월감을 본다면 그 밑바닥의 뒤틀린 열등감까지 투시할 수 있어야 나의 배움은 나아갈 수 있고 남의 배움 또한 비난하지 않을 수 있지 않을까 싶다.

나는 하심의 정도가 상당 부분 생래적(生來的)이라고 여기는 편인데, 잘 배우는지의 여부가 성취와 성장에 그토록 영향을 미친다면 생래적으로 하심하지 못하다 하여 손 놓고 있어서도 아니 될 터이다. 하심을 후천적 습관으로써라도 만들어야 하리라는 것이다. 사실 삶의 도정(道程)에서 자기와 세계에 대해 어느 정도 통찰력을 확보한 사람이라면 내가 별것 아닌 존재라는 점을 인정하기가 아주 어렵지는 않을 듯하다.

수년 전, 한학자 성백효 선생이 서울대학교 졸업식에 축사자로 초청받았다. 선생은 시골에서 농업을 하며 한학을 공부한 사람이라 정규교육을 받지 못했지만, 한문 고전의 번역에 있어서는 특출하다고 나는 생각한다. 서울대학교에서 정규교육 졸업장도 없는 사람을 졸업 축사자로 초청한 자체가 이례적이어서, 당시 신문들에 특필(特筆)되었다. 축사에서 선생은 『주역』의 겸(謙)괘를 거론하면서 겸손을 강조하였다. 겸손은 하심에 다름 아니라 할 터인지라, 평소 하심 부족을 절감하던 나로서는 신문의 기사를 유심히 읽었던 기억이 지금도 선명하다.

가만히 생각해 보면, 자기를 드러내고자 하는 마음(자랑)은 인지상정(人之常情)인 것 같다. 그렇다면 겸손은 자연스러운 감정이 아니라 하겠다. 그럼에도 자기를 드러내고자 하는 마음을 억눌러야 하는 이유는, 남으로 하여금 내게 부러움을 느끼게 해서 좋을 일이 없기 때문이다. 부러움을 느끼게 하는 것은 박탈감을 안겨 주는 것이기도 하기에 공업중생(共業衆生)으로서 삼가고 각별히 조심해야 할 처신이며, 부러움의 상당 부분은 시기심이기도 하므로 애써 부정한 기운을 자초할 필요가 없는 것이다. 겸(謙)괘의 〈단전(彖傳)〉에서도 가득 찬 것을 하늘의 도(道)는 이지러지게 하고 땅의 도는 변하게 하고 귀신의 도는 해롭게 하고 사람의 도는 미워한다 하였으니, 이 어찌 내가 드러낸 바의 가득 찬 것을 상하게 할 부정한 기운의 자초가 아니겠는가.

기한(飢寒)을 면하고 도심(道心)을 발현하기가 어렵듯이, 부귀하면서 겸손하기는 참으로 어렵다. 그래서 겸손에는 인위적인 노력이 필요한 것이다. 그 노력 중 하나가 옛사람들이 자호(自號)에 '우(愚)'자를 많이 쓴 것이 아닐까 싶고, 화광동진(和光同塵)에서 '화광(和光)'도 겸손에의 주문일 터이다.

배움에 대한 강조는 『논어』 전체에 산재(散在)한데, 그중 한 구절에 대한 언급으로써 글을 맺을까 한다. "生而知之者 上也, 學而知之者 次也, 困而學之 又其次也, 困而不學 民斯爲下矣."(「계씨(季氏)」편, '나면서 아는 자가 최상이고, 배워서 아는 자는 그다음이며, 곤경에 처해서야 배우는 자는 또 그다음이고, 곤경에 처하고도 배우지 않는 자는 최하이다.'라는 의미)가 그것이다.

주위를 보면, 나면서부터 아는 사람은 거의 없고, 곤경에 처해서야 배우거나 곤경에 처하고도 배우지 않는 사람이 대부분이며, 소수의 사람만이 곤경에 처하기 전에 배워서 아는 것 같다. 우리들의 현실적 방도는 학이지지(學而知之)와 곤이학지(困而學之)가 아닐까 싶다. 즉, 평소 읽고 보고 듣기를 게을리하지 말며(學而知之), 곤경에 처해서는 복기를 하면서 그 원인을 살피고 다시는 그러지 않도록 마음을 다지는(困而學之) 것이다.

우리는 살아가면서 많은 실수를 한다. 사실 불완전한 인간에 있어서 실수는 불가피한 것이어서, 실수는 삶의 일부라고도 하겠다. 그래서 남의 실수에 대해서는 관대해야 하며, 내 실수에서는 배움으로 연결시키는 노력을 게을리하지 말아야 하는 것이다. 삶의 의미를 자기와 세계에 대한 보다 나은 통찰력 확보에 둔다면, 실수(그로 인한 곤경)야말로 가장 좋은 배움의 기회라 할 터이다. 그것이 곤이학지(困而學之)일진대, 곤이불학(困而不學)은 경계하고 또 경계해야 할 것이다. (2020. 7. 31)

공부의 이력과 공효

공부의 이력

내가 공부의 맛이라 할 만한 것을 어렴풋이나마 처음 느꼈던 시기는 아마도 초등학교 5학년 때이지 싶다. 5학년으로 진급하면서 부산으로의 전학 의사를 밝혔더니, 담임 선생님이 일단 '고전 읽기 경시대회'는 마쳐 놓고 보자며 만류하였다. 당시 나는 경시대회의 우리 학교 대표에 포함되어 있었고, 경시대회는 1학기 말로 예정되어 있었기 때문이다. 그 1학기의 초반 산수 시간에, 선생님이 칠판에 문제를 써 놓고 나에게 나와서 풀어 보라 했다. 나의 풀이는 틀렸고, 선생님은 "이런 문제 틀리면서 부산 가서 어떻게 공부할래."라며 꾸중을 하였다. 부끄러웠고, 오기도 생겼다. 하교하여 집에 도착하는 즉시 비료 포대를 직사각형 되게 잘라 묶어 연습장으로 만들고, 엄마를 졸라 제사 때나 쓰는 양초도 몇 자루 얻어서, 밥상을 펴 놓고 산수책의 문제들을 풀기 시작하였다. 어린 마음에도 고요한 밤, 멀리서 들리는 소쩍새 울음소리, 무언가 보람된 일을 하고 있다는 뿌듯한 느낌 같은 것들이 참 좋았던 듯하다.

비슷한 기억이 또 있다. 중학교 때의 어느 해 늦봄이었다. 물리 과목이 어렵게 느껴졌다. 그냥 두면 안 되겠다 싶었다. 토요일 방

과 후 고향집으로 가서, 일요일 이른 아침 대빗자루 결이 선명하
도록 마당을 쓸고는 물리 문제집을 공부했다. 집 옆 이슬 젖은 대
숲에서는 싱그러운 오이 냄새가 연상되는 비둘기 울음소리가 들
렸고 잘 이해하지 못하던 부분들 대부분이 이해되면서, 지금의 어
휘로 소쇄(瀟灑)나 희열이라 할 감정이 가슴 밑바닥에서 차오르는
것 같았다.

대학입시를 목표로 하던 고등학교 때의 공부에서는 앞서 말한
것 같은 긍정적인 느낌들은 기억에 없으나, 견디는 힘은 확실하게
길렀던 시기였다고 자평할 수 있겠다. 이른 아침부터 늦은 밤까지
냉·난방기도 없는 교실에서 좁은 책상과 딱딱한 걸상에 의지해
공부를 하고 또 했으니 어찌 그렇지 않겠는가. 삶은 범박(汎博)하
게 말해 견뎌 내는 것이라는 사실을 알게 된 지금에 와서 그 당시
를 의미 부여하자면, 하기 싫은 것을 끝까지 해내는 것도 큰 공부
라 해야 하지 않을까 싶다.

대학교 입학 후 해방감에 젖어 1~2년 무질서한 생활을 하면
서 가끔 내면의 소리를 들었다. 그 소리는 '가혹하게 너 자신을 몰
아붙이면서 그 속에서 보람과 희열을 느끼는 삶을 영위하라.'는 유
(類)의 것이었는데, 점점 선명해졌다. 마침 경영학과 재학 중이어
서, 그 소리에 부응해 회계사 시험공부를 시작했다. 신통찮은 재주
보충하느라 치열하게 공부했다. 그때 공부는 인지, 돌파, 자기통제
등의 측면에서 이후 내 삶의 바탕이 된 것 같다.

회계사 생활을 하면서도 독서와 이런저런 공부를 계속하였
다. 서당 공부를 몇 년 한 이력이 있어서 체계적으로 공부해 보자

싶어 한문학과 대학원에 진학하여 9년 만에 박사학위를 받기도 했다. 학위논문을 준비하면서 텍스트를 비판적으로 읽는 안목과 생각을 글로 표현하는 능력을 어느 정도는 기를 수 있었다고 생각된다.

박사학위를 받은 후에는 심리적으로 여유가 느껴져 방송대에 적을 두고 중문학을 2년, 국문학을 2년 공부하였다. 중문학은 한문학 공부를 하면서 필요성을 느꼈던 것이고, 국문학에 대해서는 항상 그리움 같은 정서를 품고 있었기 때문이다.

불교를 종교로 신봉하는 것은 아니지만 그 철학적 내용에 관심이 많아 불교 공부를 꾸준히 했는데, 그 공부는 주역 및 노장(老莊)에 대한 공부와 함께 나의 가치관 또는 세계관 형성에 절대적인 영향을 미쳤다 해도 과언이 아닐 성싶다.

공부에서 얻은 것들

내가 공부를 통해 얻은 것은 과연 무엇일까 곰곰이 생각해 보면 참으로 많은 듯한데, 그중에서 중요한 것은 사유력, 인내력, 자기통제력으로 정리될 수 있겠다.

사유력은 이해력, 논리력, 통찰력으로 세분될 수 있을 것 같다.

먼저 이해력이다. 사유력은 이해력을 기초로 한다고 생각된다. 공부나 독서를 통해 문장들에 대한 이해가 쌓이고 쌓이면 '이해력'이라 이름할 만한 힘이 형성되는데, 그런 이해력이 높아지게 되면 점차 문장이라는 손가락이 가리키는 사람과 세계에 대한 이해도 가능해질 터이다. 한편, 그 이해력은 공감력으로까지 나아가야 하리라. 가슴으로 공감하지 못하는 머리만으로의 이해는 그야말로 간시궐(乾屎橛, 마른 똥막대기)에 불과할 것이기 때문이다. 공감은 이해 없인 불가능하므로, 이해력은 공감력의 필요조건이라고도 하겠다.

다음은 논리력이다. 말과 글은 다르다. 말은 청산유수같이 하면서 주제를 정해 글로 써 보라 하면 한 페이지도 버거워하는 사람이 의외로 많을 듯한 것이 그 증거이겠다. 말과 글이 그렇게 다른 것은 '논리' 때문일 터이다. 논리 없이는 긴 글을 쓸 수 없는데, 논리는 사유의 행로이기도 하여 논리가 없으면 사유가 진행되기 어려운 것이다. 그런 측면에서 이해력을 좀 평면적이라 하자면 논리력은 보다 구조적이라고 할 수 있을 것 같다. 어쨌거나 글은 논리가 생명이므로, 정성 들여 쓴 남의 글을 많이 읽으면 나의 논리가 형성되고 발전하는 것은 당연하다 하겠다.

그다음은 통찰력이다. 통찰력은 안목이 예리하여 대상의 심층이나 이면을 꿰뚫어 보는 능력이라고 할 터인데, 앞서 말한 이해력이 비행기가 활주로를 가속하다 공중으로 날아오른 것과 같이 폭발적으로 증장(增長)한 단계라 할 수 있겠다. 쉽게 말해서 '척 보면 아는 능력'이라 하겠으니, 시골 아이들이 개울에서 물고기를 잡을 때 물고기가 숨어 있을 법한 돌을 한눈에 알아보는 재주 같은 것이다. 그러한 능력은 논리마저 초월하는 직관의 영역일 터이다. 요즈음 나는 통찰력의 가장 여실(如實)한 예가 비슷한 것들에서 다른 점을, 다른 것들에서 비슷한 점을 순식간에 간파해 내는 능력이라 생각하고 있다.

공부는 꾸준함을 요구한다. 무슨 일이든 꾸준히 하는 것은 힘겹다. 힘겨움을 견디는 것이 인내력일 터이다. 공부에는 엉덩이를 의자에 오래 붙이고 있는 육체적 인내력뿐만 아니라 텍스트 내용에 대한 인지를 집요하게 추구해 가는 인지적 인내력도 필요한데, 둘은 동전의 양면과 같은 관계라 하겠다. 인내력이 필요한 공부를 구간 구간 마치고 나면 인내력이 체화될 법하지 않은가? 나의 삶을 돌아보면 다른 재주는 별로 없지만 시작한 것을 중도에 포기하는 경우는 거의 없는데, 그것은 공부를 통해 습득한 인내력에 기인하는 것이 아니겠는가 여긴다. 만약 '인내력'에서 '힘[力]'에 주안점을 부여한다면 인내력은 즉각 '돌파력'으로 전화(轉化)할 듯한데, 삶에는 어쩔 수 없이 이런저런 장애물들이 산재해 있기 마련이어서 돌파력 없이는 삶 자체가 영위되지도 않을 것이다.

공부는 장기전이다. 그러다 보니 공부하는 기간에 상황의 변화와 심리의 기복을 겪지 않을 수 없다. 그 상황이나 심리에 좌지우지되어서는 장기전 완수가 어렵다. 상황 변화와 심리 기복에 의연해야 하는데, 자기통제가 그 역할을 하는 것이다. 공부 중에는 아주 예민해진다. 나는 회계사 시험공부 초창기에 상황의 변화나 심리의 기복에 봉착하면 그것을 해결한 다음에 공부를 속행하려 했다. 그러나 몇 번의 경험을 통해, 예민한 상태에서 문제 해결의 노력은 강박증을 야기하여 노력 자체가 끝없는 망상으로 흐를 뿐이라는 것

을 알게 되었다. 이후 문제가 생기면 나중에 생각하기로 하고 눙쳐
버리곤 했는데, 그 나중이 되고 보면 대부분의 문제는 시간의 여과
를 통해 객관화되어 별 문제도 아니었다. 그렇게 문제에 딸려 들어
가지 않도록 자신을 통제하는 습관은 어느덧 '힘'이라 할 만한 것이
되어 내 삶에 여러모로 긍정적 작용을 하는 것 같다.

공부 공효의 삶(일상)에서의 구현

공부에 대한 논의에 있어서 가장 유념해야 할 바는 공부와 삶
의 괴리 문제가 아닐까 싶다. 나 역시 이 문제로 지금껏 자주 심각
한 자괴감을 품곤 한다. 정말이지 공부는 그 공효(功效)가 삶에서
구현되어야 한다. 아니, 그리되도록 우리는 진지한 노력을 경주해
야 하는 것이다. 그러지 못하면 가성비가 떨어지는, 즉 효율이 낮
은 공부가 되어 버릴 터이다.

고등학교까지를 우수한 성적으로 졸업하고 명문대학을 거쳐
어려운 자격시험이나 고시에 합격한 사람들 중에서도 사회생활을
하면서 직업 관련 외의 공부나 독서를 꾸준히 하는 경우는 드문
것 같다. 반대로 학창시절까지는 루저(loser)였으나 그 이후 느낀
바 있어 공부나 독서를 평생의 반려로 삼는 사람도 적지 않게 본
다. 함부로 말할 바는 아니지만, 공부 공효의 삶에서의 구현의 관
점에서 나는 후자가 훨씬 바람직하다고 믿는다.

쉽게 말해서 우리가 그렇게 많은 시간과 노력을 투입해 공부
를 하는 이유는 삶을 잘 영위하기 위함일 터이다. 거기에는 경제력
과 사회적 지위 같은 것도 포함되겠지만, 나는 그런 것에 큰 비중

을 부여할 필요가 없다고 생각한다. 경제력과 사회적 지위를 갖추고도 삶을 권태롭게 여기며 삶에서 의미와 보람을 추구하지 못하는 사람이 얼마나 많던가.

삶은 장거리 여정(旅程. 삶이 경주여서는 곤란하다)이다. 타고난 재능으로 초반에 잘 나아가다가 곧 퍼져 버리면 그 재능도 별 소용이 없다. 장거리인 만큼 삶에는 장애물이 비일비재하고, 우리는 숙명처럼 그 장애물 앞에서 눈물을 흘리거나 한숨을 쉬어야 한다. 그럼에도 자기 페이스를 크게 잃지 않고 그 여정을 완수해 낼 수 있는 힘이 나는 공부의 궁극적 공효라고 믿는다.

주위만 보아도 수단이라 할 공부까지는 잘했는데, 정작 목적인 그 공효에는 미달하는 사람이 아주 많다. 그 안타까운 현상 이면에는 입시제도의 문제도 크게 자리할 터이다. 재미 느낄 겨를도 없이 공부를 죽기 살기식으로 하면, 대학에 입학하고 또는 자격시험이나 고시에 합격하고는 공부를 지긋지긋해하며 책이라면 쳐다보기도 싫어하게 되는 것이다. 그러나 나의 경우 천만다행으로 사회생활을 하면서도 공부와 독서를 게을리하지 않을 수 있었다. 명확하지 않아도 짚이는 이유가 몇 있기는 하다. 사회가 부여하는 가치에 별 매력을 느낄 수 없었고 그러다 보니 사회생활이 피곤하였는데 그 도피처가 공부와 독서였다는 점, 나고 자란 터전이었던 척박한 산골에서의 문화이기도 했던 '고난을 무던히 여기고 몸을 부지런히 움직이는 태도' 같은 것이 삶의 페이스를 어느 정도 일정하게 유지할 수 있는 힘으로 작용했다는 점 등이 그것일 것 같다.

참, 수명은 길어지고 은퇴는 빨라져 친구들 대부분이 퇴직하여 마땅한 소일거리 없고 모아 놓은 자금 부족하다며 여생을 막막하게 여기는 요즈음, 정년이니 퇴직이니 하는 걱정 없이 골머리를 종종 싸매기는 해도 나름 보람과 재미를 느끼며 현업(現業)에 종사할 수 있는 형편도 나의 공부 공효 중 하나일 수 있지 않을까 생각해 보곤 한다. (2023. 1. 28)

5월

5월이 되더니 어김없이 아카시아가 꽃을 피웠고, 그 향기를 따른 듯 꾀꼬리도 돌아왔다. 연이어 송화가 흩날렸으며, 뻐꾸기 역시 돌아왔다. 숲의 색조도 곧 6월이면 약간은 두꺼운 질감의 유화적 느낌이겠지만, 아직은 그런대로 수채화 느낌이다.

그렇게 향기와 소리와 분위기와 색조가 참으로 아름다운 것이, 가히 계절의 여왕이라 하겠다.

수많은 꽃 중에서 그 향기가 가장 황홀한 것은 아마도 아카시아꽃과 라일락꽃이 아닐까 싶다.

아카시아꽃 향기의 황홀감은 가요 〈과수원길〉에서 유감없이 표현되고 있어, 사족(蛇足)을 면치 못하겠지만 그래도 부연해 보련다. '그 옛날 동구 밖 과수원길에는 아카시아꽃이 하얗게 피었었다. 그 향기 5월의 실바람 타고 코끝에 와닿고, 5월만큼이나 풋풋한 젊은 남녀 손 맞잡고 그 꽃그늘 속을 말없이 거닌다.' 아카시아꽃의 향기가 탁월한 것은 분명하지만, 그것에서 지극한 황홀감을 느끼는 것은 어쩌면 그 가사와 곡조에서 풍겨 나는 정조(情操)에 빚진 바 크다고 하겠다.

남부지역에서는 대체로 라일락이 아카시아보다 조금 이른 4월 하순에 꽃을 피우는데, 그 향기가 자아내는 황홀감은 결코 아카시아꽃에 못지않다. 라일락꽃 향기의 황홀감 또한 이상우의 노래 〈그녀를 만나는 곳 100m 전〉이 대변할 수 있지 않을까 한다. '그녀를 만나러 가는 길, 하늘의 흰 구름이 문득 솜사탕처럼 감미롭게 느껴지고 마음은 주체할 수 없이 들떠 이미 그 구름 위에 올라간 듯하다'는 것 아닌가! 그렇듯, 라일락꽃 향기를 맞으면 젊은 날 그녀와 함께했던 감미로왔던 시간들은 대책없이 소환되고 마는 것이다.

　　피천득 선생은 「5월」이라는 시에서 "5월은 금방 찬물로 세수를 한 스물한 살 청신한 얼굴"이라 했는데, 전적으로 공감한다. 금방 세수를 하였다, 그것도 5월의 찬물로. 그리하여 얼굴에 약간의 물기가 남았다. 얼마나 청신한 얼굴인가! 5월에서는 그런 청신함이 느껴진다는 것이다.

　　나는 이즈음의 아침에 꾀꼬리 소리를 들으면, 5월의 화룡(畫龍)에 점정(點睛)하는 것은 단연 저 새로구나 하는 느낌을 지울 수 없다. 꾀꼬리는 우선 외양부터 특이하다. 날아가는 모습을 하늘을 배경으로 보면, 샛노란 것이 잘 익은 참외의 색깔과 흡사한 것이다. 그리고 꾀꼬리가 꾀꼬리인 것은 그 우짖는 소리에 있다 한 터인데, 그 소리는 참으로 맑고 다양하게 변주된다. 그래서 듣는 이의 마음에, 5월의 찬물로 세수한 후 손으로 얼굴을 훔치고 손에 묻은 물을 흩뿌리는 듯한 소쇄(瀟灑)함을 안기는 것이다.

5월이 되면 읊조려 보지 않을 수 없는 것이 목월의 「윤사월」일 터이다. "송홧가루 날리는/외딴 봉우리//윤사월 해 길다/꾀꼬리 울면//산지기 외딴 집/눈먼 처녀사//문설주에 귀 대이고/엿듣고 있다" 참 고적(孤寂)한 분위기이다. 그러나 결코 우울함은 아니다. 윤사월의 햇살이 비치고 있기 때문이겠다. 그 분위기에 특유의 아우라를 드리우는 것은 골짜기에 부옇게 날리는 송홧가루와 해거름에 아득히 들려오는 뻐꾸기 울음일 것이라 강변하고 싶다.* 5월의 만학송화(萬壑松花, 골짜기마다 송홧가루)는 속기(俗氣) 여읜 유원(幽遠)한 분위기를 자아내는 것이다.

　　그러한 분위기는 이달(李達, 1539~1612?)의 시에서도 느껴진다. '절이 앉은 5월의 청산에 흰 구름이 자욱하다. 그 속에서 스님은 무위의 삶을 영위하느라 밖이 어떠한지 관심도 없었다. 모처럼 손이 왔기에 문을 열고 보니 저 아래 골짜기에 송홧가루가 부옇다.'** 청산과 백운의 색조적 대비, 그 속의 단출한 암자, 스님의 무욕하고 한가한 삶 같은 요소들이 속기를 용납치 않고 있지만, 골짜기 가득 흩날리는 송화에 유원한 분위기는 완성되고 마는 것이다.

　　5월 송화의 그러한 분위기는 『삼국유사』(「김유신」條)에서도

---

*　시간대를 해거름이라 한 것은 '해 길다' 한 표현에서 유추한 것이다. 그리고 꾀꼬리 울음을 굳이 뻐꾸기의 울음으로 듣고자 하는 것은 윤사월 해거름 외딴 산골의 고적한 분위기에는 뻐꾸기 울음이 제격일 것이며, 꾀꼬리 울음은 너무 청신하고 명랑하여 그 분위기에 어울리지 않는다고 생각하기 때문이다. 이러한 생각은 내 경험 소산(所産)일 뿐이며, 목월의 경험에서는 그 자리에 꼭 꾀꼬리가 있어야 했던가 보다.

**　寺在白雲中 白雲僧不掃 客來門始開 萬壑松花老

보인다. '김유신의 부인으로 추정되는 재매부인이 사망하자 청연의 상곡에 장사하고 매년 봄 집안사람들이 그 시냇가에서 모임을 하였는데, 백화가 흐드러지게 피었고 송화가 골짜기에 가득하였다. 골짜기 입구에 절을 짓고 송화방이라 하였다.'『삼국유사』를 읽으면서 유원한 분위기에 특히 주목했던 곳이 무장사와 이 재매곡이었는데, 재매곡에 대한 그러한 느낌은『삼국유사』특유의 신화적 분위기 및 그때와 지금 간의 아득한 시간적 거리 이외에도 골짜기 가득한 송화에 기인하는 바 크다고 하겠다.

　　뻐꾸기 울음은 시간을 가리지 않는다. 아침에도, 낮에도, 밤에도 들리는 것이다. 그러나 뻐꾸기의 가장 그다운 울음은 해거름의 것, 그것도 멀리서 아득하게 들려오는 것이 아닐까 싶다. 그 울음을 듣고 있자면 내 영혼은 근원을 알 수 없는 그리움에 사로잡히는 것이다. 그 심정은 김성동의 소설들에서 보이는, 산문(山門)에 기대어 서서 서쪽 하늘에 드리운 노을을 하염없이 바라보는 화자의 심사(나는 그런 장면들에서 가슴이 덜컥 내려앉는 기분이곤 했다)와 비슷하지 않을까 짐작해 보곤 한다. 그 심사 역시 사무치는 그리움 같은 것이라 느껴졌던 것이다.
　　밤나무가 막 꽃을 피우기 시작하는 이즈음엔 뻐꾸기 울음이 참으로 색다르게 다가온다. 밭일을 마치고 바위에 걸터앉아 방금 해 넘어간 서녘의 공제선(空際線)을 물끄러미 바라보고 있으면 앞산 밤숲에서 밤꽃 특유의 향기가 끼쳐 오고 멀리서는 검은등뻐꾸기의 빠른 울음에 섞여 뻐꾸기 울음이 아득히 들려오는데, 그때는 심신이 한일(閒逸)해져 도연명이 「귀거래사」에서 "애오라지 천지의 조화를 따라 이 삶을 마치고자 하나니, 천명을 즐길 것이지 다시 무엇을 의혹하랴"*라고 읊조렸던 심정이 조금은 이해되기도 하는 것이다.

한창 감수성 예민하던 고등학교 시절, 내 몸에 새겨지다시피 했던 이양하 선생이 쓴 「신록예찬」의 시간적 배경도 5월이었다. 숲의 색조가 유화로 넘어가기 전 수채화의 끝자락인 이즈음, 성가신 모기가 출현하기 전까지는 자주 숲속에 들어가 「신록예찬」 같은 아름다운 문장을 읽으며 실없이 어슬렁거려도 보고 묵묵히 바위에 앉아 바람에 흔들리는 나뭇잎들도 오래오래 바라보아야겠다. (2019. 5. 29)

---

*   聊乘化以歸盡 樂夫天命復奚疑

나의 사혹호(四酷好)

오래전, 이규보에 대한 책을 읽다가 그의 아호(雅號) 중 하나가 삼혹호(三酷好)라는 내용을 접했다. 호기심이 동했다. 세 가지 아주 좋아하는 것이라? 시, 거문고, 술이 그것이었다. 특히 술에 관해, 이규보가 어디 좋은 술이 있다는 말만 들어도 치아 사이에서 침이 흘러나오는 것을 느꼈다는 내용은 분위기 있는 술자리에서 곧잘 상기되곤 했다.

최근, 문득 이규보의 삼혹호가 떠오르면서 재미 삼아, 또 내 정체성(identity)의 구성요소일 수도 있을 것 같아, 그럼 나의 혹호(酷好)는 무엇일까 짚어 보게 되었다. 아마도 책, 산, 차, 술 이 넷이지 않을까 싶다.

책

나의 책 읽기에 대한 가장 이른 기억은 고향집 담에 기대어 선 살구나무의 꽃이 만발했을 때, 초등학교 저학년 국어책에 실린 「키다리 아저씨」를 소리 내어 읽곤 하던 일이다.* 가끔 대문을 나

---

* 살구나무 꽃이 만발했을 때라는 것은, 그것이 사실인지, 아니면 키다리 아저씨가 꼬마를 안은 채 웃고 있는 모습 위로 꽃이 핀 나뭇가지가 드리워져 있었던

와 고샅길을 걸어가면 K의 책 읽는 소리가, 밤이면 아랫집 S의 책 읽는 소리가 들려오던 것이 경쟁심을 부추겼던 것이 아닌가 싶기도 하다. 이후 초등학교 5학년 2학기 때 부산으로 전학하였는데, 내성적인 데다 친구마저 거의 없어서 쉬는 시간이면 교실 뒤에 설치된 학급문고의 책들을 읽는 것이 낙(樂)이었으며, 고등학교 때에는 짝지가 독서광이었던 덕분에 적지 않게 책을 읽을 수 있었다. 대학교를 졸업하고 사회생활을 하면서는 내 성향이 세상과 참 맞지 않다는 사실을 알게 되었다. 그 상치(相馳)로 인한 심적 갈등이 예사롭지 않은 수준이었는데, 도피처가 책이었다. 책을 읽고 있으면 잡념이 사라졌고 마음이 편안했다. 주로 문학, 예술, 종교 및 철학, 역사 관련 책을 읽었다.

그렇게 읽다 보니 읽기에도 제법 탄력이 붙어, 지금에 이르러서는 가끔 속으로 '나를 키운 것은 팔할(八割)이 책이다.'*라고 뇌며 약간의 호기를 부려 보기도 하는 것이며, 나아가 '산책에서 돌아와 책을 읽다 마음에 회합(會合)되는 것이 있으면 흐뭇해져서 밥 먹는 것도 잊어버린다.'**던 퇴계의 심정을 충분히 이해할 수 있을 것 같기도 한 것이다.

책 읽기에 대해서는 조만간 별도로 한 편의 글을 엮어 볼 계획이 있으며, 튼실한 이성의 다리가 없는 감성은 날리기 쉽고 화려한 감성의 날개가 없는 이성은 갑갑할 수 있다는 평소의 지론에 따라

것에 영향받은 기억의 왜곡인지 잘 모르겠다.
* "스무세 해 동안 나를 키운 것은 팔할이 바람이다."(서정주, 「자화상」)
** 『국역퇴계전서 2』, 퇴계학연구원, 1991.

인생 후반기에는 감성적 비상(飛翔)을 기할 수 있게 주로 문학과
예술철학 관련 책들을 읽어 볼 작정이다.

산

대학교를 졸업하고 사회생활을 하면서 도시가 하도 답답하게
느껴져 원근(遠近)의 산들을 자주 찾았다. 산골 출신으로서 이미
산이 익숙해 있던 터에, 그렇게 자주 찾다 보니 산은 어느덧 친구
같은 존재가 되어 있었다.

내게 산은 자연의 표상이며, 도시(문명)의 대척점에 자리하고
있다. 그래서인지 별나게도 산행 중에 헬기장이나 송전탑 등의 인
공 구조물, 즉 문명의 편린을 만나면 산행의 감흥이 반감되어 버린
다. 또, 산을 땀 빼는 운동장쯤으로 여기는 태도에도 적잖이 거부
감을 느끼는 편이다. 산은 운동기구에 그칠 수 있는 것이 아니라
는 생각 때문이다. 따라서 굳이 등정(登頂)을 고집할 필요는 없다.
그때그때의 기분에 따라 산기슭을 어슬렁거릴 수도 있고, 맞춤한
바위에 앉아 한나절 바람결에 심신을 맡길 수도 있는 것이다.

하루도 빠짐없이 새벽에 한 시간 반쯤을 산에서 보낸다. 산에
서 내려오면, 기분이 한층 고양되면서 오늘 하루도 의미 있게 보낼
수 있겠다는 자신감이 충만해지는데, '우산지목(牛山之木)의 일야
지소식(日夜之所息)'*이 상기되곤 하는 것이다. 그래서 산 바로 밑

---

* 『맹자』,「告子章句」上 8장. 우산(牛山)의 나무들이 아름다웠건만, 사람들이 베
어 가길 일삼으니 그 아름다움을 잃지 않을 수 없었다. 그러나 밤 사이 우로(雨
露)가 적셔 주는 등으로 약간의 생장이 없지는 않다. 그렇지만 또 소와 양들이

64

에 있는 지금의 집을 떠나지 못하고 30년 가까이나 붙박혀 있는지도 모르겠다. 설령 이사한다 해도, 잠시 걸으면 다다를 수 있는 산이 있어야 한다는 것은 결코 양보할 수 없는 조건일 것 같다.

현업(現業)에서 은퇴하게 되면, 100개 정도의 산을 선정하여 매월 두어 개씩, 4년 정도에 걸쳐 오르는 계획을 버킷리스트에 올려놓고 있다. 오른 산에 대해서는 산행기도 써 볼 생각이다.

차

대학생 시절, 커피나 여타의 음료수는 취향에 맞지 않았다. 그러다 보니 차를 마시게 되었고, 그 맛을 조금씩 알아 가게 되었다. 나의 본격적 차 마시기 이력은 30여 년이다. 하루의 중단도 없이 마신 것 같다. 그만하면 차 맛에 대해 일가견이 있을 법하건만, 워낙 미각이 둔하여 빼어난 것과 거친 것 간의 구별만 겨우 하는 수준일 뿐이다.

20년 전 어영 집(집의 소재지가 어영魚泳 마을이다)을 지으면서 지리산 자락 화개동에서 차 덖고 시 짓는 것을 업으로 하는 지인으로부터 차 씨앗을 얻어 집 안 곳곳에 묻었다. 직접 차를 만들어 볼 요량이었던 것이다. 그러나 차나무가 어느 정도 자라 3~4년에 걸쳐 차를 만들어 보았더니 풋내가 나고 맛이 거칠어 마실 생각이

그 생장한 바를 먹어 버리니, 우산의 나무들은 밋밋함을 면할 수 없다. 사람들은 그 밋밋함만 보고 우산의 나무들이 일찍이 아름다웠던 적이 없었을 것이라 단정하는데, 그래서는 안 된다는 것이다. 지금의 금수 같은 행실만 보고 본연의 선한 마음을 부정하지 말라는 것이다. 성선(性善)에 대한 주장인데, 나는 '밤 사이 약간의 생장'에 주안을 두었다.

일지 않아, 차 만들기는 일찌감치 포기해 버렸다. 이제 그 차나무들은 상록(常綠)으로 겨울의 삭막함을 달래 주고, 실화상봉(實花相逢. 특이하게도 차나무에는 지난해의 열매와 올해의 꽃이 함께 달린다)의 경이로움을 안겨 주는 역할을 담당하고 있다.

녹차를 애호하지만 요즈음에는 보이차 등 발효차에도 맛을 들이고 있는데, 그 차들의 맛은 한마디로 무미지미(無味之味, 맛없는 맛)라 하겠다. 큰 음은 오히려 들리지 않는 법(大音希聲)*이라 했듯이, 맛없는 그 맛이 최상인 것이다.

매일 새벽 4시에 일어나면 가장 먼저 하는 것이 찻물 끓이는 것이며, 취침 중 요의(尿意)로 한 차례 일어나야 하는 번거로움이 있어도 저녁 식사 후 산보하고 마시는 따뜻한 한잔 차의 유혹을 물리칠 생각이 전혀 없는 것으로 보면, 또 업무 중간중간에 휴식을 겸해 차를 마시면서 '아, 차가 없다면 머리는 얼마나 뻑뻑할 것이며 가슴은 또 얼마나 서걱거릴 것인가!'라며 따뜻한 다기를 감싸 쥐고서 감읍하듯 하는 것으로 보면, 차를 혹호(酷好)한다 해도 별로 흉이 되지는 않을 것 같다.

술

고향집 큰방의 윗목에는 항상 이불로 둘러싸인 항아리에서 막걸리가 발효 중이었다. 농사로 곤고(困苦)해지는 육신을 달래기 위한 필수품이었는데, 어린 나는 그 막걸리 담긴 큰 주전자를 들

---

* 『도덕경』 41장.

고 가깝지 않은 논밭으로 심부름하며 가끔 주전자 주둥이에 입을 대어 보곤 했다. 그래서 어려서부터 술 냄새는 익숙했고, 성인이 되어서는 자연스럽게 술에 다가갈 수 있었다.

젊은 시절 술을 참 많이도 마셨다. 어리석은 짓이었고, 시간 낭비였다. 굳이 한 가지 위안으로 삼는다면, 그로 인해 지금에 와서는 주량을 확실히 통제할 수 있게 되었으며 술의 맛을 깊이 음미할 수 있게 되었다는 점이라고나 할까. 요즈음엔 거의 반주(飯酒)만 한다. 일주일에 한 번 정도, 그것도 한두 잔이요, 조금 아쉽다 싶으면 한 잔쯤 추가할 뿐이다. 건강을 위해서이기보다, 그 정도가 술맛에 집중하기 가장 알맞기 때문이다. 대체로 막걸리나 청주 같은 전통주를 마시는데, 양주는 독하고 맥주는 맛이 없고 소주는 왠지 거칠다는 느낌이 들어 가까이하지 않는다.

봄날 산행 하산길에 꽃 핀 나무 아래 놓인 평상에 앉아 연록의 숲을 바라보며 마시는 막걸리 한 잔의 맛은 각별하다 아니할 수 없겠다. 안주로는 나물이나 전이 좋다. 특히 봄에 찹쌀로 만든 참꽃 화전(花煎)과 슴슴하게 무친 참취나물이 최고이지 싶다. 화전은 운치가 출중하고, 취나물은 쌉싸름한 그 맛이 압권인 것이다. 술은 마음 맞는 친구 두셋과 마시는 것도 좋지만, 가장 좋기로는 소위 '혼술'이 아닐까 싶다. 혼술의 정취는 이미 이백의 「월하독작(月下獨酌)」에 오롯이 드러나 있지 않던가.

삼혹호(三酷好)니, 사혹호(四酷好)니 하면 옛사람들은 완물(玩

物)로 규정하고 상지(喪志)한다며 꾸짖을지 모르겠다.* 그러거나 말거나, 애당초 상(喪)하고 말고 할 큰 공부에의 뜻도 없고 큰 공부할 재목도 못 되는 나로서는 명창정궤(明窓淨几)에서 책 읽고, 아침저녁으로 산속을 거닐며, 메말라 가는 가슴을 차로 적시고, 가끔 한잔 술로 적적한 마음을 달래면서 고루한 성정에 걸맞게 남은 삶을 영위하고 싶은 것이다. 너무 큰 욕심인가? (2019. 11. 28)

---

* 완물상지의 출전은 『서경』「旅獒(려오)」편인데, '잔달한 데 마음을 빼앗겨 큰 공부에의 뜻을 잃어버린다.'는 의미로 이해해도 무방할 것이다.

이문열 소설 속 음주 풍경들

　내가 대학교 입학한 1981년의 봄에, 그 이태 전『사람의 아들』
로 민음사가 제정해 운영하는 '오늘의 작가상'을 수상한 소설가
이문열이 강연차 학교로 내방하였다. 마음이 끌려 수업도 빠진 채
강연에 참석하였고 이후『사람의 아들』을 필두로 이문열의 소설
은 거의 다 읽어, 그에 대해서는 작가론이든 작품론이든 모두 쓸
수 있을 것도 같다(적절한 때 실행해 볼 계획이다). 그런 만큼 내 문
학적 관심과 취향은 이문열에 빚진 바 크다 할 것이며, 나는 한국
의 출중한 소설가로 김동리, 이청준과 함께 그를 꼽길 주저하지
않게 되었다.

　이문열은 스스로도 대단한 애주가인 데다가 '낭만적 세계인식
의 작가' 또는 '소멸해 가는 과거에 대한 그리움을 피력하는 작가'
여서인지, 그의 소설 속에는 '특유의 유려한 미문체'*로 묘사된 음
주의 풍경이 자주 등장한다. 이번 글에서는 절주(節酒)가 거의 체
화(體化)된 지금에도 되뇌면 통음(痛飮)의 유혹을 느끼지 않을 수

---

*　이상의 '낭만적 세계인식', '소멸해 가는 과거에 대한 그리움', '특유의 유려한
　미문체'는 이문열 문학에 대한 평단의 해석에서 등장하는데, 아주 적절한 말들
　이라 여겨진다.

없을 것 같은 그 풍경들을 감상해 보고자 한다(세 항목 각각에서 앞부분은 소설 내용을 내 호흡과 감각으로 요약한 것이고, 뒷부분은 나의 감상이다).

「하구」에서*

일인칭 화자인 '나'는 고등학교에서 쫓겨난 이후 2년간 학생이랄 수도, 건달이랄 수도 없는 생활을 하다가 그 마구다지의 삶에서 벗어나고자 형이 있는 강진(江盡)으로 왔다. 형의 사업을 도우며 검정고시를 거쳐 대학을 감으로써 그동안의 빗나갔던 삶을 정상 궤도로 돌려 놓고자 했던 것이다.

자욱한 안개와 무성한 갈대와 밤새워 울던 구성진 맷새소리로 뇌리에 각인된 강진에서의 10개월 유적(流謫)에서 '나'는 별장집 남매와도 사귀었는데, 그 폐병 환자 황 씨 남매는 외지인으로서 요양차 강진에 머물고 있었다. 황 형의 누이는 환자 특유의 창백한 안색에 날카로움과 쌀쌀함이 묘하게 조화된 어떤 아름다움을 지니고 있어, '나'는 그녀에게 상당한 호감을 느꼈다. 그런데 알고 보니, 그들 남매의 별장 요양은 그녀의 정부(情婦) 노릇에 의해 유지되고 있었다. 황 형은 그 치욕을 끝내 견딜 수 없어 국립요양소에 들어가길 자청해 결국 그곳에서 사망하고, 누이는 정부(情夫) 본처의 가혹한 습격을 받고는 과도로 손목을 긋는다. 그들 남매에 대해 '내'가 듣고 본 것은 거기까지이다. '나'는 합격한 대학

---

* 「하구」는 「우리 기쁜 젊은 날」, 「그해 겨울」과 함께 연작소설 『젊은 날의 초상』 (민음사, 1981)에 실려 있다.

에서의 생활을 위해 곧 강진을 떠났던 것이다.

많은 시간이 흐른 뒤 '나'는 강진을 찾았고, 강진 유적 때 술친구 성구의 안내로 요정을 운영하는 황 형 누이와도 해후했다. 성구는 황 마담이 진실로 좋아했던 사람은 '나'라고 하였다. 황 마담은 수긍도 부인도 아닌 쓸쓸한 미소를 짓고, '나'는 세월 탓인지 취기 탓인지 옛날이 그저 희미하기만 했다. 황 마담이 묻는다. "이제 그 유적 끝나셨나요?" '나'는 원인 모를 슬픔을 느끼며 앞에 놓인 술잔을 잡는다.

술잔을 잡는 화자의 마음에는 만감이 교차했을 터이다. 무엇보다 먼저 자욱한 안개와 무성한 갈대와 밤새워 울던 구성진 맷새 소리가 떠올랐겠고, 그 사이로 젊음을 열병처럼 앓으며 걷던 스무살 청춘 자신의 모습도 보였지 싶다.

'수긍도 부인도 아니'라 해도 쓸쓸한 미소는 두말할 필요도 없이 수긍으로 읽히고, '세월 탓인지 취기 탓인지'라고 하지만 기실 세월과 취기가 동의어임은 단박에 알겠다. 세월이 취기를 부추기며 취기 속에서 세월은 또 윤색되고 있기 때문이다.

황 마담의 물음은 정곡을 찌른다. 화자의 삶은 그때나 지금이나 유적인 것이다. 여태도 안착하지 못하고 길 위에서 서성이고 있음이다. 그 사실이 새삼 슬프고, 그 슬픔에 어쩌지 못하고 또 술잔을 잡는다.

'원인 모를 슬픔'의 또 다른 원인은 술잔 너머 마주 앉은 옛 여인의, 세월에 사위어 가는 아름다움 때문일 터이다. 한때 강렬한

빛으로 조사(照射)되던, 창백한 안색에 날카로움과 쌀쌀함이 묘하
게 조화된 그 아름다움! 그렇게, 해후는 언제나 지나온 먼 시간을
먼 눈길로 헤아리게 한다.

「그해 겨울」에서

어렵사리 들어간 대학에서의 생활도 2년으로 끝이 났다. 관념의
유희와 무절제한 술, 피로와 혼란, 허무와 절망으로 더 이상 버
틸 수 없었던 것이다. 쓴 이 삶의 잔을 던져 버릴 것이냐 참고 마
실 것이냐, 하는 근원적인 결단이 필요했다.

바다가 부르는 소리에 응해 창수령(蒼水嶺)을 넘으려고 혹한의
저녁 무렵 도착한 경북 북부 산촌의 Y면. 전신주를 울리는 바람
소리뿐 인적이라곤 없는 그곳에서, '나'는 참으로 우연히 어린 시
절 고향에서 아름다움으로 섬찟함을 느끼게 하던 집안 누님을 만
났다. 풍문에는 그녀가 유부남을 사랑해 인생을 망쳤다 했었다.
유부남은 부인이 자진(自盡)한 후 이민 갔고, 사대(師大)를 졸업
한 누님은 그 궁벽한 산촌에서 교편을 잡으며 사랑의 상흔을 달
래고 있었던 것이다.

누님의 자취방에서 우리는 통음(痛飮)하였다. 밖엔 폭설이 내리
고, 우리는 밤늦게까지 서로의 삶을 묻고 자신의 삶을 답하며 종
국에는 함께 훌쩍거리기도 하고 처량한 노래를 부르기도 했던 것
이다.

혹한의 저녁 무렵에 이방인으로 도착한 경북 북부 산촌의 면

72

소재지에는 을씨년스럽게 전신주를 울리는 바람소리뿐이고 인적이라고는 없다. 삶의 의지가 거세된 이방인의 내면과 추위에 모든 것이 얼어붙고 거센 바람만이 횡횡하는 바깥의 풍경은 어찌 이리도 흡사한가. 그 쓸쓸함에 온몸이 떨릴 지경이다.

어린 시절 고향에서 아름다움으로 섬찟함을 느끼게 하던 집안 누님을 하필 그곳에서 만나다니! 삶에 정착하지 못하고 부초처럼 떠도는 이방인인 화자와 사랑에 실패하여 유폐와도 같은 삶을 근근이 영위하던 집안 누님, 그들이 그러한 시절 그러한 공간에서 만났으니 밤새워 통음하지 않았다면 오히려 이상한 일이었을 터이다.

함께 지난 세월을 짚어 보고, 울기도 하고, 처량한 노래도 불렀다. 밖에는 밤새도록 폭설이 내리고 있었고. 이 장면에서 백석의 시 「나와 나타샤와 흰 당나귀」가 언뜻 연상된다. 아마 거기에서도 밤새 눈이 푹푹 내렸고 화자가 소주를 마셨기 때문인지 모르겠다. 그러나 거기에는 사랑이 깔려 있고 멀리 희망이 보이지만, 여기에는 그런 것이 일체 없다. 아아, 쓸쓸하기도 하여라! 그 겨울의 끝은 과연 어디쯤이었을까?

「폐원」에서*

'나'는 그해 겨울 대진의 바닷가에서. 받은 잔은 마시기로 작정하고는 중앙선 상행열차를 타고 줄기 끝마다 화려하게 필 봄이 이

---

* 「폐원」은 장편소설 『그대 다시는 고향에 가지 못하리』(나남, 1986)의 14편 중 한 편이다.

미 빨갛게 맺혀 있는 복숭아 과수원을 차창으로 바라보며 귀경(歸京)했다. 고시에 도전했으나 결과는 실패. 입대하였다. 제대 후 학원강사로 전전하며 소설을 쓰던 중. 다시는 고향에 가지 못할 것 같은 예감이 들어 며칠 예정으로 귀향(歸鄕)했다.*

귀향 마지막 날 밤. '나'는 벼르고 벼르던 그녀의 집 방문을 결행하였다. 한때 궁원(宮苑)을 방불케 했던 집은 음산한 고가(古家)로 변해 있었고, '내' 사랑이었던 그녀의 미소 또한 쓸쓸한 느낌이었다. 우리는 가양(家釀)의 막걸리를 거듭해 마시며 그 여원(女苑)을 배경으로 한 화려했던 사랑 내력을 더듬었다. 그 내력의 마지막 주인공이 우리였었다. 밖엔 여름비가 세차게 내리는데 밤은 깊어만 가고. 우리의 이루어질 수 없었던 사랑을 추억하며 얼마 후면 농전(農專) 출신의 남자에게 시집갈 그녀는 울고 있었다. '나'도 소리 없이 흐르는 눈물을 닦으며 서둘러 잔을 비워댔으며, 그녀는 비워진 주전자를 들고 나가서는 다시 채워 오곤 했다. 족외혼(族外婚)이란 금단(禁斷)에 저항하며 우리는 역시 세차게 비 내리는 날 밤 도주를 시도했으되. 그것이 저항할 수 있는 것이 아님을 알고는 그 자리에 주저앉아 버렸었다.

다 지난 일. 이제는 떠나야 할 시간. '나'는 비틀거리며 일어섰다. 세찬 빗줄기는 여전하고. 냉정을 회복한 그녀는 램프를 들고 대문께에 섰다. '나'는 주체할 수 없는 애정으로 램프 불빛처럼 희

---

* 『젊은 날의 초상』과 『그대 다시는 고향에 가지 못하리』가 이렇게 연결되는 것은 전적으로 내가 상상하고 싶은 바의 산물이며, 그 상상은 두 작품 모두 어느 정도 자전적이라는 점에 기반을 두고 있을 뿐이다.

미한 추억의 폐원(廢苑)을 다시 한번 돌아보았다.

　다시는 고향에 가지 못할 것 같은 예감이 들어 며칠 예정으로 귀향했던 사람의 심정을, 그대는 알겠는가? 옛사랑을 더듬는 자리, 술이 없을 순 없다. 화자는 소리 없이 흐르는 눈물을 닦으며 술잔을 비워댔고 그녀는 비워진 주전자를 들고 나가서는 다시 채워오길 수차례, 밖에는 여름비가 세차게 내리고 있었다.

　그 빗속에 고가의 음산한 기운이 스멀거렸을 것이고, 흙과 풀과 수목의 내음이 뒤섞인 비 비린내 또한 희미하게 깔렸을 터이다. 그 때문에 나는 세차게 내리는 여름의 비 외에는 겨울의 눈, 가을의 바람, 봄의 쏙쩍새 울음 모두에 도리질을 보내는 것이다.

　'이제는 떠나야 할 시간'은 늘 말할 수 없이 안타깝기만 하다. 그래서 취기에 비틀거리지 않을 수 없고, 지난날 추억의 자리를 다시 한번 돌아보지 않을 수 없는 것이다. 주체할 수 없는 애정과 떠나야 하는 현실 사이에서 정작 추체할 수 없는 것은 취기일 터인데, 그 취기 속에서 화자가 언뜻 보았던 것은 빛바랜 옛사랑의 그림자가 아니었을까?

　20대 초반에 『젊은 날의 초상』과 『그대 다시는 고향에 가지 못하리』를 읽으면서 공감도 많이 했고 위로도 적잖이 받았다. 이번 글을 쓰면서 다시 그 작품들을 읽어보매, 심정에 절절한 바는 여전하다.*

　한때는 잉걸불로 타올랐으되 중도(中途)에 좌절과 절망의 터널을 지나 이제는 하얀 재로 사그라진 꿈과 사랑을 세월이 흐른 후에 돌아보는 심사는 늘 착잡(錯雜)할 터, 그 상실과 회한의 가슴에 어찌 한잔 술이 없을 수 있으랴. (2020. 4. 29)

---

* 　최근 이문열은 그간 그의 책 대부분을 출간했던 민음사와 결별하고 다른 출판사와 계약해 그의 책들을 재출간키로 하고는 교정작업의 일환으로 초고들을 다시 읽고 있다는데, 『젊은 날의 초상』 초고에 이르러서는 '가슴이 미어져 계속 읽을 수가 없어 몇 번이나 멈췄다가 다시 읽었다.'고 하였으니, 나는 그 심정을 여실히 알 것 같다.

다시 불러 보는 노래: 「목마와 숙녀」

20대 초반에는 니힐리즘에 깊이 빠져 지냈다. 허무감이 술을 부르고 그 술이 다시 허무감을 불러, 허무가 그야말로 확대 재생산되는 구조의 삶이었던 것이다. 허무감의 근원은 나 자신도 알 수 없었다. 그러니 어느 누구도 나의 허무감을 이해하지 못할 것 같았다. 외로웠다. 그래서 술에 침잠했지 싶다. 그러나 술을 마시고 난 뒤에는 심한 자책감과 함께 주체하기 힘든 공허감이 밀려왔다. 그때 나를 위무해 주었던 것이 박인환의 시 「목마와 숙녀」였고, 김성동의 소설 『만다라』(한국문학사, 1979)였다. 몽롱한 취기 속에서 그 시와 소설을 읽고 또 읽었다. 「목마와 숙녀」는 박인희 낭송의 카세트 테이프가 출시되어 있어서, 무수히 듣는 한편 낭송을 따라 읊기도 했다. 그렇게 읽고 듣고 읊는 「목마와 숙녀」 및 『만다라』가 나의 니힐리즘을 위무해 준 것은 분명하지만, 일면 심화시킨 점도 부인할 수 없겠다. 니힐리즘에 포박되었던 그 시간들은 외면하고 싶은 동시에 그립기도 한 내 젊은 날의 초상이라 할 터이다.

12월로 접어들면서 겨울바람이 불어오자, 문득 내 가슴속에서 그 옛날 목마를 타고 하늘 모퉁이로 사라지던 숙녀의 옷자락이 살짝 펄럭인다. 그러니 다시 「목마와 숙녀」를 불러 보지 않을 수 있 겠는가. 내 감정과 리듬으로 부르고, 뱀 발 같은 감상을 붙여 본다.

버지니아 울프의 생애와 목마를 타고 떠나 버린 숙녀의 옷자락 을 이야기하면서 우리가 어떻게 한잔의 술을 마시지 않을 수 있 으랴.

심한 우울증으로 인해 버지니아 울프의 생애는 불행했다. 종 국에는 강에 투신하였다. 그녀는 그렇게 목마를 타고 떠나 버렸던 것이다. 그래서 우리는 한잔의 술을 마시고 그녀를 이야기하는 것 이니, 그 이야기는 그녀의 떠나 버렸음에 바치는 우리의 만가(輓 歌)에 다름 아닐 터이다.

왜 '목마(木馬)'일까? '숙녀(淑女)'가 타는 말이기 때문이겠다. 이 시는 목마, 숙녀의 이미지로 인해 단번에 환상성을 확보하는 듯 하다. 그래서 나는 목마에서 트로이의 목마나 헬레나에 대한 연상 마저 배격하고자 한다. 목마를 그저 환상의 메타포로 간직하고 싶 은 것이다. 그리고 '옷자락'은 여운이며, 그녀와 우리 간의 매개이 다. 그 옷자락으로 인해 우리는 비로소 그녀의 죽음, 아니 삶을 이 야기할 수 있으니까.

목마는 주인을 버리고 가을 속으로 떠났다. 그저 방울소리만 울 리면서. 술병에서는 별이 떨어지고. 그렇게 상심한 별은 내 가슴 에 가볍게 부숴진다.

옷자락은 어디로 가고 방울소리만 남았는가? 딸랑딸랑* 방울 소리가 울리지 않는다면 시가 얼마나 적막하랴. 한편, 주인 버린 목마가 가을 속으로 떠나면서 울리는 방울소리는 참으로 쓸쓸하 다. 그러니 술병에 별이 떨어지고, 별의 상심은 내 가슴의 일이기 도 할 터이다. 목마의 행로(行路)는 절묘하게도 '가을 속'이다. 가을 속이 아니었다면, 방울소리만으로는 별이 술병에서 떨어지지 도, 내 가슴에 가볍게 부숴지지도 않았겠지.

그러한 잠시 내가 알던 소녀는 정원의 초목 옆에서 자라고, 문학 이 죽고 인생이 죽고 사랑의 진리마저 애증의 그림자를 버릴 때, 목마를 탄 사랑의 사람은 더 이상 보이지 않는다.

소녀는 정원의 초목 옆에서 자랐기에 '숙녀'가 되었을 터이 다. 기실 젊은 날 버지니아 울프는 숙녀라는 지칭에 걸맞아 보이기 도 한다. "문학이 죽고"부터 "애증(愛憎)의 그림자를 버릴 때"까지 는 속도감 있게 읽어야 하며, '愛'는 높고 길게 포물선을 그리면서 '憎'으로 떨어져야 한다. 그래야 버지니아 울프 소설들을 관통하는 삶의 덧없음이 감각되기 때문이다. 또, "버릴 때" 다음에는 약간의 침묵이 필요한데, 그래야 목마를 탄 사랑의 사람이 더 이상 보이지

---

* 시 말미(末尾)의 "방울소리는 귓전에 철렁이는데"를 보면 '딸랑딸랑'보다는 '철 렁철렁'으로 해야 하지 않나 싶기도 한데, '딸랑딸랑'이라야 앞서 말한 환상성과 잘 어울릴 것 같다.

않는 허무의 조건이 만들어지는 까닭이다. 순식간에 문학이 죽고 인생이 죽고 사랑의 진리마저 애증의 그림자를 버렸음은 목마를 탄 사랑의 사람이 더 이상 보이지 않음인 것이다.

그렇지. 세월은 가고 또 오는 것. 한때는 고립을 피하여 시들어 가고, 이제 우리는 작별하여야 한다. 술병이 바람에 쓰러지는 소리를 들으며 늙은 여류작가의 눈을 바라다보아야 하는 것이다.

삶에서, 가고 오는 세월 속에 고립을 피하여 시들어 가는 때도 있다는 사실, 또 작별이 필연이라는 사실은 얼마나 우리를 쓸쓸하게 하는 한편 위로하는가.
별이 떨어졌던 술병이 이즈음 바람에 쓰러지고, 그 소리를 들으면서 목마 타고 떠났던 늙은 여류작가의 눈을 바라다보는 우리의 눈에도 삶의 덧없음이 서린다.

등대에, 불이 보이지 않아도, 그저 간직한 페시미즘의 미래를 위하여 우리는 처량한 목마 소리를 기억하여야 하고, 모든 것이 떠나든 죽든 그저 가슴에 남은 희미한 의식을 붙잡고 버지니아 울프의 서러운 이야기를 들어야 하는 것이다. 또, 두 개의 바위 틈을 지나 청춘을 찾은 뱀과 같이 눈을 뜨고 한잔의 술을 마셔야 하는 것이다.

칠흑의 바다 저 앞 등대에는 불빛이 보이지 않는다. 그래도 우리는 그 옛날 숙녀를 태우고 가을 속으로 떠난 목마의 방울소리를 기억하여야 한다, 페시미즘의 미래를 위하여. 역시 먼 훗날 페시미즘의 개화(開花)를 위하여 지금 우리는, 또다시 문학이 죽고 인생이 죽고 사랑의 진리마저 애증의 그림자를 버리더라도 가슴에 희미한 의식이 남는 한 그 의식을 붙잡고서 버지니아 울프의 이야기를 들어야 하는 것이며, 그녀의 서러운 삶을 향해 두 눈 힘줘 뜨고서 한잔의 술을 마저 마셔야 하는 것이다.

인생은 외롭지도 않고 그저 낡은 잡지의 표지처럼 통속하거늘, 한탄할 그 무엇이 무서워서 우리는 떠나는 것일까? 목마는 하늘에 있고 방울소리는 귓전에 철렁이는데… 또, 가을바람 소리는 내 쓰러진 술병 속에서 목메어 우는데…

그래, 인생은 외롭지 않다. 외롭지 않지도 않다. 그저 낡은 잡지의 표지마냥 통속할 따름이다. 그러한데 한탄할 그 무엇이 있다고 떠난단 말인가. 더구나 이제, 숙녀가 타고 떠났던 목마는 방울소리 철렁이며 가을바람 윙윙거리는 하늘가에 매여 있고, 쓰러졌던 내 술병 속에서는 가을바람 소리 목메어 울고 있는데…

이 시를 노래함에 특히 다음의 셋이 주목된다.
첫째는 '그저'이다. "그저 방울소리만 울리며, 그저 간직한 페시미즘의 미래를 위하여, 그저 가슴에 남은 희미한 의식을 붙잡고, 그저 낡은 잡지의 표지처럼 통속하거늘."이 그것이다. 이 시에서

'그저'는 무어라 표현하기 어려운, 참으로 묘한 뉘앙스를 풍긴다. 억지로 표현해 본다면, 한계 지어짐, 또는 삶의 이러저러함을 알아서 스스로 한계 지음 같은 것이라 할 수 있을지 모르겠다. 삶의 의미성에 대한 그러한 한계 인식은 삶에 대한 체념과도 연결되어, 우리 가슴에 한 줄기 마른 바람을 불러일으킬 터이다.

둘째는 '하여야 한다.'이다. "늙은 여류작가의 눈을 바라다보아야 한다, 처량한 목마소리를 기억하여야 한다, 버지니아 울프의 서러운 이야기를 들어야 한다, 한잔의 술을 마셔야 한다."가 그것인데, 여기서도 우리네 삶의 수동성, 운명성 같은 것이 느껴지지 아니한가? 삶의 그러한 성격은 삶의 비애이기도 하겠다.

셋째는 배경음악이다. 「목마와 숙녀」를 박인희 낭송으로 들을 때마다 생각한다. 「목마와 숙녀」가 맑고 차분한 박인희 특유의 낭송을 만나지 못했다면 어찌할 뻔했을까? 또, 박인희의 낭송이 사람의 영혼에 도저히 감당할 수 없는 스산한 바람으로 불어오는 그 배경음악을 만나지 못했다면 어쩔 뻔했을까? 시와 낭송과 음악이 어떻게 이렇게나 절묘하게 상합(相合)할 수 있는지, 감탄을 금할 수 없을 따름이다.

「목마와 숙녀」 감상에 있어서 두어 가지를 환기하고자 한다.

먼저, 「목마와 숙녀」가 세계에 대한 허무, 삶에 대한 회의 내지 절망을 노래한다는 점은 어느 누구도 부인할 수 없겠지만, 그 소종래(所從來)로 6.25전쟁을 지목하는 것은 적절하지 않아 보인다. 그 허무와 회의 내지 절망은 보다 본질적이고 근원적인 것으로 이해되어야지, 구체성 속에 묶여져서는 안 된다는 것이다.

다음으로, 이 시는 한 행 한 행 뜯듯이 읽으며 해득하려 들지 말아야 할 것 같다. 논리적 파악이 가당치 않을 성싶은 것이다. 대략적인 느낌만 받아들이면서 읽어 보는 방법, 즉 안도현 시인의 '몇 번 소리 내어 읽어 보면 좋겠다. 의미를 생각하지 말고 시어가 이끄는 분위기 대로 따라가 봤으면 좋겠다. 시는 의미를 저장하는 창고가 아니다.'고 한 그 독법이 주효할 것 같다. 거듭 말하지만 시는 의미 저장고가 아니니 의미에 천착해서는 곤란하며, 시어의 분위기를 따라 시와 함께 흘러가야 하는 것이다.*

익숙한 노래인지라 잘 부를 수 있을 것 같았는데, 되 들어보니 주관적 감정의 거품만 가득한 느낌이다. 좀 참담한 심정이다. 그러나 꿈도 사랑도 사위어만 가는 60세 즈음에 젊은 날의 초상 한 자락을 펼쳐 음미해 보는 시간의 의미는 적지 않았다고 자위해 본다. 그리고 성찰해 보지 않을 수 없었나니, 아! 나는 기쁨, 슬픔, 숭고, 연민, 영원함, 그리움 등에 가슴 뛰는 삶으로부터 얼마나 멀어져 있는가…. (2020. 12. 30)

---

* 안도현 시인이 다른 지면에서 한 아래의 말도 「목마와 숙녀」를 노래함에 참고할 만해 보인다. "시의 형식, 운율, 상징 등 개념적인 지식은 오히려 시 감상에 도움이 안 된다. 좋아하는 가수의 노래를 따라 부르듯이 시도 의미 파악보다는 그 자체를 즐기면 된다."

바다 이야기

어릴 적 두메산골에 살면서 굉장히 궁금하던 것이 바다와 고속도로였다. 그 둘의 존재를 안 것은 교과서를 통해서였다. 냇물과 연못밖에 본 것이 없는 나로서는 끝이 보이지 않는다는 바다가 상상되지 않았으며, 경부고속도로가 그렇게나 쭉 바르고 맨들맨들하다면 부산에서 서울이 보이기도 하겠고 구슬을 굴리면 멈추지도 않겠다 싶었던 것이다. 실제 고속도로에서 500m쯤 떨어진 곳에 있는 양산 종조부댁에서 하룻밤 잘 기회가 있었을 때, 나는 잠자리에서 일어나자마자 고속도로에 다가가 우측으로도 좌측으로도 한참씩 바라보았으며(쭉 발라서 서울이 보이는지 확인), 노면 또한 만져 보고 싶은 생각이 간절했으나 높은 울타리 때문에 실행할 수는 없었다.

내가 바다를 처음으로 보았던 것은 초등학교 저학년 때였다. 여름방학을 맞아 부산의 삼촌 집에 놀러 갔는데, 삼촌이 해운대를 구경시켜 주었던 것이다. 넓디넓으며 시퍼렇고 끊임없이 파도로 일렁이는 바다의 모습은 참으로 충격적이었다. 지금도 몇 가지 장면이 선명히 떠오른다. 백사장 한켠에서 씨름판이 벌어지고 있었고, 멀리 수평선에는 큰 배가 멈춘 듯 떠 있었으며, 갑자기 비가 내렸다. 비를 피해 바다를 뒤로하고 걸어 나오다가 돌아봤을 때, 누군가 옮겨 놓기라도 한 것처럼 원래 지점에서 한참 떨어진 곳에 떠 있는 큰 배 역시 경이롭기만 했다. 그 이전 국어책에서도 어느 가족이 여름방학 때 바닷가로 피서하러 갔는데 갑자기 비가 내려 허겁지겁 짐을 싸서 집으로 돌아오는 내용을 읽었던 터라, 나는 바다에서는 날마다 그렇게 비가 내리는가 보다 여겼다.

내게 바다라면 단연 동해다. 이유가 짐작되는데, 첫째는 〈애국가〉이지 싶다. 어릴 때부터 왠지 엄숙한 마음으로 대해야 할 것 같은 그 노래를 자주 부르는 과정에서, 첫 소절의 '동해' 또한 그러한 마음의 투사(投射)인 양 신성하고 찬란한 이미지로 각인된 듯한 것이다. 둘째는 동해의 광활함과 시퍼럼일 터이다. 이는 남해나 서해와 비교해 보면 확연해진다 하겠다. 내 경험에 의하면 남해는 앞쪽으로 보이는 섬이 많아서인지, 오밀조밀하며 그런 만큼 봄볕에 반짝이는 따사로운 모습이 제격이라는 느낌이었으며, 서해는 몇 번밖에 대면하지 못했지만, 내가 상정하는 바다에 포함시키고 싶지는 않았던 것이다.

동해의 그 광활함, 특히 시퍼럼을 나는 생명의 구체화(具體化)로 인식하고 있다. 추상적인 생명을 색조로 표현하면 시퍼럼일 성싶은데, 그 시퍼럼을 광활하게 담고 있는 것이 동해여서, 나는 사회생활 초기의 수년간 겨울이면 며칠씩 휴가를 내어 동해에 머물곤 했다. 가족과 백암온천으로 가서 콘도를 베이스캠프로 삼고는 볕 따뜻한 시간대에 병곡, 후포, 평해의 바닷가를 거닐었던 것인데, 월송정(月松亭)에 올라 바라보는 겨울의 동해는 일망무제의 광활함, 생명으로 충일한 시퍼럼, 허옇게 켜켜이 일어나는 무수한 물결들 등 참으로 각별한 맛이 있었다. 생각건대, 그러한 맛은 기실 시원성(始元性) 또는 순수성(純粹性)에의 갈구에 기인하는 것이지 싶다. 부언하면, 내가 최백호의 노래 〈영일만 친구〉 듣길 즐겨하고, 『삼국유사』를 읽으면서는 감은사와 대왕암과 이견대에 깊이 빠졌고 늘 그들을 그리워하는 것 또한 그 무대가 광활하고 시퍼런 동해이기 때문일 터이다.

초등학교 저학년 때 바다를 처음 본 이후 지금까지 여행, 낚시, 캠핑 등으로 바다를 경험한 것이 셀 수도 없을 지경이지만, 그중 하나는 꼭 이야기해야 하겠다.

30여 년 전 직장 동료들과 남해의 한적한 섬에서 하계휴가를 보냈다. 원주민의 집 아래채를 빌려 며칠 지냈던 것인데, 낮엔 집 앞의 자그마한 자갈밭에 차양을 쳐 놓고는 수영하고, 일광욕하고, 낚시하고, 고둥 잡고, 부족한 물 대신으로 맥주 찔끔찔끔 마시고, 낮잠 자는 것이 일이었다. 이전에도 이후에도 그렇게 아무 생각 없이 휴식해 보지는 못했다. 헤밍웨이 소설 『노인과 바다』에서 노인이 사투(死鬪)였다 할 청새치 낚시를 마치고 가까스로 언덕 위 자신의 오두막으로 돌아와 까무룩 빠졌던 깊은 잠을 나는 휴식의 전범(典範)으로 여기는데, 남해 섬에서의 그 휴식 또한 그에 못지않았을 것 같다. 해가 저 멀리 섬들 사이로 떨어지고 나면, 나는 혼자서 자갈밭에 앉아 해풍에 몸을 맡긴 채 밀물져 오는 바다를 바라보았다. 쓸려 가는 파도에 자갈 구르는 소리가 수많은 동그라미가 되어 들렸고, 비릿하고 짭조름한 바다 내음이 비강을 비집고 들었다. 참으로 서늘하고 고요했으며, 쓸쓸하기도 한 시간이었다.

그 휴가 이후 나는 여름이 되면 무인도에 들어가 바닷가에 텐트 치고 며칠 그야말로 푹 쉬는 시간 갖기를 희망했으나 실행되지 않았다. 여가가 많아져 여행 수요가 폭증하고 있는 데다 교통이 발달하고 정보가 풍부해져서, 각박한 도회지 삶에서 생각만으로도 허파 구실을 하던 오지나 외딴섬이 이제는 더 이상 존재하지 않는 듯하니, 아마 나의 그 희망은 앞으로도 실행되기 어려울 성싶다.

바다를 말하면서 인도 시인 타고르의 산문시 「바닷가에서」를 빠뜨릴 수는 없겠다. 이 시를 처음으로 본 것은 고등학교 때 국어 교과서를 통해서였지 싶은데, 저 멀리에서 놀이하는 아이들 웃음 소리만 간간이 들리는 고요한 바닷가 풍경이 무성영화 필름으로 뇌리에 각인되듯 했기 때문이다.

"아득한 바닷가, 하늘은 그림처럼 고요하고, 물결은 쉴새 없이 넘실거린다."라는 서두 부분은 단박에 예사롭지 않은 느낌을 선사한다. 이육사의 「광야」에서 뿜어져 나오는 광막한 공간 및 아득한 시간의 감각과 흡사하며, 천진한 아이들이 있고 생명의 바다가 있을 뿐 그사이에 다른 것이 들어설 여지가 없을 듯한 것이다. "아가의 요람을 흔드는 어머니처럼, 바다는 아이들과 논다."라고도 했으니, 대지만 어머니이랴. 바다도 자애롭기 그지없는 어머니인 것이다. "바다는 웃음소리를 내며 끓어오른다."는 대목 또한 인상적인

데, 밀려왔다 쓸려 가기를 반복하는 파도의 소리와 모습을 절묘하게 은유한 것이겠다.

시가 선사하는 느낌 속으로 가라앉아 버리면 그만, 설명은 뱀의 발 그림을 면치 못할 터이나, 여하튼 나는 동해와는 또 다르게 원초적인, 무언가 명상적이고 신비로운 바다 모습을 간직하게 되었던 것이다. 그러니 언젠가는 벵골만 그 바닷가에 가서 들리지 않는, 놀이하는 아이들 웃음소리를 들어 보아야 하리라.

바다보다 산이 좋아 신혼살림을 금정산 자락에서 펼쳐 얼마간 살다가, 인연 따라 해운대 바닷가로 이사하여 30년 가까이 살고 있다. 고등학교 시절 공부 중압감을 벗어던지려고 해운대를 찾았다가 동백섬 바위에 앉아 해질녘의 수평선을 시간 가는 줄 모르고 바라보던 각별한 추억이 있기는 해도, 이사 후 상당한 기간 해운대는 내가 관념하는 바다의 범주 바깥에 있었다. 인간에 길들어진 놀이터 같아서, 또 거세된 수컷마냥, 예의 그 시퍼런 생명이 감각되지 않았기 때문이다.

그런데 몇 년 전부터 해운대에 대한 나의 느낌은 많이 달라졌다. 내 생명 자체가 시퍼럼에서 누르스럼으로 변화 중이어서인지 몰라도, 시퍼런 생명의 부재(不在)를 탓하기보다 안온하고 청결하며 그런대로 바다 맛이 나는 몇 곳을 상찬(賞讚)하게 된 것이다. 요즈음 나는 시간이 허락되면 퇴근길에 혼자, 또는 아내를 불러 강아지 데리고 동백섬을 두어 바퀴 돈다. 가끔은 전망 좋은 난간에 서서, 사나운 말처럼 기세 좋게 갯바위에 달려들어 강렬하게 부딪고는 무수한 포말이 되어 포물선으로 물러서길 한순간도 그치지 않는 파도에 귀 기울여, 46억 년의 까마득한 시간 동안 누적되길 거듭했을 바다 이야기를 듣기도 한다. 아둔하여 잘 알아듣지 못하긴 해도, 그러고 있으면 옹졸한 이 인사(人士)도 잠시나마 삶이 별것 아니라고 오연(傲然)해하며 다음 시간을 살아 낼 용기와 힘을 얻을 수 있게 되는 것이다. (2022. 8. 31)

웨이비와 함께했던 시간 추억

첫 만남

웨이비(wavy), 너를 처음 만났던 때를 나는 늘 미안한 마음으로 회상한단다.

2018년 여름 어느 날 새벽이었지. 무슨 소리가 들렸던 것도 아닌데, 느낌이 좀 이상하여 아이 방문을 살며시 열어 보았다. 침대에서 아이와 함께 자고 있다가 인기척에 깨어났는지, 너는 나를 향해 스스럼없이 다가왔다. 어둠에, 분명하지는 않았지만 까맣고 작은 강아지였다. 너는 만 한 살도 채 안 된 닥스훈트 수컷이었으며, 아이가 우리의 반대를 무릅쓰고 입양하였던 것이다. 8년 간 식구로 지내던 몰티즈 리로를 하늘나라로 보내고 나서 이별의 상실감을 감당하기 어렵다는 점과 여행이나 외출 등의 자유가 심하게 제약된다는 점 때문에 다시는 강아지를 입양치 않으리라 다짐했던 터라, 나는 탐탁지 않아 하며 방문을 닫고 돌아서 버렸다. 그러고는 모른척하며 아침밥 먹고 출근하였는데, 저녁에 퇴근하여 현관으로 들어서니 너는 특유의 그 짧은 다리로 오종종하게 서서는 꼬리를 흔들며 나를 반겼다. 호기심이 일며 '어, 요놈 봐라.' 싶었다.

미안한 마음인 이유는 대구에서 멀리 부산의 낯선 집으로 입양되어 무척이나 두렵고 주눅 들었을 어린 너를, 더구나 새 주인에게 살갑게 다가오는 너를 냉정하게 외면했기 때문인데, 사람으로 치면 얼마나 의기소침해지고 막막했을 일이랴.

함께한 시간들

첫 만남에서 그 기질이 여실히 드러난 셈이지만, 너는 참으로 사람을 좋아하더구나. 게다가 영리하기도 하여, 얼마 지나지 않아 아이가 직장 관계로 집을 떠나고부터 우리 부부와 한 덩어리가 되다시피 가까워졌다.

그런 만큼 우리와 너는 많은 아름다운 추억거리를 가질 수 있게 되었다. 그중에서 두 가지는 꼭 말하고 싶구나.

하나는 잠자리이다.

네 엄마와 나는 수면 습관이 너무 달라 각자의 방에서 따로 자는데, 너는 일단은 엄마와 함께 잠자리에 든다. 그런데 자다 보면 언제 건너왔는지, 내 왼쪽 팔과 옆구리 사이의 삼각형 공간에서 꼬리를 나의 겨드랑이에 붙인 상태로 자고 있는 것이다. 너가 들어올 수 있도록 나는 항상 방문을 조금 열어 놓은 채 자는데, 엄마와 함께 잠들었다가 야밤에 내 방으로 와서 나머지 잠을 청하는 그러한 패턴을 너는 하루도 거르지 않더구나.

잠결에 가끔 보드라운 너의 머리를 쓰다듬곤 했다. 그 밝은 잠귀에 모를 리 없을 것이언만, 너는 천연덕스럽게 미동도 하지 않았다. 웨이비, 그때 눈을 감고 있었니, 뜨고 있었니? 또 어떤 표

정을 지었으며, 무슨 생각을 하고 있었지? 가끔 궁금증이 생기곤
했단다.

어쨌거나 잠자리에서 왼쪽 팔과 옆구리 사이 공간의 너로 인
한 그 따사롭고 안온한 온기는, 때때로 세상의 비정(非情)과 냉담
(冷淡)에 절망하며 도망갈 곳 없어 가위눌려 식은땀 흘리는 듯한
내게 얼마나 큰 위로였던가.

다른 하나는 어영 집에서의 산골살이 1년이다.

몇 년 전 엄마는 여러 가지 문제로 심신이 피폐해져, 어영 집에
서 당분간 혼자 지내고 싶다 하였다. 걱정되는 바가 한둘이 아니
었지만 의사가 워낙 완강하여 만류할 수 없었다. 내가 그나마 만
류하길 포기할 수 있었던 데는 네가 엄마와 함께 지낸다는 점이
크게 작용하였단다.

엄마는 자그마한 너를 쪽배 삼아 혹서(酷暑)에다 모기와 지네
등 해충이 우글거리고 태풍과 천둥 및 번개의 위력을 거의 날것으
로 맞아야 하는 여름부터, 추위가 뼛속을 파고들고 마른 바람에
황량한 수풀이 서걱거려 마음 둘 곳 몰라 하는 겨울까지, 산골의
사계절을 무사히 건너 부산의 집으로 귀환할 수 있었지.

그 산골살이 1년 동안 나는 주말마다 엄마와 너를 만나러 갔
는데, 워낙 궁벽한 곳이라 사람이 그리웠던지 너의 반가워함은 그
런 난리가 없었다. 하루나 이틀 밤 유숙하다가 일요일 저녁 내가
떠나고 나면 명랑하기 그지없던 너는 월요일엔 종일 현관 앞 댓돌
에 엎드려 대문 쪽만 바라본다고 했는데, 그런 말을 들을 때 얼마

나 가슴이 아프던지….

웨이비, 너와 함께했던 시간 동안 우리는 진정 즐거웠고, 너 또한 아주 행복했으리라 믿는다. 그 시간이 우리 부부의 나이 60세 전후였는데, 그때가 되면 대체로 삶이 시들해지고 부부간에도 대화가 줄어들며 소원해진다. 최근 신문에서 읽은 내용으로, 금슬 좋은 연로한 부부들의 공통점 중 하나가 반려견을 키우며 그를 대화의 주요 소재로 삼는다고 하더구나. 너 입양 이후의 집안 분위기를 반추해 보면 동의하지 않을 수 없지 싶다. 자식은 애를 먹이기라도 하지만, 너는 백익(百益)은 몰라도 전혀 무해(無害)하면서 끊임없이 웃음을 안겨 주었으니 어찌 그러지 않겠는가. 웨이비, 그래서 우리도 자연스럽게 최선을 다해 너를 돌보게 되었단다.

무지개다리 건너간 날

2023년 2월 26일, 너는 홀연히 무지개다리를 건너 멀리 하늘나라로 가 버렸다. 어떻게 그런 황망한 일이 있을 수 있을까? 나와 엄마는 제정신이 아니었다. 가슴이 찢어지는 안타까움으로 '그때 이랬더라면', 또는 '저랬더라면' 하고 시곗바늘 거꾸로 돌리기를 수십 번도 더했을 것이다. 그러다가 '그래, 다 끝난 일이지.' 하며 크게 도리질 치는가 하면 어느새 나도 모르게 다시 시곗바늘을 거꾸로 돌리고 있었다.

그날 밤, 상처나 혈흔 한 점 없이 자는 듯 내 옆에 주검으로 놓인 너를 쓰다듬고 또 쓰다듬으며 거의 잠자지 못하다가, 날이 밝는 대로 창고 구석구석에 박아두었던 판재(板材)로 관을 짜고 이웃이 준 수의를 입혀 매원(梅園)의 양지녘 리로 무덤 옆에 너를 안장하였다. 엄마는 손으로 봉분을 다지며 연신 "웨이비, 미안하다." "웨이비, 잘 가거라." 중얼거리며 흐느꼈는데, 나는 일찍이 그렇게 애절한 구음(口音)을 들어 본 기억이 없구나.

어영 집 올 때는 유별나게 차 타기 좋아하는 너와 함께 셋이서 장난치며 환하게 왔건만, 하루 상간(相間)으로 너를 묻고 부산 갈 때는 엄마와 나 둘이서 비통에 휩싸여 아무 말이 없었으니, 이 무슨 억장 무너지는 상황이더란 말이냐.

부산 도착하여 우리는 너 없는 집에 들어가고 싶은 생각이 없어 송정 바닷가를 길게 걸었고, 밤에는 늦게까지 막걸릿잔 기울이며 너의 사진과 동영상을 보고 또 보았단다.

그 이후 우리의 삶

다음 날 새벽, 평소의 습관대로 뒷산에 갔다가 현관으로 들어서는데 너의 부재(不在)가 찬바람이 되어 내 가슴으로 쇄도했다. 나는 그 자리에 우두커니 서서 늘 하던 대로 가만히 너를 불러 보았다. '웨이비~' 하는 소리에 엄마는 울음을 터뜨리며 내게로 다가왔고, 우리는 현관에서 부둥켜안고 통곡을 하였구나.

한 달이 흐른 지금이라고 별도 달라진 것도 없지만, 그 이후 며칠간은 너가 너무 보고 싶어 가슴에 물리적 통증이 느껴지는 듯했다. 혼자 운전할 때에는 '웨~비~' 하고 나만의 애칭으로 너를 불러 보곤 했는데, '비~'의 꼬리 부분은 예외 없이 울먹임으로 떨렸단다. 물먹은 스펀지처럼, 몸 어디를 누르더라도 슬픔이 흘러나올 것 같았다. 환갑 넘도록 살면서 이렇게 큰 상실감을 경험해 본 적도, 이렇게 많은 눈물을 흘려 본 적도 없었구나. 꽃 피고 새 우는 봄이건만 매화를 보고도 시이불견(視而不見, 보되 보지 아니함)이요 새들의 지저귐을 듣고도 청이불문(聽而不聞, 듣되 듣지 아니함)인 채 깊은 슬픔과 상실감 속에 침잠하여 봄을 흘려보내고 있는 것이다.

부산과 어영의 우리 집 곳곳에는 너의 사진들이 놓였고 나는 하루에도 몇 번씩 그 사진들을 보면서 너와의 시간을 추억하며, 나의 카톡 프로필도 너의 사진으로 대체하였다. 웨이비, 너의 눈망울은 참으로 선량하여 보고 있으면 그냥 눈물이 흐를 것만 같단다. 그렇게 너는 내 가슴에 묻힌 셈이어서, 내가 살아 있는 한 너도 내 가슴속에서 함께 살아 있을 것이다.

리로를 안장하고는 무덤 둘레에 꽃무릇을 심어 초가을 우아한 붉은 꽃이 피어나곤 하는데, 너의 무덤 둘레에는 엄마의 뜻을 따라 수선화를 심어 지금 샛노랑의 원(圓)이 그려졌고 그 위로는 매화 잎들이 봄바람에 흩날리고 있단다.

사진과 무덤이라도 없다면 산 자에게 죽은 자는 얼마나 멀랴! 그 뭇의 절망과 안타까움을 필사적으로 거부해 온 문화적 진화가 영혼과 환생을, 또 불상이나 예수상 같은 것들을 만들어 낸 것이리라. 그 영혼 등은 사실 여부의 문제가 아니라 믿음의 영역일 터인데, 나의 믿음은 생명은 죽음으로써 단멸(斷滅, 영혼이고 뭐고 할 것 없이 깡그리 없어지는 것)한다는 것이다. 어쨌거나 너의 사진이나 무덤이라도 없다면 우리는 단멸의 절망과 안타까움을 도대체 어찌하겠느냐.

한편, 죽음으로써 모든 것이 끝난다고 믿는 내가 죽음 이후를 인정하는 것은 단지 하나인데, 그것은 인연 있는 다른 이의 기억 속에 좋은 모습으로 간직되어 있으면서 종종 아름답게 일컬어지는 것이다. 사람들 대부분에게는 언감생심이라 해도, 너는 내 가슴에 묻혔으니 적어도 내가 살아 있는 동안에는 너 또한 단멸한 것은 아니라 하겠다.

엄마와 나는 너 없이 이렇게는 살 수 없다는 결론에 이르러, 너를 환생시키기로 하였다. 몇 사람에게 너의 사진을 보내 주면서 너를 닮은 어린 닥스훈트 수컷을 구해 달라 부탁해 놓고는 날마다 낭보를 학수고대하고 있는 것이다. 그러므로 머지않아 입양될 그 아기는 너의 대체가 아니라 연속이니, 너는 섭섭하게 여기지 말라. 엄마는 아기가 입양되면 울 것 같다 하는데, 그 역시 다시금 너와 상봉하는 기쁨의 눈물일 것이야. 우리는 아기의 이름도 미리 '웨비'로 정해 놓았구나.

배운 것들

웨이비, 살다 보면 가끔 너가 홀연히 무지개다리를 건너 하늘나라로 가 버린 것과 같은, 도저히 받아들일 수 없는 일들을 만난단다. 그러나 받아들이지 않을 도리 또한 없다. 세상살이가 어려운 것은 그처럼 받아들일 수 없는 일을 받아들이지 않을 수 없기 때문이기도 하겠지?

웨이비, 생명은 참으로 연약하기도 하더구나. 그래서 생명 가진 존재들은 서로의 생명을 소중히 여겨 보호해 주어야 할 터이다. 작은 벌레도 잡으려면 필사적으로 도망치는 것을 보건대 생명 보존은 생명 있는 것들의 본능이라 하겠고, 어느 누구도 그 본능을 위압할 권한은 없다. 이렇게나 과학이 발달하고 문명이 치성(熾盛)해도 그 작은 생명 하나 만들 수 없음에랴!

웨이비, 이번의 횡액을 겪으면서 문학평론가 신형철의 책(『슬픔을 공부하는 슬픔』, 한겨레출판, 2018)에서 봤던 구절 "인간이 배울 만한 가장 소중한 것과 인간이 배우기 가장 어려운 것은 정확히 같다. 그것은 바로 타인의 슬픔이다."가 폐부 깊숙이 들어왔단다. 부디 타인의 슬픔에 대한 감수성을 키워야 하리라.

같은 맥락으로, 비 맞고 있는 사람에게 나는 '날씨가 흐렸는데 왜 우산을 준비하지 않았느냐.' 또는 '비 맞는 것이야 무슨 문제인가, 옷 말리면 그만인데.' 같은 인정머리 없는 말을 얼마나 많이 했던가. 그냥 옆에서 묵묵히 함께 비를 맞아 주었어야 할 뿐인 것을.

'다 지나간다.'는 말도 조용히 자신에게 이를 것이지 슬픔에 빠져 있거나 절망으로 누워 있는 사람에게 교설(敎說)할 것이 아님을 알았단다.

웨이비, 배운 것이 하나 더 있구나. 우리는 무슨 이유로 너와의 이별을 이렇게나 애절하게 여기는 것일까? 두말할 필요도 없이 체온을 나누고 정감을 교류한 때문이겠지. 체온 나누기와 정감 교류는 가장 숭고한 가치로 일컬어지는 사랑에 다름 아닐 터, 새삼 존재가 존재하는 방식이 어떠해야 하는지를 숙고해 보게 되었단다.

마지막 인사

우리가 가는 데라면 물이든 불이든 가리지 않을 것같이 우리를 신뢰하며 의지하던 너를 지켜 주지 못했다는 죄책감이 이렇게나 크구나, 웨이비. 참으로, 참으로 아픈 부분이다.

그러나 웨이비, 엄마 아빠 어금니 악물고 이 회한과 슬픔을 이기며 씩씩하게 살아 볼 테니 너도 우리와 함께했던 행복한 시간 기억하며 하늘나라에서 잘 지내야 한다~. (2023. 3. 30)

잊지 못할 여행

며칠 전 고등학교 친구들과 거제도 인근에 조그맣게 떠 있는 이수도(利水島)로 여행을 다녀왔다. 아이가 초등학교에 다닐 무렵에만 해도 전국을 무대 삼아 중독적으로 여행을 다녔다. 그러나 어엿 집을 마련한 이후로는 여행 다닐 필요성을 별로 느낄 수 없었고, 특히 강아지를 입양한 다음부터는 숙박하는 여행은 다니기 어려웠다. 그러니 이번 여행은 실로 오랜만이었고, 그런 만큼 새삼 여행의 의미를 생각해 보고 여행의 경험들을 반추해 보았다.

흔히들 여행의 의미를 일상으로부터 벗어나는 것에서 찾는 것 같다. '힐링'이라는 표현의 범람에서도 짐작되듯이, 일상의 중압감 때문일 터이다. 한편 일상으로부터 벗어남은 자신과의 거리 두기이기도 하겠는데, 그렇게 거리를 둠으로써 우리는 비로소 자신을 객관화할 수 있는 시선을 확보할 수 있는 것이다.

때때로 그런 객관화의 시선이 필요한 이유를, 나는 예술의 효용이 대상을 낯설게 제시하는 데 있다는 주장과 궤를 같이한다고 여긴다. 세상의 모든 대상은 나름의 아름다움과 존재 의미 같은 것이 있을 텐데, 일상에서의 우리는 주목하는 경우가 거의 없을 정도로 그 대상에 심드렁하다. 그러면 자연히 삶도 지루할 수밖에 없다. 그런데 시나 미술이나 음악 등의 예술 장르는 그 대상을 아주 낯설게 느낄 수 있도록 표현함으로써, 우리는 대상의 아름다움과 존재 의미를 환기(喚起)하게 된다. 여행 또한 우리 자신의 삶을 그렇게 바라보게 한다는 것이다. 그러면 우리의 삶에 더께더께 눌어붙은 심드렁함이나 지루함 같은 것들이 한동안은 저만치 물러가 있을 터이다.

많은 여행의 경험 중에서 가장 잊지 못할 것을 꼽으라면, 내 20대 중반의 하회마을 가을 여행을 들지 않을 수 없을 것 같다. 그 여행을 글로 정리해 보려 마음먹은 지도 꽤 오랜 시간이 흘렀다.

1985년 이맘때였다. 제20회 공인회계사 2차 시험 합격자가 발표되었다. 내 이름은 없었고, 합격 보증수표라던 몇몇의 이름도 찾아볼 수 없었다. 내가 직·간접적으로 아는 사람들 중 합격자는 전무(全無)했던 것이다.

거대한 절벽을 마주한 것처럼 암담했다. 공부 기간이 비교적 짧긴 했지만 합격하지 못할지도 모른다는 생각은 해 본 적이 없었는데, 합격할 자신이 없어져 버렸던 것이다. 실로 깊디깊은 절망감이었다. 삶에서 가장 무서운 것은 희망이 없는 것, 즉 절망이라는 사실이 그때 내 가슴에 각인되어 지금껏 변치 않을 정도였던 것이다.

지난 1년 모든 것을 쏟아부었다 자부할 수 있을 만큼 '회계사 시험 합격'이 내 전부였는데 이제 무엇을 해야 하나 싶은 상실감, 비통함 등등의 복잡한 심정을 주체할 수 없어서, 대낮임에도 주점에 들어가 깡소주를 마셨다. 독한 술이 몇 잔 들어가자 마음이 좀 진정되었으며, 불현듯 일단은 학교를, 부산을 벗어나는 것이 좋겠다는 생각이 들었다.

다음 날 아침 일찍 안동행 버스에 몸을 실었다. 낮 동안에는 안동댐으로 인해 형성된 호수의 둘레를 배회하고 저녁에는 댐 아래의, 댐에서 흘러내리는 물이 이룬 하천 옆 여관에 들었으며, 이른 새벽, 물안개가 참으로 장관이던 하천을 뒤로하고 하회(河回)로 향했다.

하회는 옛 영광을 무슨 전설마냥 품고 있는 마을 같았다. 사람이 거주하는 집은 별로 없었고, 흙담들은 곳곳이 무너져 있었다. 투명한 가을볕 아래 정적이 감돌 뿐이었다. 마을 여기저기의 높은 감나무들에는 파란 하늘을 배경으로 빨간 감들이 올려다보였다. 폐가에서 장대를 찾아 들고 홍시를 제법 많이 따먹었다.

그렇게 허기를 달래고는 강 쪽으로 나아갔다. 적잖이 걸었음에도 역시 사람을 볼 수는 없었다. 넓은 솔숲이 나타났다. 만송정이었다. 여기서도 내가 할 수 있는 것은 배회뿐이어서, 한참을 솔숲 속을 어슬렁거렸다. 솔숲 너머로 넓은 사장(沙場)이 펼쳐져 있었다. 강모래는 바닷모래와는 또 다른 맛이 느껴졌으니, 안온하기 그지없었다. 사장에 오랫동안 앉아 있었다. 사위(四圍)가 적요했고, 바람은 없었으며, 볕이 따뜻하였다. 눈앞으로 강물이 흘렀고, 강 건너로는 넓고 높은 절벽이 바라보였다. 부용대였다. 한참을 지나서야 나는 강 건너에 조그마한 배가 있는 것을 알아보았다. 다시 한참을 지나 사공이 장대로 강바닥을 밀면서 배를 몰고 강을 건너왔다. 아마도 나를 보고 오는 것 같았다. 사공은 연로했으며, 그의 얼굴에는 강의 오랜 역사가 서려 있는 듯했다. 야윈 얼굴에 깊은 주름과 형형한 눈빛이 이채로웠다. 강을 건너는 동안, 사공은 한마디 말도 없이 푸른 하늘과 맑은 강물 중간쯤의 먼 곳을 응시할 뿐이었다. 배에서 내려 옥연정사로 올라갔다. 서애 선생이 『징비록(懲毖錄)』을 집필했던 곳이라 했다. 역시 마주치는 사람은 없었다. 정사 마루에, 또 바깥의 은행나무 아래에 멍하니 앉아 있었다. 은행나무는 노란 잎을 가득히 달고 있었고, 그 아래에는 은행이 수북하였다. 아름다운 가을날이었다.

부쩍 짧아진 가을 해에 저녁 기운이 설핏 느껴져, 사공을 불러 강을 건너왔다. 다시금 암담한 현실이 자각되었다. 묵직한 마음을 안고 터벅터벅 걸어 마을 입구의 버스가 닿는 곳에 당도하였다. 옆에 초가로 기억되는, 허름한 주막이 있었다. 막차가 들어오기까지는 제법 시간이 남았다. 주막 바깥의 평상에 걸터앉아 막걸리 한 주전자를 청했다. 안주는 그냥 주는 김치였다. 주막 앞은 들판이었고, 벼가 누렇게 익어 있었다. 막걸리 한 사발 들이켜고 손등으로 입을 훔치고는 으스름해져 오는 들판을 바라보았는데, 그 착잡한 심정이라니! 내 필설(筆舌)의 재주로는 결코 표현해 내지 못하겠다. 1985년 10월의 하회행(行)이 내 가장 잊지 못할 여행이 되는 이유도 아마 입때껏 선연한 그 심정 때문이 아닐까 싶다.

그런데 당시 나는 왜 목적지를 하회로 삼았을까? 짐작건대, 도저히 감당할 수 없는 절망감, 상실감, 비통함에 함몰해 버린 마음을 사람살이의 숨결과 바람처럼 흐른 세월의 흔적 같은 것들이 웅숭깊게 서린 하회에 담궈 휴식하며 위로받자는 의도가 무의식 속에서 작동했을 법하다. 한편, 하회에 대한 그러한 관념은 고등학교 국어책으로 접한 김종길의 시 「하회에서」의 "고가(古家)의 이끼 낀 기왓장"이나 "양진당(養眞堂) 늙은 종손의 기침 소리" 등 구절이 폐부를 찔러 옴으로부터 비롯되었으리라 추측해 본다.

여행 이후 나는, 곡절이 없지 않았지만 결과적으로는 부산으로, 학교로 돌아와 회계사 시험에 대한 희망의 촛불을 다시 댕길 수 있었던 것이다.

두어 가지를 덧붙여 글을 맺을까 한다.

하나는, 그로부터 꽤 오랜 시간이 흐른 뒤 하회를 다시 찾은 일이다. 1985년 가을의 하회는 어디에도 존재하지 않아 보였고, 마을 전체에 거대한 상혼(商魂)이 드리워져 있는 것 같았다. 피천득의 수필 「인연」의 화자처럼, 나의 입에서는 '아니 왔어야 좋았을 것'이란 말이 자신도 모르게 흘러나왔다. 알고 보니, 1999년 영국 엘리자베스 여왕의 방문 이후 하회는 관광지로 급조(急造)되었던 것이다. 이 글을 씀으로 인하여 부디 내 뇌리에서 다시 찾은 하회의 모습이 밀려나고 1985년 가을 하회의 정경이 오롯이 복원되기를 바랄 따름이다.

또 하나는, 유순하의 소설 『하회 사람들』(고려원, 1988)을 읽은 일이다. 책 표지 안쪽의 메모에 의하면 1988년 12월 30일 읽기를 마쳤으니, 내 하회 여행으로부터 3년이 지났을 뿐이었다. 그런 만큼 하회 여행에서의 생생한 느낌들을 반추하면서 몰입하여 읽을 수 있었다. 하회에 대한 작가의 심입(深入)은 예사롭지 않았고, '작가의 말'에서 밝힌 바 원고를 출판사에 넘기고 다시 하회를 찾아 달빛 휘영청한 밤에 마을 여기저기를 거니는 모습은 묘하게 인상적이었으니, 그 또한 사람살이의 유서 깊은 흔적에 대한 사무친 그리움으로 이해되었다. (2023. 10. 31)

나의 경주

이상하게도 어렸을 때부터 경주가 좋았다. 이유를 생각해 보건대, 성향이 의고적이었다는 점과 초등학교 때 '고전 읽기 경시대회' 학교 대표에 포함되면서 『삼국사기』, 『삼국유사』 같은 책들의 어린이용 발췌본을 제법 읽었던 점이 우선 짚인다.

두메산골의 아버지 없는 농가여서, 생장(生長) 환경이 어두웠다. 어린 의식의 깊은 곳에서 그 회색의 현실을 밀어내며 막연히 옛날을 그리워했던 모양이다. 신라가, 그 중심인 경주가 옛날의 상징이었지 싶다. 그런 의고적 성향이어서인지, 신라 중심으로 서술된 『삼국사기』와 특히 경주의 옛날이 환상적으로 펼쳐지는 『삼국유사』는 초등학생임에도 아주 흥미로왔던 것이다.

그렇게 각인되기 시작한 경주는 내 평생의 로망이 되었다.

처음으로 경주에 갔던 것은 초등학교 때였다. 수학여행의 장소가 경주였던 것이다. 어린 눈에도 봄이 부풀어 오르고 있다는 느낌이었던 것 같다. 산과 들은 파릇파릇, 윤기가 흐르는 듯했고, 특히 인상 깊었던 것은 모내기를 위해 물을 잡아 놓은 논들 사이의 드문드문 선 휘어진 소나무와 둥그스름하니 고요하게 엎드린 능들이었다. 아마도 나는 그런 모습을 신라의 원초적 풍경쯤으로 흡수해 버렸던 것 같은데, 어쨌거나 강렬한 각인이었다.

 그 이후 오랫동안 경주에 갈 일이 없었다. 경주 출입을 본격적으로 한 것은 학업을 마치고 사회생활을 하면서부터였다. 참으로 부지런히, 경주의 구석구석을 다녔다. 가끔은 동행이 있었지만, 주로 혼자였다. 경주와의 내밀한 대화를 위해서는 혼자여야 했던 것이다. 지금도 생생한 몇 가지 기억을 대체(大體)만 반추해 본다.

 매미 소리 왕성한 분황사 느티나무 아래에 앉아 희명(希明) 어머니의 기도를 듣보던 어느 여름날, 허름했을 입성으로 부처님 전에 연신 절 올리며 딸아이 눈을 밝혀 달라던 그녀의 중얼거림은 얼마나 간절하던지.

 따뜻한 봄볕을 등으로 받으며 아사달과 아사녀의 애절했을 마음을 가슴에 품고 봄물 가득하던 영지(影池)는 또 몇 바퀴나 돌았던가.

 주위엔 아무도 없는, 늦여름 해거름이었다. 황룡사지에 앉아 남산의 해목령(蟹目嶺)을 한참 동안 바라보았다. 기분 좋을 만큼의 허기, 선선한 바람결, 산봉 위에 드리워진 노을, 잊히지 않을 소쇄한 느낌이었다.

 추령을 넘어 감은사를 거치고 당도한 만파식적의 현장 대왕암 바닷가는 또 얼마나 큰 영감을 주었던가. 그 일대에 붙였던 고유섭 선생의 영탄 '나의 잊지 못하는 바다' 역시 지극한 영감의 진술에 다름 아니었으리라.

25년 전, 경주에서 열렸던 며칠간의 세미나를 마친 날 작심하고 찾은 무장사지는 『삼국유사』 강독에서의 상상을 조금도 배반하지 않고 '암곡촌(暗谷村)'이란 이름에 걸맞게, 얼마나 그윽하던지. 말기 암의 숙부님과 사별의 예감에 눈물로 간병하던 숙모님 간 부부의 정리가 마음 한쪽을 차지하던 터라, 아미타불을 조성하며 소성왕(昭成王)의 극락왕생을 발원하던 계화부인(桂花夫人)의 심정은 또 얼마나 통절히 전이되던지.

'흙바람 불고 살구꽃 터질' 무렵이면 펼쳐 보던 김동리 소설 『무녀도』의 낭이 엄마 고향이 모화라 해서, 모화리의 원원사는 일찌감치 심방(尋訪)했다. 밀교 사찰이라는 점도 호기심을 불렀고 창건자 명단에 김유신이 포함된 점도 주목되었다. 지금은 어떤지 모르겠다만 요사채는 여염집 같았고 더구나 바둑이가 그 축담에 엎드려 있어 정겨웠는데, 그렇게 무장이 해제된 마음으로 사찰 뒤편 언덕을 올라 살펴본 삼층석탑 탑신에 새겨진 조각은 정교하고 생동적이어서 아연 긴장감을 자아내었다.

『삼국유사』의 등장인물 중 가장 호기심을 발동시켰던 자는 사복(蛇福)이다. 생장 과정도 특이했고, 도(道)의 경지가 추측되지 않았던 것이다. 그 사복이 어머니 장례 의논 차 원효를 찾았을 때, 원효의 주석처가 고선사였다. 고선사 자리는 지금의 덕동호 물밑이며, 경주박물관 뜰에는 거기 있던 소박 장중한 삼층석탑이 옮겨져 있다. 어느 해 가을 저물녘, 감포 쪽에서 추령을 넘어오다 오른쪽 아래로 내려다본 덕동호의 수면을 나는 잊을 수 없다. 그 넓고 고요한 회색의 호수 아래로, 통쾌하게 원효를 압도하던 사복의 경지와 신비감을 자아내던 띠풀 아래의 연화장 세계가 잡힐 듯했던 것이다.

이런 식으로 말하다가는 끝이 없겠다. 초여름 아침의 여린 햇살이 왕버들 잎새 사이로 스며들면서 환해지는 느낌 속에, 문득 닭울음이 들리는 듯 신령스럽기까지 하던 계림. 목숨을 초개처럼 던지게도 하던 신념의 무게가 가슴을 육박해 오던 차가운 겨울바람 속의 백률사. 주변으로 감나무가 많은 덕에, 떫은맛과 단맛이 묘하게 융합된 늦가을의 감을 두어 개 따서 버려진 장대석에 앉아 베어 물며 바라보곤 하던 고위산 8부쯤의 기이하게 넓고 평평한 천룡사지. 고대 경주의 많은 이야기가 녹아 있으며 현지에서는 모기내[蚊川]라는 정감 어린 이름으로도 불리는 남천(南川), 그리고 김주원(金周元)과 괘릉의 주인공이기도 한 김경신(金敬信)이 왕위를 각축하던 때 넘실넘실 범람하는 인상적인 모습으로 등장하던 북천(北川, 알천). 언제 가든 정겨움과 황홀함을 안겨 주던 남산의 수더분한 많은 길들. 그 모두도 내 가슴에 각별한 정서를 심어 주었다.

오래전부터 가고자 했음에도 여태까지 가 보지 못했던 곳 셋도 대략 언급해 두련다.

첫째는 부산성(富山城)이다. 득오곡이 창직(倉直)으로 근무하면서 죽지랑의 인품을 사모하게 된 현장인데, 죽지랑은 그 사모의 마음을 담아 향가 「모죽지랑가」를 지었다. 나는 『삼국유사』에서 죽지랑이 득오곡의 어머니와 대화하는 장면, 죽지랑이 137명의 무리를 데리고 득오곡을 만나러 부산성으로 가는 장면, 밭일하던 득오곡에게 술과 떡을 먹이는 장면을 선연하게 그려 볼 수 있었으며, 고등학교 국어 교과서에서 처음으로 접했던 「모죽지랑가」에서 많은 감명도 받았던 것이다.

둘째는 여근곡(女根谷)이다. 멀리서 전체로 보면 여자의 성기를 닮았다 해서 그런 이름이 붙었다 한다. 사실 경부고속도로로 경주를 지나면서 바라보면 모습에 걸맞은 이름이다 싶어 고개가 끄덕여진다. 그 중앙에 옥문지(玉門池)라는 야릇한 이름의 샘이 있어 나무꾼이 지게 작대기로 휘저어 버리면 동네 처녀 바람난다는 속설도 들었던 터라, 부쩍 호기심이 동했던 것이다. 부언하면, 일연이 문자(文字, 한자)로 표기하다 보니 '여근곡'이었지 구어(口語)로 전승되기로는 필시 '보지골'이었을 터이다. 내 고향에도 산 중턱에 여자 성기 모습의 장소가 있어 어른이나 아이 불문하고 스스럼없이 '보지골'이라 불렀는데, 여근곡은 보지골의 완벽한 한역인 것이다.

셋째는 사체산(師彘山)이다. 나는 『삼국유사』 강독에서, 공을 세우고도 시상(施賞)에서 배제되어 거문고 메고 산으로 들어가 다시는 세상에 나오지 않았다는 물계자의 상실감에 깊은 감정의 이입을 경험하였다. 그래서 물계자의 심정을 짐작해 마음만 앞서는 졸문(拙文)을 엮어 보기도 했다. 물계자가 평생 숨었던 그 산이 사체산이라 하는데, 일연도 그 산에 대해 "어딘지 알 수 없다[未詳]"고 주석했던 터라 나는 가 볼 방도를 찾지 못하고 있는 것이다.

'나의 경주'를 말하면서 윤경렬 선생과의 만남을 뺄 수는 없겠다. 선생은 내가 아는 한 가장 경주를 사랑했던 사람이기 때문이다. 평소 선생의 존재를 잘 알고 있었고 관심도 적지 않았는데, 선생의 책『마지막 신라인 윤경렬』(학고재, 1997)을 감명 깊게 읽고 나서 더 늦기 전에 찾아뵈어야 하겠다 싶어, 시간을 허락받고 아내와 함께 남천 옆에 자리한 선생의 자택을 방문했던 것이다. 1998년 1월이나 2월쯤이었던 것 같다. 서너 시간 신라와 경주에 대해 다양한 이야기를 흥미롭게 나누었는데, 중간에 선생께서 내가 들고 간 술병에 눈길을 보내면서 "부인은 운전을 못하시우?"라며 입맛을 다시는 게 아닌가. 날이 저물어 곧 부산으로 출발해야 하겠기에 선생께 술잔을 권할 수 없었다. 지금 같으면야 선생과 술잔을 나누고 경주에서 하룻밤 자도 무방했으련만, 그때는 무슨 융통성이 그리도 없었던지. 그로부터 1년 정도 후, 선생의 부음을 듣고 말았다. 나는 새삼 선생의 흥과 열정과 겸손을 떠올리며 내 융통성 없음을 통탄해야 했다.

30대 중반 경주에 집을 한 채 마련하려고 이곳저곳으로 터를 보러 다녔다. 한 가지가 마음에 들면 다른 한 가지가 성에 차지 않는 식이어서 포기했고, 집은 결국 어영 마을에 지어졌다. 이후 20여 년이 흐른 몇 년 전, 경주에의 집 마련을 다시 시도해 보고 싶었다. 한동안 고심을 거듭하다가 또 포기하였다. 이유는 둘이었다. 하나는 사람 사는 곳은 어디나 비슷한데 괜히 시비하고 분별하는 마음이 일어나는 것일 뿐 아닐까 싶은 깨침(깨침의 경위와 구체적 내용은 4장의 「버리자 얻어진 것들」에 서술되어 있다) 때문이다. 다른 하나는 경주에 집을 짓고 나무들을 심어 그 나무들이 지금의 어영집 나무들처럼 늠름해지자면 나는 어언 80대 노인이 되어 있을 텐데 어느 세월에 그 나무들과 등 기대고 살랴 싶은 회의 때문이다.

이제 경주에의 집 마련에 대한 미련은 싹 버리고, 글쓰기로써 경주에 대한 로망을 위무(慰撫)해 보려 한다. 머지않은 시간 내에 경주에 대한 글을 대략 2년에 걸쳐 쓰고자 하는 것이다. 좀 구체적으로 말하면, '『삼국유사』에 기대어 신라인을 만나다.' 정도의 콘셉트로, 『삼국유사』를 읽으면서 인상 깊었던 내용들에 대한 현장의 답사를 통해 당시 신라 사람들의 삶을 잠시 복원해 보면서 우리의 삶을 통시적(通時的)으로 투시해 보려는 것이다. 그 과정에서 경주 속으로 보다 깊이 들어가는 것, 또는 경주와 속 깊은 대화를 나누는 것은 일정 부분 저절로 실현되지 않겠나 기대해 본다.
(2023. 12. 28)

2장

스쳤거나 스민 시간의 무늬

고향에서 바라보던 산들

　내가 나고 자란 곳은 경남 양산시 원동면 화제리 지나 마을
이다. 초등학교 5학년 때 부산으로 전학했어도 엄마는 그곳에서
내가 대학생이 될 때까지 농업에 종사했으니, 나는 성인이 되기까
지 고향에서 살았던 셈이다. 내가 중학교 2학년 때인 1976년도에
전기가 들어왔던 만큼, 고향은 전형적인 산촌이었다. 농토가 아주
협소하지는 않았지만, 주위로는 산이 둘러 있었다. 지금 회고해 보
면, 고향에서 자주 바라보던 산은 4개였다.

　첫째*는 앞쪽으로 보이던 오봉산이다.
　늘 그랬지만, 봄이면 자주 고향집 마루에 걸터앉아 오봉산 근
처를 멍하니 바라보았다. 그 너머에는 무엇이 있을지 궁금했던
것이다. 그러한 궁금증이 내게 가장 큰 축복이라 여기는 그리움
의 정서**를 잉태시키지 않았나 싶고, 지금도 봄이 오면 가장 먼저

---

* 　화제리는 한 줄기의 산으로 삼면이 둘러싸여 있고, 남쪽으로는 낙동강이 흐른
　다. 산 4개라는 것은 그 삼면 산의 봉우리들인데, 순번은 남동쪽의 오봉산으로
　부터 시계 반대 방향으로 부여하였다.
** 　나는 그리움이 남은 한은 아직 순수함도 남아 있다고 믿는다. 그리움은 미(美)
　추구의 형식인 예술의 원형이자 동인일 터이다. 그러한 점은 소설가 김성동의

〈봄이 오는 길〉과 함께 〈산 너머 남촌에는〉을 찾아 듣게 만들었을 터이다.

여름이면 종종 점심으로 엄마와 마루에서 처마 서까래에 걸린, 삼베보 덮인 대바구니의 식은 보리밥을 먹곤 했다. 그때 엄마는 밥 한 덩이 입에 넣고 씹으면서 초점 없는 눈으로 오봉산을 쳐다보았다. 어린 자식 둘 먹여 살리기 위해 끝없는 노동 속에서 헤매던 청상과부에게 무슨 희망이 있었으랴. 그런 엄마도 육신이 자식들에게 다 파먹혀서인지 이제 탈곡 후의 짚단처럼 가벼운 80대 노인이 되었다.

겨울에는 가끔 잔칫집이나 초상집에서 얻어다 놓은 시루떡을 데워 점심으로 했는데, 김 모락모락 나는 시루떡 접시 한켠에는 설탕이 놓이곤 했다. 꼽꼽한 떡을 설탕에 찍어 먹는 맛은, 먹을 것이 절대 부족하던 당시에는 그야말로 환상적이었다. 한번은 떡을 먹은 후 방문을 열고 마루로 나서는데, 저 앞쪽으로 방금 전의 설탕과도 흡사한 하얀 눈으로 덮인 오봉산 꼭대기가 눈에 들어오는 것 아닌가. 나이가 들면서 기이하게도 시루떡 접시의 설탕과 오봉산 꼭대기의 눈은 견고하게 동일시되어 버렸다.

둘째는 북동쪽의 매바위이다.

매바위는 마을을 내려다보고 있다. 마을에서 올려다보면 매의

경우에서 확인된다 하겠다. 2019년 요산문학상 수장자로 선정된 그는 그 시상식에서 "배고프고 외롭고 그리웠다. 배고픔보다 견디기 어려운 것은 외로움이었고, 외로움보다 견디기 어려운 것은 그리움이었다. 그리움을 찾아가는 가시밭 길이 문학이었다."고 말했던 것이다.

머리 부위와 치켜든 왼쪽 날개 부위가 자못 선명하다. 위치, 모양, 높이 등으로 보아 마을의 진산(鎭山)이라 해도 무방할 듯하다.

해 짧은 겨울, 저녁밥을 일찍 먹은 아이들은 달리 할 것도 없어 마실을 갔다. 마실 처(處)는 거의 정해져 있었다. 아궁이에서 스며든 연기 냄새와 윗목 가마니에 갈무리된 고구마 발효 냄새가 나는 호롱불 희미한 좁은 방에서 나눈 이런저런 이야기 중에는 '매바위 부엉이'에 대한 것도 있었다. 매바위에는 굴이 있고, 그 속에는 황금 부엉이가 사는데, 부엉이가 물어다 놓은 진귀한 물건들로 굴이 가득하다는 것이었다. 황당한 이야기이지만 당시로서는 믿어 의심치 않았으니, 마실을 마치고 집으로 가는 길에 매바위 쪽을 바라보면 공제선(空際線)을 치받은 매 머리 부위 위로 별들이 가득하여, 그 아래 굴에도 저렇게 반짝이는 물건들이 있을 것만 같았던 것이다.

할아버지 대(代)까지는 지나 마을보다 매바위에 훨씬 가까운 감토봉 마을이 거주지였다. 감토봉 마을에서 매바위를 보려면 머리를 제법 많이 들어야 할 정도로, 마을에서 바위까지의 경사는 급하다. 그 가파른 비탈로 할아버지 형제들은 땔감이며 나물을 채취하러 다녔던 모양이다. 형제 중 한 분이 미성년의 나이에 매바위에서 떨어져 숨졌다는 이야기를, 나는 아주 어렸을 때 전설처럼 들었던 것 같다. 그 이야기는 매바위에 의지해 가까스로 지탱된 조상들의 간고했던 삶의 한숨으로 내 가슴에 자리하고 있다.

내가 대학생이 되고 나서, 엄마는 고향집을 처분하고 부산으로 이사하였다. 이사 전날 나는 감토봉 마을에서 제법 위쪽에 자리한 선산으로 가서 성묘하며 조상들께 고향을 떠나게 되었다고 고했다. 비장한 심정이었다. 매바위를 올려다보니, 그 심정에 걸맞게 낙목한천(落木寒天)이었다. 올라가 보기로 했다. 늘 바라만 보던 매바위에 올라 한참을 머물며 화제리 여기저기를 굽어보았는데, 참으로 만감이 교차했다.

셋째는 뒤쪽으로 물러앉은 우두봉(牛頭峰)이다.

우두봉은 이 글을 쓰자니 이름이 필요하여 내가 지은 것이다. 수년 전 등정해 보았더니 '신선봉'이라 세긴 표석이 놓여 있었는데, 난데없는 이름 같아 배격하고 있다. 우두봉이라 지은 이유는 그 모양이 고향집 마당가에 앉아 되새김질하던 소의 두상(頭狀)과 닮았었다고 여기기 때문인데, 그 소는 머리가 약간 삐딱했고 좌우의 뿔도 심히 불균형했던 것이다.

성리학을 공부하면서 천광운영(天光雲影)이란 말을 접했다. '구름 그림자'라 하니, 참 묘한 느낌이 들면서* 떠오르던 장면이 여름 쨍쨍한 날이면 우두봉 6~7부쯤에 드리워지곤 하던 구름의 그림자였다. 여름의 청산(青山)에 한 조각 백운(白雲)의 그림자는 자못 내 눈길을 끌었던 것이다.

마을 사람들은 봄이 오면 당넘골 시내에서 빨래를 하였다. 나는 가끔 엄마를 따라가 고무신을 신은 채 물에 들어가서 흐르는

---

* '천광운영'은 주자의 시 「관서유감(觀書有感)」에서 비롯된 말이다. 맑은 물에 하늘은 빛으로, 구름은 그림자로 비치듯이 허명(虛明)한 마음 바탕에는 만상(萬象)이 다 드러난다는 의미인데, 마음의 허령불매(虛靈不昧)한 권능을 나타낸다. 아주 이념적인 말이지만, 나는 좀 낭만적으로 읽고 싶은 것이다.

물로 일렁이는, 햇빛 받아 반짝이는 바닥의 사금파리나 돌들을 들여다보았는데, 머리를 들어 우두봉을 바라보면 그 봉우리 아래쪽에 옹달샘이 있고 그 샘에 의지해 사는 눈 맑은 청노루가 느껴지곤 했던 것 같다.*

우두봉 자락에서는 물줄기 하나가 발원했다. 마을 사람들은 그 시내를 첫거렁**이라 불렀다. 이름 그대로 시내는 원시림 속 차양(遮陽)막을 이룬 다래 덩굴 아래로 흘렀는데, 어린 눈에도 너무나 맑아 보였다. 다래를 따느라, 또는 소를 찾느라*** 지친 우리는 바위에 엎드려 그 물을 마시곤 했다. 나는 몇 년 전부터 산행하다 재피잎이 보이면 비벼 코에 갖다 대는 것이 버릇되었는데, 살짝 감은 눈앞에는 어김없이 첫거렁 물줄기가 흘러간다. 첫거렁과 재피잎 냄새가 그렇게 연결된 이유를 나도 잘 모르겠으나, 애써 추측해보자면 둘 모두 원시성(原始性)을 풍기기 때문이 아닐까 싶다. 재피잎에는 무언가 길들지 않은 야성적인 냄새가 나는 것이다.

넷째는 서산(西山)이다.

서산은 고유명사가 아니라 보통명사이다. 서쪽에 있는 산인

---

* 표현은 훗날 알게 된 목월의 「청노루」로 재구(再構)한 것이지만, 느낌은 사실 그러했던 것 같다. 봄눈 녹고 느릅나무 속잎 피어나며 일편(一片) 백운(白雲)이 비치고 열두 구비가 깃들였다 하니, 목월의 자하산(紫霞山)도 우리의 우두봉과 닮았으리라 싶은 것이다.

** '첫'은 시원(始原)의 의미일 것이고, '거렁'은 '거랑'의 모음동화(母音同化)일 터이며, 거랑은 '시내'의 경상도 방언이다.

*** 여름에 마을 아이들은 풀을 뜯어 먹게 하려고 소들을 몰고 우두봉의 기슭으로 가서 뿔에 고삐를 감아(그렇게 하지 않으면 고삐가 바위나 나무에 끼어 소가 오도 가도 못하게 될 수도 있다) 위쪽으로 올렸다.

것이다.

고향집은 남향의 본채에 양쪽으로 곁채가 딸린 ㄷ자형이었다. 본채는 삼간(三間)의 초가(草家)였고, 서쪽 곁채는 선친께서 서재 겸 요양소로 지은 와가(瓦家)였으며 동쪽 곁채는 헛간과 광이 들어앉은 초가였다. 겨울 오후, 아무리 기온이 낮아도 바람만 없으면 서향의 광 앞에는 볕이 발라 따뜻한 편이었다. 그 볕을 받으며 나는 각종 연장을 가지고 연, 활, 스케이트, 팽이, 새총, 나무칼 등 놀이도구를 만들었다. 나무를 자르고, 다듬고, 휘며, 못을 치는 등의 작업을 시간 가는 줄 모르고 했다.* 그러다가 생각난 듯 서산을 바라보면, 짧은 겨울 해는 그 꼭대기에서 한 뼘쯤 거리로 내려앉는 중이고 내 마음에는 무언가 그림자 같은 것이 드리워지곤 했다. 해가 서산 너머로 져 버리면 추위는 물론 어린 몸으로도 스산함이 느껴졌던 것이다.

겨울 오후에는 또 마을 앞 빈 논에서 축구를 할 경우가 많았다. 추수 때 장화가 만든 움푹한 자국들과 벼 그루터기들로 인해 논바닥이 몹시 거칠었지만, 아이들은 발목 접질리는 일 없이 잘도 놀았다. 그러면서도 아이들은 초조한 심정으로 서산을 자주 쳐다보았다. 곧 해가 서산 꼭대기에 걸리면, 이집 저집에서 밥 짓는 연기가 피어오르면서 엄마들이 큰 소리로 아이들의 이름을 부르며

---

* 나는 오봉산에 대해 말하면서 언급했던 '그리움의 정서 잉태'만큼이나 그러한 작업의 경험 또한 축복으로 여긴다. 그를 통해 물성(物性)과 물리(物理)를 몸으로 깨닫는 바탕이 마련되었다고 생각하기 때문이다. 나는 얼마 전부터 머리보다 몸으로 깨치는 공부가 훨씬 귀하다고 여긴다. 감성을 이성보다 높이 평가하는 것도 같은 맥락일 터이다.

소죽 끓이러 오라고 다그치기 때문이다. 그런 연유로 내게 서산은 한편 애일(愛日)*의 상징 같은 것으로 기억되고 있기도 하다.

고향 인근에 어영 집을 마련한 이후에는, 어영에 머물다 겨울날 오후 늦게 부산으로 오면서 가끔은 고향에 들르는데, 서산 꼭대기에 걸려 있는 해를 만날 때면 50년 세월 저쪽의 어렸던 그 시절이 상기되어 눈시울이 살짝 붉어지기도 한다. 나도 이제 초로(初老)의 나이에 이르렀고, 그 시절은 실 끊어진 연처럼 가뭇없이 사라져 버렸다는 안타까움 때문일 터이다.

나는 고향에 대해서 애(愛) · 증(憎)이 착종(錯綜)하는 편이다. 엄마가 혼자서 농사짓느라 죽을 고생하던 현장이니만큼, 고향은 내게 오랫동안 호롱불의 기억**과 함께 결코 밝은색일 수 없었다. 그래서 20년 전 어영 집을 마련하면서도 고향은 피했던 것이다. 그러나 한편, 고향에는 내 '유년의 꽃그늘'***이 존재함도 부인할 수

---

* 애(愛)에는 아낀다는 의미도 있으니, '애일(愛日)'은 시간을 아까워한다는 것이다. 오래전 안동의 농암 고택에 갔다가 애일당(愛日堂)이라 쓴 현판을 보았다. 이현보(1467~1555)가 벼슬살이를 그만두고 낙향하여 부모의 거소(居所)에 그 현판을 붙이고는 날마다 부모 여생이 하루, 또 하루 줄어드는 것을 애달파했다는 말을 듣고 불현듯 그렇게 서산을 쳐다보면서 분초(分秒)를 아까워했던 내 어린 시절이 떠올랐던 것이다.

** 내게 호롱불은 추억으로도 낭만적인 것이 아니다. 밤에 밥상을 펴서 숙제라도 할라치면 할머니가 반짇고리를 들고 호롱불 가까이로 머리를 디민다. 그 머리의 그림자로 인해 글자는 볼 수 없어진다. 그러면 나는 엎드려서, 낮에 냇가에서 잡아 온 물고기 넣어 둔 주전자 속을 들여다보다가 잠이 든다. 아침에 일어나 보면 물고기는 죽어 있기 일쑤였다. 짐작건대, 그 죽음의 경험들은 어린 가슴에 검은 그림자로 차곡차곡 쌓였지 싶다.

*** 이 표현은 이문열의 소설에서 접했는데, 그때 뇌리를 스치던 장면이 둘이다. 하

없다.

이제 근 60세, 가끔 고향에 가면 여기도 괜찮겠다는 생각이 들 곤 한다. 그래서 10년쯤 후에는 세컨하우스를 어영에서 고향으로 옮겨 볼까 싶기도 한 것이다. 그러나 지금도 고향은 너무 많이 변했으니, 그때는 시골도 아니고 도시도 아닌 어정쩡한 곳이 되어 있을 것도 같다.

가끔 눈을 감고 고향을 생각해 보면, 아주 세세한 부분, 예컨대 길섶 풀들의 모양이나 개울에 놓인 돌들의 결 및 색깔 같은 것이 신기할 정도로 선명하게 떠오른다. 그럴 때 지용의 「향수」를 노래로 들으면 눈물이 흐를 것도 같다. 내 고향에서도 소들이 해설피 금빛 게으른 울음을 울었고, 화로에 재가 식으면 빈 밭에 바람소리 말을 달렸었는데….* 아, 그곳이 차마 꿈엔들 잊힐 리야! (2019. 12. 30)

나는 고향집 담에 기대어 선 살구나무에 연분홍의 꽃이 활짝 피었던 모습이다. 나는 봄이면 그 환한 꽃그늘을 지나 집으로 들어서곤 했던 것이다. 다른 하나는 여름에 아이들이 멱 감던 개울로 가는 길가의 큰 배롱나무가 붉은 꽃을 가득 달고 있던 모습이다. 우리는 무성 영화의 느린 화면에서처럼 그 꽃그늘을 지나 개울 쪽으로 걸어가곤 했던 것이다.

* 함부로 쏜 화살을 찾으려 풀섶 이슬에 바짓단 적시던 것, 누이와 엄마가 따가운 햇살을 등에 지고 이삭 줍던 것, 별 성근 하늘에 까마귀 우짖고 지나가는 초가 지붕이 있던 것 등도 고향에서 익히 보던 풍정(風情)이다.

산골 소년의 하늘 바라기

하늘 올려다보기를 좋아하는 편이다. 그래서인지 어렸을 때 하늘을 보면서 크게 감동된 기억 몇 가지가 있다. 아니, 어렸을 때 그 감동의 기억들 때문에 지금도 하늘 보기를 좋아한다고 하는 것이 맞을 것 같다.

고향집에서 여름 저녁밥은 마당 가장자리에 놓인 대나무 평상에서 온 식구가 둘러앉아 먹었다. 평상 옆에는 쑥대 따위 생초(生草)가 연기를 피워 올렸는데, 모깃불이었다. 밥 먹기를 마치면 어른들은 마실 온 동네 사람들과 두런두런 이야기를 나누었고, 나는 대빗자루를 후려 마당가를 빠르게 날고 있는 크고 시커먼 잠자리들을 잡았다. 잠자리 잡기가 시들해지면 평상에 누워 하늘의 별들을 올려다보면서 어른들의 이야기를 들었다. 이야기를 들으면서 아슴아슴 잠 속으로 빠져들곤 했다.

그때는 시력이 좋고 대기 또한 맑아서인지, 밤하늘의 별들이 마치 보석을 흩뿌려 놓은 듯했다. 그야말로 장관이었다. 한번은 그렇게 평상에 누워 별들을 보다가 감당할 수 없는 느낌의 엄습을 당했다. 자연 시간에 배운 '광년(光年)'이라는 개념이 떠오르면서 새삼 저 별들의 거리가 가늠되었던 것이다. 빛의 속도로 몇 년, 몇십 년 가야 닿을 수 있는 거리라니! 갑자기 머릿속이 하얘지고 가슴이 지구 밑바닥으로 내려앉는 느낌이었다. 무서웠다, 그 짐작조차 할 수 없는 아득함 같기도 하고 광막함 같기도 하고 격절감 같기도 한 느낌이. 묘했던 것은, 그 심장이 무너질 것 같은 거리감이 일순(一瞬) 내가 죽으면 이 세계와 나의 분리가 이룰 간극으로 환치되면서 나의 느낌은 걷잡을 수 없게 증폭했다는 점이다. 그렇다면 한편 밤 하늘의 별을 보는 나를 엄습했던 그 감당할 수 없는 느낌은 기실 죽음에 대한 공포에 다름 아니라 할 수 있지 않을까 싶기도 하다.*

동네 바로 옆에는 제법 너른 묘지가 있었다. 적잖이 비탈져 있었는데, 묘가 몇 기 있었고 가장자리로는 키가 큰 도래솔이 둘러 있었다. 가을에 아이들은 가끔 거기에서 썰매를 타며 놀았다. 돌이 없고 풀도 고운 편이라 위에서 썰매를 타고 손으로 땅을 재빠르게 짚어 밀면 어느 정도의 속도감으로 짧지 않은 시간 동안 미끄러져 갈 수 있었고, 종점(終點)에 다다르면 썰매를 들고 다시 시점(始點)으로 올라갔던 것이다. 한번은 그렇게 한참을 신나게 놀다가 지쳐서 시점에 올라가 대자(大字)로 누워 버렸다. 저 높이 구름 한 점 없이 파랗기만 한 가을 하늘이 펼쳐져 있었다. 어린 마음에

---

* 나는 그 짐작조차 할 수 없는 격절감 같은 것을 성장하여서는 「반야심경」을 읽다가 공(空)의 개념을 접하면서도 느낀 바 있으며, 사후(死後)의 세계나 사자(死者)를 보내는 의식들은 감당할 수 없는 죽음을 감당해 내기 위한 필연이라고도 생각한다.

도 참 맑고 고요하다 싶었다. 순간, 눈물이 핑 돌았다. 순수(純粹)에의 본능적 감동이었지 싶은데, 근원을 알 수 없는 진한 서러움 같은 것이 치밀어 올랐던 기억도 선명하다.

순수하면 진(眞)하고 선(善)하며, 또 미(美)한 법. 나는 아름다움[美]에 사람이 극도로 감동할 수 있다는 사실을 스무 살 무렵 이문열의 연작소설 『젊은 날의 초상』을 통해 처음으로 진지하게 인식한 바 있는데, 눈 덮인 창수령(蒼水嶺)을 넘으면서 화자(話者)는 조금의 망설임도 없이 "아름다움은 모든 가치의 출발이자 끝!"이라고 외쳤던 것이다. 그런데 '진한 서러움 같은 것'의 실체는 무엇이었을까? 나는 조지훈의 시 「승무」의 "두 볼에 흐르는 빛이 정작으로 고와서 서러워라."가 해답의 실마리일 수 있지 않을까 조심스럽게 생각해 본다. 그렇다면 그 서러움 역시 진(眞)·선(善)과 혼융한 미(美)에의 감동일 터이다.

늦봄이면 아직 지게질을 할 수 없는 우리 아이들은 사리나무를 엮어 만든 소쿠리를 옆구리에 끼고 낫을 든 채 소꼴을 베러 다녔다. 그런데 짧은 시간에 수월하게 소꼴을 한 소쿠리 채울 수 있는 곳이 있었으니, 바로 보리밭 고랑이었다. 그 고랑에는 복새(뚝새풀의 고향 사투리)가 가득하였던 것이다.

가끔 우리들은 소쿠리에 복새가 1/3쯤 차면 '풀 따 먹기'를 했다. 요령은 이랬다. 복새가 든 각자의 소쿠리를 한군데 모아 놓는다, 아이들은 횡렬로 선다, 그 3~4m 앞에 가로선을 긋는다, 각자 가로선을 표적으로 하여 낫을 회전하도록 던진다, 낫이 눕지 않고

꽂히는 사람이 일단 이긴다, 최종적으로 이기는 사람이 다른 사람 소쿠리의 복새를 다 가져가는 것이다.

한번은 그 풀 따 먹기에서 졌다. 처음부터 다시 소꼴을 베어야 한다는 낙심도 좀 있었을 것이고 약간의 장난기도 있었을 터, 나는 보리밭에 벌렁 누워 버렸다. 위에는 몽환적인 봄 하늘이 포근하게 드리워져 있었고, 아래에서는 부러진 보릿대들에서 풀 내음이 욱렬(郁烈)하였다. 참 편안했다. 그렇게 누워 싱그러운 풀 내음을 맡으면서 봄 하늘을 제법 오래 올려다보았던 것 같다.

그런데 어찌 된 영문인지, 세월이 흐르면서 그 정경에서는 아지랑이도 피어오르고 종달새 울음소리도 들린다. 삭막한 도시에서 나름 숨구멍 삼으려고 기억을 약간 왜곡해서 이상적인 그림으로 만든 것이라라.

장난감이 없었던 우리들은 땅에 선을 긋고 여러 가지 놀이를 하곤 했다. 선 긋기에는 대개 나뭇가지나 돌맹이를 썼지만, 좀 딱딱한 땅에 선을 그을 때에는 화삭(활석을 고향에서는 그렇게 일렀다. 활석은 곱돌이라고도 한다)이 유용하였다. 화삭은 재질이 무르고 흰색 비중이 높아, 선이 잘 그어졌으며 선명했던 것이다.

내게 있어서 화삭은 그러한 유용함 이외에 심미적(審美的) 의미도 상당하였다. 화삭은 대개 약간 푸르스름하기도 하고 희기도 한 색조를 띠어 옥 같다는 느낌이 들곤 했는데, 어렸음에도 나는 그 끼끗함에 매료되었던 것이다. 그래서 친구들과, 간혹은 혼자 동네 옆의 큰 개울가로 가서 화삭을 찾았으며, 그렇게 찾은 화삭을 잠잘 때 머리맡에 두었고, 좀 더 흰색을 띨 것이라는 믿음에서 뒤 안에 묻어 두고는 아침마다 쌀뜨물을 주면서 가끔은 조바심이 나 파내어 얼마나 더 희어졌는지 확인해 보았다.

개울가에 달맞이꽃들이 노랗게 피었던 것으로 보아, 아마도 늦여름에서 초가을로 접어드는 즈음이었던 모양이다. 화석 찾기에 골몰해 있던 내 눈에 지우개보다 조금 큰, 흰색에 설핏 푸른빛이 비치는 돌이 보였다. 그 심정은 산삼을 발견한 심마니의 그것과 크게 다르지 않았을 듯하다. 나는 그 돌을 한참 보고 만지고 하다가 근처의 바위에 등을 기대고 하늘을 올려다보았다. 그런데, 맑은 하늘가에는 새털구름이 끝없이 펼쳐져 있는 것 아닌가! 그 하늘의 색깔과 느낌이 손에 쥔 화석과 닮았다는 생각에서였는지, 나는 화석을 만지작거리며 새털구름 하늘에 제법 오랫동안 눈길을 주었던 것 같다. 등에 느껴지는, 햇볕에 달구어진 바위의 따끈따끈함도 싫지 않았던 것으로 기억된다.

전깃불도 없던 산골에서 소년은 그렇게, 거대한 은하수가 흐르는 광막한 밤하늘을, 너무 맑아 외려 서러움이 치미는 가을 하늘을, 또 아지랑이 피고 종달새 우는 몽환적인 봄 하늘과 새털구름 켜켜이 펼쳐진 끼끗한 초가을 하늘을 바라보았고, 하늘은 소년의 가슴에 고요히 내려앉았다. 고향 떠난 소년이 명리(名利)를 구한답시고 도회지에서 동분서주하며 비척거린 세월이 어언 50여 년, 그래도 심하게 타락하진 않은 것 같다고 자위할 수 있는 데는 가슴속에 스며든 그 하늘이 적잖은 몫을 하지 않았나 싶다. (2020. 6. 30)

참꽃이 피었습니다, 봄이 왔어요!

지난겨울은 내복을 입지 않고 지났을 만큼, 매운 추위가 없었다. 그래서인지 봄도 조금 일찍 당도하였다. 어영에는 3월 6일에 이미 매화가 절정이었고, 참꽃도 드문드문 보였던 것이다.

흔히들 봄의 전령(傳令)으로 매화를 꼽지만, 내게 그것은 참꽃이다. 매화는 유교적 이념이 과도하게 부여된 탓에 친밀감이 약간 떨어지기도 하거니와, 우리네 봄 동산에 가장 어울리는 것은 단연 참꽃이라 여겨지기 때문이다.

참꽃은 고향에서 진달래를 이르던 말인데, 고향에서 진달래라는 말은 아예 사용되지도 않았다. 그런 까닭인지 나는 지금도 진달래가 입에 붙지 않아 참꽃이라 부른다. 아마도 내 심중에서는 '진달래=참꽃'이 성립하지 않고 있는 모양이다.

참꽃이 피어나면 어김없이 소환되는 몇 가지 단상이 있다.

초등학교 때의 국어책에 정확하지는 않지만 '돌쇠 아저씨 봄이 왔어요, 봄이 왔어요! 앞산에도 뒷산에도 봄이 왔어요, 봄이 왔어요!' 하는 내용의 글이 있었다.

세월의 흐름 속에서 그 장면은 봄을 맞아 새 울고 꽃 피는 산과 들을 환호성 지르며 담박질하는 어린아이들의 모습으로 숙성되었는데, 희한하게도 그 아이들의 환호가 참꽃을 향한 것으로 상정되어 있다.

우리가 그랬던 것이다. 장난감이 없던 고향에서 아이들은 봄이 오면 괜히 들떠서, 뒷산을 쏘다니며 참꽃을 입술이 파래지도록 뜯어 먹기도 하고 한 아름씩 꺾어 집으로 가져오기도 했었다.

참꽃은 봄의 환희였던 셈이다.

어느 책인지는 기억할 수 없지만, 촌로의 지게 위 나뭇단에 참꽃 한 가지가 섞였고 그 참꽃을 따라 나비 한 마리도 하늘거리며 마을 고샅으로 들어서던 내용의 글도 있었다.

가까이 다가가서 보면 부실한 먹거리와 극심한 노동으로 인한 촌로의 일그러진 표정과 거친 숨소리가 엄존하지만, 멀리서 보면 참으로 아름다운 한 폭 그림 같지 아니한가. 그 그림에서 돌올(突兀)한 부분은 참꽃이겠다.

나 역시 어릴 적 고향에서 나비까지는 아니어도 지게 위 나뭇단의 참꽃은 가끔 보았으니, 그 기억이 고향을 떠난 뒤 긴 회색의 도회지 생활 속에서 일그러진 표정과 거친 숨소리는 애써 외면하고 아름다운 한 폭 그림으로만 취하고자 하는 것으로 굳어진 듯하다. 무릉(武陵)에의 대리만족을 위해서.

서두에서 말했다시피, 참꽃은 춘광(春光)이 스미는 우리의 산야에 가장 맞춤하지 싶다. 그래서인지 첫 소절에 그만 눈물이 핑

도는 노래 〈고향의 봄〉에도 복숭아꽃·살구꽃과 함께 참꽃('아기 진달래')이 등장하는데, 그 참꽃으로 인해 봄을 맞은 우리들의 고향은 단번에 꽃 대궐이 되고 마는 것이다. 김원룡 선생도 우리나라의 미를 자연미(自然美)로 규정하면서 부드러운 형세의 우리 산과 그 속에서 피고 지는 참꽃을 언급한 바 있다.(「한국의 미」, 『한국미의 탐구』, 열화당, 1978)

봄기운이 막 산과 들을 깨우는 즈음, 산언저리 교목(喬木)들 아래는 아직 관목(灌木)들이 잎을 띄우지 않아 휑한 느낌인데, 참꽃만이 교목들 종아리께에 붉음으로 만발하여 숲속을 환하게 밝힌다. 3월 21일 어영에서의 아침 산책길에 그 모습을 넋을 놓고 한참이나 바라보았는데, 참꽃이 쭉쭉 뻗은 진회색의 굴참나무 줄기들과 고졸(古拙)한 수묵(水墨)의 크고 작은 바위들과 하나도 더하거나 뺄 것 없이 조화를 이루고 있었음에랴!

참꽃을 말하면서 화전(花煎)을 말하지 않을 수는 없지 싶다.

메마른 겨울을 지나고 버드나무에 연록의 기운이 저녁 이내처럼 어리면, 사람들 마음에도 봄바람이 일렁이기 시작한다. 봄이 성큼 사립문으로 들어서기를 고대하면서 오래 못 본 벗들을 그리워도 하는 것이다.

그래서 일찌감치 술 한 동이 담가 놓을 법한데, 목덜미에 봄볕이 제법 느껴질 즈음 술도 알맞게 익을 터, 벗을 청하여 술잔을 나누며 상춘(賞春)하자면 안주로는 참꽃 화전이 제격이겠다. 굳이 먹으려 할 것 없으니, 보는 것만으로도 충분하기 때문이다.

내가 참꽃을 바라보는 심정은 일종 양가적(兩家的)인 듯하다.

참꽃이 아름다우면서도 애달프다는 것이다. 아니, 아름답다는 말보다 곱다는 말이 더 어울리겠다. 전자에서는 좀 화려한 느낌이 들지만, 후자에서는 여리고 수더분한 느낌이 들기 때문이다.

아직은 메마른 산에 참꽃은 엷은 분홍으로 피어나는데, 가끔 약간은 찬 바람에 꽃잎이 나부낀다. 그 모습은 앙증맞은 두 손을 모아 쥐고 엄마 등에 업힌 아기의 맑은 눈에 꽃샘추위로 인한 눈물이 어려 있는 형상과 느낌이 흡사한 것이다.

참꽃에 대하여 글을 쓰자면, 대미(大尾)의 장식은 마땅히 「헌화가(獻花歌)」의 몫이어야 할 터이다. 「헌화가」는 향가(鄕歌)이다. 전해지는 향가로는 『삼국유사』에 14수, 『균여전』에 11수가 실려 있다고 학창시절에 배웠다. 관심이 있어서 『삼국유사』의 14수는 사회생활을 하면서 향찰본으로 제법 연구하듯이 공부한 적이 있는데, 서정적인 것으로는 「제망매가」를, 화사한 빛을 발하는 것으로는 「헌화가」를 꼽게 되었다. 「헌화가」는 내용도 로맨틱하지만, 참꽃으로 인하여서도 화사하지 않을 수 없다고 하겠다.*

---

* 『삼국유사』에서 일연은 '척촉화(躑躅花)'라고 썼고, 대부분 '철쭉'이라고 번역하고 있다. 아마도 '척촉'이라는 발음 때문에 별 고민 없이 그렇게들 번역하는 것 같다. 참꽃과 철쭉은 다르다. 이 분야의 전문가가 아니어서 논리적으로 설명할 수는 없지만, 나는 참꽃이 맞다고 생각한다. 일연 당시에는 진달래과에 속하는 여러 가지 꽃을 척촉화로 통칭했을 것 같고, 나의 오랜 경험상 바위벼랑 위

순정공 일행은 경주를 출발하여 동해안을 따라 부임지인 강릉으로 향했다. 왼쪽으로는 봄을 맞아 숲이 어린잎을 틔우기 시작하고 오른쪽엔 바다가 시퍼런 생명을 출렁이고 있었을 터이다. 마침 끼 때라 적당한 곳에들 앉아 점심 중이었는데, 수로부인의 저쪽 앞 높은 바위벼랑 위에 참꽃이 만발하였다. 부인이 좌우를 둘러보며 말했다. "누가 나에게 저 꽃을 꺾어다 주겠는가?" 모두가 불가(不可)하다 했는데, 소 몰고 지나가던 노인이 "자줏빛 바위 가에 / 잡은 손의 암소 놓게 하시고 / 나를 부끄럽다 아니 하시면 / 꽃을 꺾어 바치오리다."라며 노래를 지어 부르고는 꽃을 꺾어 바쳤다.

　　꽃을 원하는 이가 절세가인(絶世佳人)이라 하지만, 여기 어디 욕정 같은 것이 보이는가. 꽃을 바치는 이는 두발(頭髮) 허연 노인이고, 그의 손에 잡힌 것 또한 느리고 순한 암소이다. 천 길 벼랑의 꽃을 가뿐하게 꺾었어도 그에게서는 근육질은커녕 초식성이 감지되며, 더구나 바친 것이 참꽃이고 보니 복숭아꽃처럼 요염하지도 않은 것이다.

　　이 눈부신 계절, 가인(佳人)을 앞에 두었거든 굳이 백골(白骨)을 관(觀)하랴! 봄바람 부는 대로 잠시 마음을 맡겨 보아도 무방하지 않겠는가? (2021. 3. 29)

　　라면 참꽃의 적소(適所)이기 때문이다.

낄낄이 집과 수수깡 안경

두메산골에서 생장(生長)한 까닭에 나의 어릴 적 놀이는 대부분 자연 속에서 자연의 산물(產物)을 도구로 하여 이루어졌다. 활 쏘기, 새총 쏘기, 팽이 돌리기, 연날리기, 썰매 타기, 바람개비 돌리기, 제기차기 등 모두 열거하기가 어려울 정도이다. 돌로 돌이나 나무 맞히기, 돌 멀리 던지기, 추수 끝난 논에서 폐물의 공으로 하는 축구, 굴렁쇠 돌리기, 좁다란 논둑을 코스로 하는 달리기 시합, 개울에서 종일 멱 감기, 자치기, 풀밭에서 하는 씨름 등도 같은 범주에 들겠다.

살아오면서 그러한 놀이 경험을 나는 참으로 다행으로 여기는 편이다. 자연 친화적인 사유가 깃들고 몸 움직이는 것이 습관과 즐거움이 되는 계기였다는 점 같은 것이야 흔히 들을 수 있는 말이겠고, 무엇보다 물리(物理)와 물성(物性)을 몸에 새기는 기회였다는 점에서 그러한 것이다.

그 수많은 놀이 중에서 제법 오래전부터 이맘때가 되면 꼭 추억되고 다시 한번 해 보고 싶다는 열망을 불러일으키는 것이 낄낄이 집 만들기이다.

여치를 고향에서는 낄낄이라고 불렀는데, 아마도 울음소리에 빗대어서 그랬을 것 같다. 어린 눈에 낄낄이가 메뚜기 종류 중에서 가장 늠름해 보여 나는 낄낄이를 좋아했으며 놈을 잡는 데 꽤 공력을 들였다. 낄낄이는 여름 뙤약볕 수풀에서 간간이 울었고, 나는 목덜미에 따끔따끔한 햇볕을 느끼며 그 울음소리를 따라 아주 조심스럽게 다가가곤 했건만 포획의 성공률은 극히 낮았다.

낄낄이 집은 밀짚으로 만든다. 밀과 보리를 수확하고 벼를 심는 시기가 지금은 많이 빨라졌지만, 내 어릴 적 그 시기는 6월 중순 무렵으로 기억된다. 아마 지금쯤이었지 싶다. 수확이 막 끝난 밀짚 더미에서 나는 낄낄이 집을 만들 양으로 밀짚을 한 움큼 되도록 추려서는 봇도랑에 돌로 눌러 담가 놓고 바로 옆 감나무 그늘에 누워 설핏 잠이 들었는데, 세월 속에서 아름답게 윤색되어서인지 그 장면은 내면에 한 폭 그림으로 간직되어 도시의 혼탁에 전 내 가슴을 미력하게나마 정화해 주는 역할을 하고 있다.

그처럼, 낄낄이 집을 만들려면 우선 원통인 밀짚의 마디와 마디 사이 20cm쯤 부분을 채취하여 물에 담가 수분을 충분히 먹여야 한다. 낄낄이 집은 밀짚을 90도로 꺾어 가며 만들기 때문에, 그러지 않으면 꺾을 때 부러지기 때문이다.

낄낄이 집은 밑의 입구가 정방형(正方形)이며, 그 한 변의 길이는 대략 10cm이다. 상부로 갈수록 좁아지면서 나선형이 되고, 최상부는 꽁지 형태로 마감된다. 정방형 입구에는 밀짚을 X 자로 가설하는데, 그래야 정방의 형태가 유지될 뿐 아니라 그 가설 위에 두꺼운 종이를 올려 낄낄이와 낄낄이의 먹이인 호박꽃이 밑으로 빠지지 않게 할 수 있는 것이다.

공교로운 것은 밀짚과 밀짚의 연결이라 하겠다. 수분 먹은 하나의 밀짚을 손가락으로 눌러 다른 밀짚 속으로 1cm가량 밀어 넣는 작업인데, 거의 실패가 없었고 재빨랐던 것이다. 그 손가락 끝의 섬세한 감각이 지금도 느껴지는 듯하다.

나의 낄낄이 집 만들기 열망에는 그러한 공교로움과 함께 그 재료가 밀짚이라는 점도 어느 정도 작용하는 것 같다. 엉뚱하달지 몰라도 내 가슴에는 밀떡의 향미(香味)*와 『어린왕자』에서의 '밀밭 사이를 지나는 바람 소리'가 몽롱하고 아련한 여운으로 남아 있는 것이다.

계절적으로는 이르지만, 수수깡 안경도 꼭 만들어 보고 싶다.

수수깡은 수수의 대궁이이다. 지금이야 들에서 수수를 구경하기가 쉽지 않지만, 내 어릴 적 고향에서는 집집마다 수수를 심었고, 늦가을 밭 가장자리에는 수확 끝난 수수깡이 수북하게 쌓여 있곤 했다.

설사 도시에서 나고 자란 사람이라 하더라도, 알고 보면 수수깡이 그리 생소하지 않을 것이다. "떡 하나 주면 안 잡아먹지~"라는 호랑이의 으름장이 등장하는 유명한 전래동화「해와 달이 된

---

* 밀떡은 검붉게 보이기까지 하는 거친 밀가루 반죽에 소다(soda)를 넣고 간간이 양대(강낭콩)를 얹어 가마솥에 쪄서 만든 것인데, 5~6cm 크기의 사각으로 잘라 대바구니에 담고 삼배 보를 덮어 처마 서까래에 걸어 두면 여름철 좋은 간식거리가 되었다. 나는 그 밀떡의 내음과 식감을 무척 좋아하였다.

오누이」에 보이기 때문이다. 호랑이가 썩은 동아줄을 타고 오누이를 추격하다 수수밭에 떨어지고, 그 피로 인해 수수깡이 붉은색을 띤다고 했던 것이다. 실제 제법 불그스레한 수수깡이 적지 않다.

수수깡은 0.5mm 정도 두께의 껍질이 제법 단단하고, 그 껍질은 세로로 쭉쭉 벗겨지며, 껍질을 모두 벗기면 속이 드러난다. 속은 스티로폼 같기도 하고 80%쯤 건조된 바나나 속 같기도 한 재질로, 지름이 1.5cm가량 되는 원통의 막대 모양이다.

수수깡 안경 만들기의 재료는 그 껍질과 원통 막대 모양의 속이다. 렌즈 테두리 부분과 두 테두리를 연결하는 부분, 그리고 옆얼굴을 지나는 부분(안경다리)에는 껍질이 사용된다. 속은 껍질로 된 부분들 간의 연결에 사용된다. 예컨대, 테두리를 둥글게 고정하는 데, 두 테두리를 연결하는 데, 테두리와 안경다리를 연결하는 데, 안경다리의 끝이 귀에 걸리는 데에 쓰이는 것이다.

수수깡의 껍질과 속의 조합은 참으로 절묘하다 하지 않을 수 없겠는데, 껍질은 그 탄력성이 놀라울 정도이며 속은 껍질의 삽입을 저항 없이 받아들이면서도 일단 삽입된 껍질이면 쉬이 놓아주지도 않기 때문이다.

당시 고향에서는 안경 쓴 사람이 전무(全無)하여, 안경이 신기한 물건이었고 안경을 쓰면 멋있다고 여겼다. 그래서 어린 우리들은 수수깡 안경을 쓰고는 가슴을 쫙 펴서 폼을 한껏 잡으며 골목길을 걸어 다니곤 했던 것이다. 지금 같으면 아이들이 수수깡 안경 같은 것을 만들 시간도 손재주도 없겠지만, 대부분이 이미 안경을 쓰고 있으므로 그 위에 수수깡 안경을 덧쓸 수도 없는 노릇이라 하겠다.

그러나, 수수깡 안경은 무게감이 거의 없어서 온갖 잡사가 어깨를 짓누르는 요즈음 같은 세상에서 더욱 그리워지는 물건이다.

나이 60이 되고 보니, 미래에 대한 청사진을 그려 보는 시간보다 과거의 흑백사진을 돌려 보는 시간이 더 많은 것 같다. 이러한 점은 살아갈 시간이 살아온 시간보다 짧음이 확실하다 할 사람들에게서 거의 공통적으로 보게 되는, 어쩌면 자연의 섭리 같은 것일 수도 있지 싶다. 그러기에 젊은 사람들이나 돌진형의 사람들이 이 회고 취향을 퇴행적이라고 배격하려 들더라도 어쩔 수 없으며, 한편 그러한 회고에는 지나온 삶을 돌아보며 정리하는 시간이기도 하다는 긍정적 의미부여도 가능하리라고 생각된다.

여하튼 나는 노년에 고향집 처마에 호박꽃 넣은 낄낄이 집을 걸어 두고 오이냉국 맛을 연상시키는 시원한 낄낄이 울음소리를 들으며 수수깡 안경을 쓰고는, 동네 어귀 500살도 넘었다는 당산나무(느티나무) 상부의 둥지에서 힘차게 솟구치는 파랑새의 날개 밑 하얀 반점이 여름 햇살을 받아 번쩍이는 모습을 바라볼 수 있으면 좋겠다, 불가능하겠지만. (2021. 6. 30)

소 미러 가자~

늦은 장마가 단시간에 끝나고 나니 폭염이 엄습한다.

고향에서의 초등학교 시절에는 7월 25일 전후로 여름방학이 시작되었으니, 딱 이맘때이다. 지금도 선명하게 떠오른다, 한껏 들떠서 받아 든 방학책 표지의 그림이. 냇물이 흐르고, 시내 뒤로는 미루나무 몇 그루가 서 있으며, 하늘에는 흰 구름이 두어 점 떠 있고, 아이들이 물에 들어가 고기를 잡고 있었다. 나에게 여름방학, 나아가 여름은 그 그림으로 표상(表象)되고 있는 것 같기도 하다.

그렇게 여름방학이 되면, 우리 아이들의 주요한 일과(日課)는 소가 풀을 뜯어 먹을 수 있도록 소를 몰고 산으로 가는 것이다. 고향에서는 그 행위를 '소 미러 간다.'라고 했다. 점심을 마치고 나면 어김없이 동네 어귀 느티나무 쪽에서 외치는 소리가 들려온다. "소 미러 가자~." 아이들은 제집의 소를 몰고, 송아지가 딸렸으면 송아지도 데리고 느티나무 아래로 모인다. 나를 기준으로 말하면 서너 살 적은 동생들부터 서너 살 많은 형들까지, 여자들도 더러 섞여, 10명 남짓이 소의 고삐를 잡고 한 시간이 조금 덜 걸리는 산기슭으로 간다. 성하(盛夏)에, 그것도 가장 열기가 심한 시간대에, 모자도 없이 작렬하는 햇볕을 까까머리로 맞받으며, 그야말로 우보(牛步)로 완만한 등성이를 올라가는 것이다.

외양간에서 소는 여물이나 소죽 먹을 때가 아니면 주로 짚을 깐 바닥에 앉아 되새김질을 한다. 똥오줌을 짚 깐 바닥에 그대로 싸지르고 그 위에 앉아 있다 보니 소의 엉덩이는 소똥이 말라붙어 불결하기 짝이 없어, 등성이를 오르는 동안 소에게는 파리, 모기, 등에, 진드기 등이 달라붙어 피를 빤다. 그래도 소는 이리저리 꼬리 휘젓고 머리 흔들어 그 곤충과 벌레들을 쫓을 뿐 걸음을 멈추는 법이 없는데, 소의 그러한 모습은 종종 나에게 사표(師表)가 되어 주기까지 한다. 특히 40대 중후반 박사학위 논문을 쓸 때, 나는 참으로 어려운 상황에 처해 있었다. 집안이 평온치 못했고 사무실도 혼란스러웠건만, 논문 쓰기를 지체할 수도 없었다. 그야말로 돌아 버릴 지경이었다. 그때 내게 지긋이 떠오른 이미지는 온갖 곤충과 벌레들의 공격에도 아랑곳하지 않고 묵묵히 걷던 소의 그 모습이었다. 나는 그 모습을 상기하면서 잡다한 상황의 압박감을 도리질로 밀어내며 우직하게 논문을 완성할 수 있었다.

소를 몰고 우리가 주로 도착하는 지점에는 연못이 있었다. 농업용수 확보용 인공연못인데, 우리들의 가장 요긴한 놀이터였다. 저만치 연못의 둑이 올려다보이면, 그 위쪽 사람의 발길 닿을 일이 거의 없는 시내(「고향에서 바라보던 산들」에서 말한 '첫거렁')에서 흘러온 물이 퍼렇게 고인 연못 속으로 조금이라도 빨리 풍덩 뛰어들고 싶어 나는 조바심을 내곤 했다. 연못 둑에 올라서면 재빨리 고삐를 뿔에 감아 소를 산으로 올리고는, 쑥을 비벼 귀를 막고 물

속으로 뛰어들었다. 헤엄도 치고, 물싸움도 하고, 연못가 바위에 올라 다이빙도 하며 신나게 노는 것이다. 물놀이에 지치면 연못 둑에서 공기놀이도 하고, 근처의 평평한 풀밭에서 닭싸움이며 씨름도 했다.

가끔은 연못에서 한참을 더 올라가 다래를 따기도 했고, 시내 웅덩이에서 고기를 잡기도 했다. 고기 잡는 방법은 대개 두 가지였다. 하나는 굴피나무 잎을 뜯어 웅덩이 옆 바위에 놓고 돌로 찧어 물속에 넣는 것인데, 독성이 강한지 한참 후 고기들이 배를 뒤집고 물 위로 뜨곤 했다. 다른 하나는 웅덩이 위쪽 물길을 잠시 막아 옆으로 돌려놓고 아이들이 웅덩이 아래쪽을 향해 횡렬로 서서 양손으로 고무신 앞뒤 부분을 잡고 웅덩이의 물을 퍼내는 것인데, 남들이 들으며 좀 무모하다 여길지 모르나 오래지 않아 물은 잘박해지고 퍼덕거리는 온갖 고기가 보였다. 아! 나는 그 모습에 얼마나 자주 큰 경이와 흥분을 느꼈던가. 그렇게 잡은 고기를 우리는 웅덩이 옆에서 모닥불을 지펴 아무 양념도 없이 구워 먹었다.

드물기는 했지만, 대장 격인 형의 제안으로 한 움큼씩 쌀을 가지고 와서 쌀밥을 지어 먹은 기억도 몇 번 있다. 당시 쌀밥은 제사 때나 먹을 수 있는 귀한 음식이어서, 그러한 제안에 반대할 사람은 없었다. 한번은 돌을 쌓아 만든 화덕 위 냄비에서 김이 나며 쌀밥 냄새가 풍기고, 우리는 각자 사리나무를 꺾어 젓가락을 만들어 쥐고 앉았는데, 느닷없이 K의 암소가 발정이 나서 거세게 날뛰었다. 목전의 쌀밥에 대한 미련 때문인지 K는 거의 울 것 같은 표정으로 소에게 끌리다시피 하며 동네로 내려갔다. 암소의 발정은 송아지를 얻을 수 있는 기회이므로 결코 간과할 수 없었고, 큰 소가 발정하면 아이들로서는 통제불가였던 것이다.

소나기가 올 것 같은 날씨면 비닐을 휴대하기도 했는데, 멀리서 세차게 비가 내리기 시작하면 사위가 워낙 고요하여 그 소리가 들렸고 청산(靑山)을 바탕으로 하여 수많은 빗줄기가 보였다. 그러면 우리는 재빠르게 비닐을 펼쳐, 사리나무 껍질을 벗겨 끈으로 삼아 사방의 나무에 묶어 천막을 만들고는, 그 속에 옹기종기 앉아서 바깥을 바라본다. 곧 소나기가 천군만마(千軍萬馬)의 소리로 내달아 와서는 머리 위 비닐 천막을 사정없이 두드리는 것이다. 그러한 비는 잠시 후 그치기 마련이어서, 우리는 찬란한 무지개를 구경할 수도 있었다. 그리고 소나기 지나간 수풀의 그 원시적 내음이라니! 나는 그 무지개와 수풀 내음 같은 것이 내 심미의식(審美意識)에 미친 지대한 영향을 순순히 인정하지 않을 수 없다.

소를 몰고 산으로 갈 때나 동네로 돌아올 때 우리는 항상 일렬(一列)로 종대(縱隊)를 지어 소를 앞세우고 뒤에서 고삐를 잡았다. 길이 좁아 옆으로는 늘어설 수 없었고, 소를 앞세우는 것이 걷기에 수월했기 때문이다. 그런데 나는 그 일렬종대 가운데에서 유독 A 형님이 앞에서 소를 끌며 바로 앞쪽에서 걷던 B누님에 바짝 붙어 B누님과 이야기하는 모습을 자주 보았다. 당시는 예사로 여겼는데, 돌이켜 생각하면 풋밤 맛 같은 풋풋함이 느껴지곤 한다.

소들은 풀을 뜯다가 해가 뉘엿해지면 연못가로 내려온다. 그러면 우리는 뿔에 감았던 고삐를 풀어 쥐고는 동네로 돌아오는 것이다. 그런데 가끔은 연못가로 내려오지 않는 소가 있다. 그러면 동네 사람들이 불을 들고 소가 있을 만한 곳을 찾아 산속을 수색한다. 대개는 무덤가에 앉아 있는 소를 발견하는데, 드물게는 다음 날 다시 산속을 뒤져서야 소를 찾기도 했다. 어영 집을 마련하고 얼마 지나지 않았을 때이다. 가까이에서 심상찮은 소의 울음이 들려 나가 봤다. 동네의 노인 한 분이 암소의 고삐를 잡고 서 있었다. 사유를 물었더니, 송아지를 잃어버려서 찾으려고 어미 소를 몰고 이리저리 다니는데 어미 소의 울음이 들리면 송아지가 곧장 달려온다는 것이었다. 나의 얼굴에는 저절로 미소가 번졌다. 그 고향에서의 소 찾던 광경이 떠오르기도 했고, 노인의 송아지 찾는 방법이 기발하다 싶었던 것이다.

소는 자귀나무 잎을 아주 좋아했다. 그래서 고향에서는 자귀나무를 '소쌀밥나무'라고 불렀다. 자귀나무는 개울 근처의 돌이 많은 비탈에서 잘 자라는데, 자귀나무를 발견하면 소는 혀를 길게 빼어 자귀나무 잎을 휘감아 끊어서 씹었다. 나는 그 모습을 유심히 보곤 했으니, 그때의 소 눈동자와 숨소리는 지금도 생생하며, 내가 자귀나무꽃을 각별히 좋아하게 된 데는 그러한 경험이 적잖이 작용했다고 여겨진다. 요즈음 도시에는 자귀나무가 가로수로 많이 식재되어 있고 지금 붉은 레이스의 실오리 같은 특이한 모습의 그 꽃이 한창이어서 나는 어쩔 수 없이 자귀나무 잎 먹던 소의 눈동자와 숨소리를 상기하게 되니, 이 또한 소에게서 받는 선물이라 하겠다.

나리꽃도 생각난다. 연못에서 물놀이를 끝낸 우리가 시내 웅덩이의 고기를 잡으려면 연못 서쪽의 경사면으로 내려와야 했다.

그 경사면의 아랫부분은 물기가 많았고 군데군데 습지도 있었는데, 드문드문 나리꽃이 피어 있었다. 온통 녹색의 관목(灌木)들 사이에 핀 선연한 붉은색 꽃이 어린 뇌리에 깊이 각인되었던지, 이후 소월이 「산유화」에서 노래한 '저만치 혼자서 피어 있는 꽃'은 나에게 있어서는 바로 그 나리꽃으로 굳어졌다.

부실하기 짝이 없는 점심에 긴 한여름 오후를 그렇게 천방지축 놀며 보내면, 소를 몰고 동네를 향해 출발할 저녁 무렵에는 배에서 꼬르륵 소리가 나며 몹시 허기가 느껴진다. 나는 가끔 망개를 한 움큼 따서 씹었는데, 허기 속으로 스며들던 그 시큼하고 떫은 맛은 참으로 묘했다. 동네를 향해 출발하며 연못 둑에서 내려설 때의, 저 멀리 앞쪽으로 보이던 비단 폭 펼쳐 놓은 것 같던 낙동강과 그 위 하늘의 불타는 듯하던 장대한 노을(우리의 얼굴까지 붉게 보일 정도였다)도 나는 영영 잊을 수 없다. 그렇게 집에 도착하면, 자주 국수를 삶아 평상에서 먹었다. 국수는 조금 과장하면 나무젓가락 굵기였고, 통밀로 만든 것이라 거무스름했는데, 샘물을 한 그릇 붓고 쪽파 썰어 넣은 간장 한 술 얹어 후루룩 마시다시피 했다.

나는 사회인이 된 후 오랫동안 소 먹이며 놀던 그 장소들이 궁금했는데, 몇 년 전 작심(作心)하고 물놀이하던 연못과 그 부근에 가 보았다. 연못 둑에는 말할 것도 없으며, 연못 속마저 물은 마른 지 오래고 큰 나무들이 수북이 자라 있었다. 다이빙하던 바위도, 시냇물이 흘러들던 입구도 가늠되지 않았다. 닭싸움이며 씨름을 하던 그 위쪽의 풀밭은 찾아보려 조금 올라가다가 포기할 수밖에 없었다. 길은 당연히 흔적조차 없었고, 우리들의 키 정도이던 나무들이 몇 배로 자라 어디가 어딘지 도무지 분간할 수 없었던 것이다.

비감에 사로잡힌 나는 근처에 막걸릿잔 기울일 주막이 없는 것을 한탄하며 북쪽의 매바위를 올려다본 채 오래전에 읽었던 책의 한 구절을 신음처럼 뱉어 볼 따름이었다. "고향에로의 통로는 오직 기억으로만 존재할 뿐 이 세상의 지도로는 갈 수가 없다. 아무도 사라져 아름다운 시간 속으로, 현란하여 몽롱한 유년으로 돌아갈 수는 없다."(이문열, 『그대 다시는 고향에 가지 못하리』, 나남, 1986) (2021. 7. 26)

시시방구와 구루마

　몇 년 전 늦가을 어느 날, 새벽 3시쯤 잠에서 깨었다. 평소의 기상 시간이 되려면 아직 1시간 정도가 남아서 다시 잠을 청했으나, 의식이 또렷또렷하여 도저히 잠이 올 것 같지 않았다. 그래서 가만히 누워 있었는데, 나도 모르게 어릴 적 집에서 학교에 이르는 길이 상기되었다. 참으로 이상한 것은 그 상기되는 바가 너무나 선명하여 깜짝 놀랄 지경이었다는 점이다. 예컨대, 징검다리가 놓인 개울가 바위의 색깔과 질감과 요철과 이끼, 그리고 길섶 참나무에 붙은 곤충들의 더듬이 곡선과 날개 무늬, 또 흙다리에 놓인 통나무의 모양과 그 밑으로 쌓아 올린 돌들의 들고 난 모양 등이 마치 안전(眼前)인 듯했던 것이다. 고향의 풍경들이 너무 그립고 다시는 그것들에 다다를 수 없다는 생각 때문이었겠지, 한 줄기 눈물이 베갯잇으로 흘러내렸다. 이후, 나는 가끔 눈을 감고 고향의 풍경들을 세밀하게 상념하곤 한다.

　신작로(新作路)를 따라 고향으로 가자면 동구(洞口)에서 150m쯤 못 미쳐 길 한복판에 지름이 적어도 1m는 되지 싶은 바위가 있었다. 짙은 황색과 옅은 갈색의 중간 정도 색상이었으며,

길 위로 솟은 부분의 최고(最高)가 10cm 채 안 될 만큼이어서 길의 용도를 훼손하지는 않았다. 그 바위를 고향 사람들은 '시시방구'라 일컬었다.

'방구'야 바위의 고향 말이고, '시시'는 '쉬고 또 쉰다'는 의미의 한자어 '휴휴(休休)'의 훈(訓)인 '쉬쉬'를 순편(順便)하게 발음한 것이 아닌가 짐작해 본다. 그 이유는, 아랫마을 쪽에서 고향으로 들 경우 시시방구가 있는 지점까지는 약간 오르막이고 그 이후로는 평평한 편이라서 대개 이고 진 짐이 많았을 옛날 사람들이 시시방구에 앉아 한숨 돌리고 다시 걸음을 이었을 듯하기 때문이다.

동구에는 우리 아이들 팔로 너댓 아름쯤 되는 것으로 기억되는 수령 500년이 넘는 느티나무가 있었는데, 그늘이 넓어 여름이면 남녀노소 구분 없이 동네 사람들 대부분이 그 아래에서 놀거나 쉬었다. 어른들은 가끔 우리 아이들에게 시시방구를 짚고 오는 달리기 시합을 시켰다. 시시방구가 달리기 시합의 반환점이었던 것이다. 우리는 닳아 헐거워진 검정 고무신을 신고 힘껏 시시방구로 달려갔고 시시방구에서 달려왔다.

그런 우리들의 모습과 그 이전 엉덩이 붙이고 한숨 돌리던 옛날 사람들의 체취, 그리고 더 이전의 새벽닭 울음과 저녁밥 짓는 연기와 잘 익은 나락 포기 위로 순하게 흐르던 바람 같은 동네의 속살을 침묵 속에 간직하던 시시방구를 이제는 볼 수가 없다. 신작로가 시멘트로 포장되면서 묻혀 버린 것이다. 그뿐이 아니다. 시시방구가 있던 자리 좌우의 뜸뿌기 날아들던 논에는 커피숍 몇이 들어섰고, 휴일이면 인근 도시에서 커피 마시러 온 사람들의 차량이 노견(路肩)에 장사진을 이룬다. 나는 시시방구가 묻혔을 자리를 지날 때면 가끔 우리들의 검정 고무신과 커피숍의 하얀 커피잔을 대비적으로 연상해 보기도 한다.

추수가 끝나는 이맘때쯤이면 아랫마을에 있는 방앗간에서 소가 끄는 구루마가 시시방구를 넘어 고향으로 들어와서 나락 가마니를 가득 싣고는 시시방구를 타고 방앗간으로 돌아갔으며, 나락 도정(搗精)이 끝나면 쌀자루 가득 실은 구루마가 다시 시시방구를 넘어 고향으로 들어왔다.

구루마에 대해서는 그 어원을 우리말로 보는 사람도 있고 일본어로 보는 사람도 있는 것 같은데 여하튼 고향에서는 소달구지를 '구루마'라고 일컬었으며, 구루마는 그 어원이 설사 일본어라 해도 내겐 그보다 먼저 정감 가득한 고향 말이고 고향을 함의하기까지하므로 결코 배격할 수 없다.

구루마는 본체가 세로 2.5m쯤이고 가로 1.3m쯤(세로의 반 정도)이었으며, 후방은 틔었고 전방으로는 양쪽으로 1.5m 정도 길이의 팔이 달려 소의 멍에와 연결되었다. 구루마 본체는 판재(板材)를 가로로 놓고 못질하여 만들었으며, 양 측면으로는 어른 팔뚝 굵기의 나무로 만든 높이 30~40cm 남짓의 난간이 달렸고, 중간에 좌우로 바퀴 하나씩이 붙었다.

동구의 느티나무 아래에서 놀던 우리는 나락 실은 구루마가 지나가면 모두 구루마에 뛰어올라 가마니 위 여기저기에 앉아서 아랫마을까지 갔다. 세상에 탈 것 치고 구루마만큼 느린 것이 또 있을까? 요즈음 안 붙는 데가 없는 '미학(美學)'을 구루마에도 붙인다면, 구루마의 미학은 단연 '느림'일 터이다. 모든 것이 그야말로 빛의 속도로 전화(轉化)하는 현대사회에서 현기증을 느끼는 내가 종종 구루마를 추억하는 이유 또한 그 느림에 있을 성싶다.

구루마의 느림은 소의 느림이다. 보행 속도에서 소는 사람의 반에도 미치지 못할 터인 데다가, 구루마를 끄는 소는 대개 늙었으며, 길은 비포장이라 울퉁불퉁 지면이 고르지 않았을 뿐 아니라 크고 작은 돌들이 산재(散在)하였다. 그러한 소와 길의 조합으로 연출되는 구루마 타기의 느낌을 경험 없는 사람에게 설명하기는 난감한데, 마침 적합한 도구가 있다. 정종숙이 부른 노래 〈달구지〉이니, 그 노랫말이 "해 밝은 길을 삐그덕 삐그덕 달구지가 흔들려 가네. 털거덕 털거덕 삐그덕 삐그덕 흔들흔들 흔들려 가네."인 것이다. 구루마 타는 느낌은 참으로 그러하다.

감았던 눈을 뜨면, 시시방구와 구루마는 온데간데없다. 그들은 50여 년 전의 풍물인 것이다. 옛날에도 10년이면 강산이 변한다 했거늘, 천지개벽할 듯한 변화가 일어나고 있는 21세기를 전후한 시기의 50년이면 다시 무슨 말을 하랴. 시대가 변한 것이다. 시대의 변화는 순리이다. 순리의 전범(典範)이라 할 물줄기가 가장 적합한 곳들로만 흐르듯이, 시대도 세상 사람들의 대체적인 수요에 적합한 방향으로 변화한다. 그러한 변화의 과정에서 시시방구는 포장도로 속에 묻혔고, 구루마는 트럭 같은 운송수단에 의해 구축(驅逐)된 것이다.

그러니 더는 묻혀서 영면 중인 시시방구를 소환해서도 아니
될 터, 이제는 시시방구 묻힌 자리를 지날 때 은근히 검정 고무신
을 떠올리며 하얀 커피잔을 경계하던 눈길을 거두어야 하겠지. 또,
맑은 가을볕 받으며 들판을 지나고 산허리를 돌아 강줄기 따라서
삐그덕 털거덕거리며 시대의 뒤안길로 가뭇없이 사라져 간 구루
마 더듬는 눈길 역시 이제는 거두어야 하겠지. (2021. 10. 27)

어린 시절 각인된 감각들

마르셀 프루스트의 저 유명한 소설 『잃어버린 시간을 찾아서』
를 보면, 화자(話者)인 나는 어머니가 건네주는 홍차와 마들렌을
먹는 순간 마치 조건반사인 것처럼 예전 레오니 아주머니가 홍차
나 보리수차에 적셔서 주곤 하던 마들렌의 맛을 떠올리면서 그곳
콩브레에서의 추억들을 줄줄이 소환한다. 그래서 사람들은 과거
의 인상 깊었던 맛이나 냄새 등 감각이 어떤 계기로 각성이 되면
그 과거와 관련된 기억들이 마법과 같이 피어올라 과거로의 시간
여행이 시작되곤 하는 것을 마들렌 효과라고까지 일컫는 것이다.
그러한 현상은 시인들이 가장 애독한다는 백석의 시에서도 실증
된다고 하겠다. 백석의 시를 관통하는 것은 고향이라고들 하고 그
시에는 미각 후각 등 갖가지 감각이 연발(連發)하는데, 가만히 들
여다보면 백석에 있어서 고향에 대한 기억은 그 감각들의 각인에
다름 아닌 듯하다.

나 또한 가끔씩 어린 시절에 각인된 감각들이 아주 사소한 것
을 계기로 전광석화(電光石火)처럼 소환되는 경험을 한다. 그 감각
들은 내 의식의 심층에 나 자신도 인지하지 못하는 비정형(非定型)
으로 존재하면서 내 업식의 일부를 형성하는 것 같은데, 최근 부쩍

정형화의 필요성을 느끼고 있던 터라 이번에 그 일부에 대해 도로(徒勞, 헛수고, 정형화에 실패하리라는 예감 때문에)를 무릅쓰고 언어로 마름질해 보려 한다.

겨울에 우리 아이들은 곧잘 낫을 들고 숲속을 살피며 다녔다. 새총에 알맞은 Y자형 나뭇가지를 찾기 위함이었다. 고무줄과 헝겊(드물게는 가죽)만 더해지면 멋진 새총이 마련되었다. 고무줄은 아기 기저귀를 고정하는 데 쓰이던 튜브형 노란색이나 내복의 허리 부위에 넣곤 하던 직사각형(단면 기준) 빨간색이 선호되었고, 흔하던 정사각형 검은색은 탄력이 없어 외면되었다. 나는 직사각형의 빨간색이 좋았다. 바람 없는 날 한낮에 하늘을 배경으로 선 나목 끝의 새를 조준하여 돌을 싼 헝겊 부위를 당기면, 늘어진 고무줄은 밝은 햇살과 파란 하늘을 배경으로 삼아 엷고 투명한 빨강의 특이한 색조를 방출했던 것이다.

봄이 되면 꼭대기에 신갈나무쯤으로 기억되는 큰 당산나무가 서 있던 나지막한 뒷산에는 참꽃이 피었으며 새들이 둥지를 틀고 알을 낳았다. 아이들은 그 뒷산에 들어가 나무들을 올려다보며 새 둥지를 찾았고, 나무를 타고 올라가서는 새알을 꺼내곤 했다. 그런데, 그 색조와 내음이라니! 조그마한 새알은 푸르스름한 기운이 감도는, 작고 검은 점이 여러 개 섞인 흰색이었다. 그리고 거기서는 먼 곳으로부터 가까스로 다다른 듯 희미한 비린내(결코 싫지는 않은) 같은 것이 감지되었다. 가끔은 새가 잡히기도 했는데, 손아귀를 통해 온몸으로 전이되던 떨림의 미세함과 촉감의 포근함은 또 어떻게 표현해야 할지 모르겠다.

높은 감나무 끝에 몇 개의 감만 까치들의 겨울 식량으로 매달리는 늦가을엔, 문중마다 입향조의 묘소에서 시제(時祭)를 봉행하였다. 항상 먹을 것이 부족했던 아이들은 각 문중의 시제 날짜를 꿰고 있다가, 당일이 되면 동생들까지 업거나 데리고 허름한 옷차림에 한기를 느끼며 묘소 옆에 서서 시제 끝나기를 기다렸다. 시제가 끝나면 등에 업힌 갓난애까지 포함하여 모두에게 떡을 나누어 주기 때문이었다. 대개는 잘 갈린 무쇠 칼로 썬 인절미와 시루떡과 절편을 한 토막씩 받았는데, 차가워진 날씨에 살짝 굳은 인절미를 한입 베어 물 때 찹쌀 맛과 콩고물 맛에 섞여 감지되던 쇠 비린내는 참으로 묘했다.

추수가 끝나면 농가에서는 짚을 논에 쌓아 둔다. 지붕의 이엉으로, 소의 여물로, 때로는 땔감으로, 짚은 용도가 다양하였던 것이다. 겨울에 아이들은 곧잘 그 짚더미 속이나 위에서 놀았다. 폭신하고 따뜻했기 때문이다. 온몸에 검불이 붙는 것에는 아랑곳하지 않았다. 그렇게 시간 가는 줄 모르고 놀고 있는데, 멀리서 엄마가 저녁밥 먹으러 오라 부르는 소리가 들렸다. 짚더미에서 벗어나 논다고 참았던 소변을 보고는 부르르 떨며 습관적으로 어둑해지는 허공을 올려다보니, 저 높이 갈가마귀(갈까마귀) 떼가 정연한 대오로 차가운 하늘을 건너가고 있었다. 무언가 강렬한 느낌이 가슴을 스쳤다. '이렇게 저물고 추운데 저들은 어디로…' 싶었을 터인데, 그 '어디'는 내 필생(畢生)의 정조(情操)라 할 '그리움'의 작은 씨앗이 되었을 것 같다.

마을 저 옆으로는 제법 큰 개울이 흘렀다. 군데군데 소(沼)도 있었다. 소들에는 여러 종류의 물고기가 서식했다. 아주 더운 여름이었고, 몹시나 가물었던 모양이다. 개울을 지나는데, 약간 위쪽의 작은 소가 말라 있을 것 같았다. 올라가 보니, 소의 가장 깊은 곳에만 물이 잘박하게 남았고 그곳에 물고기들이 바글거리고 있었다. 애처롭다는 느낌 이전에 경이로웠다. 깊어서 평소에는 볼 수가 없어 형상을 짐작할 수 없던 곳이기 때문이다. 그 경이로움으로 인해서인지, 이후 50년이 흐른 요즈음, 바닷가에 서서 수평선을 바라볼 때면 종종 당시의 물과 이끼와 물고기 등의 냄새, 그리고 따가운 햇볕을 받아 튕겨 나온 바위의 냄새가 합성된 듯한 야릇한 비린내의 환기(喚起) 속에서 '바닷물이 그렇게 마르면 어떤 모습이 연출될까?' 하는 엉뚱한 상상을 해 본다.

　　산골에서 생선은 귀한 물건이었다. 가끔 읍내 장날 쌀자루를 이고 가서, 또는 잊을 만하면 큰 고무 대야를 이고 마을에 나타나던 생선 장수 아주머니에게서 몇 마리 사는 정도였다. 어느 날 그렇게 산 붕어에 무우를 넣고 졸인 반찬으로 점심을 한 다음 국어책을 읽었던 모양이다. 내용은 이랬다. '친구 둘이 산길을 가다 곰을 만났다. A는 도망쳤고 B는 그럴 겨를이 없어 엎어져 죽은 척했다. A가 달음박질을 멈추고 멀리서 돌아다보니 곰이 B의 귀에 입을 대고 무언가 말을 하는 듯하다가 떠났다. 곰이 뭐라 하더냐고 A가 물었다. 위험한 상황에서 친구를 두고 혼자만 살겠다고 도망가는 사람하고는 사귀지 말라 하더라고 B가 답했다.' 그 내용보다 훨씬 강렬하게 내 뇌리에 남은 것은 곰의 코를 통해 전이된 B의 땀

국 전 옷깃에 베인 무우 넣고 졸인 붕어의 비린내였으니, 참 생뚱
맞기도 하다. 가끔 와서 조모와 밤새 이야기를 나누며 자고 가던
교회 아주머니에게서도 그런 냄새가 났다. 이후 나는 입성 허름한
사람들에게서 곧잘 그와 같은 냄새를 맡곤 한다.

퇴비가 절대적으로 부족한 시절이었다. 농부들은 봄이 되면
변소를 퍼서 밭에 뿌렸다. 대체로 밭 옆에는 감나무들이 있었고,
늦여름쯤이면 아직은 이른 감들이 밭 가장자리의 고랑에 떨어졌
다. 늘 배가 고팠던 아이들은 며칠 발효되어 물렁해진 그 감들을
주워서는 반으로 갈라, 손가락으로 누르는 동시에 입술로 빨아당
겨서 먹었다. 달기는 해도 제철의 홍시와는 다른 맛이었고, 시간의
경과로 옅어진 인분 내음이 섞인 것 같은 묘한 냄새가 풍겼다. 사
실 인분 내음은 밭의 고랑에서 피어오르는 것이었는지도 모르겠
다. 어쩌면 환각이었을 수도 있을 터이다. 한편으로는 목덜미에 느
껴지는 노염(老炎)의 촉각이 후각으로 전이된 것은 아니었을까 싶
기도 하다. 어쨌거나 그 감의 맛과 냄새는 아직도 내 혓바닥과 코
끝에 맴돌고 있다.

집에서는 닭을 몇 마리 길렀다. 닭들은 건초 더미 위를 오목하
게 만들어서는 늘 거기에 알을 낳았고, 알 낳는 즉시 '꼬꾸댁' 하며
울었다. 알은 단지(옹기) 속 7~8부 정도 담긴 보리나 쌀 위에 보관
했다가 장날 들고 가서 팔았다. 그래서 매일 몇 알씩 생산되었건
만, 우리 식구가 계란 먹는 경우는 드물었다. 나는 귀한 손자라고
조모가 각별히 배려하여, 가끔 갓 푼 밥 위에 계란을 깨트려 올리
고 참기름과 간장을 부어 비벼 먹을 수 있었다. 남향집의 겨울 아

침 햇살은 창호 문종이를 통해 방 안으로 스며들어 밥상을 환하게 비추었다. 김 모락모락 피어나는 밥 위의 샛노란 계란, 거기에 환한 햇살의 비춤은 지금껏 따스하고 찬란한 느낌으로 남아 있다. 적막한 산골의 초가삼간 좁은 방에도 때로는 그렇게, 아침 햇살을 방사하던 계림(鷄林)의 금궤(金櫃) 같은 광명이 왕림(枉臨)했던 것이다.

집을 에두른 돌담 사이에 큰 살구나무가 있었다. 봄이면 벚꽃에 비해 훨씬 소박한 꽃을 환하게 피웠고 여름 우기(雨期)에는 유지매미가 많이 붙던 그 나무엔 보리 수확기가 되면 잘 익은 살구가 가득 달렸다. 동네에 살구나무가 더러 있었지만 우리 집 살구는 색과 맛과 향이 특출했으며, 소리 또한 기묘하였다. 노랑에 부분적으로 아주 작은 점들로서의 붉음이 가미되어 참 예쁜 색이었고, 시면서도 달콤하여 무언가 입체적이라고도 할 수 있을 것 같은 맛과 향이었다. 게다가 흔들면 달그락거리는 소리가 들렸으니, 잘 익어서 과육과 씨앗이 분리됨에 말미암은 것인데, 나는 다른 살구에서는 그런 소리를 들어 본 적이 없다. 그 살구를 몇 개씩 자그마한 손에 쥐고 있던 풍족한 느낌이 지금도 오롯하니, 살구의 맛과 향이 손바닥으로 흡수되어 팔을 타고 올라가 혀에서 발산하는 것만 같다.

참으로 병약한 아이였다. 감기나 배탈 등으로 며칠씩 밤과 낮을 구분하지 못하고, 난데없이 들끓는 양초 냄새 같은 것을 온몸으로 느끼며 사경을 헤매다 가까스로 회복한 경우가 여러 번이었다. 초봄이었던 것 같고, 한낮이었으며, 예의 지독한 감기의 끝자락이었다. 일어설 만하였다. 어질어질하여 흔들리는 몸을 겨우 이끌고 마루 끝에 앉았다. 마루에는 봄볕이 내려앉아 있었고, 사위는 적요하였다. 몸에는 힘이 하나도 없는 듯하였지만, 모처럼 꽉 막히었던 코가 뚫리어 봄볕과 적요를 냄새 맡을 수 있을 것도 같았다. 축담 아래의 마당에서는 어미닭이 노란 병아리들을 데리고 먹이를 찾고 있었다. 그렇게 마루에 쪼그리고 앉아 봄볕과 미풍에 몸을 맡기고 한참 동안 닭과 병아리들을 물끄러미 내려다보고 있노라니, 육신도 의식도 세계도 텅 빈 것만 같았다. 내가 처음으로 경험한 투명하고 평화로운 시공간이었지 싶다.

역사를 해석하는 것을 흔히 역사와 현재 간의 대화라고 하듯, 위의 내 어린 시절 감각들에 대한 서술 또한 지금 시점에서의 의미 부여일 수밖에 없을 터이다. 그러나 그렇게 의미를 부여할 단초는 그 각인의 어린 시절에 분명 존재했다고 믿는다.

서두에서 밝힌 바와 같이, 위에서 서술한 것들은 내 어린 시절 각인된 감각 중 극히 일부일 것이다. 나는 다른 글들에서도 그러한 유(類)의 감각 몇을 간략하게 언급했으며, 지금 당장 기억되는 감각들 또한 상당수이고 무의식계에 엎드려 있는 감각들 역시 부지기수일 터이기 때문이다. 어쩌면 나는 그 감각들의 총체인지도 모르겠다. 적어도 그 감각들이 내 업식의 일부인 것은 분명하다 하겠고, 따라서 나는 그들의 자장(磁場)으로부터 결코 자유로울 수 없을 터이다.

이 글을 쓰면서 감각의 상존성(常存性)에 새삼 전율을 느끼기도 했다. 감각은 없어지는 것이 아니다. 설사 없어진 것 같아도 실상은 우리가 의식하지 못하는 세계에서 비활성(非活性)의 상태로 존재한다. 그러다가 계기가 되면 의식의 세계로 올라와 활성화한다. 감각이 머리에 기억되는 것이 아니라 몸에 각인되는 것이기 때문일 성싶다.

그처럼 감각은 나 자체이며 상존하므로, 비록 상처로 남은 감각일지라도 외면하거나 배격할 것이 아니라 뜨겁게 껴안고 나아가야 하리라. (2023. 2. 28)

바람낭구 추억

　고향에서는 미루나무를 바람낭구라고 불렀다. 미루나무는 원산지가 북아메리카여서 처음 미국 버드나무라는 의미의 미류(美柳)나무라고 부르던 것에서 발음의 순편(順便)을 좇아 변형된 것인데, 지금은 표준어로 채택된 명칭이다. 영어 이름 그대로 포플러라고 부르기도 한다.

　미루나무는 옆으로 퍼지지 않고 위로 높게 자라, 박목월이 시 「흰구름」에서 "미루나무 꼭대기에 조각구름 걸려 있네. 솔바람이 몰고 와서 살짝 걸쳐 놓고 갔어요."라고 읊었듯이 바람을 많이 탄다. 그래서 바람낭구라는 이름을 얻었을 터이다. 낭구는 「용비어천가」 "불휘 기픈 남ᄀᆞᆫ"이라는 구절에서 확인되듯 나무의 고어(古語)이며, 경상도 사투리이기도 하다.

　고향의 들판 곳곳, 특히 밭둑에는 바람낭구가 자리했고, 봄이 되어 나무들에 물이 오르면 아이들은 그 가지를 꺾어서 피리를 만들어 불곤 했다. 그래서 바람낭구는 아주 친근한 나무였고, 내게는 그 바람낭구에 대한 잊힐 것 같지 않은 추억이 몇 있는 것이다.

　고향집 안채의 뒤안은 제법 공간이 있어 솥이 하나 걸려 있었고 작은 대나무 평상이 놓여 있었다. 여름에는 몇 그루의 감나무가 풍성한 그늘을 만들어 주었다. 뒤안 너머는 밭이었고, 밭 경계의 돌담 사이에 아주 높게 자란 바람낭구가 서 있었다.

초등학교 5학년 때 부산으로 가서 유학한 이후 여름방학을 맞아 고향집으로 가면, 할머니는 어김없이 옻닭을 만들어 주었다. 자린고비 할머니로서는 장남을 일찍 여윈 한(恨)으로 인하여 손자만은 건강하기를 간절히 바랐기 때문일 터이다. 옻닭은 집에서 기르던 닭을 잡아 참옻나무 가지와 함께 장작불로 오랜 시간 곤 것이다.

감나무들이 그늘을 만들어 준다고는 하지만, 한여름에 옻닭을 끓이거나 데우기 위해 장작불을 지피고 나면 벌써 땀이 흐르기 마련인데, 평상에 앉아 뜨거운 옻닭을 먹고 있노라면 얼굴에서 시작된 땀이 목을 거쳐 가슴과 배로 줄줄 흘렀다. 그때 어김없이 돌담 사이 그 바람낭구의 꼭대기 근처에서 기관총을 쏘듯 요란한 말매미 울음소리가 들려왔으니, 바람낭구 저 높은 곳에서 한여름의 열기가 파편이 되어 흩어지는 듯한 느낌이었다.

한편, 그처럼 매미 소리는 무더위와 하나가 되어 내 뇌리에 각인되었던지라, 매미 소리를 들으면 누구는 오히려 시원한 느낌이 든다 하건만 나는 바람낭구 꼭대기에서 파편으로 흩어지는 한여름 열기를 덮어쓰는 느낌이니, 매미 소리에 대한 느낌 또한 각자의 업식 소산(所産)이라 하겠다.

외지(外地)에서 고향으로 들어가다 보면 동구(洞口)가 저 멀리 보이는 지점에 제법 너른 목화밭이 있었다. 밭 가장자리에는 큰 바람낭구 한 그루가 섰으며, 바람낭구를 중심으로 목화밭 반대편으로는 맑은 시냇물이 흘렀다. 시내를 따라 고향 동구로 조금 더 가면 아카시아나무들이 작은 숲을 이루고 있었다. 아카시아꽃이 활짝 피었다던 〈과수원길〉과 밤하늘의 별을 보며 사랑을 약속했다던 〈목화밭〉은 엄연히 별개의 노래이건만, 나의 내면에서 둘이 거의 혼융되어 있다시피 한 야릇한 현상은 그러한 고향의 풍경 때문일 터이다.

그 바람낭구 밑에는 작은 바위가 하나 있었던 것 같고, 어느 날 읍내의 중학교에 다니는 고향 형이 하교하여 먼 길을 걸어오다 쉬어 가려 했던 것인지 교모와 상의를 벗어 바람낭구 곁가지에 걸어 두고 러닝 차림으로 바위에 앉아 책을 읽고 있었다. 나는 아이보리색과 연분홍색의 꽃들로 가득한 목화밭 건너에서 그 모습을 제법 오래 지켜본 듯한데, 세월의 흐름 속에서 어느 정도 장면의 윤색 또는 기억의 왜곡이 있었겠으나 지금 그저 아련한 한 폭의 그림으로 간직되어 있는 것이다.

그처럼 내게는 바람낭구와 목화밭 및 아카시아나무숲이 묘하게 결합되어 있는 까닭에 오래전부터 목화가 활짝 핀 밭을 간절히 보고 싶어 하다가, 몇 년 전 우연히 들른 교외의 화훼원에서 화분에 심긴 목화를 발견하고는, 서너 포기 사다 어영 집 마당가에 이식해 놓고 꽤나 진지하게 감상하며 고향 형이 기대앉아 책 읽던 바람낭구를 추억하기도 했다.

오래전 모 대학에서 몇 년 강의를 하였다. 강의를 마치고 나면 점심 때인지라, 교수식당에서 식사를 하곤 했다. 식사 후에는 식당 바깥에 놓인 벤치에 앉아 조금 떨어진 앞쪽 언덕의 숲을 바라보며 느긋한 마음으로 커피를 마시는 것이 적지 않은 즐거움이었다.

아마도 이맘때였지 싶다. 그날도 점심을 마친 후 벤치에 기대어 커피를 마시고 있었다. 앞쪽의 언덕 한가운데 드높게 솟은 바람낭구에 봄바람이 지나가는지, 그 큰 나무의 수많은 잎들이 일제히 살랑거리는 것 아닌가! 실로 장관이었다. 어릴 때부터 많은 바람낭구를 봐 왔지만 한 번도 접하지 못했던 장면이어서, 처음엔 '저것이 무엇인가? 도대체 무슨 현상이지?' 하며 눈을 의심했다. 분명 무수한 바람낭구 이파리들이 부드러운 바람결에 나부끼는 모습이었다.

알고 보니 바람낭구는 잎자루가 길었다. 게다가 수고(樹高)도 높으니 작은 바람에도 잎이 잘 흔들렸고 흔들리는 범위 또한 컸던 것이다. 바람낭구 잎의 그러한 성질이 초등학교 때 부르던 동요 〈나뭇잎〉의 가사 "포플러 이파리는 작은 손바닥, 잘랑잘랑 소리 난다 나뭇가지에, 언덕 위에 가득 아 저 손들, 나를 보고 흔드네 어서 오라고."에 이미 잘 드러나 있음도 새삼 알게 되었다. 고향에서 미루나무를 바람낭구라고 불렀던 것은 그럴 만한 이유가 있었던 것이다.

요즈음은 그 많던 바람낭구 구경하기가 쉽지 않다. 고향에서만 해도 바람낭구들이 거의 다 잘려 나가고 없으며, 어영 집의 터 매입

계약 때 경계 갓 너머에 훤칠하게 서 있어 반색을 자아내던 미루나무도 잔금 치를 즈음 없어져 버렸다. 박덕하게도, 산업화 이후엔 시골에서조차 실용적인 것 아니면 잔존하기가 어려운 것이다.

지금에 와서의 의미 부여이겠지만, 들판 여기저기에 녹색의 잎을 가득 단 높다란 바람낭구들이 늠름하게 서 있던 모습이 고된 농사에 찌든 동네 어른들에게는 적잖이 위로가 되었겠고, 산과 들로 천방지축 뛰어다니며 놀던 우리 아이들의 영혼에도 알게 모르게 백석의 시 「남신의주 유동 박시봉방(南新義州 柳洞 朴時逢方)」에서의 갈매나무와 같은 정서적 버팀목으로 스며들었을 것이다.

이제 바람낭구들이 없어졌기에 들판에는 더 이상 솔바람이 조각구름을 몰고 오는 일도 없을 터이고 어른이나 아이 할 것 없이 사람들 심지(心地) 또한 굳고 정하기가 어려울 성싶다. (2023. 5. 31)

게으름뱅이와 가시나반종(半種)

나의 고향은 워낙 벽촌(僻村)이어서, 사람들은 그야말로 우물 안 개구리처럼 살았다 할 수 있겠고, 그런 만큼 문화적 폐쇄성이 아주 컸다.

폐쇄성은 외부의 문물이나 사람을 거부하는 동시에 내부적 가치를 견고히 다지며 전승시키는데, 그 결과 내 어린 시절을 반추해보면 폭력적이라 해도 무방할 편견들이 집단의식을 형성하고 있었던 것으로 생각된다.

그러한 편견들 중 흥미로운 것이 게으른 사람에 대한 혹평과 남자애가 여자애같이 말하고 행동하는 것 등에 대한 폄훼일 것 같다.

고향에서 가장 큰 낙인(烙印)은 아마도 게으름뱅이일 성싶다. 그러한 점은 농경문화의 당연한 귀결이라고 해야 할 것 같다. 요즈음과는 달리 그 옛날의 농사는 엄청나게 손이 많이 가는 작업이어서 그야말로 부지런함이 최고의 미덕이었다. 그러니 게으른 사람에 대한 시선이 어떠했을지는 불문가지라 하겠다.

부지런하지 않으면 생존 자체가 어려운 농경사회에서 거의 모두가 부지런했으되, 특출하게 부지런한 사람이 있었던 만큼 겨우 게으름뱅이라는 소리 듣는 것을 면할 듯한 사람도 없지 않았다. 들은 바에 의하면 누구는 쟁기질하다 날이 어두워지면 소뿔에 등을 걸고 계속했다 하며, 일을 미룰 수 있는 데까지 미루다가 한계 상황에 직면해서야 낫이나 호미를 들고 논밭으로 나가곤 하던 누구는 나도 본 바이다.

사람들에게 게으르다는 평(評)을 듣기 가장 쉬운 것은 벼 사이 여기저기에 피가 산재(散在)한 모습이었다. 피가 벼의 성장을 저해하기 때문에 뽑아야 하기도 했지만, 사람들의 시선이 무서워서도 눈에 잘 띄는 곳의 피는 만사 제쳐 놓고 뽑았다. 피가 무성한 논을 보면 어른들은 혀를 끌끌 찼으며, 어린 나조차도 '게으름뱅이'가 조건반사처럼 상기될 정도였던 것이다. 부지런하기 짝이 없던 모친의 경우 피뿐 아니라 여타 잡초들도 초기에 잡곤 했으니, 열 손가락에 '고동'(「극한직업」 참조)이라는 것을 끼고 온 논바닥을 헤집었던 것이다. 돌이켜 생각해 보면 모친만이 아니라 동네 사람들 대다수가 그 극한의 노역을 감내했던 것 같다.

사람들 시선이 민감하게 의식되는 또 하나는 논두렁의 풀이었다. 논두렁에 풀이 무성하면 논 가장자리 벼들의 성장이 저해되어 그만큼 소출(所出)이 줄어들 것이어서, 쌀 한 톨이 귀하던 시절 그것은 그대로 악(惡)이었던 것이다. 논두렁 풀에 대한 곱지 않은 시선은 벼들 속 피의 경우와 마찬가지로, 조금만 더 움직이면 거둘 수 있는 곡식을 게으름으로 인하여 버린다는, 처절한 굶주림을 겪어 본 사람들의 질타였을 터이다. 논두렁 풀은 소의 먹이이기도 하였기에, 여름을 지나는 동안 두세 번은 갓 이발한 사람의 머리처럼 깔끔하게 정리되었다. 동네 사람들은 낫을 갈아가며 쪼그려 앉아 다랑이논 긴 두렁들의 한정 없는 풀을 베어 나갔던 것이다. 부지런하지 않으면 가능한 일도 아니었고 그 과정을 통해 부지런함이 습관화되기도 했을 듯하다.

어른들에게 가장 큰 낙인이 게으름뱅이였다면 사내아이들에게 그것은 가시나반종(半種)이었다. 가시나는 계집아이의 경상도 방언이고, 반종은 '반은 그 종자'라는 의미이겠다. 그러니 가시나반종은 '사내아이가 하는 짓거리를 보면 반쯤은 가시나'라는 뜻일 터인데, 남존여비(男尊女卑)와 남녀유별(男女有別)의 의식이 합성된 폐쇄적 사회의 유물로 이해된다. 어쨌거나 우리 사내아이들은 그래도 남자라고, 가시나반종이라는 말 듣는 것을 엄청난 치욕으로 여겼다.

여러 아이가 있다 보면 개성이 제각각이라 더러는 심성이나 행동이 계집아이 같은 사내아이도 있는 법이고, 어쩌다 계집아이들 틈에 끼어 소꿉놀이나 고무줄놀이 따위를 하는 사내아이가 없지도 않았다. 심성 등이 계집아이 같은 사내아이가 계집아이들의 소꿉놀이 등에 끼어드는 경우가 많기도 했지만, 그런 사내아이는 그 자체만으로도 걸핏하면 가시나반종으로 규정되었다. 여하튼 사내아이가 계집아이들 틈에 끼어 소꿉놀이 등을 하다가 별난 다른 사내아이의 눈에 띄기라도 하면 여간 난감한 것이 아니었으니, 금방 소문이 나고 가시나반종이라는 놀림을 혹독하게 당했던 것이다.

사내아이들에게 가시나반종이라는 말은 그야말로 낙인이었다 해도 별 과장이 아니라 하겠다. 내 죽마고우(竹馬故友) 하나는 음악 시간에 선생님의 풍금 연주에 맞추어 노래 부르는 것도 계집아이들이나 하는 짓이라 여겨 멀뚱히 앉아 있었다 하니, 가시나반종에 대한 정서를 짐작할 만하지 않은가. 그러다 보니 얄미운 아이가 있으면 가끔은 사소한 실마리를 잡아 가시나반종의 덫을 씌워 버리기도 했던 것이다.

가시나반종으로 규정되면 따돌림을 당하게 되는데, 집단에서 배제하여 외톨이로 만들어 버렸다. 협력이 필수인 농촌에서 사람들은 '동네'라는 집단의 일원으로서 존재할 뿐이었기에, 집단에서 배제되는 사람은 존립의 근거가 상실되는 셈이었다. 그렇다고 요즈음처럼 은둔형 외톨이가 될 수도 없었으니, 그런 관념 자체도, 컴퓨터 등 문명의 기기나 자기만의 공간도 전무(全無)했던 것이다. 무조건 밖으로 나와야 했고, 집단 속으로 편입되어야 했던 것이다.

의식이나 문화는 시대의 산물이어서, 현재의 잣대로 과거의 의식 및 문화를 평가하는 것은 곤란하며 늘 조심스럽다. 그러나 자유와 개성 같은 것은 인간의 보편적 가치이기에 지속적으로 확장되고 심화되는 것이 바람직하며, 따라서 사회의 가치 다원화 또한 마땅히 존중되어야 한다.

그러한 측면에서 볼 때, 게으른 사람에 대한 혹평이나 남자애가 여자애같이 말하고 행동하는 것 등에 대한 폄훼의 문화는 성찰의 여지가 다분하다고 하겠다. 사람이 천성적으로 게으를 수도 있고, 게으르지 않은 사람일지라도 삶의 주기(週期)에 따라서는 게으른 시기를 가질 수 있다. 그리고 남자가 여자 취향을 지니거나 추종할 수도 있으며 여자 또한 마찬가지이다. 중요한 것은 사고의 유연성일 터이다. 생산성이나 창조성의 수단으로서의 유연성이 아니라, 세계와 사람의 있는 그대로의 모습을 볼 수 있는 바탕으로서의 유연성 말이다.

위와 같은 문제의식과 성찰에도 불구하고, 또 그 어렸던 시절로부터 50년 이상이 지났으며 세상 역시 거의 동일성을 찾기 어려울 지경으로 변했건만, 나는 여태껏 게으름에 관한 한 자신도 남도 쉬이 용납하지 못하며, 여자에 있어서는 상대하길 어색해할 뿐 아니라 편견 또한 적지 않은 등 의식의 경직성을 어쩌지 못하고 있으니, 집단의 문화가 개인의 의식에 드리운 뿌리는 이토록 깊은 것이다. (2023. 7. 31)

통도사 추억

나의 외가는 울주군 삼남면 방기리이다(최근의 도로명 주소로
는 어떤지 모르겠다). 방기리는 남향인데, 서쪽으로 걸어서 30분쯤
이면 통도사에 도착할 수 있었다. 외가 뒤쪽으로는 그 통도사를
병풍처럼 감싼 영취산의 주봉이 우뚝 솟아 있었다. 나는 외가에서
태어나기도 했고,* 대부분의 사람이 그렇듯이 어릴 때 외가에 자주
갔었다. 그래서인지 통도사와 영취산에 대해서는 모태적(母胎的)
이라고도 할 만큼의 친밀감을 가지고 있는 것이다.

그러니 통도사에 얽힌 나의 추억은 적지 않은 편이다. 그중 선
명한 것이 셋이다.

첫째는 진달래 뿌리 공예품과 관련된 것이다.
학구 외삼촌은 통도사 바로 앞에서 기념품 가게를 운영했다.**

---

* 「고향에서 바라보던 산들」 모두(冒頭)에서 '내가 나고 자란 곳은 양산시 원동면
화제리 지나 마을이다.'라고 했던 것은 고향에 대한 상투적 표현이며, 사실 내가
난 곳은 울주군 삼남면 방기리이다. 모친 말씀에 의하면, 출산에 앞서 친정으로
가서 나를 낳고, 이후 49일을 머문 다음, 외할머니와 함께 차편으로 물금까지
와서는 철로와 낙동강 사이로 난 소로(小路)를 12월 말의 차디찬 강바람을 맞
으며 걸어 지나 마을에 도착하였다고 한다.
** 지금의 부도전 일대에 당시는 기념품 및 음식 가게들이 밀집해 있었다. 그 가게

그 기념품 중 하나가 진달래 뿌리 공예품이다. 진달래는 겉보기와 달리 뿌리의 형상이 기묘하다. 진달래 뿌리 공예품은 그 뿌리를 적절히 다듬어서 니스칠한 것이다.

농한기이면 학구 외삼촌과 봉구 외삼촌은 영취산에서 진달래 뿌리를 캐어 공예품으로 만들어서는 외가의 아래채 골방에 보관하였다. 나는 겨울방학 때에 외가로 가면 그 방에 들어앉아 시간 가는 줄 모르고 공예품들을 가지고 놀았다.

한번은 아침밥을 먹고 봉구 외삼촌이 바지게 가득 공예품을 지고 동생의 가게로 가신다기에 나도 따라나섰다. 행로(行路)는 영취산 자락에 놓인 황톳길이었다. 봉구 외삼촌은 두어 번 지게를 받쳐 놓고 허연 입김을 토하며 쉬었던 것 같고, 내 고무신 밑으로 수분을 머금어 살푼 언 황토 입자 바스러지던 느낌과 소리가 지금도 생생하다. 도착한 가게 안은 햇빛으로 환하였고 난로의 온기로 안온하였다. 봉구 외삼촌은 먼저 돌아가시고, 나는 통도사의 일부라 해도 무방할 가게와 그 근처에서 놀다가 해가 뉘엿해서야 혼자 영취산 주봉이 굽어보고 있는 그 황톳길을 되짚어 외가로 돌아갔다.

둘째는 외할머니와 통도사 간 것과 관련된 것이다.

내가 대학생이 되어 외가에 갔을 때, 외할머니는 통도사 구경을 제안하셨다. 낯설고 물선 곳으로 출가하여 청상에 홀로 된 딸이 낳아 기른 아들이 이제 대학생이 되었으니, 외할머니로서는 기특했을 법하다.

들이 지금은 매표소 외곽으로 이건되었다.

역시 황톳길을 걸어서 갔다. 외할머니는 그 많은 전각 하나하나를 허투루 지나치는 법이 없었고, 구룡연(九龍淵)에서는 알고 있는 전설들을 오래오래 들려주셨다. 구경을 마치자, 외할머니는 요기(療飢) 좀 하고 가자 하셨다. 들어간 식당은 특이하게 길에서 계단 세 개 정도를 내려가 출입문을 여는 구조였다. 파전과 막걸리를 시켜 두어 잔씩 마신 것 같다. 단정하되 흥이 있으신 외할머니의 기분이 아주 좋아 보였다.

오래전, 외할머니가 돌아가시고 몇 달 뒤 영취산 산행을 마치고 일행들과 그 식당에 들렀다. 마당의 평상에서 막걸리를 마시면서 외할머니 생각에 돌연 눈시울이 붉어졌다. 머리를 들어 흐릿하게 보이는 봄날 해거름의 영취산에 한참이나 눈길을 붙이고 있어야 했다. 내가 외가에서 본가로 돌아올 때면 외할머니는 허리춤의 주머니에서 꼬깃꼬깃 접힌 지폐를 꺼내어 내 손에 꼭 쥐여 주시곤 했으니, 타지에서 청상과부로 극심한 농사 노동을 통해 아이 둘 키우는 딸 걱정에 애간장은 또 얼마나 탔을까.

셋째는 회계사 시험 발표와 관련된 것이다.

1986년 9월 26일은 제21회 CPA 2차 시험 합격자 발표일이었다. 신문에 합격자 명단이 실리는데, 하루 전날 오후에는 신문사에 전화하여 합격 여부를 확인해 볼 수 있었다.

25일이 되자 몹시 초조해 집에 있을 수가 없었다. 혼자 버스를 타고 통도사로 향했다. 차창 밖의 가을 풍경을 바라보며 초조한 마음을 달래던 기억이 지금도 새롭다. 왜 하필 통도사였는지 지금도 잘 알 수가 없지만, 앞서 말한 '모태적 친밀감' 때문이 아니었을까 싶다.

종일 통도사에 머물며 경내를 몇 바퀴나 돌았는지 모르겠다. 오후 늦게서야 심호흡을 크게 하고는 떨리는 손으로 경내의 공중전화기를 통해 신문사에 전화하였다. "합격입니다. 축하합니다." 말하는 것이 아닌가. 그 순간 세상이 완전히 달라 보이면서 시험공부에 모든 것을 쏟아부으며 자신과 사투(死鬪)를 벌이던 지난 몇 년이 주마등처럼 뇌리를 스쳤다. 마음을 진정시키며 경내를 다시 한 바퀴 천천히 돌았다. 구룡연에 이르러서는 동전 한 닢을 던지기도 했다. 그날, 지금은 인도(人道)로만 사용되는, 기암괴석의 시내를 끼고 낙낙한 장송(長松)들 속으로 난 도로를 따라 나는 구름 위를 걷는 양 통도사를 벗어났다.

이제 통도사도 그 주변이 너무 많이 변해 버렸다. 특히 극락암 가던, 양쪽으로 논밭들을 낀 구불구불하던 길이 도시의 도로처럼 된 것은 아쉽기 짝이 없다. 그때는 이용할 차량이 없어서이기도 했지만, 장엄한 영취산을 올려다보며 쉬엄쉬엄 걸어서 가는 운치가 그만이었는데….

지난날 자장암은 가까워서, 백운암은 높아서, 비로암은 대숲과 시내가 그윽하여, 극락암은 앞서 말한 것처럼 바쁠 것 없는 걸음과 시원한 눈맛이 좋아서 자주 갔었건만, 그 통도사 안 가 본 지도 꽤 오래되었다. 딱히 갈 일이 없기도 했지만, 변화들이 낯설어서 일부러 찾을 마음은 생기지 않았던 것 같다. 이렇게 추억을 들추었으니, 돌아오는 봄 진달래가 꽃을 피우고 숲이 연록의 수채화로 연출될 때 심방(尋訪)할 것을 기약해 본다. 생경한 변화에도 불구하고 통도사는 지금도 내가 애호해 마지않는 풍광의 하나인, 해거름 경부고속도로 하행선 전방 우측에 노을을 배경하여 특유의 모습으로 우뚝한 영취산과 함께 내 살가운 외가의 일부로 각인되어 있기 때문이다. (2020. 2. 29)

나의 아버지

아버지에 대한 기억

선친(先親)께서는 1935년도에 생(生)하여 1965년도에 졸(卒)하셨다. 그 졸년(卒年)에 나는 겨우 네 살이었다. 그러니 내게 아버지에 대한 기억이 남아 있을 리 없을 터이다. 그러나 나는 신기하게도 아버지에 대한 선명한 기억 둘을 간직하고 있다.

나는 아버지와 함께 본채 마루에서 놀고 있었다. 축담을 딛고 서까래를 떠받친 마루 앞 기둥에는 오래된 괘종시계가 걸려 있었다. 볕 좋은 봄날이었던 것 같기도 하다. 초등학생으로 보이는 여자아이가 대문으로 들어서며 아버지에게 말했다. "우리 엄마가 장에 가서 사 온 것이라며 갖다 드리라 했습니다." 그애가 축담으로 올라와서 아버지에게 건넨 것은 먹(墨)이었다.

나의 시점(視點)이 어디였는지는 지금도 의문이지만, 아래채 서까래에 벌집이 있고 벌집에는 땡삐(땅벌) 몇 마리가 붙어 잉잉거리고 있었다. 아버지는 땡삐 집 아래의 툇마루에 서서 본채 쪽을 바라보고 계셨다. 아버지가 선 자리는 서재를 ㄴ 자로 감싼 툇마루의 곡각지점이었다. 본채에서는 내 누이동생이 출생 중이었던 것이다. 그러니 그때가 1965년도 초가을이었겠다. 아버지는 그로부터 넉 달 후에 졸(卒)하셨다.

위의 두 가지 기억은 글쎄, 팩트(fact)인지 아니면 팩트를 인자(因子)로 하되 부지불식간 상당한 왜곡이 이루어진 것인지 나 자신도 잘 모르겠다. 어렴풋한 팩트에 긴 세월 내 속에서 명멸(明滅)을 거듭했던 수많은 결핍과 갈망 같은 것들이 침습(侵襲)했다고 하는 것이 온당하지 않을까 싶다.

아버지의 서재와 유품

아버지는 사범학교 출신이었으되, 지병으로 인해 교직에 나아가지는 못하셨다. 그렇다고 힘써 농업에 종사하실 수도 없었다. 그래서 넉넉한 살림이 아님에도 머슴을 두었으며, 당신께서는 서재를 지어 놓고 독서와 서예를 낙으로 삼으셨던 것 같다.*

아버지 서재에는 벽장이 있었고, 벽장에는 책이 가득하였다. 소년 시절 나는 주인 잃은 그 벽장에서 좀 두꺼운 종이로 제본된 책을 골라내어 딱지를 만들곤 했다. 아이들 사이에서 딱지치기는 재미있는 놀이였으며, 두꺼운 종이로 만들어진 딱지는 상대방의 공격에 잘 뒤집히지 않아 딱지치기 놀이에서 아주 유리하였기 때문이다. 그 두꺼운 종이들 중 내가 가장 선호했던 것은 지도책이다. 빳빳했고 컬러로 되어 있어 윤기가 났던 까닭이다. 주지하다시피 컬러로 된 지도에는 도로나 경계 표시로 가늘고 복잡한 여러

---

* 선친은 결혼 전에 기와지붕의 아래채를 지었다. 3칸이었다. 왼쪽부터 대문간, 외양간, 서재가 자리했다. 서재는 동쪽과 남쪽으로 창호가 있어, 명창정궤(明窓淨几)를 수사(修辭)로 삼을 만했다.

색의 선들이 그어져 있는데, 소년 시절의 그 선들에 대한 인상은 자라면서 묘하게도 병고(病苦)로 파리해진 아버지의 피부에 비쳤을 핏줄과 동일시되어 버렸다.

초등학교 5학년 부산에서 유학하면서부터는 방학이 되어 고향집으로 가면 나는 주로 아버지의 서재에서 지냈다. 겨울철에는 해거름에 뒷산으로 가서 소나무 가지를 한 짐 지고 와서는 외양간에 위치한 서재 아궁이에 불을 땠다. 난방도 필요했거니와 소죽을 끓여야 했던 것이다. 서재와 외양간은 얇은 흙벽으로 칸이 지어져, 서재의 따뜻해진 온돌에 누워 있으면 소의 숨소리가 들렸다. 간간이 대숲을 지나가는 마른바람 소리에 잠에서 깨어난 나는, 그 숨소리를 듣고는 안온과 안도를 느끼며 다시 아슴아슴 잠 속으로 빠져들곤 했다.

아버지 유품으로 지금껏 내가 간직하고 있는 것은 사진 두어 장, 성경 1권, 벼루와 연적과 벼루 통, 그리고 목판본 『석봉천자문』이다. 단정한 필치로 쓰신 두루마리 족자 형태의 정몽주 「단심가」도 있었건만, 언젠가부터 보이지 않는다.

벼루와 연적은 몇 번 사용해 보았는데, 아버지의 체취를 강하게 느낄 수 있었다. 성경은 군데군데 밑줄이 그어져 있고 메모도 보이는바, 기회가 되면 정독해 볼 요량이다. 그 많던 책이 모조리 없어진 것은 두고두고 아쉬움이다.

아버지 묘소에 앉아

몇 년 전부터 시간 내기가 어려워 그만두었지만, 집안의 벌초

날짜가 정해지면 나는 혼자서 그 열흘쯤 전에 낫을 두어 자루 갈고 향과 술을 싸 들고는 아버지의 묘소를 찾았다. 대개 늦여름이었으니, 두어 시간 벌초를 하고 나면 옷은 땀으로 흠뻑 젖는다. 나는 그늘진 곳을 찾아 땀을 식히면서 인생을, 죽음을, 짧디짧았던 아버지의 삶을 갓 베어진 풀의 내음 속에서 곧 몰락할 매미의 소리를 들으며 오랫동안 상념했다.

당신의 이승에서의 향년은 겨우 삼십 성상(星霜). 가장으로서 28세의 아내와 4세의 아들, 한 살의 딸을 두고 먼저 갈 수밖에 없었던 당신의 애달팠을 심정을 저는 감히 가늠해 봅니다. 어찌 차마 눈을 감으실 수 있었겠습니까?

이후, 가장 없는 우리 집은 참으로 간고한 긴 시간을 견뎌야 했습니다. 그 시간은 또 어찌 필설로 표현할 수 있겠습니까? 매사 가리는 것이 거의 없으시던 조모님은 마시는 물에 있어서만은 찬 것이 아니면 안 되었습니다. 겨울에도 냉장고에 물을 넣어 두어야 했지요. 장남인 당신께서 그렇게 황망히 가시고 난 뒤, 조모님은 가슴이 펄떡거려 평생을 찬물로 가라앉혀야 했던 것입니다. 모친은 또 어떠했을까요? 보통 사람 같으면 아마 수십 번도 더 나자빠졌을 것이언만, 등짝에 악동(惡童)의 회초리를 맞은 개구리처럼, 야윈 다리 파르르 떨며 무겁디무거운 삶을 잘도 버텨 내셨지요. 당신의 부재(不在)는 저에게 있어서도 업식 형성에 절대적인 영향을 미쳐, 누군가 유년기와 청년기를 색상으로 표현해 보라 하면 저는 망설임 없이 검은색과 회색의 크레파스를 집어 들 것 같습니다. 출생하자마자 아버지를 여읜 누이동생의 심정을 헤아려보려 하면, 그저 눈앞이 부옇게 될 따름이지요. 그렇게, 간고한 시간은 흘러갔습니다.

고개를 돌려 당신의 묘소를 처연(悽然)히 바라봅니다. 이곳 묘소는 당신께서도 어릴 적 소 먹이고 나무하느라 자주 지나다니셨을 것이고, 여전히 젊음으로 비등(飛騰)할 것 같은 당신께서 관 속에 누워 안장되실 때는 푸른 곡성으로 진동했을 터이지만, 앞쪽 저 멀리에는 그러한 인간사의 성쇠(盛衰)에는 아랑곳없이 낙동강이 유유히 흐르고 있습니다.

나는 자리를 털고 일어나 아버지께 길게 재배(再拜)하고, 머리 들어 고향의 진산(鎭山)이라 여기는 매바위를 한번 올려다본 다음, 두 발끝만 내려다보면서 하산하곤 했다. (2020. 10. 29)

呵呵笑笑 三題

　젊은 시절 전철을 탈 때면 맞은편 좌석 사람들의 표정을 유심히 살펴보곤 했다. 특히 나이 든 사람들의 얼굴에는 표정이 없었으며, 대신 탐욕의 흔적만 가득한 것 같았다. 나는 마치 저항이라도 하듯 '저런 얼굴로 늙진 않으리라.' 결심했다. 그러나 60세가 된 지금, 거울을 마주하면 별수 없이 젊은 시절 전철 속 군상(群像)들 얼굴의 무표정과 경직을 그대로 목도하게 된다.

　동양인은 얼굴 골격과 근육의 해부학적 구조상 다채로운 표정을 만들기 어렵다는 그 분야 전문가들의 의견도 있고 유교 문화의 영향으로 근엄이 미덕이 되어 얼굴에 표정이 없어졌다는 호사가들의 주장도 있지만, 나는 조금 다른 각도에서도 해석해 본다. '삶이 만든 무늬'라고 할까? 삶은 참으로 만만찮다. 그 삶을 수십 년 영위하다 보면, 지쳐서 표정은 없어지고 대신 탐욕만 습벽(習癖)이 되어 절로 드러난다는 것이다. 이러한 해석이 삶의 엄숙성에 대한 일정한 상찬(賞讚)을 전제하고 있기는 해도, 여하튼 그 무표정 내지 경직과 탐욕의 흔적을 극복하려는 우리들의 노력은 진지하게 시도되어야 할 터이다.

　파안대소(破顔大笑), 포복절도(抱腹絶倒), 박장대소(拍掌大笑),

요절복통(腰折腹痛) 같은 말은 듣기만 해도 가슴 가득한 근심이 일거에 흩어질 것 같지 아니한가? 그러나 유감스럽게도 오늘날 파안대소 등은 박제된 언어일 뿐인 듯하다. 그래서 내가 겪은 우스운 이야기 셋을 들추어 경직된 얼굴이 깨어지도록 크게 한번 웃어 보고자 하는 것이다.

어릴 적 외가에 자주 갔다. 외할머니, 외삼촌, 외숙모도 그러했지만, 특히 외할아버지는 나를 애지중지하여 항상 당신의 거처인 아랫방에 머물게 하였고, 밤이면 나는 외할아버지 옆에서 자곤했다.

외가는 전형적인 농가로서 ㄱ 자 구조였다. 본채는 부엌·큰방·작은방 세 칸으로 구성된 남향이었고, 아래채는 서향이었는데 방(아랫방)·외양간·창고로 구획되었다. 외양간에는 소죽 끓이는 아궁이와 구유, 그리고 소가 앉거나 누울 수 있는 자리가 있었다. 겨울철 아랫방의 난방은 소죽을 끓임으로써 해결되었다. 긴긴 겨울밤 아랫방에서는 소의 숨 쉬는 소리가 오롯이 들렸고, 소는 가끔 뿔 언저리가 근질거려서인지 아랫방 벽체를 들이받았다.

어느 겨울밤, 여느 때처럼 외가 식구들은 저녁밥을 일찍 먹고 따뜻한 아랫방에 모여 앉아 이런저런 이야기를 나누었다. 갑자기 외할아버지께서 아랫목에 앉은 나 쪽을 향해 큰 소리로 "이라!" 하시는 것이 아닌가. 나는 잔뜩 겁먹은 얼굴로 울먹거리며 "예?" 했다. 그렇게 다감하시던 외할아버지께서 꾸짖으신다 여기니, 어린 나로서는 엄청나게 당혹스러웠던 것이다. 그러자 외가 식구들은 그야말로 요절복통하였다. 그도 그럴 것이, 어릴 적 나의 호칭은 '재일'이 아니라 '일'이어서 사람들은 나를 부를 때 '일아' 했고 농촌에서 소에 대한 명령어는 '이랴!'였는데, 외할아버지께서 벽체를 들이받는 소를 향해 '이랴!' 하신 것을 나는 '일아!' 하며 꾸짖으신 것으로 들었기 때문이다. 이후 그 이야기는 외가 식구들 모임에서 빠짐없이 거론되고 있으며, 그때마다 박장대소가 연출되고 있는 것이다.

초등학교 1학년 때였다.

내성적이었던 나는 팽이, 연, 썰매, 재기, 활, 새총 같은 것을 만들면서 시간 가는 것을 잊는 등 혼자서도 잘 놀았다. 가끔은 장롱을 뒤적이기도 했으며, 엄마의 몇 안 되는 화장품을 만져 보고 발라 보기도 했다. 한번은 면도기가 있기에 얼굴 이쪽저쪽에 대어 보다가 눈썹을 밀어 버리는 변고가 있었다. 당혹스러웠고, 당연히 엄마에게 혼쭐도 났다.

내가 다닌 초등학교는 학년에 따라 한 반인 경우도 있었고 두 반인 경우도 있었다. 1학년은 두 반이었는데, 나는 2반이었다. 1학년의 두 반 교실은 붙어 있었고 교실 옆으로는 널빤지 깔린 복도가 있어서, 나는 항상 1반 교실을 지나 우리 반 교실로 들어갔다. 1반 담임은 여자 선생님이었는데, 얼굴이 예쁘고 음성이 상냥하여 나는 알게 모르게 적지 않은 호감을 가졌던 것 같다.

눈썹이 없는 나는 빵모자를 내려서 쓰고 다녔다. 아마 계절도 빵모자가 걸맞았을 터이다. 한번은 1반 교실을 지나는데, 풍금

소리가 들리며 선생님이 그 상냥한 음성으로 노래를 가르치고 있었다. 나는 종이를 발라 놓은 유리창의 틈새에 눈을 붙이고 한참을 들여다보았다. 그런데 어느 순간 선생님이 "눈~~썹이~ 우~습~구~나~"라고 하지 않는가! 나는 너무 놀라고 창피하여 도망치듯 달아났다. 선생님은 동요 〈꼬마 눈사람〉을 가르치고 있었을 뿐이었건만, 나는 '선생님이 내 눈썹 없어진 것을 어떻게 알았을까?' 싶어 놀랐으며 더구나 내 눈썹이 우습다 했으니 창피해서 쥐구멍에라도 숨고 싶었던 것이다.

아내와의 연애 시절에 이 이야기를 했더니 아내는 박장대소하였으며, 나 또한 다시 포복절도하지 않을 수 없었다.

할머니는 1912년도에 출생하여 17세에 인근의 우리 동네(지나 마을)로 시집와 죽도록 일해서 집안을 일으켰고, 93세이던 2005년도에 고인(故人)이 되셨다. 나는 할머니보다 정신적·육체적으로 인내력 강한 사람을 보지 못했으며, 말 그대로 낫 놓고 기역 자도 몰랐지만 내 가치관 형성에 끼친 할머니의 지대한 영향을 수시로 느낀다. 또한 할머니만큼 나를 아꼈던 사람이 다시 있었던가! 고인 되신 지 강산이 한 번 반 변할 시간이 흘렀건만, 여전히 나는 그 사랑을 느끼며 성묘 때마다 할머니 묘소에 두 손 짚고 어깨를 들썩이곤 한다.

2000년도쯤이었지 싶다. 주로 고모 집에 계시던 할머니가 며칠 지낼 요량으로 우리 집에 오셨다. 하루는 바람이라도 쏘이자며 온 가족이 집을 나섰다. 할머니를 부축하여 먼저 승용차로 갔던 나는 차 문을 열어 할머니에게 타고 계시라 하고는 잊은 물건 가지러 도로 집으로 갔다. 가족들과 함께 다시 승용차로 와서 운전석 문을 열던 나는 그만 포복절도하고 말았다. 가족들 역시 요절복통해 마지않았다. 할머니가 운전석에 떡하니 앉아 계신 게 아닌가! 나와 가족들의 그러한 반응에도 할머니는 도대체 영문을 모르겠다는 듯 멀뚱멀뚱하실 뿐이었다. 일체의 시비분별(是非分別)을 여읜 도통(道通)하신 우리 할머니….

생각해 보라. 한복 입고 비녀 찌른, 왜소하고 굽은, 백발의 90세 노파가 승용차 운전석에 앉아 있는 모습을! 가끔 그 모습을 생각하면 나는 파안대소하지 않을 재주가 없다. 그런데, 그 웃음 끝에는 항상 눈물이 맺힌다. 사무치는 그리움과 끝까지 지켜드리지 못한 회한 때문에.

가끔 악몽에서 깨어나면 억울한 느낌이 들곤 한다. 기껏 꿈속의 일이었을 뿐인데, 위험과 공포에서 벗어나려 식은땀 흘리며 그토록 용을 써 댔던 것이다. 우리네 인생도 한바탕 봄 꿈이라 했으니, 삶의 무게에 가위눌릴 바는 아닐 터이다. 소풍 온 것처럼, 경쾌한 마음으로 가가소소(呵呵笑笑) 하며 놀다가 해가 뉘엿해질 때쯤 훌훌 털고 돌아가면 그만인 것이다.

가수 이선희는 〈한바탕 웃음으로〉에서 '잊어버리기에는 이 세상의 상처가 너무 크다.' 하면서 '마냥 웃던 어린 시절을 다시 꿈꾸고 싶다.'고 노래했다. 무표정한 지금과 마냥 웃던 어린 시절을 분리하고 있는 것은 과거의 상처이다. 그 상처를 소화해 버리지 않고는 어린 시절의 웃음을 되찾기는 어렵다. 그런데 기실 모든 상처는 자해(自害)의 흔적이다. 상처는 자신의 업식(業識)을 통해 비로소 상처로 자리 잡았기 때문이다. 이 이치를 확실하게 인식하여, 지금의 표정 없는 얼굴을 깨어 버리고[破顏] 그 자리에 어린 시절의 해맑은 웃음을 복원[大笑]해야 하는 것이다.

사람의 한평생, 웃고만 살기에도 짧다고 하지 않던가. (2021. 5. 28)

턱걸이와 던지기

고등학교 입학시험에 체육교과가 있었다. 입시 총점 200점 중 체육이 20점이었으니, 결코 소홀히 여길 수 없는 교과였다. 체육시험(체력장)은 100m 달리기, 1,000m 달리기, 왕복달리기, 넓이뛰기(도움닫기), 윗몸일으키기, 윗몸굽히기, 턱걸이, 던지기의 8개 종목 실기를 측정하는 것이었다. 고입 체력장은 중학교 3학년 가을에 치르므로, 선배들을 보건대 여름방학 때도 더위를 무릅쓰고 학교에 나와 연습하곤 했다.

나는 다른 종목들은 그럭저럭 하겠는데 턱걸이는 도저히 요령부득이었다. 철봉을 붙잡고 버둥거리다가 한 개도 하지 못하고 제풀에 지쳐 손을 놓기 일쑤였다. 턱걸이에서 만점을 받으려면 20개를 해야 하는데, 참으로 난감하였다.

중학교 2학년 겨울방학 때 고향집에 머물면서, 정랑(淨廊. 당시의 일상어였으며, 변소이다)으로 가는 통로 옆의 감나무 가지 하나가 점프하면 잡힐 위치에서 거의 수평을 이루고 있음을 새삼 알게 되었다. 굵기도 적당하였고, 주지하다시피 감나무 가지는 촉감이 폭신하고 표피의 골이 깊어 미끄럽지도 않다. 나는 정랑 갈 때마다 감나무 가지에 매달려 용을 써 보기로 작심했다. 하루 너댓

번은 정랑에 갔을 것이언만, 5일쯤 지나도 요령부득은 여전하였다. 그래도 포기하지 않고 계속했더니, 어느 날 불현듯 감이 왔다. 이후, 한 개가 두 개 되고 두 개가 세 개 되더니 방학이 끝날 무렵에는 20개를 거뜬히 초과할 수 있었다. 근육과 힘도 중요하지만 근력을 집중하고 행사하는 요령을 체득했던 것인데, 재미를 느끼며 연습을 거듭할수록 근육과 힘이 성장했음은 물론이다. 그 3년 후 대입 체력장에서도 턱걸이 20개 하는 것은 아무 문제가 되지 않았다.

턱걸이에서의 그러한 성취는 내 삶에 적지 않은 의미를 지니는 듯하다. 첫째, 형편없는 약골이던 나는 그를 계기로 운동과 근육 늘리기에 재미를 느껴, 고등학교 때는 방과 후면 늘 운동장 가장자리에 설치된 평행봉에서 여러 가지 운동을 익힐 수 있었으며, 뒤에서 자세히 언급하겠지만 지금의 리추얼(ritual)로까지 이어지고 있으니 말이다. 둘째, 자신감을 가지게 되었는데, 하면 할 수 있다는 자기에 대한 신뢰는 여간한 재산이 아닌 것이다. 셋째, 뜻이 굳으면 길은 있게 마련이라는 큰 믿음의 씨앗을 갈무리할 수 있었으니, 어찌 그 요긴한 때 그런 맞춤한 감나무 가지가 있었단 말이던가.

1년 전 왼쪽 어깨 관절이 약간 불편해지더니 제법 시간이 경과하여도 별 차도가 없었다. 에멜무지로, 턱걸이를 해 보자 싶었다. 첫 달에는 매일 3개, 그다음 달에는 매일 4개 하는 식으로 한 달에 1개씩 올려 매일 7개 하는 시간이 되자 어깨 관절의 완전성이 회복되었다. 턱걸이가 어깨 관절 회복에 작용하는 메커니즘은 잘 모르겠지만, 상체에 더없이 좋고 특히 활배근 단련에 즉효가 있다는 사실은 익히 알려져 있는 것이다. 어쨌거나, 이후 턱걸이 횟수는 8개로 도약되지 못하고 몇 달째 7개에서 머물고 있다. 이제 봄이라 손 감각 무디게 하는 장갑 없이도 철봉에 매달릴 수 있으므로 곧 8개에 도전해 볼 참이고, 올해 안에 10개까지로 늘릴 심산(心算)인 것이다.

또 다른 체력장 종목 중 하나인 던지기는 턱걸이와는 달리 나의 특기이기도 했다. 물론 내력이 있다. 산골 고향에서의 초등학교 시절, 농번기가 되면 온 가족이 집에서 30분쯤 거리의 논으로 올라갔다. 엄마가 일하다 집으로 가서 점심밥과 참을 머리에 이고 오면 가족이 논 가장자리에서 먹곤 했으므로, 나는 일을 거들어야 한다는 것 이외에 점심밥을 먹기 위해서라도 함께 논으로 가야 했다. 그러나 어린아이가 일을 하면 얼마나 하랴. 곧 일에 싫증을 느낀 나는 논에서 벗어나 농막 그늘에 앉아 여러 가지 장난을 했고, 장난질이 시들하게 느껴지면 농막 주위에 널려 있는 돌멩이들을 주워 건너편 언덕으로 던지곤 했다. 경사가 심한 언덕은 고지대의 농막에서 50m쯤의 거리였으며, 농막과 언덕 사이는 바닥이 완만한 V 자형이었고 언덕 위는 논이었다. 나는 돌멩이가 논에 안착하도록 안간힘을 다해 던졌으나, 돌멩이는 번번이 언덕에 떨어질 뿐이었다. 그러나 포기하지 않고 농막 갈 때마다 계속했더니, 언제부터인가 돌멩이가 간혹 논에 안착하였고 나중에는 언덕에 떨어지는 돌멩이가 거의 없게 되었다.

그런 훈련 덕분에, 초등학교 5학년 2학기 때 부산으로 전학한 초기의 어느 체육 시간 던지기 수업 때, 내던지는 모습을 본 선생님이 학교 육상부에 들도록 추천해 주어 나는 대회에 몇 번 참가하기도 했다. 또, 중·고등학교의 체력장 던지기 연습에서는 두 사람이 한 조가 되어 50m 정도 거리를 두고 마주 서서 A가 B 쪽으로 기구를 던지면 B가 주워 다시 A 쪽으로 던졌는데, 나의 상대는 늘 10~20m 물러나 서곤 했던 것이다. 당시 던지기 기구가 딱딱한 고무 재질의 수류탄 모양이었던 것은 군사정권 및 반공 국시 같은 시대 상황의 소산이겠지만, 한창 감수성 예민한 청소년에게는 비교육적인 처사라 아니할 수 없겠다.

한편, 나는 농막에서 돌멩이 멀리 던지는 놀이 외에도 10~15m의 거리를 두고 돌멩이를 던져 농막의 통나무 기둥을 맞히는 놀이도 많이 했다. 이 놀이 또한 처음에는 기둥 맞히는 돌멩이가 거의 없다가 점차 명중률이 높아져, 급기야 10개 던지면 7~8개는 명중하는 실력을 갖추었다.

그런데 그 실력은 전혀 예상치도 못하게 나의 연애사에서 중요한 역할을 하게 된다. 아내와 캠퍼스 커플로 연애할 때, 도시의 커피점 같은 데가 많이 답답하여 자주 교외로 나갔는데, 아내도 싫어하지는 않았다. 산자락이나 농가 주위에는 감나무가 적지 않고 만추에는 홍시들이 매달려 있기 마련, 나는 주위의 적당한 돌멩이를 주워 홍시가 매달린 감나무 가지를 향해 어깨의 힘을 빼고 툭 던진다. 이때 두 가지 요령이 있다. 하나는 홍시에서 한 뼘쯤 못 미친 부분을 맞혀야 하는 것이고, 다른 하나는 낙하하는 홍시를 양손 살짝 내리며 받아야 하는 것이다(둘 다 홍시에 충격이 덜 가게 하기 위함이다). 그렇게 홍시를 손바닥에 안착시켜 두 쪽으로 갈라 아내와 나누어 먹곤 했다. 결혼 초기 아내는 농담 삼아 말했다. "그 때 홍시 따는 것 보고 '이 사람과 살면 굶어 죽지는 않겠구나.' 생각했다."고. 그러니 던지기가 내 인생 대사(大事)에도 영향을 미쳤다 아니할 수 있겠는가?

체력장은 오래전에 사라져 버렸다. 그로 인해 가끔 학생들이 사망하는 사고가 발생했기 때문이다. 그나마 체력장이 있어서 기본적인 운동량은 확보할 수 있었는데, 그것마저도 없어지고 더구나 스마트폰이 어린 학생들에게조차 필수품이 되다 보니 학생들 체력의 급전직하는 불문가지라 하겠다. 참으로 안타까운 일이 아닐 수 없다.

우리는 흔히 육체와 정신을 분리하여 말하지만, 그것은 분석 또는 논의의 편의를 위해서일 뿐이고 둘은 결코 분리될 수 없는 하나인 것이다. 정형외과 의사들은 목, 허리, 다리 등의 관절이 그 기능을 다할 수 있는 것은 주변 근육이 받쳐 주기 때문이라 말하는데, 우리의 정신이 아무리 영영(靈靈)한들 육체의 건강이 호위하지 않으면 별 소용없다는 것은 저마다의 경험으로 충분히 알고 있는 바이지 아니한가? 그나마 의미 있는 삶을 영위하는 데 있어서, 건강한 육체가 충분조건이 될 수는 없겠지만 필요조건이라는 점은 부인할 수 없을 터이다. 그래서 나는 아동을 양육하는 부모가 몸에 새겨 주어야 할 것으로 둘을 꼽는다. 하나는 책 읽기이며 다른 하나가 몸 움직이고 땀 흘리는 즐거움인데, 그 아동들이 어른이 되어 종국적으로는 건강도모 차원을 넘어서는 '몸 공부'를 염두에 두면 얼마나 바람직할까 싶은 것이다.

요즈음 활발하게 거론되는 것들 중 하나가 루틴(routine) 또는 리추얼(ritual)인 듯한데, 나의 리추얼로 가장 중요한 것은 매일의 아침 운동일 것 같다. 운동 하루 빠뜨린다고 건강이 퇴보하는 것은 결코 아닐 터이다. 그러나 그 하루의 예외 인정은 작은 구멍이 되어 결국에는 둑을 무너뜨려 아침 운동의 종폐(終廢)에 이를 수 있으니, 루틴이 강조되는 이유도 그 하나하나의 효과보다 삶의 습관이나 태도 형성에 있다고 하겠다. 아침에 그렇게 산으로 가서 몸을 움직이고 내려오면 마음이 한층 고양되면서(심·신의 최적화) 오늘 하루도 의미 있게 보낼 수 있겠다는 자신감이 충만해지는 것이다. 곰곰이 생각해 보면, 나의 그 아침 운동의 실마리는 바로 턱걸이와 던지기가 아닐까 싶다. (2022. 3. 31)

매바위에서 영취산까지

한겨울이다. 메마른 시내 가운데 놓인 바위 주변에 젊은 아낙이 아이 둘을 데리고 뭔가를 기다리는 듯한 표정으로 서 있다. 아이들 중 큰 것은 예닐곱 살 정도의 남아이고, 작은 것은 서너 살쯤의 여아이다. 나름 차려입은 듯한 그들의 뒤쪽 저 멀리로는 황량한 다랑이논들과 납작 엎드린 초가(草家)들이 보인다.

나는 지금 색 바랜 한 장의 흑백사진을 들여다보고 있는 것이다. 오랜 세월 그 사진을 보아 오면서 나는 엄마가 우리 남매를 데리고 친정에 가려 버스를 기다리는 중이라고 생각했다. 기억에도 없고 증거도 없는데 왜 그렇게 생각하는지는 나 자신도 의문이다. 아마 두메산골에서 바깥으로 나갈 기회는 거의 없었고 더구나 버스를 탄다는 것은 목적지가 아주 멀다는 의미였는데, 자라면서 늘 막연히 외가(外家)는 머나먼 곳에 있다고 여겼던 때문이 아닐까 싶다. 어쩌다 가면 모두가 더할 수 없이 반갑게 맞아 주어 정서적으로 굉장히 친밀하게 느끼는 외가를 내가 그렇게 여겼던 이유는 무엇일까?

엄마는 뒤로 우뚝 솟은 영취산 주봉(主峯)이 가파르게 올려다

보이는 울주군 삼남면 방기리의 한 여염집에서 생장(生長)하여, 24세에 북동쪽의 매바위가 진산(鎭山)처럼 내려다보는 양산시 원동면 화제리의 지나 마을로 시집왔다. 결코 넉넉하지는 않았겠지만, 시집오기 전까지 엄마는 입고 먹는 것에 큰 어려움을 겪지 않고 형제자매들과 더불어 비교적 다복(多福)하게 지냈던 것 같다. 사범학교 출신이었지만 지병을 앓던 선친(先親)은 교직에 나아가지도 못하고 농사일도 할 수 없어서 서재에서 독서와 서예로 소일하다 엄마 나이 28세에 작고하였다. 시집오자마자 익숙하지도 않던 농사일에 허덕이던 엄마는 선친 작고 이후 이루 말할 수 없는 고초를 겪었다. 끝도 없는 농사일은 말할 것도 없고, 조모와의 성격 차이로 인한 갈등도 심했으며, 어린 남매의 앞날도 암담하기 짝이 없었을 터이다. 엄마의 그 고초는 천형(天刑)과도 같아, 다복한 추억이 서린 친정에로의 통로는 좀처럼 열리지 않는다고 나는 느꼈을 법하다.

각각 매바위와 영취산으로 표상(表象)될 듯한 본가와 외가 간의 아득한 거리감은 거의 생래적(生來的)이라고까지 말할 수 있을 것 같다.

엄마는 나를 잉태하여 출산이 가까워지자 친정으로 갔다. 이후 나를 출산하고, 49일간 조리한 후에 외조모에게 나를 업히고 시가로 돌아왔다. 친정에서 한참을 걸어 나와 버스를 몇 번 갈아타고 물금까지 왔을 터이다. 물금에서 내 본가까지는 흔히 20리 길이라고 하는데, 그 절반은 낙동강을 따라 난 벼랑길이다. 엄마는 그 길 걸어왔던 이야기를 종종 하였는데, 태어난 지 겨우 반 백일로, 불면 바로 꺼져 버릴 것 같은 연약한 생명이었을 나는 강보에 싸인 채 외조모 등에 업혀 조그마한 주먹을 말아 쥐고 12월 하순의 매서운 강바람을 견디며 영취산과 매바위 간의 먼 거리를 막 형성되는 육신에 아로새기지나 않았을까 싶은 것이다.

어느 해 모내기 철이었다. 짧지 않은 낮도 저물어, 등잔에 불을 댕겨 기둥에 걸어 두고 나와 동생은 마루에 앉아 엄마를 기다리고 있었다. 엄마가 와야 저녁밥을 먹을 수 있었던 것이다. 한참 후에 엄마는 머리엔 뭔가를 큼직이 이고 손엔 호미, 삽, 낫 같은 것을 가득히 들고 물과 땀으로 흠뻑 젖은 채 집 안으로 들어섰다. 서둘러 저녁밥 지으러 부엌으로 가던 엄마가 마루 끝에 놓인 종이를 집어 등잔불에 비춰 보더니 통곡하기 시작하는 것 아닌가. 외조부의 부음 전보였던 것이다. 남편 여읜 뒤 어린 남매 거두고 시어머니 모시며 사느라 죽을 고생 하던 딸 걱정으로 마음 편한 날 없었을 친정아버지가 불현듯 부음으로 당도했으니 그 회한에서 복받쳐 오르는 서러움이야 오죽했으랴 싶어, 지금도 나는 눈시울이 붉어진다. 오십 수년이 지났건만 여전히 기억에 생생한 그날 밤 등잔의 희미한 불빛과 대기의 눅눅한 기운과 엄마의 애절한 울음에서 나는 매바위에서 영취산까지는 참으로 멀다고 느꼈을 터이다.

초등학교 5학년 때 부산으로 전학하여 삼촌 집에 머물다가 중학교 3학년이 되면서 동생도 부산의 초등학교로 전학하자, 방 한 칸을 얻어 조모도 합류해 우리 남매의 의식(衣食)을 도왔다. 엄마는 아무런 낙도 없었을 적막강산 같은 고향집에 혼자 머물며 분골 쇄신(粉骨碎身)이 무색하도록 농사지어, 어미 새가 새끼들에게 그 러하듯 우리에게로 양식 등을 물어 나르다시피 했다.

그 시절, 겨울방학을 맞아 고향집에 갔더니 땔감 저장소에 나 뭇짐이 가득 쌓여 있었다. 방기에서 농사짓는 외삼촌이 와서 며칠 머물며 마련해 주었다 했다. 어린 나이에도 그 말을 듣는 순간 나 는 동기(同氣) 간의 정리에 가슴이 뭉클해지며 가장 먼저 떠오른 말이 '그 멀리서…'였던 것이다. 혈혈단신으로 악전고투하는 누님 을 도우려 낯선 산천(山川)에서 나뭇단을 뭉쳐 지게질하던 외삼촌 은 무슨 생각을 하였을까 싶은 심정이 그 멀다는 느낌을 가중한 것도 같다.

매바위에서 영취산까지는 늘 그렇게 멀기만 하였다. 사실 물 리적으로는 그리 먼 편도 아니고 지금은 교통 또한 엄청나게 편리 해졌지만, 그런 어린 시절 의식의 영향 때문인지 여전히 외가는 짐 짓 멀리 있는 것으로 느껴진다. 그런데 얼마 전 특이한 모습을 목 격하였다. 최근 산성터널이 개통된 이후로 어영 집에 갈 때 화명동 으로 빠져나와 물금을 거치는 행로를 이용하고 있는데, 날씨 좋은 어느 날 화명동의 한 지점에서 전면과는 사뭇 다른 모습의 매바위 측면과 어디서든 바로 알아볼 수 있는 특유한 생김의 영취산 주봉 이 한눈에 잡히는 것이 아닌가. 저리 가깝기도 하건만, 엄마에겐 매바위 골짜기를 훑으며 몰아치던 겨울바람을 온몸으로 받아야 했던 시가에서 동무들과 봄나물 캐며 뛰어놀던 영취산 아래 친정은 애절하게 그리워만 해 볼 뿐 좀체 가 볼 도리가 없는 머나먼 곳이었던가 싶어 약간은 어이없기조차 했던 것이다.

오랫동안 외가에 못 갔다. 외가 주변은 개발로 인해 상전벽해(桑田碧海)란 소문이 들린다. 따라서 집 앞 개울 건너의 큰 밤나무도 남아 있지 않을 것이다. 그래도 올가을엔 엄마 모시고 나들이 겸 고향 들렀다가 외가에 가서 혼자 계시는 외숙모 문안도 해야겠다. 그러면 매바위에서 영취산까지 먼 거리도 얼마만큼은 극복될는지…. (2022. 7. 29)

극한직업

시절은 참으로 어김이 없다. 얼마 전까지만 해도 쨍쨍한 매미 울음으로 양껏 달궈진 대기에 먹고 자고 입는 일상마저 전쟁 치르는 듯했는데, 8월 중순이 지나면서 대기의 질감이 살푼 변하더니 그로부터 한 달쯤 지난 지금은 반팔 옷으론 팔뚝에 소름을 느끼게 되니 말이다.

그 한 달, 릴케의 풀어 놓은 바람이 들판을 맴돌고 베풀어진 남국 햇빛이 벼 이삭을 애무하더니, 지금은 들녘이 황금빛으로 물들어 간다. 곧 수확의 손길이 분주해지리라. 그런 황금빛 들녘을 바라보고 있으면 황홀한 아름다움에 가슴속이 소쇄(瀟灑) 일색이면 좋으련만, 나는 곧 그 농사에 종사했던 사람들의 피땀을 상기하게 된다. 내 생장이 그러한 현장에서 이루어졌기 때문일 터이다.

TV에 〈극한직업〉이라는 프로그램이 있는데, 말 그대로 아주 힘든 직업에 종사하는 사람들의 작업 현장이 방영된다. 사람살이의 조건에 관심이 많아 그 프로그램을 여러 차례 유심히 시청한 바 있는 나는 현재의 기계화된 농사 말고 과거의 수작업 농사 또한 극한직업으로 분류되어 마땅하다고 생각한다.

농사의 종주라고 할 논농사의 전 과정은 참으로 다기(多岐)하고 지난(至難)한데, 그중 수확기만을 떠올려 보아도 한숨이 나오고 숨이 막힐 지경이다.

우선 논 가장자리를 따라 물길을 만든다. 고향에서는 그 작업을 '도구 치기'라 하였다. 논의 물을 빼기 위함인데, 그래야 농부들이 논에 들어가 수확 작업을 할 수 있는 것이다. 이후 며칠 틈을 두어 벼 이삭이 더 여물고 논바닥이 제법 굳어지면 벼 베기를 한다. 쪼그려 앉은 자세로 걸음을 옮겨가며 그 넓은 논에 심긴 무수한 벼 포기 하나하나에 낫질을 하는 것이다. 그렇게 온 논에 눕혀진 벼는 수일간 햇볕에 말려진다. 이때 비라도 내리면 여간 낭패가 아니어서, 농부들은 노심초사하지 않을 수 없다. 그다음 작업은 직경이 20cm쯤 되도록 벼를 묶는 것인데, 이 또한 지루하고 긴 작업이다. 도시의 친척들과 이웃의 품꾼들이 동원될 수 있는 날짜가 정해지면 볏단들은 남자들이 지고 여자들이 이는[男負女戴] 끝도 없는 작업에 의해 타작할 장소로 옮겨진다. 타작 터에 설치된 탈곡기는 좌우로 두어 사람이 서서 발판을 밟으면 큰 원통이 돌고, 그 원통 위에 볏단을 갖다 대면 원통에 박힌 철사로 된 돌기에 의해 벼 알(나락)이 분리되는 방식의 기계였다. 가끔 교대하고 막걸리로 목을 축이기는 해도, 타작 날 농부들은 발판 밟아 원통을 굴리면서 원통 위에 볏단을 이리저리 돌리며 갖다 대는 작업을 종일토록 하는 것이다. 마스크도 없고 호흡기를 보호해야 한다는 관념도 없던 시절, 분진은 보통이 아니었다. 가을 해는 부쩍 짧아져, 새벽부터 설치건만 분리된 나락을 풍구(風颺) 앞에서 날려 검불 등을 제거

한 후 가마니에 넣어 집의 처마 밑까지 지게로 져다 나르거나 마당 귀퉁이의 뒤주에 붓기마저 하려면 손길이 여간 다급하지 않을 수 없다. 특히 수십 가마니 나락을 지게질로 집에 들이는 작업은 가히 살인적인 노역의 대미를 장식한다 할 만했다.

　'큰밭'이라 불리던 밭은 이름에 걸맞게 사래가 길었다. 갓 태어난 내 여동생의 경우 집에 돌봐 줄 사람도 없고 간간이 젖도 먹여야 해서, 엄마는 그 밭에서 일할 때면 동생을 엎어다 밭고랑에 반듯하게 눕혀 놓고 종일 고춧대나 콩 포기 사이에 엎드려 호미질하곤 했다. 밭 가장자리에 그늘 드리우는 나무가 없었던 것은 아니지만 뱀이라도 달려들면 어쩌나 싶어, 햇볕이 직사하는 밭고랑에 젖먹이를 두고는 가끔씩 괜찮은지 눈길을 건넸던 것이다. 그렇게 하루 일을 마치고 나면 동생은 발갛게 익어 있었고, 지치고 허기져 굽어진 등짝에 동생을 동여매고 어둑해지는 들길을 걸어 나오면서 엄마는 무슨 생각을 했을까? 큰밭은 사래가 길 뿐 아니라 넓이도 대단하여, 엄마는 내일도 모레도, 아마 그다음 날도 동생을 밭고랑에 누이고 안타까운 눈길을 보내면서, 종일토록 저려 오는 무릎과 끊어지는 허리를 참으며 고춧대와 콩 포기 사이에 엎드려 있었어야 했을 것이다.

　'큰도가리(도가리는 논배미의 방언)'는 네 마지기 넓이나 되는 큰 논이라서 그렇게 불리었다. 논에는 피를 비롯하여 다양한 잡초가 자랐다. 놈들이 벼의 성장을 억제하기 때문에, 농부들은 모내기 이후 벼가 자라는 동안 더위 속에서 여러 차례 잡초 제거작업을 해야 했다. 아직은 어린 잡초를 제거하는 도구로 '고동(정확하지 않은 발음을 들리던 대로 적은 것이며, 어원도 알 수 없다)'이라는 것이 있었다. 5cm가량 길이의 대나무 토막 10개를 마련하여, 한쪽은 뾰쪽하게 깎고 반대쪽에 손가락들을 끼워서, 뾰쪽한 부분으로 온 논바닥을 헤집는 것이다. 그러면 잡초가 논바닥에서 분리되어 물에 떠 있다가 서서히 죽게 된다. 고동 작업은 어린 눈으로 보기만 해도 숨이 막힐 정도였다. 무논이라 발이 빠질 뿐 아니라 벼 포기 사이의 공간이 좁아 걸음 옮기기가 여간 어렵고 성가신 것이 아니었으며, 손이 논바닥에 닿도록 허리를 굽히는 까닭에 허리가 끊어질 듯 아파 오는 것은 물론 목덜미와 얼굴 부위가 벌겋게 되도록 뾰쪽한 벼 잎 끝에 쏠려 몹시나 따갑게 되었기 때문이다. 여름이면 엄마는 뙤약볕을 무릅쓰고 큰도가리에서 몇 날 며칠 고동 낀 손으로 그 넓은 논바닥을 헤집고 다녔다. 단언컨대, 그것은 사람이 할 일이 아니었다.

나는 초등학교 5학년 때부터 부산에서 유학했기 때문에 고향 친구들에 비해 농사에 참여해 본 경험이 적은 편이다. 그래도 결코 잊을 수 없는 극한의 농사 체험이 몇 있다.

하나는 모심기이다. 대학생 때였다. 모심으러 오라는 연락을 받았으면 자중했어야 하련만, 밤늦게까지 술 마시고 모심기 당일 첫 차로 고향집에 갔다. 숨돌릴 틈도 없이 모내기가 시작되었다. 여러 사람이 일정한 간격으로 못줄 앞에 서서 오른쪽으로 게걸음을 하며 모를 심는데, 각자 책임져야 하는 구간이 정해져 있다시피 하였다. 다른 사람들이 책임 구간을 완료했을 때 내 구간은 아직 1/4쯤 남아 있기 일쑤였고, 내가 그 1/4을 마저 하는 동안 다른 사람들은 약간 휴식하다가 나의 구간이 완료되면 못줄은 다음 칸으로 옮겨졌고, 나는 휴식도 없이 또 다른 내 구간에 붙어 모를 심어야 했다. 서툰 솜씨에 작취미성(昨醉未醒)인지라 참으로 고역이었고, 그런 고역을 해 질 녘까지 해야 한다 생각하니 하늘이 노랗게 보일 지경이었다. 머리는 아프고 속은 쓰렸으며, 발은 빠지고 허리는 펼 겨를조차 없어서, 무논에 그냥 벌렁 드러눕고 싶은 심정만 간절했다. 그러나 시간은 어김없이 흘렀고, 해거름이 되자 모내기도 끝이 났다. 나는 길게 숨을 토해내며 논에 그대로 서서, 맹꽁이와 소쩍새의 나지막한 울음소리를 들으며 옆 동산의 그림자가 정물(靜物)처럼 논물에 비치는 모습을 한참이나 물끄러미 바라보았다.

또 하나는 보리 베기이다. 고등학생 때의 어느 해 보리 수확기에, 큰바람이 불어 보릿대가 부러지다시피 쓰러졌다. 보리는 벼와 달리 직파하기 때문에 심긴 열이 가지런하지 않은데, 더구나 쓰러져 있기까지 하면 베기가 여간 힘든 일이 아니었다. 낫을 들고 쑥대밭이 되어 버린 보리밭 앞에 서니 갑갑하기 짝이 없었다. 도망이라도 치고 싶은 심정이었지만, 안 할 수도 없는 일이었다. 왼쪽 팔뚝과 어깨로 보리를 받쳐 가며 낫질을 하는데, 아시다시피 보리의 까끄라기는 벼의 그것과는 비교도 되지 않을 정도로 길고 억세다. 거의 칼날 수준인 것이다. 몇 시간의 작업을 마치고 나니 팔뚝과 어깨는 물론 손과 얼굴마저 난도질당한 것처럼 벌겋게 부풀어 올라 이루 말할 수 없을 만큼 따가웠고, 그 고통은 며칠 동안이나 지속되었다.

　다른 하나는 벼 타작이다. 고등학교 2~3학년 때였겠다. 10월 중순쯤의 일요일이었을 터이다. 새벽부터 시작된 타작의 결과가 으스름해져서야 똘똘한 나락 가마니들로 현출(現出)되었다. 타작에 참여했던 장정들이 지게질을 시작했다. 지게질이 서툰 나도 거들지 않을 수 없었다. 타작 터에서 집까지는 길도 평탄치 않았고 거리도 짧지 않았으며, 나락 가마니의 무게와 부피 또한 커서, 지게가 등짝에 착 달라붙는 숙련된 장정도 한 번 지게질에 한 가마니가 버거울 정도였다. 중간에 쉬면 다시 일어서기가 어려워 나는 육신이 짜부라질 것 같은 고통을 견디며 가까스로 몇 차례 지게질을 하였던 것 같고, 작업을 마친 뒤 저녁밥을 급히 먹고는 뛰듯이 차부로 가서 막차를 타고 부산으로 왔는데, 다음 날 아침 일어나니 온몸이 쑤셔 걷기조차 힘들 지경이었다.

　40~50년 전의 일이라 기억의 왜곡이 있을 수 있고 주로 나와 내 주변의 고된 경험과 관련된 술회여서 감정의 과장도 없지는 않겠지만, 그래도 그 옛날의 농사, 그야말로 '뼈가 녹아내릴' 만한 노역이지 않은가? 그래서 나는 지금은 거의 고인이 되어 버린 그 시절 고향의 농부들에 대해 삶의 방식이나 가치관, 그리고 도덕성 따위는 차치하고 그들의 노역에 경건하게 머리 숙이지 않을 도리가 없는 것이다.

　그 농부들은 종일의 노역을 마치고 어둑해지는 사립문을 들어서서 호롱불이 희미하게 비추는 저녁 밥상머리에 앉아 막걸리부터 한 잔 마시고는, 큰 숨을 토해내며 자식들에게 말했다. "너희들은 농사짓고 살지 마라." 이처럼 숙연하며 사실을 기반으로 하는 말은 별로 없을 성싶다. 아마도 가파른 삶의 조건 위에 구축된 살아 있는 언어였기 때문일 터이다.

과거의 수작업 농사는 참으로 극한직업이었다. (2022. 9. 30)

3장

현상과 시선의 만남

노인의 수레에 반사된 상념

　매일 출근길에 보게 되는 노인이 있다. 그는 온천천을 가로지르는 다리 위에 거울 등 잡화(雜貨)*를 가득 실은 수레를 대 놓고 장사를 한다. 출근길에 그를 보지 못한 경우는 거의 없는 것 같다. 수레가 놓인 자리 위로 도시철도 선로가 있어, 비 오는 날도 그의 장사에는 별 지장이 없을 듯하다. 그는 수레 옆에 의자를 두고 앉아, 오가는 사람들을 보기도 하고 다리 난간을 붙잡고 운동을 하기도 한다.

　그를 오래 보아 오던 중 두어 가지가 의아했다. 하나는, 그가 수레의 잡화를 벌려 놓는 때가 직장인들의 출근 시간보다 늦지 않다는 점이다. 사람 왕래가 많은 자리도 아니고, 그 이른 시간에 누가 물건을 살 거라고 저렇게 일찍 나오나 싶은 것이다. 다른 하나는, 출근길 말고도 나는 그 다리를 종종 지나다니는데 한 번도 그의 잡화 사는 사람을 보지 못했다는 점이다. 왠지 장사가 목적이 아닐 것 같다는 생각마저 들었다.

---

* 　망치나 펜치 등 공구, 낚싯대, 선글라스, 깔개 등등 웬만한 것은 다 있어 보이는데, 내게는 가끔 햇빛을 반사하는 동그란 거울이 인상적이었다.

그렇다면 그는 무슨 목적으로 서한청우(暑寒晴雨)를 가리지 않고 매일같이 수레를 끌고 다리 위로 나오는 것일까? 달리 할 일이 없어서 무료함을 달래기 위해서가 아닐까, 짐작해 본다. 그러고 보면 좀 안타깝다는 생각이 들기도 한다. 유한한 인생, 좀 더 의미 있는 일을 해야지 저렇게 시간 메우기로 살아서야 되겠는가 하는 생각 말이다.

그런데 매일 사무실로 나가서 회계사 업무를 수행하는 나의 삶은 그의 그러한 삶보다 의미가 있다고 확실하게 말할 수 있을까? 큰 시각으로 보면 내가 회계사 업무를 수행하며 영위하는 삶 역시 시간 메우기로서, 그가 수레로 잡화 장사하며 영위하는 삶과 오십보백보일 것 같다.

사(死)의 경우 자진(自盡)이 없는 것은 아니지만, 생(生)과 사(死)는 주어지는 것이지 우리가 택할 수 있는 것이 아니다.* 그렇다면 주어진 生과 또 주어질 死 사이의 그 빈 시간을 어떻게든 메워 나가야 한다. 그것이 '삶'일 터이다.

그 '빈 시간'에 대한 서양 철학자들의 사색의 누적은 상당하다. 그들은 그 빈 시간에 대한 인간 심리를 대체로 권태, 불안 같은 용어로 규정하는 듯하다. 의미에의 강요와 그 권태 및 불안 간의

---

* 生의 그러한 수동성으로 인하여, 우리는 '무슨 무슨 역사적 사명을 띠고 이 땅에 태어난' 것일 수 없다. 삶에는 애당초 의도나 목적 같은 것이 없다는 것이다. 生되었으니 死될 때까지 그냥 살아가야 할 뿐이다. 어차피 살아가야 할 것이라면 열심히 해 보자며 보람과 의미를 찾고 목적을 설정하는 것은 다른 문제라 하겠다.

간극은 참으로 아득한 것이어서, 카뮈의 경우 절망의 심사로 '부조리'를 말하였을 터이다.

사람들은 그 빈 시간의 많은 부분을 직업을 통해 메운다. 그래서 직업이 없어지면 더욱 권태롭고 불안해지는 것이리라. 더러는 관광으로, 미식으로, 벗과의 대화로, 봉사활동 등등으로 그 나머지 부분을 메운다. 자신과의 싸움이라며 하는 극한 운동이나 자신의 찾는 여정이라며 하는 산티아고 순례 같은 것 역시 좀 거칠게 말하자면 권태와 불안을 떨치기 위한 몸부림에 지나지 않아 보이는 것이다.

그런데 生이 주어졌고 死 또한 주어질 터여서 그사이의 시간 메우는 것이 삶이라면, 역설적이게도 우리는 그 삶에 대해 보다 적극적인 태도를 견지할 필요가 있겠다. 즉 生과 死 사이의 시간을 주관적으로 좀 더 보람과 의미와 만족을 느낄 수 있는 행위들로 메워야 하리라는 것이다. 삶의 목적이 행복이라는데 그렇게 하는 것이 행복의 방도일 터이다. 그 방도와 관련하여 가장 긴요하다고 여겨지는 것 두어 가지를 거론해 본다.

하나는, '지금'과 '여기'에 집중해야 한다는 것이다. 인간은 항상 '나중'과 '저기'를 지향한다.* 업식(業識)으로 인해 과거에 속박되고, 욕망으로 인해 현재에선 결핍을 느끼고, 그 결핍을 미래에의 기약으로 견디는 것이다. 정작 현재는 휘발해 버리고 없다. 이러한

---

* 인간 성향의 그러한 점은 마테를링크가 『파랑새』에서, 또 김동인이 「무지개」에서 잘 그려 놓지 않았던가.

행태는 야박하게 말하자면 껍데기 삶이라 아니할 수 없겠다.

'지금'과 '여기'에의 집중은 삶의 농도와 밀도를 최대화하는 방도라 할 것이어서, 예컨대 위파사나의 본지(本旨) 같은 것도 이에 있을 터이다. 삶에 굳이 목적을 부여한다면 삶 자체에 대한 음미(吟味)라고 잠정(暫定)하는데, '지금'과 '여기'에의 집중이 아니면 삶의 음미는 어렵다 하겠다.

다른 하나는, 삶의 요소들을 '수단과 목적의 틀'로 재단하지 말아야 한다는 것이다. 이는 특정 삶의 요소를 또 다른 삶의 요소의 수단으로 취급하는 인식 또는 태도에 대한 경계라고 하겠다. 사실 이러한 경계는 '지금'과 '여기'에의 집중 권유와 동전의 양면과 같은 관계라 할 터인데, 특정 삶의 요소를 수단시하는 경우 몸은 수단에 있지만 시선은 벌써 목적에 가 있기 마련이기 때문이다.

한번 생각해 보자. 먹는 것이, 자는 것이, 쉬는 것 등등이 일 잘하기 위한 수단일 뿐인가? 그럼, 일은 잘해서 무엇하나? 돈을 많이 번다. 그럼, 돈은 많이 벌어 무엇하나? 이렇게 '수단과 목적'의 틀로 재단해 가면 모든 삶의 요소들은 수단으로 박락(剝落)되어, 삶 또한 증발해 버리고 없을 것이다. 먹는 것, 자는 것, 쉬는 것은 그 자체로서 충분한 가치를 지니는 목적들이다. 이는 먹을 때, 잘 때, 쉴 때 집중하여 음미해 보면 어렵지 않게 동의할 수 있을 터이다.

한편 '수단과 목적의 틀'은 망념(妄念, 마음은 숙명적으로 객관일 수 없는데, 주관인 한 망념이 됨을 면할 수 없다)의 발로인 분별심에 기인한다 하겠으니, 불교의 불이(不二)에 비추어 자신의 마음을 수시로 살펴야 할 것이다.

덧붙이면, 生에서 死로 나아가는 과정에서 두 발을 '대지'에 굳건히 디디고 그 두 발에 집중하는 현상적 자세가 긴요하지만, 한편으로는 가끔은 시선을 들어 '하늘'을 향하는 초월적 태도 또한 불가결하다. 그래야 우리의 삶이 평면을 넘어 입체적인 것이 되어 훨씬 풍성해질 것이기 때문이다(주위에서 흔히 보게 되는 현상만 아는 삶은 참 갑갑하게 느껴지지 않던가).

노인의 수레가 위와 같이 상념을 전개해 볼 수 있는 계기를 마련해 주었으니, 언제 한번 다가가서 노인과 인사도 나누고 수레 위에서 가끔 햇빛을 반사하는 그 동그란 거울을 사는 것도 꽤 괜찮을 성싶다. 거울을 벽에 걸어 두면, 내 삶을 비추어보는 것이야 주제넘다 하더라도 이규보(1168~1241)의 「경설(鏡說)」에서의 경계가 때때로 상기될 수는 있지 않겠는가. (2019. 1. 29)

내가 먹는 것이 나

우둔한 까닭으로 소화를 잘하지 못해서 그렇지 지금까지 살아오는 동안 손꼽을 수 있는 애호(愛好) 중 하나가 책 읽기이고 손에서 책을 놓은 적이 별로 없는데, 그 이력에서 이해하자면 '내가 읽는 것이 나다.'라는 말은 아무리 생각해 보아도 옳다고 여겨진다.

그렇게 책이 정신적 측면에서 나를 규정하는 것이라면, 음식은 육체적 차원에서 나를 똑 그만큼 규정한다 하겠다(기실 정신과 육체는 둘이 아니다). 즉 '내가 먹는 것이 바로 나'라는 것이다.

그 '먹는 것'에는 '무엇을'뿐만 아니라 '어떻게'까지도 포함될 터이다.

먼저 '무엇을'부터 말해 보자.

가급적이면 곡류와 채소 위주가 바람직하겠다.*

무엇을 먹느냐에 따라 심성이 좌우되는 바 크다는 것은 영성

---

* 나는 과거에 먹는 일에 대해 오래 반성한 끝에 10년 정도 채식주의자로 생활했는데, 그 경험에서 하는 말이다. 물론 다른 경험에 의한 다른 말도 가능할 것이다. 내가 현재 채식주의를 고수하지 않는 것은 거의 전적으로 한국적 현실에서 주위 사람들을 아주 불편하게 한다는 점 때문이며, 채식이 바람직하다는 생각에는 변함이 없다.

가들의 예지로, 과학 및 영양 전문가들의 실험 등으로 주장되기도 했거니와 곡류와 채소 위주의 식사를 직접 해 보면 수긍할 수 있지 않을까 싶다. 곡류와 채소 위주식은 사람의 심성을 온화하게 하는 반면 육류 위주식은 사람 심성을 급박하고 거칠게 하는 것 같다. 이러한 생각이 결코 선입견이지는 않다고 여겨지는 것이, 무엇보다 곡류와 채소 위주식은 본질적으로 살기(殺氣)가 적고 소박하여 감사하는 마음 같은 것이 생겨날 가능성이 많기 때문이다.

육식의 폐해에 대해서는 환경, 건강 등의 측면에서도 문제 제기가 점증하고 있지만, 나는 여기서 영성(靈性)의 측면을 지적하는 것이다.『맹자』에도 짐승이 죽임을 당하며 지르는 비명을 듣고는 차마 그 고기를 먹지 못한다면서 그러한 태도를 인(仁)의 차원에서 설명하는 대목이 나오는데,* 식기(食器)의 고기를 보고도 그 짐승의 비명이 전혀 들리지 않는다면 글쎄, 그 영성은 좀 둔감하다고 해야 하지 않을까? 가끔 길을 가다가 안이 훤히 들여다보이는 식당의 식탁에 둘러앉아 구워지는 고기를 보며 희색만면한 사람들을 접하면, 또 초원 위 선한 눈망울의 소와 그 옆에 고급스럽게 포장된 생육(生肉)을 함께 담은 광고지 같은 것을 대하노라면 나로

---

* 『맹자』,「양혜왕장구上」 7장. 제선왕이 당상(堂上)에 앉아 있는데 어떤 자가 소를 끌고 지나갔다. 알고 보니 희생으로 쓰일 소였다. 제선왕이 소를 놓아주고 양으로 대신하라 하니, 백성들이 제선왕이 인색하다 비난했다. 제선왕이 맹자에게 고백하기를 인색해서가 아니라, 소가 죄 없이 사지로 가는 것을 차마 볼 수 없었기 때문이라 했다. 맹자가 그럼 양 또한 죄 없이 사지로 가는데 그것은 괜찮느냐 하고는 자답(自答)하기를 소는 이미 보았고 양은 아직 보지 못했기 때문이다, 군자는 죽으면서 애처롭게 울부짖는 소리를 듣고는 차마 그 고기를 먹지 못한다, 하며 제선왕이 어질어 왕 노릇 할 수 있다 한 것이다.

서는 야만스럽기까지 하다는 느낌을 어찌할 수 없다.

몸에 좋은 것, 맛있는 것에 집착하는 것도 생각해 볼 문제라 하겠다.

이러한 집착은 음식에 과도하게 물질적, 기능적으로 접근하는 태도일 터인데, 입맛을 건강하게 길들여 놓았다면 몸에 좋지 않은 것이나 맛이 아주 없는 것만 제외하고는 입이 원하는 대로 먹으면 될 것이다. 우리가 일상에서 무심결에 취하는 몸에 좋지 않은 것만 줄여도 별도로 몸에 좋은 것에 집착할 필요는 없지 싶다. 우리의 몸은 오랜 진화 과정을 통해서, 정상적으로 먹고 정상적으로 움직이면 정상적인 건강으로 정상적인 수명을 채울 수 있도록 이미 만들어져 있을 것이기 때문이다.

한편, 몸에 좋다는 것도 현재까지 밝혀진 내용을 기준으로 한 판단일 뿐이며, 그 내용 및 판단에 오류가 없다고 단정할 수 없을 터에 미래에 더 밝혀질 내용으로는 오히려 몸에 좋지 않다는 판단까지 가능할 수도 있을 것이다.

또, 적게 먹고 많이 움직인다면[小食多動] 끼니때가 되어 맛있는 것이 따로 필요하지도 않은 법이다.

다음은 '어떻게'를 말해본다.

대상이 음식이니만큼 대전제는 당연히 음미(吟味)라 해야 하지 않을까 싶다.

음미가 가능하려면 말없이, 그리고 따로 보는 것이나 듣는 것 없이, 음식과 먹는 행위에만 집중해야 할 것이다. 또 바른 자세로,

적은 양을, 천천히 먹어야 할 것이다. 자세가 바르지 않으면 먹는 행위가 천해 보이며, 음식을 귀히 여기는 태도는 적은 양과 친(親)하다 하겠고 음식의 양과 음미의 정도는 반비례한다 할 것이다. 빠른 식사 또한 거칠어 보이는데, 식사는 자동차에 휘발유 넣는 것처럼 육체에 에너지를 주입하는 것만이 아닌 것이다.

따라서, 비즈니스 차원에서 하는 식사(나도 자주 하지만, 때로는 밥이 어디로 들어가는지도 모른다)는 자본주의 사회에서 불가피하나 썩 바람직하지는 못하다 여겨지며, TV나 신문을 보면서 하는 식사도 지양되어야 할 것이다. 오래전 보았던 영화 〈위대한 침묵〉에서, 창밖의 신록을 바라보며 소박한 음식으로 천천히 식사하던 가톨릭 수사의 모습은 아주 인상적이었다.

음식의 고마움을 느껴야 할 터이다.

사실 식사에는 다른 많은 생명의 희생이 전제된다. 내 생명을 유지하기 위해서는 어쩔 수 없는 일이긴 하지만, 그 식사로 무언가 의미 있고 보람된 일을 하는 것이 그나마 희생된 많은 생명에 조금이라도 덜 미안한 처신이 될 것이다.

오래전에 천성산을 올랐다 내려오면서 허기가 져 노전암에 들러 점심밥을 얻어먹은 적이 있다. 그때 식탁 맞은편 벽에 붙었던 글이 내내 잊히지 않는다. 지금에 와서 알고 보니 「공양발원문」이라는 것이다. '이 음식으로 이 몸 길러 몸과 마음 바로 하고 청정하게 살겠습니다.'

맛난 음식이 근간에 부쩍 유행하는 소확행(小確幸)의 한 요소가 된다는 점은 부인하기 어렵다. 그러나 한편, 잊지는 말아야 한다. 미각 또한 허망하다는 것을. '조금 전 내 혓바닥에 가득하던 그 향기롭고 달콤한 맛은 어디로 가 버렸나….'

『도덕경』(41장)에 "큰 소리는 오히려 들리지 않는다(大音希聲)."는 구절이 보이거니와, 대미(大味)는 무미(無味)한 법이라고도 하겠다.

오늘날 주변에서 보이는 음식문화에 대한 몇 가지 비평으로 글을 맺고자 한다.

첫째는 먹는 데 혈안이다. 누군가 분석하기를, 인간 욕구 중 가장 강렬한 것이 성욕과 식욕인데 성욕에 대해서는 법적·도덕적 규제가 많으므로 인간의 욕구가 식욕으로 집중되는 것이라 했다. 그 분석이 상당히 타당하다 생각되는 것이, 기실 성욕과 식욕은 가장 즉각적인 것이기 때문이다. 나는 먹는 데 혈안인 이러한 현상이 사회 구성원들의 내면적 공허감에 기인하는 바 크다고 여긴다.

둘째는 너무 많이 먹는다. 최근 국민들의 새해 목표 1위는 항상 다이어트이다. 이는 두말할 필요도 없이 너무 많이 먹는 결과인 것이다(운동 부족도 적지 않은 원인이겠지만). 먹을 것이 없어 굶어 죽는 사람이 부지기수인데 너무 먹어 살 빼기가 주된 관심사라는 것은 사회의 건전성이 심하게 상실된 징표라 아니할 수 없겠고, 의미 있고 보람된 일도 차고 넘치는데 밥 먹고 하는 일이 기껏 살 빼는 것이라면 그건 좀 아니지 않는가?

셋째는 음식들이 너무 자극적이다. 사람들이 찾는 음식이 하나같이 달고 매우며, 양념맛이 강렬하다. 이러한 자극적인 음식 역시 스트레스 사회의 산물로 보인다. 음식은 결과이면서 동시에 원인이 된다. 따라서 건강을 떠나 사회적 정서를 위해서도 백석의 시 「국수」에서와 같이 좀 슴슴하게 먹을 필요가 있다 하겠다. 그러면 우리 사회의 전반적 정서가 요즈음처럼 즉각적이지는 않은, 조금은 담담해지지 않을까 싶다. (2019. 2. 27)

내공

　나이가 들어 감에 따라 사람에 대한 평가 기준도 달라지는 것 같다. 그 기준이 젊은 시절에는 열정과 투지였는데, 요즈음에는 내공(內功)인 것이다.

　"歲寒然後知松柏之後凋也"라고 했다. 『논어』「자한(子罕)」편에 나오는 구절로, 추위가 닥쳐 보아야 소나무와 잣나무의 진가가 드러난다는 의미이다. 나는 이 구절이야말로 내공에 대한 아주 적절한 은유라고 생각한다. 사실 절기가 한랭하기 전에는 모든 나무가 무성한 잎으로 싱그러움을 뽐낸다. 그러나 한랭해지면 옥석(玉石)이 가려진다. 소나무와 잣나무는 변함없이 싱그러움을 발산하지만, 여타의 나무는 벌거벗은 앙상한 몰골이 되고 마는 것이다.

　좋은 상황에서 온화하지 않을 사람은 거의 없다. 예컨대, 깡패 같은 자들도 혼주(婚主)가 되어 하객을 맞을 때는 더없이 공손한 것이다. 그러나 자기가 손해를 입는 등의 좋지 않은 상황이 되면 그 온화나 공손은 온데간데없어진다. 생활이 번다해지고 금전이 독보적인 가치척도로 작용하는 현대사회에서는 그러한 돌변을 예사로 보게 된다.

내공은 내적(內的)인 공력(功力), 즉 마음의 힘이라 하겠다. 나는 내공의 구체적인 모습을 두 가지 정도로 상정해 보곤 한다.

하나는 어정쩡한 상태를 견디는 능력이다.

어정쩡한 상태는 엄청난 스트레스를 유발한다. 가부(可否) 간의 결정이 빨라야 하는 것이다. 그러나 세상살이는 상대가 있고 상황이 있어서, 나의 일방(一方)이 용납되지 않는다. 나는 내 할 바를 다 해 놓고 상대의 반응이나 상황의 변화를 기다릴 수밖에 없다. 사안(事案)에 따라서는 그 기다림이 그야말로 피를 말릴 수도 있다. 그래서 성급하게 말이나 행동을 표출하여 낭패를 보는 경우가 비일비재한 것이다.

그 어정쩡한 상태를 견디는 능력은 선천적일 수도 있을 것이고 후천적일 수도 있을 터인데, 전자(前者)는 여기서 논할 바가 아니다. 후자(後者)는 삶의 경험 속에서 축적된 지혜를 바탕으로 한다 하겠다. 예컨대, "다 지나간다."라는, 앞서 한세상 살고 갔던 사람들의 회한 어린 술회와 그 술회를 내 삶에서 확인했던 경험 등이 없다면 이 세상살이는 얼마나 힘들 것인가. 새벽이 결코 오지 않을 것 같은 어둠 속에서는 아주 짧은 시간도 견디기 어려운 법인데, '그래, 다 지나간다고 했지.' 또는 '그래, 다 지나가더라.' 같은 마음 깊숙한 곳에 가라앉아 있던 말이 살짝 일어나기만 하면 그 칠흑의 어둠 속에서도 바늘구멍 정도의 미세한 빛이 보이기 시작하는 것이고, 일단 그러한 빛이 보이면 어떻게든 삶은 견뎌지는 것이다.

가족, 재산, 명예 같은 부문에서 횡액을 입고도 버텨 내며 삶을 영위하는 것 역시 어정쩡한 상태를 견디는 능력에 포함될 성싶다. 그 상실로 인한 심적 결손이나 불안정도 어정쩡한 상태와 다를 바 없을 터이기 때문인데, 주변에서 가끔 보게 되는 금쪽 같은 자식을 잃고도 겉보기에는 그럭저럭 멀쩡한 듯 살아가고 있는 노부모의 스산하기 그지없을 내면이 그 한 예일 수 있을 것이다. 또, 요즈음엔 보기 어렵지만, 여름의 산골 노거수(老巨樹) 아래에서 더위를 식히는, 평생 극심한 노동에 절어 뼈만 앙상하고 피부색 거뭇한 노인의 먼 시선에서도 삶을 버텨 낸 이력 같은 것이 감지된다.

이 버텨내는 능력의 한계를 임계점(臨界點)이라 하자. 절대 임계점이 100이라 하면, 그 100 아래로 각자의 임계점이 산포(散布)한다. 어떤 사람은 90, 어떤 사람은 70, 또 어떤 사람은 50일 수 있다. 상황이 80일 때 임계점이 90인 사람은 싱그러움에 변함이 없을 수 있지만, 50이나 70인 사람은 나자빠져 앙상한 몰골이 된다. 그러나 상황이 95가 되면 90인 사람도 앙상한 몰골됨을 면치 못할 것이다. 사람은 한편 그리 대단한 존재가 아니다. 상황이 100에 이르면 군자와 소인 간의 구분도 없어진다. 군자도 자기 살고자 남의 집 담을 넘게 되고 거짓말도 하게 되는 것이다. 어쩌면 이것이 사람과 세상의 실상일 터이다. 우리가 삶을 영위하는 의미 중하나는 각자의 임계점을 조금이라도 높이기 위해 노력하는 한편 상황이 임계점을 넘어서지 않도록 가능한 범위 내에서 관리하는 데에 있는 것이 아닐까 싶은데, 이 임계점 높이기가 바로 내공 쌓기라고 하겠다.

다른 하나는 끓어오르는 분노를 멈출 수 있는 능력이다.

분노는 끓은 이상 멈추기가 참으로 어려운 것이다. 무엇이든 끓은 다음에는 폭발하는 것이 순리이기 때문이다. 그래서 분노는 가급적 끓는 선을 넘지 않도록 관리하는 것이 중요하다 하겠다. 그리고 끓어 버린 분노를 멈추기 위해서는 분노의 화염에 휩싸인 자신의 모습을 또 다른 자신이 되어 바라보는 것, 알아차리는 것, 그 분노의 순간에 깨어 있는 것이 필요하다는데, 이는 보통 사람들에겐 공염불이기 십상일 터이다.

여하튼, 이 문제와 관련하여 우리는 진지하게 성찰해야 한다. 곰곰이 생각해 보면, 우리가 분노를 가장 자주, 또 가장 크게 느끼는 경우는 무시 또는 모욕을 당했다고 생각하는 때가 아닐까 싶다. 인도 철학에서는 아트만이 없다고 한다. '실체가 없다는데 도대체 무엇이 무시 또는 모욕을 당하는가?'라며 평소에 가끔씩이라도 깊이 있게 생각해 본다면, 분노의 나락으로 떨어질 때 어느 정도는 완충이 될 것이고, 그 나락에서 올라오는 데에도 적지 않은 도움이 될 것 같다. 분노와 관련하여 내가 종종 활용하는 또 다른 사유의 도구는 "심지는 원래 요란함이 없건만 경계 따라 있어지나니."라는, 언젠가 아내가 읽던 원불교 전적(典籍)에서 훔쳐본 구절이다. 경계 이전의 원래 공적(空寂)하다는 그 자리를 일상에서 때때로 관조해 보는 것이다. 한편, 어둠(분노)은 그 자체를 박멸할 수는 없고, 밝음이 드러나면 저절로 박멸되는 것이라는 점도 마음에 새겨 둘 만하겠다.

이제 분노와 관련된 시선을 잠시 역사(歷史)로 돌려보자. 분노는 자신과 상대를 순식간에 태워 버리는 참으로 무서운 화염이므로, 만약 한신이 과하지욕(胯下之辱)을 견디지 못했다면 어떻게 되었을까? 필시 살인자가 되었거나 살해당하였을 터이니, 『초한지』의 영웅으로 등극할 수도, 인욕의 대명사로 회자(膾炙)될 수도 없었을 것이다. 이러한데, 끓어오르는 분노를 멈출 수 있는 능력이 무서운 화염으로부터 나와 저를 구하는 방책이 아니고 무엇이겠는가.

마지막으로, 분노를 멈추는 방책과 관련된 개인적 경험 소산(所産) 두엇을 소개한다. 하나는 음성을 높이지 않음이다. 분노가 끓어오르면 대개 음성 또한 높아진다. 그런데 음성이 높아지면 분노는 더욱 끓어오르고, 분노가 그렇게 끓어오르면 음성은 한층 더 높아진다. 분노의 끓어오름과 음성의 높아짐은 이렇게 호환상승(互換上昇)한다. 그래서 분노가 끓어올라도 절대 음성을 높이지는 않겠다는 확고한 원칙을 지니면, 끓어오르는 분노를 멈추는 데 상당한 도움이 되는 것이다. 또 하나는 말을 다 하지 않음이다. 분노와 함께 분출하려는 말을 반쯤만 하고 말리라, 하는 원칙 또한 고집(固執)하여야 한다는 것이다. 우리는 이미 겪어 봐서 알기 때문이다, 음식도 좀 부족한 듯이 먹는 게 좋은 것처럼 말 역시 그러하다는 사실을.

그렇다면, 요즈음의 나에게 있어서 나잇값 한다는 것은 다른 무엇도 아니고 바로 내공 쌓기라 해야 할 성싶다. 구체적으로는 버티기의 임계점을 높이고 상황을 관리하며, 욕된다는 것의 본질과 그 욕을 인내하는 방도를 깊이 사색해 보는 것이겠다. (2019. 9. 30)

종교에 대한 단상

이 글의 목적이 종교에 대한 나의 견해를 주장하려는 것은 아니다. 그러한 주장을 하기에는 종교에 대한 나의 공부가 턱없이 부족하다. 종교는 인간 삶의 이해에 불가결한 주제라 하겠다. 그래서 적절한 때에 종교 공부를 체계적으로 해 볼 요량이다. 그 전에, 머릿속에서 부유하는 종교에 대한 생각을 한번 정리해 보려는 것이 이 글의 목적이다(정리가 주장과 얼마나 다를지 좀 걱정이긴 하다).

종교의 기원과 속성

인간은 근원적으로 불안을 느끼는 존재이며, 살면서 자신으로서는 어찌할 수 없는 질곡에 빠지지 않을 수 없는 존재이다. 그러니 자신을 의탁할 대상을 필요로 하는 것이다. 따라서 그 대상은 전지전능(全知全能)하여, 나의 어떠한 불안도 해소해 줄 수 있고 나를 어떠한 질곡에서도 구해 줄 수 있어야 한다. 그 전지전능한 대상이 신(神)이다.

인간의 근원적 불안은 한편으로 무언가에 종속되지 않으면 무한히 주어진 자유를 감당하지 못하게도 한다. 자유를 갈구하면서도 정작 자유의 상태에서는 그 자유를 어찌지 못해 쩔쩔매는 것이다. 신을 주인으로 받들며 그에의 종속을 자처함으로써 인간은 비로소 다소나마 불안을 떨칠 수 있게 된다.

종교는 신의 존재와 작용을 믿는 것이다. 믿되 무조건적으로 믿는 것이다. 그러나 무조건적 믿음을 맹목적이라고 비판하는 것은 곤란해 보인다. 신을 상정하지 않는다면 몰라도, 상정한다면 전지전능한데 그에 대한 믿음이 무조건적이지 않기가 오히려 어려울 것이기 때문이다. 그렇다면 신의 존재와 작용은 놓아두고 그에 대한 무조건적 믿음만을 비판하는 것은 본말(本末)의 전도(轉倒)라고도 하겠다.

종교와 의미화, 그리고 삶

나는 신을 그러한 불안과 질곡 등 인간 존재의 한계가 만든 허상이라고 여긴다(신의 존재 여부는 사실의 문제가 아니라 가치나 믿음의 영역이라 하겠다). 그래서 종교인에게는 대단히 미안한 말이지만, 엄숙한 종교적 의례를 보고 있으면 어른들의 소꿉장난 같다는 느낌이 들기도 한다. 하기야 우리네 삶의 요소들 중에서 소꿉장난 같지 않은 것이 무엇이랴. 타율적으로 태어났고, 태어났으니 죽을 때까지의 빈 시간은 메워야 하고, 그 메우는 작업이 삶일진대, 그 작업이 어찌 소꿉장난 같지 않을 수 있겠는가. 불편한 진실이라 하겠다.

소꿉장난은 한편 '의미화'라고도 할 수 있지 싶다. 사람마다 생각이 다르겠지만, 나는 삶은 본질적으로 무의미하다고 생각한다. 그러나 생(生)과 사(死) 사이의 빈 시간은 어쨌든 메워야 한다.

그래서 우리는 그 빈 시간 사이사이에 설이나 추석 등의 절기 맞이, 벗들과의 교유, 여행·독서·다도 등의 취미 같은, 나름 의미가 있다고 여기는 바들을 다릿돌로 놓으며 한세상을 건너고 있는 것일 터이다. 그러한 의미화라도 없다면 우리네 삶은 얼마나 쓸쓸하고 공허하랴. 그러나 부여받은 빈 시간을 그렇게 의미화로 꼭꼭 여미고 바느질해도 근원적 비애감은 그 봉제선(縫際線)을 비집고 불쑥불쑥 얼굴을 내미니, 그것은 삶이 본질적으로는 무의미하다는 방증이지 싶다.

비록 의미화라 하더라도 그 작업에 충실해야 하며, 때때로는 그것의 부질없음도 상기해야 한다. 소꿉장난일지라도, 이 또한 삶이라는 인식이 필요하다는 것이다. 소꿉장난일 뿐이라고만 생각하면 빈 시간을 메워 나갈 동력이 없어질 것이고, 소꿉장난이라는 사실을 인식조차 하지 못하거나 외면해 버리면 삶의 깊이가 없어져 우리가 살아가는 주요한 의미라고 할 세계 인식에 접근할 수 없을 것이기 때문이다.

불교는 종교여야 하는가?

불교의 경우, '종교'가 된 것은 포교의 대중화와 존속의 장구화 측면에서는 다행일지 모르겠지만, 싯다르타가 증득한 바의 본질 측면에서는 오히려 불행이지 않을까 싶다. 그 본질이 심히 왜곡되어 버렸다고 이해되기 때문이다.

사실 자등명(自燈明)·법등명(法燈明)의 불교가 외부에 전지전능한 대상을 설정하고 그에 무조건적으로 의탁하는 종교의 속성에 부합할 여지는 거의 없어 보인다. 불교는 우주만상의 존재 방식에 대해 극적인 차원으로까지 고구(考究)하는 '철학'이고, 그를 바탕으로 하는 '수행'이라고 하는 것이 타당할 것 같다.

완전하게 깨달은 자의 능력이 길흉화복을 주재(主宰)하는 신의 능력과는 별개라 하겠다. 그러나 사람들은 싯다르타가 완전하게 깨달았다 하여 그를 전지전능한 존재로 알고 그에게 길흉화복의 주재를 주문했던 것일 터이다.

싯다르타가 강조했던 바는 깨달음이지 결코 기복이 아니다. 그러나 불교가 기복을 내세우지 않았다면(즉 '종교'를 표방하지 않았다면) 대중을 끌어들일 수 없었을 것이고, 급기야는 싯다르타의 본지(本旨) 자체가 멸절됨을 면치 못했을 수도 있다. 그러나 이제부터 불교는 현실적 여건의 제약이 만만치 않겠지만 '종교'임을 거부하고 '철학' 내지 '수행'으로 선회하여야 하리라. 요즈음의 불교를 보면, 달은 보이지도 않고 손가락들만 난무하는 듯하다. 방편은 방편일 뿐이어야 할 터인데, 방편이 본지를 덮고 있는 형국이라는 것이다.* 그러한 현상은 한편 '종교'임을 표방하는 한 숙명이라고도 하겠다.

---

* 요즈음의 우리 사회는 극심한 스트레스로 인해 힐링이 화두이다. 사람들이 지독하게 힐링을 수요한다는 것인데, 불교가 그 힐링을 공급하는 방식은 대체로 템플스테이, 산사음악회, 사찰음식 같은 것이지 않을까 싶다. 템플스테이 등이 방편은 될 수 있을 터이다. 그러나 문제는 그 속에 본지(本旨)가 보이지 않는다는 것이다. 그렇다면 그것이 음식점에서 질 좋은 음식(본지)으로 승부하려 하지 않고 고가의 인테리어나 예쁜 여자들의 서비스(방편)를 통해 장사하겠다는 것과 무슨 차이가 있을까?

망자(亡者)를 위한 의례의 의미

종교마다 망자를 위한 의례를 가지고 있다. 그 의례를 어떻게 보아야 할 것인가? 그에 대한 답에는 죽음에 대한 규정이 선재(先在)되어야 할 터이다.

나는 어느 때인가부터 죽음은 '그냥 단멸(斷滅)'이라 생각하고 있다. 영혼이니, 저승이니, 윤회 같은 것을 인정하지 않는 것이다. 저승이나 윤회는 영혼을 상정한다 하겠는데, 기실 영혼은 육신의 일부로서, 육신으로부터 분리되는 것이 아니다. 이론의 구성이나 분석의 편의를 위해 영혼을 육신에 대립시켜 보는 것일 뿐이며, 단멸의 공포로부터 벗어나기 위해 불멸의 존재(영혼)가 필요했던 것이다. 불교에서의 저승, 지옥과 극락, 윤회 등도 방편이지 실제일 리는 없다고 생각한다. 만약 망자의 영혼이 별도로 존재한다면 그 수많은 삶과 그 수많은 죽음 간의 만남이 이토록 희박하기는 어려울 터이다. 그러기에 그나마 간혹 들려오는 그 만남도 간절한 희구에 투사된 환영(幻影)이라 여겨지는 것이다.

그래서 나는 망자를 위한 종교적 의례는 본질적으로 생자(生者)를 위한 것이라 생각한다. 죽음은 보편적인 것이어서 생자는 그 의례를 통해 각자의 삶과 죽음을 사색하게 되며, 또 생자는 그러한 의례로써 망자에 대한 부채감을 일부나마 덜었다고 여길 수 있기 때문이다. 그렇다고 망자를 위한 종교 의례가 망자 자신에게 부질없는 것이라고까지 말하고 싶지는 않다. 죽음은 대사(大事)이고 큰일에는 형식이 필요한데, 예컨대 불교의 49재 같은 것은 나름 그에 적합한 형식일 수 있기 때문이다. 이러한 생각은 망자를 위한 종교 의례가 방편이라는 것이겠는데, 그렇지 않고 그 의례가 진실로 망자의 영혼으로 하여금 요단강을, 삼도천을 용이하게 건널 수 있도록 인도하는 것이라고 생각한다면 무당과 다를 것이 무엇이랴.

사람의 아들과 제도로서의 종교

설사 신의 존재와 작용을 인정한다 하더라도, 나는 신의 은총 속에 안존(安存)하기보다는 광야에서 피 흘리는 인간('사람'의 아들)이길 지향해야 한다고 생각한다. 인간의 존재 의의가 삶을 통한 세계 이해라면, 질곡에 빠졌을 때 신의 뜻이라고 서둘러 수용 또는 봉합해 버릴 것이 아니라(삶에는 '받아들임'이 꼭 필요하지만, 이런 방식은 곤란하다는 것) 광야의 비바람을 무릅쓰고 비척거리는 걸음으로라도 그 원인의 규명과 의미의 해석을 거쳐 자기 성찰에까지 나아가야 하리라는 것이다. 인간에게는 자신의 육신을 통한 그러한 경험만이 세계에 대한 좀 더 진전된 이해의 길일 터이기 때문이다. 한편 이러한 생각은 르네상스 시기의 인문주의와도 상통한다고 하겠다.

종교는 하늘에서 떨어진 진리가 아니다. 인간의 삶 속에서, 물이 마땅히 흘러야 할 데로 흘러 물길이 만들어졌듯이 필요에 의해 생겨난 제도의 하나일 뿐이다. 그래서 종교는 마땅히 인간에 봉사해야 하는 것이다. 그러나 인류의 역사를 돌아보면, 종교가 인간 위에 군림해 왔다 해도 틀린 말이 아닐 것 같다. 인간이 자신의 행복을 위한 수단으로 창안된 종교를 오히려 목적으로 삼아, 자신의 행복을 기꺼이 희생한 사례가 비일비재한 것이다. 그러한 비극적 아이러니는 인간이 자신의 불안을 떨치기 위해 신을 주인으로 받들며 그에의 종속을 자처한, 종교의 기원에서부터 이미 잉태되었다 할 터이다.

종교에 대한 위에서의 비판적인 시각에도 불구하고, 리추얼의 관점에서는 종교가 일정한 효용을 갖는다고 인정할 수 있겠다.* 다만, 인간이 주인이라는 사실을 잊어서는 안 될 것이며, 과연 무엇을 위한 종교인지 자신에게 수시로 물어야 할 것이다. (2019. 10. 29)

---

* 나는 4장의 「리추얼」에서, 리추얼이 확실히 모종의 정서적 변화를 야기한다고 전제하면서 리추얼이 우리의 삶을 곧추세울 수 있는 가능성과 그 근거 등에 대한 오래전부터의 생각을 요약했다. 종교가 리추얼의 관점에서 갖는 효용의 예로는, 정기적으로 사찰에 가서 법문을 듣거나 교회에 가서 설교를 들으면 해현경장(解絃更張)의 계기가 될 수도 있고 지루한 일상에 색다른 악센트가 될 수도 있다는 것 등이지 않을까 싶다.

안테나를 세우자

50년도 더 넘은 세월 저편으로 가라앉은, 빛바랜 흑백사진 같은 기억 한 자락을 들추어 본다. 1960년대 말 초등학교에 입학하여 접한 것 중 지금껏 기억하고 있는 것은 둘이다. 하나는 일제 강점기에 건축된 목조 교사(校舍)의 복도 벽에 붙었던 베토벤의 초상화이고, 다른 하나는 교실 두 개를 틔워 마련한 강당의 전면 벽에 붙었던 양사언의 시조이다.* 복도의 벽에는 초상화가 여럿 붙어 있었는데, 지금 생각해 보면 모두 음악가가 아니었나 싶다. 하나같이 음산한 느낌을 주었고, 베토벤의 초상화에 대한 그 느낌은 특히 강렬했다. 다들 알지 아니한가, 그 봉두난발의 기괴한 인상을!

초등학교 때 소풍을 가면, 공부는 곧잘 하던 편이었기 때문인지 선생님이 앞으로 불러세워 노래를 시키는 경우가 제법 있었다. 극도로 내성적이었던 나로서는 최대의 곤욕이었다. 몸과 음성은 사시나무같이 떨렸고, 얼굴은 홍당무가 되고, 가사를 잊어 더듬거리기도 하고… 여하튼, 음악적 열패감이 쌓였던 시간이 아니었나

---

* 당시로서는 그것들이 베토벤 초상화인지, 양사언 시조인지 알 턱이 없었다. 그렇지만, 베토벤이라는 사실을 안 것은 그 학교에 다니던 동안이었던 것 같고, 양사언의 시조는 예의 "태산이 높다 하되 하늘 아래 뫼이로다" 하는 그것이었다.

싶다. 고등학교 때, 음악 수업은 그저 떠들고 노는 시간이었다. 신경이 굉장히 예민하던 음악 선생님은 학생들의 소란에 그야말로 히스테릭하게 반응하곤 했는데, 나는 그런 선생님이 아주 싫었다. 그래서 음악 수업은 지루했고, 선생님이 가르쳐 주던 노래에도 흥미가 없었다.

나는 그렇게 음악에 대한 좋은 인상을 갖지 못한 채 사회생활을 시작했다. 사회생활을 하면서도 종종 그림은 보러 다녔지만, 음악회를 자발적으로 찾은 기억은 별로 없다. 그러다가 10년 전 신문에서 클래식 음악 감상회에 관한 기사를 접했다. 평소 같으면 그냥 지나쳤을 터인데, 그날따라 유심히 읽게 되었고 그 감상회를 찾게까지 되었다. 이후 만 3년, 거의 결석 없이 참석하였다. 흥미보다는 노력이었다. 일주일에 하루, 2시간씩 클래식 음악을 오디오나 비디오로 감상하고 음악 전공자인 운영자가 설명하는 식이었는데, 가끔은 오페라·팝·재즈도 곁들였다.

서당 개 3년이면 풍월을 읊는다고, 나와는 무관해 보이던 음악에 조금씩 관심이 갔다. 그렇게 '안테나를 세우'고 보니, 음악 관련 책들도 적잖게 읽게 되었고 특히 신문에 나는 음악 관련 기사나 칼럼을 빠뜨리지 않고 정독하게 되어, 곡·지휘자·연주자·오케스트라·악기 등이 어느 정도 한정적인 클래식 음악에 대해서는 이제 지(知)의 단계에는 이르지 않았나 싶다. 그 안테나로 인해 나는 향후 호(好)의 단계, 락(樂)의 단계에 이를 수 있을 것도 같은 것이다.*

그동안 내 주위로 많은 클래식 음악 관련 정보들이 흘러 다녔
겠지만, 안테나가 없어서 나는 그것들을 수신할 수 없었을 터이다.
안테나가 있다면, 그 정보들이 일단 수신 및 저장되어 있다가 시절
인연(時節因緣)을 만나 실행(實行)으로 발아할 수 있는 것이다. 수
신 및 저장이 없다면 시절인연이란 말이 성립할 수도 없거니와, 발
아는 그야말로 어불성설일 터이다. 그러니 어찌 일단 안테나를 세
우지 않을 수 있겠는가.

학창시절에 국어 교과를 아주 좋아했고 그 성적도 나쁘지 않
았지만, 맞춤법과 띄어쓰기 같은 것은 아킬레스건이었다. 종잡을
수 없었고, 감이 오지 않았던 것이다. 그래서 그 분야는 제쳐 놓았
었다. 결혼 후 아내는 그 분야에 의외로 밝다는 사실을 알게 되었
고, 그 분야의 의문 사항에 대해서는 아내에게 자문하다 보니 이제
는 그에 관한 무지(無知)에 별 고민도 하지 않게 되어 버렸다. 후일
에 알고 보니 맞춤법과 띄어쓰기는 누구나 어려워하는 분야이긴
했지만, 나의 경우는 더욱이 산촌의 초등학교에 다니면서 그런 기
본에 대한 교육을 거의 받지 못했으되 아내는 도회의 사립 초등학
교에서 체육·예능·글쓰기 같은 기본에 대한 교육을 착실하게 받
았던 것이다.

학업을 마치고 사회생활을 하면서 나름 필요성을 느껴 몇 년

---

* 『논어』「雍也」편. 知之者不如好之者, 好之者不如樂之者(아는 것은 좋아하는
  것만 못하고, 좋아하는 것은 즐기는 것만 못하다).

간 서당 출입을 하다가, 한문 공부를 좀 체계적으로 해야겠다 싶어 대학원으로 진학했다. 석사와 박사 논문심사 과정에서, 맞춤법과 띄어쓰기에 대해 종종 지적을 받았다. 내용에 대한 부담도 엄청난 터에 제쳐 놓았던 그런 형식적이고 지엽적인 데까지 신경을 쓰려니 이만저만 스트레스가 아니었고, 그런 기본에 대한 지적은 나이 든 학생을 참 민망하게도 했다. 정면 돌파 이외에 달리 방법이 없겠다 싶었다. 논문을 쓰면서, 또 참고도서들을 읽으면서 맞춤법과 띄어쓰기에 각별히 유념하였다. 그렇게 시간이 흐르면서 조금씩 종잡을 수 있었고 감도 왔다.

그 논문심사의 과정은 내게 맞춤법과 띄어쓰기에 대한 '안테나를 세우'는 시간이었다. 이후, 그동안의 맞춤법과 띄어쓰기에 대한 홀시가 멈추었고 관련 책들과 신문기사들을 유심히 읽게 되었던 것이다. 그러다가 국어의 기본에 대한 공부를 탄탄하게 하고 싶어, 방송대학교 국문학과에 적을 두기도 하였다. 신문에는 의외로 국어의 기본에 속한다 할 내용들이 많이 실리는데, 이미 안테나를 세운 내게 그 정보들은 아주 효율적으로 수신 및 저장되고 기존의 수신 및 저장 정보들을 갱신시킨다. 국어에 대한, 나아가 언어 일반에 대한 나의 이해력 증진은 이제 제법 가속도가 붙는 것 같다. 안테나를 세워놓지 않았다면 가능할 일이겠는가?

개별적 경험을 보편의 인식으로 이끌어 주는 데에도 안테나는 유용하다. 사람은 자신이 생각할 수 없는 것을 생각하기가 거의 불가능하다는 사실이 전제이다. 살아가면서 우리는 다양한 질곡에 빠지는 경험을 한다. 그때 우리의 반응은 대체로 비슷하지 않나 싶다. 절망 속에서 타인을 원망하고 고통에 신음하며, 그 질곡에서 벗어나려는 데만 몰두한다. 그때 질곡과 고통, 그것들이 삶에 미치는 긍정적 영향에 대한 앞서 산 사람들의 말이나 글 같은 것이 안테나일 수 있겠는데, 우리는 비로소 생각할 수 없는 것을 생각할 수 있는 가느다란 실마리를 잡게 된다. 그리하여, 바로는 어렵겠지만 어느 정도 시간이 경과하면 그 말이나 글 같은 것은 우리로 하여금 질곡과 고통을 관조할 수 있게 해, 나의 개별 경험을 세계 보편의 인식에 계합(契合)하도록 작용하는 것이다. 그 결과가 삶의 지혜이자 내공일 터이다.

이치가 그러하니, 보다 의미 있고 깊이 있는 삶을 영위하기 위해서는 일단 안테나를 세워 다양한 정보를 수신해야 한다. 안테나를 세움은 씨 뿌림과 다른 것이 아니다. 씨조차 뿌리지 않고서는 무엇 하나 거두기를 바랄 수 없는 것이다.

안테나를 세우자! (2020. 8. 31)

시목(柿木) 예찬

방의 선반에는 홍시 되기를 기다리는 감들이 널려 있고, 베란다 행거에는 곶감 되기를 기다리는 감들이 매달려 있다. 아침저녁으로 만져 보고 맞춤한 놈을 골라 먹는 재미가 쏠쏠하다.

감은 주로 10월 하순에서 11월 초순 사이에 딴다. 단단한 놈은 곶감으로, 무른 놈은 홍시로 만든다. 가급적 저장성 높은 곶감의 비중을 높이려 하나, 무른 놈은 칼질이 어려운 것이다.

감 따기는 쉬운 작업이 아니다. 그래서 이전에는 품삯도 다른 작업보다 비쌌다. 무엇보다 나무 위에서 작업해야 하므로, 위험하고(감나무 가지는 무른 편이다) 운신의 제약으로 피로도 컸기 때문이다.

피로가 크다 보니, 감 따는 중간중간 나무 위에서 휴식을 취한다. 투명한 가을볕 속에서 까치가 쪼다가 만 홍시를 먹으며 만산(滿山)의 홍엽(紅葉)과 짙푸른 하늘을 바라본다. 하늘 저 높은 곳에는 어김없이 매가 날고 있다(이즈음이 매가 많이 출현하는 때인지는 모르겠다). 한 마리일 때도 있지만, 대체로 두 마리이다. 멀찍이 떨어진 두 마리 매가 제각각 붙박인 듯 오래 한 자리에 떠 있기도 하고, 고요하고 당당한 비행으로 큰 원을 그리기도 하는데, 장관이다.

요즈음에는 편리한 감 따는 도구들도 출시되고 있지만, 나는 여전히 원시적 도구를 사용한다. 그 도구란 길고 곧은 대나무를 베어, 밑동에 긴 V 자 홈을 만들고, 홈이 끝나는 부분을 철사로 동인 물건이다. V 자 홈에 감 달린 가지가 철사 동인 데까지 들어가도록 대나무를 민 후, 비틀어서 가지를 꺾는다. 이 도구를 처음 사용하면 무척 어렵고 힘들 터이다. 긴 장대의 끝에 달린 좁은 V 자 홈에 감 가지 끼우기도 어렵고, 긴 장대의 무게 중심이 저쪽 끝에 있기에 장대의 탄력을 적절히 이용할 수 없으면 여간 힘들지 않은 것이다. 그러나 나는 고향에서 어려서부터 사용했기에 오히려 익숙하고 편리하다. 그 힘듦을 약간이라도 줄이려면 몇 달 전에는 도구를 마련해 두어야 한다. 그래야 대나무의 수분이 빠져 도구가 가벼워지기 때문이다.

어영 집의 터를 구입할 마음을 낸 이유 중 하나는 마당 둘레에 큰 감나무 두 그루가 있다는 점이었다. 고향집에도 둘레에 아홉 그루의 감나무가 있었던 것이다.

부산에서 유학하던 때, 가을철 토요일 오후 고향집에 가면 나는 마루에 책가방을 던져 두고 홍시 따 먹기부터 하였다. 천으로 된 주머니의 입구에 철사를 넣어 입구가 원형이 되게 한 뒤 그 주머니를 장대 끝에 달아서 홍시를 따는데, 홍시가 주머니 속에 들어가도록 하여 요령 있게 흔들어 주면 홍시가 온전하게 주머니에 떨어지는 것이다. 그렇게 금방 따서 먹는 홍시는 시판하는 것과는 차원이 다르게, 물기도 많고 단맛도 깊다. 내가 지금도 홍시를 가장 좋아하는 과일로 치는 것은, 그러니까 단순한 미각 이상의, 귀향의 안온함과 하늘의 짙푸름과 가을 기운의 청량함 등이 버무려진 그 무엇에 기인하는 것이라 하겠다.

배운 것 없는 고향 사람들의 유일한 밑천은 몸뚱이였다. 몸이 으스러지도록 산과 들의 산물(産物)을 채집하다시피 하여 겨우 주림을 면할 정도의 돈을 마련하였던 것이다. 가을이면 주로 감과 밤을 따서 장으로 가 팔았다.

산비탈에서, 밭 언저리에서, 마당 가장자리에서 따는 감은 그 양이 엄청났다. 그 많은 감을 그대로 팔기보다 홍시로 팔았다. 그렇게 가공을 거침으로써 조금이나마 부가가치를 높일 수 있었기 때문일 터이다. 홍시 만드는 방법은 생감을 큰 대야에 가득 담고, 그 속에 카바이트를 한 덩이 넣은 후, 방 아랫목에 놓고 이불을 덮어 두는 것이었다. 그 역시 나름 회전율을 높이는 방법이었을 터이다. 그렇게 며칠 지나면 생감은 방의 온기와 카바이트의 열기에 의해 홍시가 되는데, 그러는 동안에 가족들은 카바이트와 감의 화학반응에 의해 풍기는 묘한 냄새 속에서 지냈다. 생감이 홍시가 되면 첫닭이 울기도 전에 팔러 갈 준비가 시작된다. 부산한 움직임과 더욱 짙어진 카바이트 감의 냄새를 느끼며 아이들은 비몽사몽 거의 식어 버린 온돌에 깔린 이불 속으로 파고들어 웅크렸고, 늦가을 신새벽의 냉기 속에 어른들은 감을 이고 지고 들고는 먼 장으로의 도보 장정에 나섰다.

그렇게 감나무나 밤나무의 가느다란 가지에 의지한 채 몸뚱이 하나로만 영위되는 삶은, 달리 방도가 없었기 때문이긴 해도 모든 것에 크든 작든 속임(넓은 의미의)이 개입되는 도시의 삶에 비해 얼마나 정직한가! 또, 정직한 만큼 얼마나 슬픈가!

농가의 감나무에 달린 빨간 감만큼 늦가을의 정취를 적실히 나타내는 것이 또 있을까?

고등학교 3학년 때의 지리 교과서 표지 다음 면에는 컬러로 된 사진이 실려 있었다. 제법 큰 규모의 시내에 물이 흐르고, 그 옆에 철로가 있고, 철로에서 조금 비켜난 언덕에 초가가 자리했다. 초가의 돌담 언저리에는 잘 익은 감을 가득 매단 늙은 감나무가 서 있었다. 아마 늦가을이었지 싶다. 대학입시가 코앞이라 아침 일찍 등교하였고, 교실에 앉자마자 마침 지리 교과서를 펼치게 되었다. 예의 그 초가 감나무 사진이 보였다. 갑자기 기차를 타고 저 철로를 따라 깊어 가는 가을 속으로 떠나고 싶은 충동이 거세게 일었다. 때가 때이니만큼 그럴 수는 없는 노릇, 어금니를 악물고 눈을 질끈 감는 수밖에 없었다. 잎을 죄다 떨어뜨린 감나무가 감으로 붉어지면 어김없이 떠오르는 기억이다.

외딴 산길을 걷다가 가끔 감나무 낙엽을 보게 된다. 머리를 들어 둘러보면 감나무가 보이기 마련, 나는 반드시 배낭을 벗어 두고 주위를 유심히 살핀다. 대개는 멀지 않은 곳에서 오래전에 무너진 듯한, 너무나 소략하여 애잔함을 자아내는 돌담과 집의 흔적을 발견한다. 나는 돌담의 잔해에 앉아 그 집을 거쳐 갔을 사람들의 삶을 상상해 보는 것이다.

그렇게, 이전에는 많이들 집 주위나 밭 언저리에 감나무를 심었다. 그래서 감나무에는 사람살이의 흔적이 어리어 있고, 나는 산길에서 만나는 감나무에서 빼어난 설악산이 아닌 투박한 지리산의 풍미(그러나 볼수록 맛이 더 깊어지는) 같은 것을 느끼게 되는 것이다. 지리산의 투박하나 볼수록 더 깊어지는 풍미 또한 곳곳에 어린 사람살이의 흔적에 기인할 터이다.

오래전 김용준의 『새 근원수필(近園隨筆)』(열화당, 2001)을 뒤적이다가 「노시산방기(老柿山房記)」라는 제목이 붙은 글을 만났다. '늙은 감나무가 있는 토굴'이라 하니, 강한 호기심이 생겼다. 김용준은 아내의 맹렬한 반대에도 그 산방(山房)을 구입한 것이 늙은 감나무 몇 그루 때문이었다고 한다. 예술가(화가)다운 의사결정이라 싶었다. 그 글에서 김용준은 감나무의 덕(德)을 주저리주저리 늘어놓았는데, "어느 편으로 보아도 고풍스러워 운치 있는 나무는 아마도 감나무가 제일일까 한다."는 평에서는 한겨울 어영 집 측면의 늙은 감나무 가지에 곧잘 걸리는 백월(白月)을 상기하면서 깊은 공감을 표하지 않을 수 없었다. 또, "여름이면 퍼렇다 못해 거의 시커멓게 온 집안에 그늘을 드리워 준다."는 대목에서는 한여름 어영 집 전면 지척의 고종시(高宗柿) 잎의 유화적 질감이 곧장 소환되었다.

감나무 잎에 든 단풍은 의외로 아름답다. 감나무들 사이에서 자라다시피 한 나도 불혹 즈음에서야 그 아름다움을 인지할 수 있었다. 한번은 어영 집 뜰이 가을바람에 떨어진 감나무 잎으로 가득하기에 묵묵히 내려보다가, 경탄하지 않을 수 없었다. 단풍이 너무 고왔던 것이다. 몇 장을 주워 책상 귀퉁이에 두고 틈틈이 눈길을 주기까지 했다.

잎의 단풍만이 아니다. 감나무는 감꽃을 피우는 것만으로도 예찬받아 마땅하다. 감꽃은 색깔과 형태가 특이하다. 옅은 노랑이 가미된 흰색이며 약간 각이 진 원통형이어서, 앙증맞은 느낌을 주는 것이다. 그래서 아이들은 이른 아침에, 떨어져도 꽃잎이 흩어지지 않고 밑 또한 트인 감꽃을 주워서는 실에 꿰어 목걸이 삼기도 했다. 한편, 꽃 중에서 떨어지는 소리를 내는 것은 감꽃이 유일하지 싶다. 꽃은 작지만 두텁고 단단하며, 나무가 높기 때문일 터인데, 나는 그 소리에서 창공을 지나는 새의 날갯짓 소리(그 소리가 다 들리다니! 그것도 분명하게)만은 못해도 어떤 경이를 느낀다.

감나무는 내게 시계이기도 하다. 어영 집을 마련한 이듬해, 호박씨를 묻으려는데 언제가 적기(適期)인지 알 수가 없었다. 마을의 노장이 가르쳐 주었다. '감나무 이파리가 꼬들꼬들해지면'이라고. 감나무 잎은 처음 돋아 조금 지나면 배배 꼬인 듯한 모양을 연출하고, 그 모양이 풀리면서 비로소 잎의 형태가 갖추어지는 것이다. 이후, 나는 봄이 오면 감나무를 자주 올려다본다. 그 연록의 잎이 꽃 못지않게 아름답기도 하거니와 시간도 읽어야 하기 때문이다. 그 노장의 가르침은 효소 담근 매실을 건져낼 시기에 대해 '매실이 할매 배같이 쪼글쪼글해지면'이라고 하던 또 다른 노장의 일러 줌과 함께 내게 큰 시계를 선사한 셈이며, 시간의 의미를 사색할 계기를 주었다 하겠다.

감나무는 내게 별외(別外)의 선물도 안겨 준다. 앞서 홍시를 상찬했지만, 사실 감의 가장 깊은 맛은 늦가을에 따다가 실수로 떨어져 깨어진 떫은 기가 제법 남은, 홍시 쪽으로 20도 남짓 기운 감에서 느낄 수 있지 않을까 싶다. 홍시나 단감의 맛이 단순하고 평면적이라면, 그 깨어진 떫은 감의 맛은 복합적이고 입체적이라 생각된다. 비유하자면, 커피 애호가에게 전자가 믹스커피라고 한다면 후자는 에스프레소쯤 된다고 할 수 있지 않을까? (2020. 11. 30)

하나 마나 한 말부터 하지 말아야 할 말까지

흔히 말하는 '세상살이의 어려움'에서 말의 어려움이 차지하는 비중도 상당하지 싶다. 경험상 말의 어려움은 대체로 할 말을 못 하는 것보다 안 할 말을 하는 것에 있는 것 같다. 그 '안 할 말'과 관련하여 나는 '하나 마나 한 말들'과 '안 하느니만 못한 말들'에도 관심을 가져 왔다.

사랑에 빠진 A가 "당신을 영원히 사랑하겠소." 다짐했다. 역시 사랑에 빠진 B는 그 말을 믿어 의심치 않았고, 흔연히 받아들였다. 시간이 지나자 A의 사랑은 많이 식었다. B는 따졌다. "나를 영원히 사랑하겠다 했잖아!"

A를 비난하는 것은 곤란하다. 적어도 다짐의 순간 A의 마음은 진실이었을 것이며, 사랑이 식는 것 역시 지극히 자연스럽기 때문이다. 영원한 것은 없으며, 모든 것은 끊임없이 변한다. 그것이 무상(無常)이고, 무상은 진리에 속한다. 따라서 B의 따짐은 진리를 겨냥한 삿대질이라고도 할 터, 하나 마나 한 말인 것이다.

흔히 행위에 대해 '전에는 안 그랬잖아'라고 하며, 식성에 대해서도 '전에는 잘 먹었잖아'라고 한다.

행위나 식성 같은 것이 고정불변할 수는 없다. 하나의 대상이 전에는 좋게 여겨졌다가 어느 때부터 거슬릴 수 있으며, 어떤 음식이 전에는 맛있었는데 언제부터인가 구미에 당기지 않을 수 있다. 호오(好惡)는 참으로 다양한 변수의 유기적 조합에 의해 결정되는바, 그 조합이 달라지면 당연히 변화하니 변수의 조합은 시간의 흐름에 따라 달라지지 않을 수 없는 것이다. 그러므로 '전에는 안 그랬잖아' 또는 '전에는 잘 먹었잖아'라는 하나 마나 한 말 하지 말고, 그렇거니 여기면 될 일인 것이다.

아버지가 아이에게 말한다. "공부 좀 열심히 해라." 아이가 대꾸한다 "열심히 하고 있는데요." 아버지가 화를 내며 말한다. "네가 어디 열심히 하나?" 아이도 화를 내며 받는다. "제가 어째서 열심히 안 합니까?"

아버지와 아이는 열심의 기준이 다른 것이다. 그러므로 열심히 안 한다는 아버지의 말도, 열심히 한다는 아이의 말도 맞는다. 그런데도 나의 기준으로 상대의 행위를 재니 '네가 어디 열심히 하나?', '제가 어째서 열심히 안 합니까?'라는 하나 마나 한 말이 무한(無限) 반복되는 것이다.

좀 희화화해서 말하면, 그 기준의 다름이 하나의 대상에 대해 C는 저울로 측정하여 1kg이라 하는데 D는 자로 측정하고는 '1m지 어떻게 1kg이냐.'라며 논박하는 지경에까지 이를 수 있을 것 같다(실제로 이와 비슷한 현상을 가끔은 보기도 한다). 모름지기 상대의 행위를 잴 때는 상대의 기준을 사용해야 하련만, 참으로 어려운 일이다. 기준이 다르다는 사실에 늘 깨어 있으려 노력해야 할 것이다.

　E는 F의 행위가 매우 당혹스러웠다. E는 섭섭함을 토로한다. "너를 그렇게 안 보았는데, 실망했다."
　가만히 생각해 보자. 그 말이 E나 F에게 무슨 도움이 될까. E는 속이 좀 후련할 수도 있겠지만, 크게 보면 경박한 구업(口業) 하나 보태는 것에 지나지 않는다. F는 나름 이유가 있는데 E가 그렇게 말하니, 반성보다는 앙심이 앞서기 쉬울 것이다. 따라서 E의 그러한 말은 안 하느니만 못한 것이라 하겠다.

　G가 무엇을 하려고 하자 H가 만류하였다. G는 강행하였고, 결과는 H의 예측대로 되었다. H는 자기의 예측력에 의기양양하며 말한다. "내 그럴 줄 알았다."
　가뜩이나 자기 부정적 감정에 빠져 의기소침해 있는 G에게 그 무슨 입방정이란 말인가. 참으로 안 하느니만 못한 말이라 하겠다. 일은 이미 끝났다. 과거를 따지는 것은 부질없는 짓, 소위 매몰원가(sunk cost)인 것이다. 우리는 G에게 따뜻한 위로의 말만 건네야 한다.

　대부분의 충고 또한 안 하느니만 못한 말이라고 나는 생각한다. 내가 한 충고, 내가 들은 충고들을 적나라하게 발겨 보면 비난의 함량이 상당하기 때문이다. 그러니 듣는 자가 흔쾌하기 쉽겠는가. 극히 예외적인 경우가 아니면 충고는 하지 말아야 한다. 사실 내가 충고하려 하는 사안은 상대방도 이미 알고 있으며, 충분히 괴로워하고 있다. 내가 미처 모르는 사정이 있어서, 또는 그 자신의 업력(業力)에 휘둘려서 실행하지 못하고 있을 뿐이다.

그러나 이는 충고하는 입장에서이고, 듣는 입장에서는 아프겠지만 옹졸한 마음을 내려놓고 자기를 살피는 계기로 삼아야 할 것이다. 사람은 아픔이 없으면 자기를 살필 기회가 없으며, 옹졸해서는 성장이 요원하기 때문이다.

사회생활을 하다 보면 '다음에 밥 한 끼 하자, 술 한잔하자'는 말을 흔히 듣는다. 그 실행에 대해 말을 하는 사람도 의지가 없고 듣는 사람도 기대가 없는, '안녕하세요' '반갑습니다'라는 말 같은, 그냥 인사라고도 할 수 있다. 까칠하다 하겠지만, 나는 그러한 말 또한 안 하는 것이 낫다고 여긴다. 사소하더라도 허언(虛言)이 습관화되는 것을 경계하고자 함인데, 헛말을 뱉고 나면 왠지 영혼마저 휑해지는 느낌이기 때문이다.

오래전 지인이 참척(慘慽)의 변고를 당했다. 대학생 아들이었다. 나도 아들을 두고 있는 터라 그 아픔이 묵직하게 다가왔다. 문상 가기 전에 어떤 말로 위로해야 할지 심각하게 고민하였다. 결론은 '아무 말 하지 말자'였다. 지인을 만나 머리 숙인 채 두 손만 한참을 잡고 있다가 나왔다. 지금 생각해도 잘했던 것 같다.

상대방의 불행 앞에서 가만히 있기도 불편하여 우리는 섣부른 동정이나 위로를 하곤 한다. 그러나 안 하느니만 못해 보인다. 자칫 그의 상처를 건드리거나 그를 비참하게 할 수 있으며, 엄밀히는 자기 불편 회피를 위한 것이지 그를 위한 것이 아니기 때문이다.

신영복 선생이 『담론』(돌베개, 2015)에서 말했다시피 처지가 같지 않은 사람의 동정은 도움이 못 되고 도움이 되려면 우산을 들어 주는 것보다 같이 비를 맞아야 하는데, 그 또한 쉬운 일이 아니므로 그냥 옆에 있어 주고 말을 들어 주는 선을 함부로 넘으려 하지 말아야 할 것이다.

'하지 말아야 할 말들'을 조금 언급한 후 글을 맺을까 한다. 증오의 말, 저주의 말은 절대 하지 말아야 한다. 사람이 화가 나면 못하는 말이 없지만, 목구멍까지 치밀어 오르는 말을 다시 꾹 밀어 넣는 내공(內功)을 정말이지 우리는 쌓아야 한다. 장난삼아 던지는 돌이 개구리에게는 치명적일 수 있듯 일상에서 무심코 하는 말에도 깊은 상처를 받기 일쑤인데, 하물며 증오의 말, 저주의 말이겠는가. 평생 뺄 수 없는 대못을 가슴팍에 박는 짓일 터이다.

살면서 말하기의 어려움을 자주 실감한다. 가급적이면 말을 적게 하고, 때로는 묵언(默言)도 해 볼 일이다. 묵언에 대해 혹자는 속으로 무수한 말을 지껄이고 있으면서 입 밖으로만 안 내는 것이 무슨 의미가 있느냐고 따질 수 있겠는데, 논리로만 사량(思量)하면 그럴 수 있으나 체험해 보면 그렇지 않다. (2021. 2. 27)

모정

　몇 년 전 어버이날 저녁, 내 가족과 동생 가족이 어머니를 모시고 회식(會食)하였다. 앞에 앉으신 어머니 얼굴을 바라보고 있자니, 어머니의 그 신산했던 삶의 시간이 주마등처럼 스쳤다. 알지 못할 충동에 휩싸여 제안했다. "어머니, 오늘 좋은 날이니 제가 노래 한 곡 부르겠습니다." 나는 잠시 침묵했다가 〈어머니의 마음〉(양주동 작사, 이흥렬 작곡)을 부르기 시작했고, 한 소절이 채 끝나기도 전에 울음이 섞이던 노래는 "손발이 다 닳도록"에 이르러서는 거의 오열로 변해 버렸다. 무안한 한편 애틋한 추억이다.

　이렇듯, 적어도 우리 세대는 어머니의 삶을 떠올리면 눈시울부터 붉어진다. 왜 그럴까? 두말할 필요도 없이 어머니의 희생에 대한 회한과 연민 때문이겠고, 그 희생의 기저(基底)는 모정(母情)일 터이다.

　생명과 그 생명이 영위되는 질서를 관찰하고 생각해 보면 참으로 불가사의하다 하지 않을 수 없는데, 생명은 어미로부터 발출(發出)하는 것이고 그 영위는 어미의 애정, 즉 모정으로 가능해지는 것이다. 그야말로 어미 자신의 생명을 갉아 새끼의 생명을 형성하는 것이라 해도 별로 틀림이 없는 말이라 하겠다. 몇 가지 사례를 보자.

수년 전 겨울밤, 부산에서는 좀처럼 겪기 어려운 혹한이었다. 실외의 물이란 물은 죄다 얼었던 것 같다. 석식(夕食) 후의 일과인지라, 혹한임에도 산책에 나섰다. 산책로의 왼쪽은 아파트 건물이고 오른쪽은 산자락이다. 아파트 건물 모퉁이에 설치된 수도꼭지는 소방용인데, 누군가 거기서 음식쓰레기를 정리하는지 주변은 가끔 좀 지저분했다.

수도꼭지 쪽에서 고양이 한 마리가 인기척을 느끼고 재빠르게 산자락으로 숨어들었다. 수도꼭지 쪽을 보니 몇 조각 음식 찌꺼기가 꽁꽁 얼어붙어 있었고, 산자락 쪽을 살피니 주먹만 한 새끼 고양이 몇 마리가 옹송그리고 있었다. 그 혹한에 어미가 새끼들의 먹이를 찾고 있었음이다. 가슴이 아렸다. 바깥에 있는 것만으로도 혈액마저 얼 것 같은데 저 어린 것들이 속까지 비어 있는 것이고, 어미는 어린 입들에 뭐라도 좀 물려 주려 그렇게 인기척을 피해 노심초사하며 산자락과 수도꼭지 사이를 오갔던 것이다.

며칠 동안 마음이 무거웠고, 집에 있는 참치캔 두어 개 뜯어 줄 생각을 못 한 것이 한스러울 지경이었다.

우물 속에는 머리에 선혈이 낭자한 어미 꿩이 날개를 펼쳐 새끼 두 마리를 필사적으로 안고 있다. 우물의 물은 이미 핏빛이다. 우물가 나무에는 매 한 마리가 머쓱한 표정으로 앉아 있다. 매는 어미 꿩의 모습을 내려다보고 있으되 측은지심(惻隱之心) 때문인지 더는 공격할 생각이 없는 것 같다.

『삼국유사』의 「영취사(靈鷲寺)」 조(條)에 나오는 내용이다. 682년 신라의 재상이 해운대에서 온천욕 후 경주로 돌아가다가 울산에서 목격한 장면이다. 매잡이가 매를 놓아 꿩을 쫓았고, 다급해진 꿩은 새끼들을 안고 우물 속으로 들어가 엎드렸고, 매는 어미 꿩의 머리를 무수히 쪼았을 터이고, 어미 꿩은 새끼들을 보호해야 한다는 일념으로 혼절할 것 같은 그 부리질을 견뎠던 것이다.

재상이 그 장면을 임금께 아뢰고 그 자리에 절의 창건을 건의했던 것인데, 일연은 승려였던 만큼 영취사의 창건 내력에 방점을 찍고 있지만, 내게는 그런 것은 별 관심이 없을 만큼 핏물 흥건한 우물 속에 거의 부서졌을 머리를 처박은 채 새끼들을 안고 미동도 없이 엎드려 있는 어머 꿩의 모습이 충격일 만큼 강렬하였다.

어영 집의 보일러실에 종종 딱새가 집을 짓고 알을 낳는다. 내가 그 사실을 처음 알았던 것은 연장을 꺼내려고 보일러실 문을 열다가 근처 돌담과 감나무 사이를 다급하게 날아다니며 자지러질 듯 우짖는 암컷 딱새의 모습을 본 데서 비롯되었다. 무언가 예사롭지 않은 느낌이 들어 보일러실 문 앞에서 물러난 나는 한참 뒤 보일러실 문을 살며시 열어 보았는데, 그 순간 딱새가 연통이 빠져나가는 벽면의 구멍을 통해 포르르 날아갔던 것이다. 유심히 살피니, 사람 눈길이 잘 닿지 않는 연통과 벽면 사이에 조그만 둥지가 보였고 그 속에는 약간 푸른빛이 감도는 알 몇 개가 놓여 있었다. 딱새는 부화를 위해 알을 품고 있었던 것이고, 내가 그 알을 훼손할까 봐 그런 반응을 보였던 것이다.

마침 겨울이 아니기도 하여, 나는 자주 사용하는 연장들을 다른 곳으로 옮기고는 알에서 부화할 새끼들이 모두 날아갈 때까지 보일러실을 출입하지 않기로 했다. 내가 출입할 때마다 그 자그마한 어미 딱새의 애간장이 그야말로 졸아들 것만 같아 애처로웠기 때문이다.

이들 사례에서 보이는 새끼에 대한 어미의 책임과 애정은 누가 가르친 것도 아니다. 어미 자신의 사량(思量)의 결과도 아니다. 진화심리학의 견지에서 분석하자면, 종족을 보존해야 한다는 현실적 필요가 오랜 세월 학습되면서 종(種)마다의 DNA에 각인되어 본능이 된 것이라고 말할 수 있지 않을까 싶다.

모정을 기저로 한 어미의 자식 위한 희생은 현상적으로 보면 참으로 거룩하고 위대하기까지 하겠지만, 그 희생이 본능에서 비롯되는 것이라면 인간사회에서 목도되는 모정의 행사에 대해 조금은 냉정한 시선과 진지한 질문이 필요할 것도 같다. 본능은 쉬이 습관이 되고(이성적 통제 속에서도), 습관은 그 자체의 관성력(慣性力)으로 인해 맹목으로 치닫기 쉬우며, 맹목에는 성찰의 여지가 없기 때문이다. 예컨대, 우리 사회는 노쇠한 부모가 자식의 의식(衣食) 등을 걱정하고 챙겨 주는 것에 대해 상찬(賞讚)한다. 과연 그럴 일인가? 나는 왜 걸을 수 있는 자식을 계속 업어 주려 하는지 의문인데, 그 맹목에 대한 성찰이 필요하다는 것이다.

어미의 희생은 자식이 양육과 보호를 필요로 하는 시기까지여야만 하리라. 그 이후에는 자식이 마음껏 창공을 날아갈 수 있도록 먼저 정서적 탯줄을 끊어 주고, 어미 자신의 삶을 살아야 할 터이다. 그런데 해 본 적이 거의 없기 때문에 어미는 그 자신의 삶을 살 줄 모르고 주어진 삶의 시간은 무엇으로든 채워야 하니, 그동안 본능의 누적이 형성한 습관에 따라 자식의 자식까지 양육해 주고 있는 것이다. 이러한 행태는 어미와 자식 모두에게 지극히 바람직하지 못하다 하겠다. 어미 역시 일회(一回)만의 삶을 부여받은 독립된 인격체인데 한 번도 자신의 삶을 살지 못한다는 것은 더할 수 없는 불행이며, 자식 또한 그런 어미에 대한 부채감에서 자유로울 수 없고(심지어는 죄의식에 빠질 수도 있고) 효도에 대한 강박증을 가지기 십상이어서 삶이 자유롭기 어려울 터인데 삶은 모름지기 가벼워야 하기 때문이다.

자식에 대한 양육과 보호가 끝나면 어미는 자신의 삶을 진지하게 일구어, 다른 누구를 위한 것도 아닌 자신만의 한 그루 노송(老松)으로 존재해야 하리라. 어미가 정서적 탯줄을 끊어 준 덕분에 창공을 마음껏 날아다니다 지친 자식이 생각나서 찾아와 그 그늘에서 쉬어 가면 그만인 것이지, 굳이 양산을 들고 "얘야, 덥다. 이 속으로 들어오너라." 하며 따라다닐 일이 아닌 것이다.

날갯짓을 익히고 나면 자신의 삶을 향해 미련 없이 날아가는 새끼와 그러한 새끼에게 전혀 집착을 보이지 않고 다시금 자신의 삶으로 돌아가는 어미, 이런 새들의 모습은 참으로 쿨하지 아니한가? 사람들이 참고해야 할 모습이라 여겨지니, 모정이 거룩하고 위대하지만 지혜와 용단에 의해 절제되어야 진정 미덕(美德)일 것이다. (2021. 8. 26)

운전에서 삶을 배우다

30세가 되면서 처음으로 승용차를 구입했으니, 나의 운전 경력도 어느덧 30년이 넘었다. 사위의 첫 승용차를 시승하면서 오랜 운전 경력자이던 장인께서는 "사고 안 내는 것이 운전 잘하는 것"이라 말씀하셨는데, 그 가르침을 자못 진지하게 간직한 때문인지 나는 큰 사고 없이 강산이 세 번 바뀌는 동안 운전대를 잡고 있다. 근년에 운전의 특정 국면들에 대해 자주 사색하다가, 운전이 삶과도 많이 닮아 있다 싶었다. 그래서 운전의 그 몇 가지 국면을 다음과 같이 삶에 대비시켜 볼 생각을 내게 되었다.

첫째는, 가급적이면 후면(後面) 주차를 하는 것이다.

사람마다 운전 습관이 다르겠지만, 나는 당장 대기 편한 것보다 나중에 빠져나오기 쉽도록 주차하는 편이다. 당장과 나중의 편리 중 후자를 택한다는 것이다. 당장 편한 주차는 전면(前面) 주차일 터이다. 후면 주차는 차를 180도 돌려 조심조심 후진해서 주차해야 하지만, 전면 주차는 진행 방향으로 주차해 버리면 그만이기 때문이다. 그러나 전면 주차는 나중에 빠져나오기 어려울 수 있다 하겠으니, 뒤를 보아 가며 조심해서 후진해 나와야 하는 성가심에 더하여 주차 때에는 예상하지 못한 다른 차량들의 주차 상황이 전개되어 있을 수 있는 것이다.

어릴 때 고향에서 자주 듣던 말이 '사람은 뒤가 좋아야 한다.' 였다. 가령, 부잣집 아들로 태어나 부러울 것 없이 자랐으되 노년에 불우하면 그 소년 적 풍요인들 무슨 의미가 있겠느냐, 라는 경계였을 터이다. 내가 후면 주차를 원칙이다시피 여기는 것은 당장 편하게 전면 주차했다가 나중에 나올 때 고생한 몇 차례의 경험에 더하여 고향에서의 그 말이 이론적 근거로서 작용한 데 기인하는 듯하다.

후면 주차는 참으로 삶의 한 면목과 닮아 있는 것이다. 인생 교훈으로 종종 거론되는 '고진감래(苦盡甘來)'도 원래의 의미는 쓴맛이 다하면 단맛이 나온다는 것이지만, 쓴맛을 먼저 겪고 나면 단맛을 볼 수 있다는 의미, 즉 고(苦)와 감(甘)의 선후 관계에 주안점을 두어 읽어도 무방할 것 같다.

사실 먼저 2의 편리를 얻고 나중 1의 편리만 얻는 전면 주차나 먼저 1의 편리만 얻고 나중 2의 편리를 얻는 후면 주차는 총 편리가 3인 점에서 동일하다. 그러므로 전면 주차나 후면 주차는 무차별하다 하겠으며, 도토리를 아침에 3개 저녁에 4개 주겠다는 저공(狙公)의 제안에 반항했다가 아침에 4개 저녁에 3개의 제안에는 흡족했던 원숭이들의 행태를 감안해 보면 오히려 전면 주차가 선호되는 것이 마땅하기도 할 터이다. 조삼모사(朝三暮四)의 고사는 원숭이들의 행태를 어리석다고 비웃지만, 사실 현가(現價) 개념을 적용하여 분석해 보면 원숭이들의 행태는 현명하다 할 수 있는

까닭이다.[*]

그럼에도 나는 여전히 후면 주차를 고수하고자 한다. 그 이유는 삶의 의미와 가치는 오직 현재에 있을 뿐이라고 믿기 때문이다. 무시무종(無始無終)의 시간 역시 현재가 있을 따름, 과거는 없는 것이고 그 과거 속에 치른 고생 또한 없는 것이기에, 나중의 현재(차를 뺄 때)에서 볼 때 과거(차를 댈 때)의 편리가 1이든 2든 차별이 없으며 그 현재에서의 편리가 어느 편이 크냐가 선택의 기준이 되어야 한다는 것이다.

둘째는, 횡단보도 정차 때에는 즉각 뒤따르는 차를 살피는 것이다.

초보운전자 시절에는 옆이나 뒤를 볼 겨를이 없어 앞만 쳐다보고 달린다. 소위 말하는 '방어운전'이 될 턱이 없는 것이다. 그러나 운전 경력이 쌓이고 다양한 차량사고의 유형을 직·간접으로 접하다 보면, 사고당하지 않을 운전에 관심을 두게 된다. 자신의 잘못과 무관하게 당할 수 있는 사고가 횡단보도에 정차해 있는데 뒤차가 추돌하는 것이겠다. 그래서 나는 신호등에 노란불이 보이면 서서히 브레이크를 밟으며 가장 먼저 백미러를 통해 뒤를 살핀다.

세상사는 나만 잘한다고 되는 것이 아니다. 삶이 어려운 이유는 그 때문일 터이다. 내가 잘해도 내 삶을 찌르고 찢고 꺾고 교란

---

[*] 1년간의 예금 10,000원에 대해 이자가 1,000원이라면, 1년 후 11,000원의 현가(現價, 현재 가치)는 10,000이다. 지금의 10,000원과 1년 후 11,000원의 화폐 가치는 동일한 것이다. 그러한 논리로 계산하면 아침 3개 저녁 4개는 아침 4개 저녁 3개보다 적은 것이 된다.

하는 외부로부터의 사건이 끊임없이 일어나는 곳이 세상이다. 그래서 삶이 복잡하고, 그런 만큼 수행의 현장 또는 교과서가 되는 것이다. 인간은 완벽하게 잘할 수도 없지만 잘한다 해도 세상의 인과는 너무나 다기(多岐)하여, 외부에 의해 내 삶이 다치는 것을 모두 막을 수는 없다. 그러나 운전에서 횡단보도 정차 때 즉각 뒤따르는 차를 살피는 것 같은 주의를 기울이면, 내 삶을 다치게 하는 외부사건을 상당 부분 줄일 수 있다고 나는 확신한다.

삶에 주의를 기울임은 '조심'에 다름 아닐 터이다. 옛사람들이 세상살이에서의 조심을 지나치다 싶을 정도로 강조했거니와, 나의 경우 사고의 대부분은 조심 부족에 기인하는 듯하다. 삶은 '섭세(涉世)'라고도 표현되었듯이 격랑이 소용돌이치는 강이나 바다를 건너는 일이겠는데, 일엽편주라 할 우리네 미미한 인간이 그런 물길을 건넘에 조심하지 않는다면 결과는 불문가지라 하겠다.

조심의 구체적 행태 중 가장 비중 있게 다루어져야 할 것은 '준비'일 성싶다. 그래서 옛사람들도 '준비가 있으면 우환이 없다(有備無患).'고 말했을 터이다. 운전에서 약속 시간에 제대로 닿기 위해 도로 정체를 감안하여 미리 길을 나서는 등의 준비가 있으면 허둥지둥 급하게 운전하다 속도나 신호를 위반하고 심지어 추돌 사고를 일으키는 위험이 대폭 줄어드는 것처럼, 가정이나 사회의 생활에서도 항상 상황과 기미를 살펴서 준비를 하면 근심할 일을 현저하게 줄일 수 있는 것이다. 단, 상황과 기미 살핌은 통찰력을 바탕으로 대략이면 되지 세세할 필요는 없을 터이다. 세세함은 사람의 정신을 피곤케도 하거니와 상황은 끊임없이 변하기도 하기 때문이다.

셋째는, 장거리 운전에서 목적지에 가까워졌을 때 더욱 주의하는 것이다.

오래전 지인과 며칠 충북의 이곳저곳을 여행하다가 밤늦게 부산으로 돌아오는데, 운전대 잡은 지인이 "이제 목적지가 멀지 않으니 정신 바짝 차려야겠다."고 말하면서 그것이 자신의 운전 지론이라고 소개했다. 사실 먼 여행지 등에서 귀가할 때, 집에 가까워지면 우리는 피로도 하거니와 긴장이 풀리면서 사고에 노출되기 쉬운 것이다. 그 이후 지인의 말은 무슨 자석처럼 내게 달라붙어, 지친 몸으로 운전하여 귀가할 때면 항상 되뇌어졌다. 우리의 삶도 긴 여로라 할 것이므로, 체력과 집중력이 떨어지는 후반부에 특히 자기 검속을 잘해야 고종명(考終命)이 가능할 터이다.

30대 중반쯤 출입하던 서당에서 『서경(書經)』을 읽으면서 접한 두 개 구절은 내 삶에 적잖이 영향을 미쳤다. 『서경』은 중국 상고시대 이제(二帝)·삼황(三皇)의 훌륭한 말씀 등이 담겨 있어 읽는 맛이 황하가 도도하고 유장하게 흐르는 것과 같이 참으로 장중한데, 특히 '위산구인 공휴일궤(爲山九仞 功虧一簣)'와 '무일(無逸)'이 내 심부에 깊이 각인되었던 것이다.* 폭정을 일삼던 은나라를 멸하고 선정을 펴는 데 주력하던 주나라 무왕이 약간 방심하는 기미가 보이자 소공이 충언의 글을 올렸는데, 그 글 말미에 '위산구인 공휴일궤'가 나온다. '아홉 길 높이의 큰 산을 만드는데 한 삼태

---

* '위산구인 공휴일궤'는 「려오」 편에, '무일'은 「무일」 편에 실려 있다. 참고로, 무일은 안일함을 추구하지 않는다는 의미이다.

기의 흙이 모자라서 일이 이루어지지 못한다.'는 의미이다. 두말할
필요도 없이 끝까지 방심하지 말아야 한다는 경계인데, 운전에 대
입해 보면 '먼 귀갓길을 힘들게 달려왔어도, 마지막에 약간 방심하
면 여태 달려왔던 노고가 허사 됨과 동시에 귀갓길이 황천길이 되
어 버린다.'는 것이겠다.

흔히 분명하게 시작하고 마무리 또한 잘해야 한다는 의미로
'유시유종(有始有終)'이라는 말을 쓴다. 사실 시작은 대체로 분명하
고, 창대하기까지 하다. 그래서인지 유시(有始)는 어색하기조차 한
것이다. 그러나 마무리 잘하는 것(유종)은 참으로 어렵다. 그래서
사람이 하는 일은 용두사미 되기가 십상이다. 공자는 이러한 점을
일깨워 "유시유종자 기유성인(有始有終者 其惟聖人)"이라 했던 것이
다.* 유시유종의 실행은 어려워도, 그 방도는 간명하다. 시(始)와 종
(終) 사이 한결같은 꾸준함 이외에 달리 무슨 방도가 있겠는가. 이
세상에 꾸준함을 이기는 재능은 없다는 사실을 우리는 숙연하게
받아들여야 할 터이다. 유시유종 경계의 외연은 지금 내가 하고 있
는 글쓰기에까지 확장될 수 있는 듯한데, 서두도 잘 열어야 하지만
끝맺음에 빈틈이 없어야 하거늘 나는 늘 그 끝맺음에서 갈팡질팡
하는 것이다.

부언하건대, 차량은 참으로 편리하다. 그래서 현대사회에서
차량 없는 삶은 상상하기 어렵게 되었다. 그러나 불편도 적지 않

---

* 『논어』「자장(子張)」편에 보이는데, '분명하게 시작하고 마무리 또한 잘하는
  자는 오직 성인(聖人)이 그러하다.'는 의미이겠다.

다고 하겠으니, 가령 차량으로 인한 육신의 쾌속에 마음마저 빨라져 여행에 있어서는 '강나루 건너 밀밭길을 구름에 달 가듯이 가는 나그네' 같은 정취는 자취를 감추어 버렸고, 종종 치명적인 위험에마저 노출되지 않을 수 없는 것 등이다. 한마디로 차량의 편리는 결코 공짜가 아닌 셈인데, 경험해 보면 우리의 삶에도 공짜는 없는 것이다. 이러니 운전에서 삶을 배우지 않을 수 있겠는가? (2022. 2. 28)

원래 그렇습니다

P형, 며칠 전 술자리에서 많이 섭섭해하더군요.

형에게는 작고하신 백씨(伯氏) 소생의 어린 조카가 있었다 했
지요? 여러 형제자매 중 형은 백씨와 유달리 우애가 돈독하였다
했는데, 그런 백씨가 고아(孤兒)를 두고 유명을 달리하였으니 조
카가 장성하도록 후견인 역할 하는 것을 마치 백씨의 부촉(咐囑)
이나 받은 것처럼 하던 형의 모습이 이해하지 못할 바는 아니었습
니다. 그러나 은근히 걱정도 되었답니다. 주는 자는 상(相)을 버리
기가 어렵고, 받는 자는 은혜를 한결같이 간직하기가 쉽지 않기 때
문이지요.

형의 후원 덕분인지 조카가 자기 앞가림은 충분히 할 정도의
사회인이 되었다는 소문을 오래전 나도 들은 바 있습니다. 그러나
조카는 자기 일이 바빠서 그랬는지 다른 이유가 있었는지 모르겠
지만, 여하튼 형이 내심 기대하던 정도의 인사를 챙기지는 않았던
모양입니다. 그로 인한 섭섭함의 누적 때문이었는지, 모처럼의 우
리 술자리에서 조카에 대한 형의 넋두리는 한참이나 이어지더군
요. 그러나 P형, 너무 섭섭해하지 마십시오. 조카가 나빠서라기보
다 사람이 원래 그렇습니다.

아마도 내 나이 30대 초중반 무렵이었을 것입니다. 어느 눈 밝은 수행자와 다담(茶談)을 나눌 기회가 있었습니다. 대화가 선(善)과 악(惡)의 문제에 이르렀을 때 수행자가 대뜸 물었습니다. "동물 다큐 같은 데서 자주 보이는 장면인데, 사자가 살려고 죽을힘을 다해 도망치는 얼룩말의 목덜미에 날카로운 송곳니를 박고 그 살을 발기는 것이 악입니까?" 그랬습니다, 사자의 행위는 선·악의 잣대로 재단할 것이 아니었습니다. 추우면 옷 입고 졸리면 잠자는 것처럼, 배가 고파서 먹고자 했던 그저 '자연(自然)'이었을 뿐이지요. 이전에도 문학작품 등을 통해 선과 악, 죄와 벌, 신과 인간 같은 문제들을 사색해 보지 않았던 것은 아니지만, 그 이후 나는 사람과 세상을 자연, 즉 '저절로 그리됨, 또는 원래 그러함'의 관점으로 이해하려 노력하였습니다.

　극빈자에게 매월 얼마씩의 금전을 주면 초반부에는 아주아주 고마워합니다. 주는 것이 계속되면 극빈자의 고마워하는 마음은 점차 엷어집니다. 받는 것이 당연시되는 것이지요. 그러다가 주는 것을 멈추게 되면 극빈자는 원망심을 품게 되기도 합니다. 이론적으로는 원상태로 돌아온 것일 뿐이어서 받았던 동안에 대해 감사하면 그만일 것인데, 사람의 실제는 그렇지가 않은 것입니다.

　사람들은 삶을 '공수래공수거(空手來空手去)'라고 합니다. 참으로 적확한 표현이 아닐 수 없습니다. 우리는 빈손으로 이승에 왔다가 사는 동안 이것저것 가지게 되는데, 가진 것을 일부라도 잃으면 실의에 빠지며 분노합니다. 가진 것을 일부 잃은 상태라면 원래의 빈손 상태보다 아직은 플러스인데도 말입니다. 더구나 이 세상에서 영원히, 영원히 사라지는 죽음에 임해서도 대부분의 사람은 사는 동안 가진 것들에 집착하며 빈손으로 가는 것을 받아들이지 못하는 것 같습니다. '빈손으로 와서 이만큼이라도 잘 입고 먹고 자고 했으니 감사할 일이고, 이제 그 의ㆍ식ㆍ주 놓아두고 원래처럼 빈손으로 저승 가오.' 하면 될 듯한데, 그것은 이론일 뿐 실제는 그렇지 않은 모양입니다.

서면 앉고 싶고 앉으면 눕고 싶고 누우면 자고 싶은 것이나, 변소 들어갈 때 마음과 나올 때 마음이 다르다는 것이나, 열 번 잘 해주다가 한 번 소홀히 하면 뒤의 그 한 번이 앞의 열 번 은혜를 외면케 하는 것이나, 내용 바른 말을 기분 거슬리게 할 경우 거부감을 느끼며 그 말을 받아들이지 않는 것도 나는 같은 범주라고 생각합니다. 서 있다가 앉으면 편해진 상태에 감사해야 할 터인데 더 편한 상태를 추구하게 되고, 배설을 마치고 변소에서 나올 때면 급박했던 당시의 간절함으로도 비로소 감각되는 견딜 수 없는 악취를 상쇄시킬 수 없으며, 뒤의 한 번 소홀을 접하면 앞의 열 번 은혜를 상기하여 그 서운함을 녹여 내지 못하고, 내용이 바른 말이면 일단 받아들여야 하는데 기분에 거슬린다고 배격하며 심지어는 오랫동안 적개심을 갖기도 하는 것입니다. 내 경험으로도 사람은 원래 그런 것 같습니다.

그런데 P형, 사람은 왜 그럴까요? 나는 두 가지로 말하렵니다.

하나는 '기준'입니다. 위에서의 극빈자는 기준이 처음에는 0

이다가 받는 것이 계속되면서 10이 되었습니다. 받음의 당연시가 그것이지요. 이미 기준이 10인데 받음이 끊겨 현상이 0이 되면, 그 현상은 용납되기 어렵지 않겠습니까? 공수래공수거의 예에서도, 처음 빈손으로 이승에 왔건만 기준이 이미 이것저것 가진 상태(10)가 되었으므로, 다시 빈손 상태가 되어 저승으로 가는 것(0)을 쉬 받아들일 수 없는 것입니다. 기실 이 기준이라는 것은 '업식(業識)'의 범주라고 할 수 있을 성싶습니다. 0인 상태가 어느 정도 지속되면 그 상태에서의 삶이 하나의 패턴이 되고, 10인 상태의 어느 정도 지속 또한 마찬가지입니다.

다른 하나는 이기심입니다. 사람은 끝없이 편하려 하고 누리려 하며, 또 존중받고자 하는 경향이 있습니다. 서 있다가 앉은 사람이 누우려 하는 것이나 배설 잘 보고 변소에서 나오는 사람이 새삼 악취에 인상을 찌푸리는 것은 편하려 하고 누리려 하는 이기심의 발로라 하겠으며, 뒤의 한 번 소홀을 접한 사람이 앞의 열 번 은혜로 돌아가지 못하는 것이나 남의 충고를 받는 사람이 거슬리는 기분을 억누르고 말 내용의 바름을 채택하지 못하는 것은 존중받고자 하는 이기심이 상처 입은 때문일 터입니다. 나는 이 이기심도 진화심리학적으로 이해합니다. 오랜 시간 상황 등에 마땅한 방향으로 사람 심리의 작용이 진화하여, 이제는 습벽이 되어 현재의 행태로 나타나고 있다는 것이지요.

위에서의 말로 미루어 보면, 나는 사람이 원래 그렇다는 것을 업식의 소산(所産)으로 이해하는 셈이라 하겠습니다. 업식은 나름 그럴 수밖에 없는 경로를 거쳐 형성된 것이고 그런 만큼 힘[業力]

이 강고하여 소지자 자신도 대체로 업식에 대해 수동적인 관계를 갖습니다. 그러니 사람이 원래 그렇다는 사실을 깊이 이해하고 수시로 상기해 잊지 않도록 노력하면, 가까운 인연붙이들에 대해 섭섭함과 원망심으로 편할 날이 없을 낭패를 어느 정도는 면할 수 있을 것이며, 자기 자신에 있어서도 앎이 투철하면 삶에서의 발현 가능성이 높아지기에 관성(慣性)의 궤적에서 자유의지를 가동하여 도리(道理)에의 충실을 도모해 볼 수 있을 것입니다.

말은 이렇게 하지만, 나도 사람이 원래 그렇다는 사실을 망각하고 주위 사람들에 대해 섭섭함이나 원망을 느끼는 경우가 자주 있습니다. 그런 점에서 어쩌면 이 글은 형에게 쓰는 형식을 빈 나 자신에 대한 경책이자 다짐일지도 모르겠습니다.

문틈으로 보이는 질주하는 말 탄 사람처럼 순식간에 지나가 버리는 것이 우리의 삶이라고들 하거늘, 더구나 형이나 나는 그 짧은 삶이나마 많아야 1/3정도밖에 남겨 두지 않았을 터이니, 사람이 원래 그렇다는 사실을 부디 유념해 심사 뒤틀리는 남의 언행을 접해서는 그러려니 여기며 행장을 가볍고 또 가볍게 하여 한세상 끝자락을 보다 홀가분하게 건너가야 하겠지요?

그러니 P형, 조카에 대해 너무 섭섭해하지 마시기 바랍니다. 사람은 나빠서가 아니라 원래가 그러하기 때문입니다. (2022. 10. 31)

국어책

산골에서 초등학교 다닐 때 학교에서는 여름방학이 시작되면 다가올 2학기 교과서를, 겨울방학이 시작되면 다음 해 1학기 교과서를 배포했던 것으로 기억된다. 새것이 거의 없던 척박한 환경에서 새 책은 각별하였다. 반듯한 모양은 물론이고, 냄새와 촉감 또한 그랬던 것이다.

새 책들을 보자기로 말아 싸서 비스듬하게 등에 묶어 메고 집에 와서는, 곧장 책에 꺼풀을 입혔다. 재료로는 지난해의 달력이 가장 좋았다. 흰색으로 깨끗했으며, 재질도 비교적 빳빳하였기 때문이다. 그러나 달력은 귀한 편이어서 비료 포대가 많이 사용되었다. 누런색의 비료 포대도 뒤집으면 그런대로 책 꺼풀 재료로 쓸 만했던 것이다. 나는 꺼풀 입힌 책이 좋아서 자면서도 머리맡에 두고 만져 보곤 하였다.

그 책들 중에서 나는 국어책을 가장 애호(愛好)했다. 무엇보다 재미있는 이야기가 있었기 때문일 터이다. 동화책 같은 것이 있을 리 없는 산골에서 나는 국어책을 읽고 또 읽었다. 그러다 보니 초등학교 때에는 수업시간에 선생님이 일어나게 하여 책 읽기를 시키면 별로 더듬거리지 않고 읽을 수 있는 몇 안 되는 학생 중에 포함될 수도 있었으며, 중·고등학교 때에는 국어가 가장 흥미 있는 교과목이 되기도 하였던 것이다.

가만히 생각해 보면, 내 감수성의 5할 이상은 초등학교부터 고등학교까지의 국어책이 키우지 않았나 싶다. 가장 이른 것은 초등학교 저학년 국어책에 실렸던 「키다리 아저씨」이다. 키다리 아저씨가 꽃이 활짝 핀 나무 아래에서 어린아이를 안고 환하게 웃고 있는 그림도 실렸던 것 같은데, 대문 옆 돌담 사이에 자리한 살구나무에 꽃이 만개했을 때 안방에서 밥상 위에 국어책을 펴 놓고 「키다리 아저씨」를 소리 내어 읽던 내 어린 모습은 지금 생각해도 미소가 지어진다. 나에게도 '유년의 꽃그늘'이란 것이 있었다면 아마도 그 장면일 터이다.

초등학교 국어책 내용으로는 「풋밤」도 생각난다. 도시의 학교로 전학하는 학생을 전송하는 친구들 중 한 명이 바지 주머니에서 무언가를 한 움큼 꺼내 전학하는 학생의 손에 쥐여 주는데, 풋밤이었다. 풋밤 맛을 아시는가? 먹을 것이 절대적으로 부족하던 어린 시절 풋밤은 우리 아이들의 요긴한 먹거리였는데, 익은 밤과는 달리 보늬가 부드러워 앞니로 쉽게 벗겨졌으며 그 오묘하게 풋풋하고 싱싱한 풍미는 묘사하려니 난감할 따름이다. 그렇게 풋밤은 향수의 매개체이기도 하니, 전학하는 친구에 대한 풋밤 선물이 내게 드리웠던 잔영(殘影)이 이토록 깊은가 보다.

중학교 국어책에서는 특별히 기억되는 것이 없고, 한창 감수성 예민하던 때여서인지 대입 준비한답시고 반복 학습했던 때문인지 고등학교 국어책에서는 현재까지도 기억에 선명한 것이 몇 있는데, 그 가운데 하나가 정한숙의 단편소설 「금당벽화」이다. "목탁 소리가 금빛 낙조 속에 여운을 끌며 울창한 수림의 구릉을 따라 아래로 흐른다."는 도입부가 특히 인상적이어서, 훗날 호오류지를 찾아 담징의 옷자락이 스쳤을 법한 숲속의 이끼 긴 바위에 걸터앉아 사슴 울음이 환기할 남국의 정서도 느끼고 해 질 녘 서쪽 하늘의 젖빛 구름도 바라보고 싶었다. 그리고 수나라 양제가 조국 고구려를 침범한다는 소문에 도저히 벽화 작업에 착수하지 못하고 번민하는 담징의 모습 속에서, 한여름의 뙤약볕을 무릅쓰고 '고동' 낀 손으로 넓디넓은 논바닥을 헤집고 다니는 엄마의 모습이 절망적으로 애달프게 명멸하던 경험도 잊히지 않는다.

월명사가 창작했다는 향가 「제망매가」는 지금도 가을바람에 여기저기 나뭇잎이 떨어질 때면 처연히 그 잎들을 바라보며 나직이 읊어 보는 나의 노래이다. 고등학생으로서 양주동 선생이 번역한 그 작품을 처음 접했을 때, 나는 묘한 느낌에 사로잡혔다. 지금에 와서 분석해 보면 그 느낌은 특유의 내재율 속에 절제됨으로써 오히려 증폭되는 슬픔에 기인했던 것이 아닌가 싶다.

황순원의 단편소설 「소나기」는 국민소설이라 일컬어지고 있는 만큼 무슨 말을 덧붙여도 사족(蛇足)을 면치 못하겠지만, 무 먹는 장면은 말해야겠다. 소녀와 소년이 멀리 벌판 끝으로 가는 도중에 밭에 심긴 무를 뽑아 하나씩 들고, 경험이 많았을 소년이 먼저 우적우적 씹어 먹는다. 소녀가 따라서 먹다가 맵다며 던져 버린다. 소년도 새삼, 무가 참 맛이 없다는 듯이 더 멀리 던지는 것이었다. 소년이 딱히 맛이 없지도 않으면서 미련해 보이기가 싫어 그러는 것 같아 슬며시 웃음이 났는데, 나 역시 비슷한 일을 겪어 동질감이 컸기 때문이다.

알퐁스 도데의 소설「별」도 빠뜨릴 수 없다. 아가씨가 밤하늘의 별들을 올려다보며 목동이 들려주는 별 이야기를 듣다가 졸음에 겨워 목동의 어깨에 기대어 잠이 들어 버리는 대목에서는 가슴이 터질 것 같은 순수연정을 대리 체험하는 듯했다. 가끔은 선생님이 소설의 분위기를 한껏 살려 낭독해 주었는데, 그럴 때 나는 눈을 감고 작품 속으로 한량없이 침잠하곤 했다. 감수성 드높던 시기에 그런 아름답고 건강한 연정의 씨앗을 가슴 한편에 묻어 놓을수 있었던 것은 삶 전체를 놓고 볼 때 얼마나 큰 축복인가.

이호우의 시조「살구꽃 핀 마을」과 박목월의 시「나그네」는 나의 고향을 통해 갈망하던 내 이상적인 고향의 모습이기도 해서 마음 깊숙이 각인되었으며, 이수복 시인의「봄비」도 잊을 수 없다. 칙칙하고 황량하던 겨울의 끝자락에서 봄비를 맞이하게 되면 나는 두보의「춘야희우(春夜喜雨)」와 함께 이「봄비」를 읊어 보곤 하는데, 특히 첫 부분의 "이 비 그치면 / 내 마음 강나루 긴 언덕에 / 서러운 풀빛이 짙어 오것다."는 무언가 서러운 듯하면서도 우울하지는 않은, 살짝 청신한 느낌이 드는 담채의 한 폭 수채화로 간직되어 있다.

학업을 마치고 사회생활을 하면서 이리 치이고 저리 치이며 사는 도중에, 한번은 술 한잔하고 귀가하다 골목길에 굴러다니는

깡통을 하릴없이 차면서 "나는 지금 어디로 가고 있나?" 중얼거리는데, 문득 초등학교부터 고등학교까지의 국어책을 모두 구해서 다시 읽어 보면 좋겠다는 생각이 들었다. 그런데 그 몇 년 후 어느 날, 신문에서 『다시 읽는 국어책』이란 표제로 중학교 편 한 권과 고등학교 편 한 권의 책이 출간(지식공작소, 2002)되었다는 광고를 보게 되었다. 나는 곧장 책을 구입하여 단숨에 읽었고, 이후 그때그때 마음 가는 부분을 읽으면서 세파(世波)에서 잠시 피난하곤 했다. 그러고 보면 풋풋했던 시절의 국어책에 대한 향수와 갈구가 나만의 것은 아니었던 모양이다.

학창시절의 국어책 좋아했던 인연으로 나는 지금껏 책을 귀중히 여기고, 국어의 연장이라 해도 무방할 문학을 가까이하는 것 같다. 나아가, 그 덕택으로 이 각박하고 정신없이 바쁘게 돌아가는 세상에서 조금이나마 심미적(審美的) 여유를 가지며 심한 속물이 되지는 않은 듯하다.

국어책 이야기를 하다 보니 입속 가득 쑥국 향이 고이는 것 같다. 그런데 국어책과 쑥국이 내 의식의 저층(低層)에서 어떻게 연결되고 있는 것일까? 선연하지 않고 할 수도 없을 듯하지만, 애써 짐작해 보자면 산골, 고향, 자연 같은 것들이 환기하는 '머언 그리움'의 정조(情操)가 그 매개이지 않을까 싶기도 하다. (2022. 11. 28)

食事餘說

앞의 글 「내가 먹는 것이 나」에서 먹는 일[食事]에 대해, 읽는 사람들이 나의 고집을 여실히 느끼겠다 싶은 견해를 피력한 바 있다. 이후 좀 미진한 부분이 있다 생각하고 있었는데, 이번에 그 남은 말[餘說]을 마저 하려고 한다.

'무한리필'과 '24시간 영업'에 대한 유감

다니다 보면 가끔 음식점 입구의 입간판 등에 적힌 '무한리필' 이라는 광고 문구를 접하게 된다. 특히 고깃집 같은 곳인데, 일정한 금액에 고기를 무한정 먹어도 된다는 의미일 것이다.

그런 광고에 대한 나의 직관적 첫 느낌은 무언가 좀 끔찍하다는 것이었다. 음식은 약간 부족한 듯 먹는 것이 미덕이라고 배웠고 경험상 진리인 것 같아서 나름 실천하려 노력하고 있는데, '무한정으로 먹어도 된다.' 하니 그럴 수밖에. 그것도 인정(人情)에서가 아니라 차가운 상업적 논리에서이므로 더욱 그러한 것이다. 사람에 대해 음식을 가지고 '무한리필'이라니! 사람의 존엄성을 모독하고 음식의 은혜를 훼손하는 표현이 아닐 수 없다. 사람이 무슨 식충이나 먹는 기계인가? 음식에 동원되는 다른 사람들의 노고는 또 얼마나 많던가. 한편, 장사는 손해를 보고 할 순 없을 터인데, 손님이 무한정으로 먹을 수는 없겠지만 한껏 먹는다고 상정한다면 음식의 질 저하는 불문가지라 하겠다. 고급의 음식도 과유불급일진대, 저급한 음식을 무한정으로 먹으라 한다면 끔찍하다는 느낌이 결코 과장된 표현은 아니라 할 것이다.

과유불급은 세상사 모두에 적용되겠지만, 경험으로 보건대 특히 음식에서는 더한 것 같다. 많이 먹어 위장이 더부룩한 상태에서는 정신이 맑을 수 없으며, 그러한 상태가 반복되면 육신 또한 병들지 않을 수 없을 터이다.

'24시간 영업'이라는 광고 문구는 더욱 자주 접하고 있다. 이러한 광고도 '무한리필'과 비슷한 느낌을 안겨 준다. 사람은 먹는데 절도가 있어야 한다. 위에서 지적했듯 양(量)도 그렇지만, 때 또한 그러한 것이다. '때가 아니면 먹지 않는다.'는 말은 유가의 권유(『논어』, 「鄕黨」편)이기도 하고 불가의 경계[八齋戒, 팔재계]이기도 하다.

'24시간 영업'은 야밤에도 먹는 것이 가능하다는 광고이겠는데, 야밤은 숙면해야 하는 시간이다. 낮 동안의 분주했던 일을 마치고 가족과 저녁밥을 먹고는 쉬면서 지나간 오늘을 점검해 보고 맞이할 내일을 대략 짚어 본 다음 잠자리에 들어야 하는 것이다 (그럴 형편 아닌 사람들에게는 미안한 말이지만). 『맹자』의 "우산지목의 일야지소식(牛山之木의 日夜之所息)"(1장의 「나의 사혹호(四酷好)」 주석 참조)에서도 보이거니와, 밤은 낮 동안의 온갖 부유(浮遊)가 가라앉으며 원래대로 재정렬되는 휴식의 시간이어야 한다.

그나마 밤사이의 비와 이슬[雨露]이 적셔 주기에, 벌거숭이 우산 (牛山)은 다음 날 다시 엄습하는 소와 양들의 침탈을 견디며 무성 했던 과거의 잔영을 깡그리 망실하진 않을 수 있는 것이다.

공복의 편안함은 두말할 것도 없을 만큼 중요하고 필요하지 싶다. 때가 되어도 배가 고프지 않으면 사는 맛마저 나지 않을 것 인데('삶의 동력 상실'이라고까지 하겠다), 전식(前食)에서의 과식 이나 때에 절도가 없는 것이 그 원인일 터이다. 먹는 때가 절도 있 고 먹는 양이 적절하면 다가올 식사시간에 공복 상태이지 않기 가 어려울 것이니, 때 아니면 먹지 않아야 하는 것은 참으로 옳다. 단, 차 종류의 음용은 별개라 할 수 있겠다. 삶의 운치이자 여유이 기 때문이다. 혹자(或者)는 그렇게 까칠해서야 무슨 재미로 사느 냐고 말할 것 같다. 그러나 그의 지금의 까칠하지 않음은 습관일 뿐이며, 까칠함 또한 습관이 되고 보면 더 이상 까칠함이 아닐 것 이다.

삶의 영위는 내남 할 것 없이 모두에게 어렵다. 쓰임의 규모는 이미 커져 있으며 비가역적(非可逆的)이고, 경기는 불황인데 경쟁 은 치열하다 보니, 음식점 주인들의 무엇 하나라도 차별화하여 손 님을 끌겠다는 눈물겨운 노력의 일환이 그러한 광고들일 터이다. 그러나 우리 소비자들은 나름의 철학으로 자신을 지켜야 할 것이 며, 자본의 차갑고 무지막지한 논리와 몰인정하며 삭막한 풍경을 통찰할 수 있어야 하리라.

세 끼 식사로 충분

주변의 사람들과 대화해 보면 각종 영양제나 건강보조식품 같은 것을 섭취하지 않는 이가 거의 없는 것 같다. 그러나 나는 그 대부분을 필요가 없는, 과잉이라고 여긴다. 직·간접적 경험에 의거해서, 사람의 건강은 영양적 균형을 갖춘 세 끼 식사와 적절한 운동과 감정조절에 의한 편안한 마음가짐으로 충분하다고 생각하기 때문이다. 따라서 그 이외에 건강을 위해서 이러저러한 것들을 섭취하는 것은 번거로움일 뿐이고, 해독이기까지 하다고 주장하는 것이다.

먹는 일에 있어서는 우선 건강하고자 하는 욕구를 대폭 내려놓는 것이 좋겠는데, 그런다고 건강해지는 것도 아니면서 오히려 마음 허허롭게 하는 데 방해가 되기 때문이다. 대신, 미각의 요구에 충실하면 될 터이다. 다만 그 미각은 건강하게 확립되어 있어야 하겠다. 그러면 『논어』의 "從心所欲不踰矩"(「爲政」편, 마음이 하고자 하는 바를 좇아도 법도를 넘어서지 않는다)와 같이, 미각이 요구하는 대로 먹어도 먹는 일의 도(道)를 벗어나는 경우가 별로 없을 것이다.

미각의 요구에 충실하라는 권고는 머리로 영양을 사량(思量)하며 먹지 말라는 주문에 다름 아니라 하겠는데, 앞서 말했듯 별효과도 없을 것이면서 수고스럽기만 할 따름인 까닭이다. 먹는 일에 있어서 사량의 대표적인 예 하나가 '무엇무엇은 먹어 주어야 한다.'는 말이 아닐까 싶다. 건강에 대한 강박관념, 그 심층의 점도(粘度) 높은 육신적 욕구, 사람은 기계이고 식사는 연료 주입에 불과한 것 같은 비(非)정신성이 함께 느껴지는 말인 것이다.

그렇게 영양제나 건강보조식품 같은 것을 챙길 것도 없고 간식도 필요 없으며, 약간 소박한 듯한 하루 세 끼 식사라면 영양으로나 미각으로나 이미 충분한 것이다. 다만, 누차 강조하거니와 끼니 때가 되면 공복감이 있어야 한다. 그래야 시장이 반찬이 되는 것이고, 먹을 수 있음에 감사가 느껴질 터이다. 현실에서는 왕도(王道)라는 것도 없고 만병통치약도 없다. 기본이 필요조건이자 충분조건이며, 기본에 충실하면 나머지는 그야말로 잉여라 하겠다. 먹는 일에 있어서도 다를 수 없다.

좋은 것 먹으려 할 것이 아니라 안 좋은 것 안 먹어야 하는 것

살면서 체득한 것 중 하나가 사람 관계에서는 좋은 일 열 가지 해 주는 것보다 안 좋은 일 한 가지 삼가는 것이 훨씬 중요하다는 점이다. 경험에 의하면, 사람들 대부분은 열 번 잘해 주다가 한 번 소홀히 하면 뒤의 그 한 번으로써 앞의 열 번 은혜를 외면한다. 나는 먹는 일에서도 마찬가지라고 생각한다. 즉, 좋은 것 열 가지 먹는 것보다 안 좋은 것 한 가지 안 먹는 것이 더 낫다는 것이다.

불교에서는 사람 마음이 이미 원만구족(圓滿具足)하여, 새삼 닦으려 할 필요가 없으며 더럽히지만 않으면 된다고 가르치는데, 나는 연장하여 사람의 육신 또한 기본적인 음식으로 충분히 지탱되도록 원만구족하게 설계되어 있다고 믿는다. 우리의 육신을 찬찬히 살펴보면 실로 경탄하지 않을 수 없다. 수족, 관절, 두뇌, 오장과 육부, 각종 호르몬, 입과 치아, 항문, 생식기, 눈과 귀와 코 등 등의 작용 및 기능 그리고 위치를 숙고(熟考)해 보면, 등에 손이 닿지 않아 좀 불편한 점이 있는 것(예컨대 목욕하거나 파스 붙일 때) 이외에는 모든 것을 갖추고 있는 것이다.

그러한 육신은 자해하지만 않으면 노(老)·병(病)·사(死)의 사이클을 타고 흘러갈 터인데 그 늙고 병듦은 순리이기에 원만구족의 한 측면이라고도 하겠으며, 따라서 우리는 좋은 것 먹으려고 안간힘 쓸 것이 아니라 기본적인 음식으로 육신을 지탱하다가 늙고 병들면 저항하지 말고 수순(隨順)히 받아들여야 하리라.

주변을 보면 몸에 좋다는 것 먹으려 혈안들이고 안 좋은 것 끊지는 못한다. 예컨대, 백해무익이라는 담배는 계속 피우면서 몸에 좋은 것은 기를 쓰고 찾아 먹는 식인 것이다. 해괴하지 아니한가? 사실 습관 바꾸기가 쉬운 일은 아니다. 그래서 좋게 보아 주면, 나쁜 습관은 어쩔 수 없으니 좋다는 것이라도 섭취하여 그 악습으로 인한 폐해를 상쇄하자는 것일 수도 있겠다. 어쨌거나 나로서는 좋은 것에 그렇게 혈안이고 기를 쓸 바엔 안 좋은 것 끊는 일이 쉬워 보이건만, 안 좋은 것 끊지 못하며 좋은 것에 혈안이고 기를 쓰고들 있으니 쓸데없이 수고롭게 사는 것만 같다는 생각이다.

먹는 일은 아무리 강조해도 지나치지 않을 만큼 중요하다. '내가 먹는 것이 나'라고 하듯이 나의 정체성을 형성하며, 육신의 지탱은 물론이고 맑은 정신의 유지에도 막대한 영향을 미치기 때문이다. 따라서 보다 바람직한 삶을 위해 우리는 먹는 일에서 삼가는 마음을 항상 간직해야 할 것이고, 먹는 일의 의미에 대해 수시로 스스로에게 물어야 하는 것이다. (2022. 12. 28)

극기복례

학창 시절의 수업은 재미있는 경우가 별로 없었다. 지금 생각해 보면 대체로 선생님들의 준비와 열정이 부족하였고, 교수법이 비효율적이었으며, 귀를 쫑긋 세울 만한 새로운 식견이나 사유가 보이지 않았다는 점 등이 그 이유일 듯하다.

국민윤리 수업은 더욱 흥미를 느끼기 어려웠다. 알맹이가 없거나 구태의연하다고 여겨지는 도덕 및 이념들이 주입되다시피 했기 때문인데, '극기복례(克己復禮)'도 그렇게 나의 머리를 피상적으로 스쳐 갔을 뿐이다.

그랬던 극기복례가 몇 년 전 참으로 엉뚱한 사건을 계기로 갑작스럽게 소환되었다. 새벽 산책길에서 질펀한 방분(放糞)의 흔적을 목격했던 것이다. 하마터면 밟을 뻔도 하였다. 누군가 변의(便意)가 다급하여 인적 드문 산길 한복판에다 일을 본 모양이었다. 코를 싸쥐고 눈을 돌려 멀찍이 돌아 산책을 계속하면서 새삼 극기복례를 떠올려 곱씹었다. 당자(當者)로서는 가장 편리하고 적합한 장소였을 수 있겠지만, 타인의 불편을 생각해서 자신의 편리를 좀 감수하고 약간 구석진 자리를 택했더라면 좋았을 텐데 싶었던 것이다.

극기복례의 출처(出處)는 『논어』 「안연(顔淵)」 편인데, 기(己)는 자기의 편안, 이익, 편리 등의 욕구를, 례(禮)는 공동체의 윤리, 규율, 질서 같은 것을 의미한다 하겠다. 그러니 극기복례는 자기의 욕구를 극복하고 공동체의 윤리로 복귀한다는, 쉽게 말해 공익을 위해 사욕을 이겨낸다는 뜻일 터이다.

앞서의 방분(放糞) 흔적 목격 이후 나는 주위에서 보고 듣는 일들이나 신문에서 읽는 사건들에 대해 마치 습관처럼 극기복례를 적용해 보면서, 사욕 추구에 어느 정도 브레이크를 걸었더라면 저런 어처구니없는 공익 훼손은 회피될 수 있었을 것이라며 아쉬워하거나 혀를 차게 되었다. 일상에서 흔하게 볼 수 있는 사례 몇을 들어 논의해 보자.

먼저, 쓰레기를 차창 밖으로 버리는 행위이다. 자기 차 안에 쓰레기를 지니는 것은 누구에게나 달갑지 않다. 그래서 많은 사람이 쓰레기를 차창 밖으로 버린다. 차 안은 자기의 전용(專用)이고 차창 밖은 사회의 공용(共用)이니, 전용만 깔끔하면 그만이지 공용은 알 바 아니라는 것이겠다. 공용의 자기 귀속분은 체감할 수 없을 정도로 미미하게 여겨지는 것이다(1/N이므로). 문제는 그 결과 많은 사람이 노변에 뒹구는 쓰레기로 인하여 시각적 불쾌를 겪게 되고, 청소부는 하지 않아도 될 일을 하게 되는 것은 물론 심지어는 윤화(輪禍)를 입기도 한다는 점이다. 모두 쓰레기를 집 도착까지 차 안에 지니는 달갑잖음을 감수한다면 회피될 공익 훼손의 모습이라 하겠다.

다음은, 정체 교차로 등에서 차 머리부터 밀어 넣고 보는 행위이다. 도로가 극심하게 정체되어 있어서, 그렇게 머리를 밀어 넣어본들 어차피 내 차는 나아갈 수도 없다. 대신 내 차로 인하여 연결도로에서 진입하려고 신호를 기다리던 다른 차들이 몇 번이나 신호가 바뀌는 시간 동안에도 진입할 수 없게 된다. 그 다른 차들 또한 인내의 한계에 다다랐다는 듯이, 약간의 틈이라도 있으면 더는 나아갈 수 없음을 알면서도 차 머리를 밀어 넣게 되는 것이다. 그러면 가뜩이나 정체된 교차로가 아수라장이 되는 것은 불문가지라하겠다. 자기만 빨리 가겠다는 욕구를 잠시 억누르고 교통 흐름을 관망하여 전체의 질서 회복에 동참한다면, 공동체의 이익이 증대하고 자기 또한 그 증대된 이익의 수혜자가 될 수 있는 것이다.

그다음은, 쓰레기 분리수거 기준에 너무 느슨한 행위이다. 도시 생활은 기본적으로 소비 위에 존립하는 것 같다. 그러다 보니 쓰레기가 엄청나다. 내 삶이 무어라고 이렇게나 많이 소비하고 쓰레기를 만드나 싶어 자괴감이 적지 않지만, 분리수거라도 좀 철저히 하고자 지자체의 안내문이나 신문의 관련 기사를 정독하면서 할 수 있는 데까진 해 보자는 마음이다. 그런데 분리수거 현장을 보면 '분리'가 실종된 모습을 종종 마주하게 된다. 분리의 기준이 난해하고 현실적 적용이 모호한 경우가 많긴 해도, 나는 공동체의 규율을 위해 자기의 편안을 잠시 포기하는 의식의 부재(不在)가 더 큰 이유라고 생각한다. 어쨌거나, 그로 인해서 또 다른 누군가 가 다시 분리하는 사회적 비용이 만만치 않은데, 그러한 비용 역시 각자에게 요구되는 행위를 자기 선에서 사수(死守)하듯 한다면 회피될 공익 훼손의 한 양태라 할 터이다.

극기복례에 대한 생각이 잦다 보니, 공동체의 의미와 공동체를 위한 나의 역할에 대해서도 종종 숙고해 보게 된다. 공동체는 나와 가족의 존립 근거이며, 보호망이기도 한 것이다. 그런 관점에서 양주(楊朱)의 발언 또한 언급해 볼 필요가 있겠다. 그는 "내 터럭 하나를 뽑으면 천하에 이익이 된다 하더라도 하지 않겠다."라고 천명했다는데, 소위 '위아론(爲我論)'이다.

양주의 발언은 맥락적으로, 상황적으로 보면 긍정적으로 해석할 만한 요소가 다분하다고 생각된다. 그는 전국(戰國)시대를 살면서 공명(功名)과 집단 같은 것들의 비실체성을 예리하게 간파하고 심각하게 회의하며 개아(個我), 생명, 자유 등 삶의 구체성에 천착했을 법한데, 위아론은 그 결과물로 여겨지기 때문이다.

그러나 공동체가 우리의 존립 근거이고 보호망이라면, 우리는 그 유지를 위해 각자가 해야 할 바를 이행해야 할 터이다. 털 하나 뽑는 것이 공동체에 도움이 된다면 기꺼이 뽑아야 하며, 자신의 손실과 공동체의 이익을 형량(衡量)해 후자가 월등하면서 전자가 심대하지 않으면 그 손실을 감수하겠다는 의식과 태도도 갖추어야 한다는 것이다.

극기복례에서 방점은 '복례'에 찍혀 있다 하겠다. 『논어』가 사회윤리적 성격이 강하며, 공자와 안연 간 대화의 맥락으로 보아도 그렇다 해야 할 터이다. 그렇다면 극기는 복례의 수단이어서 복례를 유념해 극기를 실행하는 관계라 할 것이며, 복례는 종국적으로 자신이 속한 공동체에 대한 책임이라 해도 무방할 성싶다.

그러나 한편, 극기에 충실하면 굳이 유념하지 않아도 복례는 저절로 구현되는 측면 또한 있다고 하겠는데, 어쨌거나 극기의 한 방안으로 나는 근간에 종종 '신독(愼獨)'을 상기하고 있다. '혼자 있을 때에도 삼간다.'는 의미의 신독 역시 고등학교 국민윤리 수업에서 접했는데 율곡이 자경문(自警文)에 포함시켜 자기 수양의 지침으로 삼았다 했으며, 출처는 『중용』이다.

내가 오랜 시간 마음의 심층에 가라앉아 있던 그 신독을 근간에 상기하곤 하는 이유는 아마도 둘일 것 같다. 하나는 사회적으로 익명성의 가면 뒤에서 자행되는 비이성적 행위(위에서 예로 든 쓰레기를 차창 밖으로 버리는 행위 등도 그 일부이겠다)가 급증하는 추세여서, 그에 대한 처방으로 보는 눈이 있든 없든 삼간다는 개념이 적어도 이론적으로는 유용하겠다 싶기 때문이다. 또 하나는 개인적으로 여럿이 함께 있을 때 나의 모습과 혼자 있을 때 나의 모습 간의 괴리에 부쩍 자괴감이 커지는데, 그것을 불식하지 않고서는 만족스러운 삶의 질서 확립(극기인데, 나아가면 복례일 것이다)이 어렵겠다 싶은 자각 때문이다.

사람은 누구나 편안함이나 이익됨 등을 욕구한다. 기본적으로 사람은 육신의 존재이고 그 육신은 노(老)·병(病)·사(死)의 생물학적 한계를 벗어날 수 없기에, 편안함이나 이익됨 등에의 욕구는 늙고 병들며 죽어 가기 마련인 무른 육신의 생래적 속성일 수밖에 없을 터이다. 그런 편안함이나 이익됨 등의 사욕에 비해 공익은 경험적으로 훨씬 덜 절실하지 않던가. 그러니 욕구대로만 하면 공익은 사욕 앞에서 뒷전이기 십상인 것이다.

그러나 사람은 한편 이성적 존재이기도 하다. 사람이 만물의 영장이라는 주장에 나는 오랫동안 동의를 주저했지만, 그 주장의 근거가 이성에 있겠다 싶고 동물들을 유심히 관찰하면서 이성은 참으로 사람 특유의 요소라고 여겨져 요즈음에는 생각이 좀 달라졌다. 우리는 그 이성의 힘으로, 매번 성공할 수는 없겠지만 사욕을 자제하고 공익에 동참하려는 노력을 진지하게 경주해야 하리라. 희미하여 잘 보이지 않는다 해도 공동체가 나와 가족의 존립 근거이자 보호망이기도 한 그 연결의 끈은 엄연한 사실인데, 자칫하면 무임승차하는 파렴치한(破廉恥漢)이 될 수 있을 것이기 때문이다. (2023. 8. 30)

받아들이기

연로하신 모친이 "여기도 아프고 저기도 아프다."며 푸념이라도 하면, 나는 곧잘 "연세 들면 아프게 마련이지요."라고 응대하면서 별로 심각하게 여기지 않았다. 늙고 병드는 것이야 생명 있는 것들의 피할 수 없는 행로여서 받아들여야 한다는 나름의 신념이 제법 강하고, 푸념이 거듭되면서 푸념의 내용에 조금 무감각해지기도 했기 때문일 터이다.

그런데 환갑을 전후하여 나의 왼쪽 무릎에서 통증이 나타나고 쉬 낫지 않아 여러 차례 병원에 다니면서, 늙고 병듦에 대해 새삼 많은 생각을 하게 되었고 그 받아들임이 말처럼 쉬운 것이 아니라는 것도 절감하게 되었으며, 그럼에도 늙고 병듦을 순리로 받아들여야 한다는 신념을 보다 강하게 다지게 되었다.

생자필멸(生者必滅)은 진리일진대, 특히 '필(必)'에서는 어찌해 볼 수 없는 엄연함이 여과 없이 느껴진다. 그런데 그 죽음[滅]은 늙고 병듦을 거치지 않을 수 없다. 따라서 늙고 병듦 또한 엄연한 진리일 터이다. 늙고 병듦이 진리라는 것은 '노화는 자연의 법칙'이라는 말과 다르지 않다고 하겠으니, 노화의 대상인 육신 또한 자연에 속하는 까닭이다.

말은 이렇게들 할 수 있겠지만, 늙고 병듦에 수반하는 현실적 고통은 차원이 다른 영역이라 하겠다. 통증은 육신의 한계성을 가장 직접적으로 실증시키는 것이기도 하여, 통증 속에서 우리는 자신의 육신이 짓이겨지고 정신 역시 혼미하게 증발해버리고 마는 처참(悽慘)을 그야말로 리얼리티(reality)로 경험하곤 한다.

2010년도에 행복 전도사로 불리던 최윤희 씨가 스스로 목숨을 끊는 사건이 발생했다. 나는 큰 충격을 받았고, 행복을 전도하려면 자신이 먼저 행복했을 터인데 왜 자진(自盡)했을까 싶었다. 유서가 발견되었는데, 통증이 원인이었다. 여러 중병(重病)이 엄습하여 그로 인한 통증을 견딜 수 없다고 썼던 것이다. 통증이란 것이 얼마나 견디기 어려웠으면 행복의 전도를 소명으로 여기던 사람이 스스로 목숨을 끊기까지 했을까? 그 이후로 나는 통증에 많은 관심을 가지게 되어, 통증이 우리의 육신과 삶에 미치는 영향을 항상 예의주시하고 있다.

늙고 병듦이 진리라면, 통증 또한 피할 수 없는 것일 터이다. 다만, 통증이 육신과 정신을 처참하게 유린하여 삶을 흩어 버리기마저 하므로, 통증을 관리할 수 있는 범위 내로 축소는 시켜야 할 것이다. 그 방법으로 치료와 복약과 운동 등이 있겠다. 여기서 내가 주장하는 바는 통증의 완전한 극복을 바라지는 말자는 것이다. 통증이 관리 가능한 범위 이내로 들어온다면, 그 지점에서 완전 극복까지의 간극은 좀 고통스럽고 불편하다 하더라도 더 이상 푸념의 대상으로 삼지 말고 자연의 법칙으로 받아들이는 것이 현명하다고 여기기 때문이다.

다행히 나는 그러한 받아들이기에 있어서 참고할 만한 근간의 사례 둘을 알고 있다.

하나는 소설가 복거일 씨이다. 복거일은 2012년도에 간암 판정을 받았다. 암이 상당히 진행된 상태여서, '인간은 유전자를 운반하는 기계'라는 신념 아래 추가 검사나 치료를 거부한 채 집필에만 몰두해 왔다. 그 결과로 최근 건국 대통령 이승만을 소재로 한 5권짜리 대하 전기소설 『물로 씌어진 이름』(백년동안, 2023)이 출간되었다. 복거일은 암 치료의 가능성 및 그에 매달리는 것과 암 치료 없이 그냥 집필 활동에 전념하는 것 사이에서 불안한 심정으로 오랜 시간 전자와 후자를 형량(衡量)하며 어느 것이 삶 전체에 바람직할 것인지를 숙고한 결과 후자를 택했을 것이다. 그의 신념이라는 것을 곱씹어 보면 그는 암을 담담하게 받아들였다 하겠고, 그래서 삶을 보다 바람직하게 영위할 수 있었다(소설가에게 구상한 소설을 쓴 것 이상의 바람직한 삶의 영위는 없을 터이다)고 나는 생각하는 것이다.

다른 하나는 산악인 엄홍길 씨이다. 엄홍길은 주지하다시피 히말라야의 8,000m 이상 봉우리 16좌를 완등했다. 그런 그의 오른쪽 다리는 의외로 일반인보다 훨씬 열악하다. 등산할 때는 항상 스틱을 사용하여 다리를 보좌해야 하고, 하산해서는 발 마사지를 해서 긴장된 근육을 풀어 주어야 하며, 경사 심한 산길에서는 까치발이 되어야 하고, 오래 앉았다가 계단 같은 데를 내려올 때는 뒤뚱거리기 일쑤인 것이다. 고산 등반 중 발목이 완전히 돌아가기도 했고, 동상으로 엄지발가락 일부를 절단하기도 했기 때문이다. 그래도 엄홍길은 수술이나 약물 대신 25년째 산행과 수영을 치료법으로 택해 실천하고 있다. 어차피 퇴행성 관절염이 진행 중이어서, 수술한다 해도 다리 기능의 완전한 회복을 확신할 수 없기 때문이다. 엄홍길 역시 자신만의 방법으로 다리의 통증과 기능을 관리 가능한 범위로 잡아 두면서 완전에 한참 미달하는 현 상태를 담대하게 받아들이고 있다 하겠다.

내친김에 받아들이기의 대표적 경구(警句) 몇도 아울러 거론해 본다.

'가는 사람 잡지 말고 오는 사람 막지 말라'는 말이 있다. 가고 옴에 대해 연연하지 말고 받아들이라는 의미이겠다. 가겠다는 사람은 굳이 잡을 필요도 없고, 잡아서도 안 된다. 그 결심에 이르기까지 그는 많이도 고민했을 것이고 그런 만큼 그의 결심은 굳건할 것이어서, 존중하기도 해야 하며 꺾기도 어렵기 때문이다. 경험적으로도, 가겠다는 사람 대부분은 결국엔 가고 말지 않던가. 한편, 그렇게 가더라도 상황이 변하면 돌아오기도 하는 것이다. 오는 사람을 오지 말라 하지도 말아야 한다. 올 이유가 있거나 와야 할 상황이어서 오는 것일 터이기 때문이다. 그런 사람을 막아 버리면 그는 원한을 품을 수 있고, 나는 박덕(薄德)해진다. 내가 굳이 막지 않더라도 후일 가야 할 상황이 되거나 있을 이유가 없어지면 그는 스스로 가게 되는 법이다.

고대 중국의 현자였던 노자는 '가장 좋은 것은 물과 같다'(上
善若水, 『도덕경』 8장)라고 설파했다. 물이 어떠하던가? 물은 낮은
곳으로만 흐른다. 낮은 곳이 흐름의 마땅한 장소이기 때문이다. 흐
르다가 장애를 만나면 둘러서 가거나, 잠시 멈추어 형세가 마땅해
지기를 기다렸다가 장애를 넘을 만한 세력이 되면 다시 흐르는 것
이다. 결코 대상과 다투는 경우가 없다. '상선약수(上善若水)'에 이
어지는 노자의 말을 들어보건대, 그가 상선(上善)으로 물에 주목
한 가장 큰 이유도 그 다투지 않음[不爭] 때문이었다. 다투지 않음
은 받아들임에 다름 아닌 것이다.

'안분자족(安分自足)하라'도 자주 듣는 말이다. 분수를 편안히
여겨 스스로 만족하라는 뜻이다. 살아 보니, 사람들은 대체로 어느
시기가 되면 그릇됨이 정해지는 것 같다. 삶의 시간 또한 제한적이
다. 그러므로 준비나 쟁취에 너무 많은 시간을 투입할 일은 아니다.
명문대학에 입학하기 위해 몇 수씩, 또는 출발부터 높은 사회적 지
위를 얻기 위해 몇 년씩 찌들어 공부하는 모습들은 참으로 안타깝
다. 준비나 쟁취에만 제한적 시간을 다 소비할 수는 없지 않은가?
적당히 준비하고 쟁취한 후에는 실행으로 나아가야 하고 향유해야
한다. 그래야 삶이 풍성해진다. 그러기 위해서는 협량(狹量)한 대로
나의 그릇됨[分]을 받아들이[安]는 태도가 필요할 것이다. 다만, 그
안분(安分)에 진인사(盡人事)가 전제됨은 물론이겠다.

다행히 병원도 다니고 약도 먹고, 무엇보다 무릎에 큰 부담을
주지 않는 하체 운동을 열심히 하면서 지금은 무릎 상태가 많이 호

전되었다. 지금 상태라면 무릎의 통증과 기능이 관리 가능한 범위를 벗어나 있지는 않다고 할 수 있을 것 같다. 계속 관리에 꾸준한 노력을 경주할 것이지만, 더 이상 호전되지 않더라도 받아들이고자 한다. '아직 30년 정도는 살아야 하는데 무릎이…'라며 부정적으로 생각하는 대신, '60년 넘게 살면서도 한쪽 무릎 조금 불편한 것 이외에는…'이라며 긍정적으로 생각하는 것도 필수일 것 같다.

현재는 하루도 빠짐없이 새벽에 산으로 가지만, 향후 30년쯤 더 산다면 그 30년 동안 내 육신의 운동 능력은 서서히 퇴화하여 종국에는 방문 밖으로 나가기도 어려운 지경에 이를 것이다. 그러니, 그 엄연한 퇴화의 점진적 진행을 받아들이는 데 늘 깨어 있어야 하리라. 육신은 궁극적으로 물질인데, 세상 어떤 물질이 시간의 풍화(風化)를 이기던가. 원래 상태로 되돌리려 안간힘 쓸 것이 아니며(그런다고 되돌려지지도 않는다), 아주 불편하지 않으면 사는 날까지만 그럭저럭 지탱해 주길 바라면서 그냥 받아들이고 살면 되는 것이다. (2023. 9. 27)

그럴 수도 있지만 그래서는 안 된다

몇 달 전 친구와 차 마시며 담소하는 자리에서 '꼰대'가 화제 (話題)로 올랐다. 꼰대의 핵심적 의미와 관련하여, 친구는 '자기 방식의 고집'을 거론했던 것으로 기억된다. 나의 학창 시절에도 꼰대는 곧잘 쓰였던 말이다. 주로 말 안 통하는 선생님과 아버지에게 붙이던, 부정적 뉘앙스가 다분한 은어였다. 그런 말이 몇 년 전부터는 유행어라 할 정도로 젊은이들 사이에서 활발하게 소비되고 있는 것 같다. 복잡한 관계로 인한 스트레스들이 큰 만큼, 공감과 소통의 중요성이 강조되는 사회상의 반영일 터이다. 그러니 친구의 거론은 꼰대의 재래적 의미를 잘 짚은 것이라 하겠다.

그 자리에서 나는 '어떻게 그럴 수가 있나!'라는 말의 사용 빈도가 꼰대 여부 판단의 주요한 기준이 될 수 있겠다는 의견을 피력했다. 도저히 이해나 공감이 안 되니 그런 말이 빈발한다고 평소 생각하고 있었던 것이다. 그러나 기실(其實)은 나의 이러한 피력이 친구의 저 거론과 다른 것도 아니라 할 터이다. 이해와 공감이 안 되는 것은 대체로 자기 방식을 고집함에 기인하기 때문이다.

나는 진정으로, 세상의 온갖 사상(事象)에 대해 '그럴 수도 있다'고 생각하는 편이다. 오래전 라디오에서 들은 어느 애청자의 편지가 계기가 된 것 같다. 그 애청자는 출근할 남편의 바지를 다리다가 조금 태워 버렸다. 그 바지 입기를 좋아하던 남편은 당연히 싫은 소리를 했다. 애청자는 폭발해 버렸다. 출근하는 남편에게 인사불성이 되어 악다구니를 퍼부었던 것이다. 남편은 아내의 반응을 이해할 수 없었다. 거기까지 듣던 나 또한 '그렇게까지 할 일인가?' 싶었다. 그런데 이어지는 편지의 내용은, 애청자가 소녀 때에 마을 잔칫집에 입고 갈 아버지의 옷을 다름질하다 태우는 바람에 호되게 매를 맞았다는 것이었다. 그 상처가 마음 깊은 곳에서 화약고로 존재하다가 유사한 상황을 맞아 그렇게 폭발했던 모양이다. 화약고도 함께 보면 그러한 폭발을 이해하지 못할 바 아니련만, 불행히도 사람의 눈은 수면 위의 폭발만 보지 그 아래의 화약고까지는 좀체 볼 수 없다. 그러니 폭발에 이해나 공감을 싣기가 어찌 어렵지 않겠는가.

이후로 나는 납득할 수 없는 타인의 생각이나 말이나 행위에 대해서도 '그럴 만한 이유 또는 원인이 있겠지.'라고 여기려 노력했으며, 지금은 제법 습관 비슷하게 된 것도 같다. 사실 결과로서의 사람의 생각, 말, 행위에는 원인이 없을 수 없다. 원인의 형성이 잘못되었다는 비판, 즉 원인이 회피 가능했다는 판단은 별개의 문제이다. 그 원인이 형성되는 데는 성장기의 환경이나 경험 등등 많은 요소가 유기적으로 작용한다. 그러니 하나의 현상에 대한 사람들의 생각이나 말 또는 행위는 사람 숫자만큼이나 다양할 수 있는 것이다.

동일한 시대를 동일한 곳에서 사는 사람들은 동일한 법과 도덕, 관습 등을 익히므로 그들의 생각, 말, 행위가 큰 틀에서는 보편성을 가지며 그러한 점이 예측가능성을 제공하기에 우리는 그 신뢰를 바탕으로 공동의 생활을 영위할 수 있는 것이지만, 한편 미세한 층위에서 사람들의 생각이나 말이나 행위는 철저히 개별성을 지니기도 한다. 사회생활을 하다 보면 사람 이해하기가 아주 어려움을 자주 절감하면서 '사람이 가장 어렵다'는 말이 인구(人口)에 회자(膾炙)하는 이유를 짐작하게 되고 '열 길 물속은 알아도 한 길 사람 속은 모른다'는 속담에도 절로 고개가 끄덕여지는데, 모두 사람들의 생각, 말, 행위의 개별성 때문이라 하겠다.

개별성은 말 그대로 사람들 저마다의 다름이지만, 그 사람에 한정해서는 나름의 인과(因果) 관계를 갖는다. 원인과 결과의 관계인 이상, 그 결과에 대해 '그럴 수도 있다'고 하지 않을 수 없을 터이다. 예컨대 우리가 매일같이 듣거나 보는 거짓말을 하는 것, 불합리한 소비를 하는 것, 물건을 훔치는 것, 상해를 입히는 것, 사기를 치는 것, 갑질을 하는 것, 뇌물을 주거나 받는 것, 불같이 화를 내는 것, 배우자를 두고 바람을 피우는 것, 도박하는 것, 부모 형제와 상속 분쟁을 하는 것, 은둔형 외톨이가 되는 것 등은 당사자 아닌 사람으로서는 '어찌 저럴까?' 하고 쉽게 낙인찍어 버리고 마는 행태들이지만 당사자 내적으로는 개연성이 있다는 것이며, 극단적으로 말하면 부모를 살해한 사람도 나름의 이유 또는 원인은 있을 것이다.

'그럴 수도 있다'는 용납을 타인의 행위 등에 적용하기는 참으로 쉽지가 않다. 그러나 우리 자신이 살아온 이력을 되짚어 보면 행위 등의 결과만으로, 원인에 대해서는 알려고도 하지 않고 재단(裁斷)하는 것이 얼마나 왜곡적일 수 있는지, 또 억울하고 폭력적인지 인정하기 어렵지 않다고 할 것이다. 그러니 '그럴 수도 있다'는 것은 마음 편하자고 하는 자기최면의 기술이 아니라 엄연한 진실의 영역에 속하는 것이라 하겠다.

"죄는 미워하되 사람은 미워하지 말라."는 성경 말씀에도 나는 '그럴 수도 있다'는 것이 전제되어 있다고 여긴다. 죄를 포함하여 '행위'는 행위 자체로서, 상궤(常軌)를 벗어나면 유·무형의 제재가 가해질 수 있거나 가해져야 하지만, '사람'은 행위의 원인과 그 원인의 형성까지를 포괄하는 까닭에 상황에 따라서는 모든 방면으로 열려 있는 존재라서 함부로 돌을 던질 수 없을 것이기 때문이다.

'그럴 수도 있다'는 것이 상당 부분 업식론(業識論)에 의지한다고 할 때 업식론에 있어서도 자유의지가 전적으로 부정되지는 않으므로, 그럴 수도 있지만 '그래서는 안 된다'는 측면 또한 강조되어야 마땅하다고 하겠다. 앞서 별개의 문제라 했던 '원인의 형성이 잘못되었다는 비판, 즉 원인이 회피 가능했다는 판단' 또한 여기서 제기해야 할 논제라 하겠으니, 원인 형성에는 그 자유의지가 작동할 여지가 적지 않기 때문이다. 그렇기는 하지만 다시 강조하건대, 굳이 에드문트 후설(Edmund Husserl)의 주장을 참고하지 않더라도 타인에 대해선 '그래서는 안 된다'는 판단을 중지하는 것이 지혜롭고 바람직하리라. '그래서는 안 된다'는 것은 정작 나 자신에 대한 제한이어야 할 터이다. 즉 적어도 내 삶에 있어서는 업식의 관성력(慣性力)에 대하여 '그래서는 안 된다'는 브레이크가 정상적으로 가동해야 한다는 것이다.

주위를 보면 노인치고 꼰대 소리 듣지 않을 사람은 극소수인 듯하고, 사실 나 자신 이미 상당한 꼰대가 되어 있는지 모르나 여하튼 종종 '저런 꼰대는 되지 말아야지' 하는 경각심을 갖곤 하는데, 이처럼 타인에 대해서는 '그럴 수도 있다'는 용납을, 자신에 대해서는 '그래서는 안 된다'는 제한을 거듭하다 보면 심각한 꼰대로 전락하지는 않을 수 있을 것이고 인성의 품격도 조금은 나아질 수 있지 않을까? (2023. 11. 30)

4장

나루를 물어 [問津] 주운 것들 [拾遺]

리추얼

리추얼(ritual)은 원래 '종교적 의식 또는 절차'를 의미하지만, '일상에서의 형식 내지 양식' 같은 의미로 그 외연을 좀 확장하여 이해해도 무방하리라 싶다.

종교적 의식에 참석해 보면 종종 느끼듯, 리추얼은 확실히 모종의 정서적 변화를 야기한다 하겠다. 나는 오래전부터 이 리추얼이 우리의 삶을 곧추세울 수 있는 가능성과 그 근거 등에 대해 생각해 왔다.

여기서는 세 가지의 문제 제기를 통해 그 생각의 결과를 요약해 보고자 한다.

첫째는 유기농 식품 섭취이다.

적지 않은 사람이 건강을 위해 비싼 돈을 들여 유기농 식품을 구입한다. 유기농 식품이 과연 일반 식품에 비해 건강에 유의미한 정도로 이로울까?

유기농 식품이 일반 식품보다 해로울 수야 없겠지만, 나는 가격 대비 이로움의 측면에서는 유기농 식품을 긍정적으로 평가할 용의가 없다. 오히려 요즈음의 유기농 식품은 가난한 사람들의 접근이 쉽지 않다는 점에서 계급적이기까지 한 것 같으며, 건강에 대한 탐욕을 부추기는 '녹색으로 포장된 소비주의'로 변질되고 있다 여겨진다.

그러면 유기농 식품은 폐기되어야 한다는 것인가? 나는 두 가지 이유에서 '아니다'라고 대답하고자 한다.

하나는 유기농이 환경을 살릴 수 있기 때문이다. 즉 유기농은 몸으로의 유입을 통해서가 아니라 환경을 통해 인간에게 이로운 것이 바람직한 모습일 터이다.

다른 하나가 리추얼의 관점이다. 갓 머리 감은 사람은 관을 먼지 턴 후에 쓰고 갓 목욕한 사람은 옷을 먼지 턴 후에 입는다* 했듯이, 유기농 식품을 섭취하면 아무래도 막식(莫食)할 가능성이 낮을 것이다. 유기농 식품이 건강에 이롭다면 섭취 그 자체 때문이 아니라, 그러한 '보다 바람직한 삶의 자세' 때문일 터이다. 그런 관점이라면 우리가 유기농 식품에 더 많은 돈을 지불하는 것이 불합리하다 할 수는 없겠다.

둘째는 밥알 아끼기이다.

나는 가난한 농가에서 나고 자라서인지 지금도 음식 낭비에 많이 민감한 편이다. 도시에서 유복하게 자란 손이 큰 아내가 음식을 많이 준비하여 더러 버리기도 하는 것에 대해 가끔 잔소리를 하면, 아내는 듣기 싫어하는 기색을 완연히 보이며 대꾸한다. "그까짓 것 돈으로 따지면 얼마라고!"

---

* 新沐者 必彈冠 新浴者 必振衣(굴원, 「어부사」)

사실 돈으로 따지면 얼마이겠는가? 평생 버리는 음식 전부를 합해 본들 내 경제력에서 유의미한 비중을 점하진 않을 것이다. 그러나 이 또한 리추얼의 관점에선 달리 해석된다.

어쩌다 접하게 되는, 스님들이 자기 스승에 대해 전하는 이야기들 중 빠지지 않는 것이 그 스승의 근검(勤儉)하던 모습이다. 스승은 옷을 백결(百結)로 기워서 입고, 공양간에 가서는 하수구 입구에 흩어진 밥알을 바늘로 찍어 먹곤 했다는 것 등이다.

그렇게 절약되는 옷과 밥알 역시 돈으로 따지면 얼마이겠는가? 스승도 그러한 행위의 의미를 결코 경제에 두지는 않았을 것이다. 스승은 제자에게 평생 수행의 준거가 될 '삶의 자세'를 가르쳤을 터이다. 한 알의 밥마저 아끼는 자세로 사는 사람이 시간, 물질, 감정 등의 사용에서 방만하지는 않을 것이다.

셋째는 잠깐의 명상이다.

신문 등에서 가끔 템플스테이에 참가하여 명상 중인 사람들의 사진을 접하게 된다. 보기에 따라 냉소적일 수 있을 터이다. '저런다고 성품을 보랴? 기와 갈아 거울 만들겠다*는 격이지.'

사실 명상을 해보면 입정(入靜) 후 얼마 동안은 문틈으로 비치는 햇빛에 드러나는 먼지처럼 잡념이 부유(浮遊)한다. 적어도 명상을 그 시간 이상으로는 해야 한다는 것이겠다. 그리고 명상이 하나의 패턴이 되도록 날마다 해야 한다. 그러니 잠시 잠시, 또는 간헐적으로 해서야 별 효용도 없다 할 수 있을 것이다. 남명도 지리

---

* 조사어록인 『지월록(指月錄)』에 수록되어 있는 스승 회양과 제자 마조 간의 일화 참조.

산을 유람하면서 칠불계곡의 승경(勝景)에 취한 지인들에게 경계한다. "명산에 들어온 자 누군들 마음을 씻지 않겠는가마는, 한 번 햇볕을 쬐는 정도로는 아무런 유익함이 없을 것이다."*

그러나 이 역시 리추얼의 관점에서 생각해 볼 여지가 있다.

하루 일정한 시간에 5분이나 10분이라도 명상을 하게 되면 삶에서 막행(莫行)할 가능성은 낮아진다 할 것이므로, 이 또한 '삶의 자세 진작'의 관점이라 하겠다. 그리고 가끔씩이라도 자연으로 나가서 그동안 속진에 찌든 심신을 씻어 내고자 해 보면 속진의 쌓임이 조금은 더딜 수 있을 것이고, 속진 속 자신의 삶을 성찰할 수도 있지 않겠는가. 자아에 대한 잠시 잠시만의 성찰일지언정, 느슨해지는 삶의 현(絃)을 의식하고 그 현을 조금이나마 당기려는 의지를 발현케 하는 역할은 분명히 한다 할 터이다.

유기농 식품 섭취가 건강에 유의미하게 이롭지는 않을 것이고, 밥알 아끼기가 경제적으로 별 도움이 되지는 않을 것이며, 잠깐의 명상이 성품을 보여 주지는 않겠지만, 이들이 '삶의 자세를 새롭게 가다듬는' 기능을 하는 것에 대해 부인할 수는 없다 하겠다. 하루로 한정하여 볼 때, 몇 가지의 리추얼만 배치해 놓아도 그것이 궤도가 되어 그 하루의 삶은 큰 어긋남이 없게 될 것이다.

선지식들이 그렇게 일러도 우리들은 상(相)에 끄달릴 수밖에 없는 것처럼, 일상의 삶에서는 오히려 형식이 내용을 규율하는 측

---

* 『남명집』, 「유두류록(遊頭流錄)」

면이 더 크다고도 하겠다. 같은 사람이 예비군복 입었을 때와 양복 입었을 때의 자세가 다른 것이 그 방증이라 할 터이며, '깨진 유리창 이론(Broken Window Theory)'*도 그 한 예라 할 수 있을 것 같다.

한편, 삶은 본질적으로 고통스럽고 지루하여 어떻게든 의미를 부여할 수 있는 요소들을 배치하여 생(生)과 사(死) 사이의 빈 시간을 메워 나가야 하는 것인데, 리추얼은 그 의미부여의 요소일 수도 있을 것이다.** (2019. 6. 23)

---

* 1982년 제임스 월슨과 조지 켈링이 발표한 범죄심리학 관련 논문에서 주장된 이론. 자동차를 창문을 깬 상태로 방치해 두면 곧 배터리와 타이어 같은 것이 없어지고, 낙서가 난무하며, 쓰레기가 투기되는 등 엉망이 된다는 것이다.

** 가령, 산 가까운 데로 갈 것 같으면 물을 조금 받아 와 차를 끓여 보고, 비 내리는 봄밤이면 짐짓 춘정(春情)에 잠겨 「춘야희우(春夜喜雨)」를 읊어 보고, 참꽃 피면 화전 부쳐 막걸리 한잔 마셔 보고, '뜰앞 살구나무에 꽃이 터져 나오는 봄날'이면 『무녀도』를 들춰 보고, 나른한 봄 하늘을 배경으로 목련이 피어나면 그 꽃그늘에 앉아 멀리 떠난 벗을 그리며 소리 높여 〈4월의 노래〉를 불러 보는 것 등도 패턴화된 삶의 요소로서 리추얼의 범주에 든다 할 것 같은데, 이런 것마저 없다면 삶이 너무 적막하지 않겠는가. 며칠 전, 저서를 출간했다 하여 신문사에서 행한 유종호 교수의 인터뷰 기사를 읽었다. 그중 일부가 이 글에서 피력한 나의 삶에 대한 관념 및 그 삶을 건너는 방도에 부합한다고 여겨져 부기(附記)한다. "사르트르식으로 본다면 인생은 의미가 없어요. 의미가 없다고 단정하면 세상 살기 어렵죠. 보잘것없는 글, 팔리지 않을 책이라도 의미를 붙이려 씁니다. 쓰는 행위는 본질적으로 자기 위안의 과정이니까요."(〈매일경제〉, 2019. 6. 20.)

我所見一局面而已

　내가 보는 것은 한 국면일 뿐이다.

　대상 A는 보는 자의 위치에 따라 a, b, c, d⋯의 여러 국면을 띤다. 보는 자의 위치는 자신의 업식(業識)에 의해 규정된다.

　공동의 생활이 어려운 것은 오해 때문이라고도 할 수 있을 터인데, 오해는 한 대상을 두고도 보는 국면이 이렇게 다르기 때문에 생기는 것이 아닐까 싶다.

　고등학교 국어책에 실린 「한국의 미(美)」라는 맛깔스런 글을 통해 알게 된 김원룡 선생의 수필 모음집*을 다시 읽다가, 그 오해 등과 관련된다 할 두어 대목에 눈길이 멈추었다.

　젊은 날 미국에 유학하던 때. 선생은 미국인 친구로부터 자기 집에서 지내라는 권유를 받고 응했다. 그렇게 지내던 어느 날. 친구는 출근하고 집엔 선생과 친구 부인만 있게 되었다. 거실에 앉아 있던 선생의 눈에 개미들이 열을 지어 욕실 문 쪽으로 이동하는

＊　김원룡, 『나의 인생 나의 학문』, 학고재, 1996.

모습이 들어 왔다. 선생은 자세히 관찰하고 싶어 엎드려 거실 바닥과 욕실 문 사이의 틈을 들여다보았다. 그 순간 욕실 문이 열리면서 친구 부인이 나와 선생을 내려다보았다. 그 시선에는 경멸이 가득하였다. 당황한 선생이 개미, 개미, 하고 손가락질하였으나 개미들은 이미 온데간데없었다.

유학 후 국립박물관에 근무할 때, 선생은 어느 저녁 모임에 참석해야 했다. 박봉이던 때라 집에는 겨우 왕복 버스비밖에 없었다. 모임 후 선생이 몰래 빠져나오려는데 지인 K씨가 택시를 잡고는 함께 가자고 했다. 집의 위치로 보아 K씨가 먼저 내려야 할 형편이었다. 택시가 K씨 집 근처에 멎었고, K씨는 호주머니를 뒤졌다. 돈이 없는지, K씨는 집에 가서 돈을 가져와야겠다 했다. 그냥 들어가시라 하고는 택시를 자기 집 쪽으로 출발시켜야 했으나, 선생은 그럴 수가 없었다. 선생은 체면이 송두리째 뽑히는, 그야말로 처참한 심정으로 K씨가 돈을 가져오기를 기다렸다.

비록 짧은 시간이었겠지만, 자신에게 내리꽂히는 친구 부인의 경멸 어린 시선을 선생은 도대체 어떻게 감당했을까? 선생으로서는 나름의 사유가 있었으되, 친구 부인이 선 자리에서는 그 사유가 보일 리 없는 것이다. 친구 부인은 자신이 선 자리에서 보이는 국면만 볼 수밖에 없을 터이다.

K씨 역시 자신이 선 위치에서 선생의 처신을 볼 수밖에 없었을 터, 선생은 참으로 상종할 수 없는 수전노로 각인되었을 것이다. 과

연, 선생의 술회에 의하면 이후 다시는 K씨를 만날 수 없었다.

여느 사람들과 마찬가지로, 친구 부인이나 K씨가 자신의 입장에서 선생의 입장으로 이동하여[易地] 선생의 상황을 봐 주길[思之] 기대하는 것은 실로 어렵다 하겠다. 사람이 본디 그러한 존재이기 때문이다.

그러한 오해 등의 문제와 관련하여, 나의 직 · 간접 경험도 두어 가지 거론해 본다.

오래전 아내의 산책 중, 뒤에서 자전거 벨이 울렸다. 아내는 길 가장자리로 비켜 걸었다. 그러면 자전거가 충분히 지나갈 수 있으리라 여겼던 것이다. 그래도 벨이 울렸다. 아내는 무시하고 계속 걸었다. 벨이 자꾸 울리자 아내는 짜증스런 표정을 지으며 돌아보았다. 아뿔싸! 자전거 짐칸에는 긴 각목들이 가로로 실려 있는 것이 아닌가.

아이가 중학교 때 학교 친구와 싸워, 친구가 제법 상처를 입었다. 친구가 치료받는 병원에 나, 아내, 아이가 함께 가서 사죄하며 대기하고 있었다. 밤에는 조부님 제사를 모셔야 했다. 조부님 제사 때는 친척들이 일찍 오시곤 했는데, 그날은 그럴 형편이 못되었다. 전화로, 저녁식사 하시고 좀 늦게들 오시라 했다. 이유는 말하고 싶지 않았다. 제사에 임박하여 오신 친척 한 분이 좋지 않은 말씀을 하셨다. 늦게 오시란 말에서 오는 것을 거부하는 듯한 느낌을 받으셨던 모양이다. 참으로 참담한 심정이었다.

누구라도 그러겠지만, 아내와 친척은 자신의 입장에서 보이는 부분만으로 전체 상황을 재빨리 규정해 버렸다. 그 '자신의 입장'에서 조금 이동하면 동일한 대상이라도 다른 국면이 보일 텐데, 사람들에게 그 조금의 이동은 거의 불가능하다시피 한 것이다.

이렇듯, 이해할 수 없는 상황을 접했을 때 그 상황에도 나름의 이유가 있을 것이언만 우리는 대체로 자신의 편의대로 해석해 버린다. 그 편의대로의 해석은 자신에게 보이는 부분만으로 상황을 단정하는 것이겠는데, 그 보이는 부분이 전부이고 나머지는 없는 것이다.

해결책은 없을까? 이론적으로는 없지 않다고 생각된다.

'내가 보는 것은 한 국면일 뿐'이라는 사실만 깊이 자각하고 있으면 그러한 단정을 제법 피할 수 있을 터이다.

또 하나의 방도는 '나름의 사정이 있었겠지.' 생각하는 것이겠다. 그런데 이런 관용은 마음이 안정되고 여유가 있어야 가능할 터이다. 그렇지 않으면 즉각 즉각 칼질(단정)을 하기 마련이다.

그런데 단정을 하더라도 표현을 좀 완곡하게 하면 상대의 상처가 훨씬 덜할 수 있다. 조모님은 생전에 갈등 상황 속에서 자주 말씀하셨다. "대강 하고 말아라." 갈등이 극한에 이르면 참으로 대강 하고 말기가 어렵다. 상대방의 가슴에 대못을 박아야 직성이 풀릴 것 같은 것이다. 그러나 항룡유회(亢龍有悔)*라 했던가, 대못을 박은 그 순간부터 후회가 있을 따름이다. 정작 그 대못은 자신의 가슴에 박히는 것이다.

나이가 들었다는 것은 다양한 상황을 경험했다는 것이니, 그만큼 상황에 대한 시선이 유연해야 한다. 그런데 주위를 보면 나이 들어 유연해지는 경우는 극히 드물고 대부분은 오히려 더 고루해지는 것 같다. 이유는 간단하다. 상황을 경험할 때마다 성찰을 하지 않아서이다. 사람은 자기가 생각할 수 없는 것을 생각할 수는 없으므로, 우선 성찰의 보조가 될 수 있는 도구(tool)를 많이 간직해야 한다. 그 도구들을 토대로 경험하는 상황마다 성찰을 거듭하다 보면, 지식으로서의 도구는 지혜의 도구로 전화(轉化)할 것이다.** 어찌 보면 삶의 의미 또는 목적이 있다면 그러한 지혜의 확대에 있지 않을까 싶은 것이, 그 지혜의 시선이라야 보다 온전하게

---

* 『주역』 건괘(乾卦) 上九의 효사(爻辭)이다. '끝까지 올라간 용이니, 후회가 있으리라.'로 번역된다. 극한으로 올라가 버리면 떨어질 일밖에 없는 것이 세상사의 이치인 것이다. 왕조시대에 주로 진퇴(進退)의 문제에 붙여지던 구절인데, 그 외연을 조금 확장하면 오늘날에도 참으로 요긴한 일상의 경구(警句)가 되지 않을까 싶다.

** 예컨대, '세옹지마(塞翁之馬)'라는 고사성어에 대한 지식 같은 것도 도구의 하나라 하겠다. 살아가다 심하게 엎어졌을 때, 그 초기에는 누구나 앞이 보이지 않고 절망에 사로잡힌다. 한동안은 무릎에 흐르는 피를 내려다보며 망연해 있을 것이다. 그러다가 새옹지마 고사를 떠올리고는 불끈 몸을 일으켜 다시 걷는다. 걸어지는 것이다. 쩔룩거리며 한참을 걷다가, 걸어온 길을 돌아본다. 제법 멀리 왔다. 조금 더 가다 보면 좋은 일도 만날 것 같고, 실제로도 그렇게 된다. '아, 세상사 참으로 일희일비(一喜一悲)할 것이 아니구나!' 하는, 지혜가 증득되는 것이다. 사실 지식은 가치(假齒)마냥, 거의 힘이 없다. 이렇게 경험의 상황 속에서 되새김질을 통해야 비로소 힘이 생기는바, 그 힘 있는 지식이 지혜일 터이다.

세계를 인식하고 음미할 수 있을 것이기 때문이다.

그러나 이론적으로는 그렇게 말할 수 있겠지만 실제적으로는 참으로 어려운 문제이다. 오늘날 소통이 강조되고 공감능력이 중시되는 것도 그 어려움의 방증이라 하겠다. (2019. 8. 30)

행복 시방서

사람들은 살아가면서 자신에게 자주 묻는다. '왜 사는가?' 생각해 보면, 태어났으니 살아가는 것 이외에 달리 방도가 없기도 해보인다. 자진(自盡)이라는 것이 없는 것은 아니지만, 그것은 아주 특별한 경우라 하겠다. 그러나 삶에 있어서 바라는 바는 한 사람의 예외 없이 행복인 것 같다. 그러면 행복에 이르는 방법을 심사숙고하고, 그 실천에 전심진력(專心盡力) 하는 것이 논리적으로 합당할 것이언만, 우리 인간은 숙명적으로 그렇게 논리적일 수 없는 모양이다.

행복도(度)는 필요를 분모로 하고 충족을 분자로 하는, 또는 목표를 분모로 하고 달성을 분자로 하는 산식(算式)으로 측정될 수도 있을 것 같다.

그렇다면 행복에 이르는 방법은 간단하다 하겠다. 필요나 목표를 내리든지 충족이나 달성을 높이면 되기 때문이다. 그러나 그 실천에 있어서는 둘 다 결코 쉽지 않다. 살아가면서 생기는 우리의 욕구를 찬찬히 들여다보면, 충족이나 달성을 높이는 것은 그야말로 마테를링크 소실의 파랑새 찾기나 김동인 소설의 무지개 좇기처럼 불가능에 가까운 것이다. 나는 인간의 속성은 욕심과 분별이고, 욕심은 황금을 비로 뿌려도 근원적 충족이 어렵다고 여긴다. 그렇다면 필요나 목표를 내리는 것이 조금은 더 현실적이겠다.

필요나 목표를 내리려면 무엇보다 무상(無常)의 이치를 깊이 인식하고 수시로 상기해야 하리라 싶다. 필요나 목표를 직접적으로 내리는 것은 어렵다. 어둠은 그 자체를 없앨 순 없고 밝음을 들이대면 저절로 없어지듯이, 필요나 목표는 무상의 인식과 상기 앞에선 잠시 잠시라도 서리 맞은 호박덩굴이 되곤 하는 것이다.

필요나 목표와 관련하여, 햇빛과 운동화만 있으면 족하다던, 아우슈비츠 수용소에서 살아남은 어떤 사람의 소망은 시사하는 바 크다 하겠다. 사선(死線)을 넘은 자의 필요의 기준은 거의 0일 터, 매사가 감사할 일일 것이다. 그러니 가벼운 운동화 신고 따스한 햇빛 속을 산책할 수 있다면 그것으로 충분하다는 것이었으리라. 20년을 감옥에서 지냈던 신영복 선생이 감방의 창으로 들어와 10여 분 머물다 떠나 버리던 신문지 한 장만 한 햇빛 때문에 삶을 지탱할 수 있었다는 술회도 우리는 기억해야 할 것이다.

나의 경우, 산촌의 가난한 농가에서 자란 터라 물적(物的) 또는 외적(外的) 필요의 기준은 상당히 낮은 편이다. 그러나 내적인, 자유에의 기준은 극도로 높았다. 젊은 날 라즈니쉬 등이 삶에 있어서의 완전한 자유를 주창했던 것에 영향받은 바 컸던 것 같다. 그렇게 기준이 높다 보니 현실의 삶은 구속으로 여겨졌고 힘들었던 것이다. 그래서 책 속으로, 산속으로, 술 속으로 도피하면서 '지금'과 '여기'를 부정하는 한편 '나중'과 '저기'를 갈구하였다. 내가 퇴계 연구로 박사학위 논문을 썼던 것도 퇴계의 삶에서 내가 추구하던 자유의 아우라를 느꼈기 때문이고(물론 나의 주관적 판단이지만), 30대 중반에 어영 집을 마련한 것도 자유 추구의 일환이었다. 그러다 한 50세를 전후하여, 인간은 상대적으로 좀 뛰어난 측면이 있긴 해도 기본적으로는 동물의 한 종류일 뿐이고, 잡다한 욕구와 노(老)·병(病)·사(死)를 필수로 하는 육신의 존재이며, 그러한 생물학적 한계를 지니는 까닭에 완전한 자유는 가능한 것이 아니라는 생각을 확고히 하게 되었다. 인간의 내면 또한 얼마나 비합리적이고 모순적인가. 그렇게 기준이 낮아지니 비로소 '지금'과 '여기'를 수용할 여지가 생겼던 것이다.

결론적으로 필요의 기준을 낮추는 것이 긴요한데, 문제는 그것에 자발(自發)이 거의 허용되지 않는 점이라 하겠다. 적나라하게 말하자면, 외부에서 나를 박살 내어 주어야만 내 필요의 기준이 낮아질 수 있다는 것이다.

행복하려면 수용하는 자세도 진작해야 할 것이다. 결과를 수용할 수 있으려면 모든 과정에 최선을 다해야 한다. 진인사(盡人事) 해야만 대천명(待天命) 할 수 있는 것이다. 최선을 다해 더는 어찌할 수도 없었다면, 그 결과가 설사 여의치 않더라도 받아들일 수 있을 터이다.

수용하는 자세와 관련하여 우리는 노자가 설파한 '상선약수(上善若水)'(『도덕경』 8장)도 곱씹어야 하리라. 최상의 선은 물과 같은 처신이라는 것이다. 물이 어떠한가? 자기주장이 없다. 『도덕경』에서 '부쟁(不爭)'이라 한 것은 이러한 의미라 하겠다. 둥근 그릇에 담으면 둥근 모양이 되고, 네모난 그릇에 담으면 네모난 모양이 된다. 가장 낮은 곳[合當處]만을 찾아 흐르며, 흐르다 막히면 머물고, 세력이 되면 넘는다. 결코 무리하는 법 없이 순리만 따르는 것이다.

행복하려면 나를 남과 비교하지 말아야 한다. 인간의 불행이 거울의 발명으로부터 시작되었다는 말은 참으로 의미심장하다 하겠다. 그런데 비교는 분별의 범주에 속하고 분별은 인간의 속성일 것이어서, 나를 남과 비교하지 않는 것은 기실 가능한 것이 아니다. 여기서 앞서 말한 악에 대한 선, 어둠에 대한 밝음의 역할을 할 수 있는 것이 자기만족 아닐까 싶다. 자기만족이 크면 설사 나를 남과 비교한다 해도 열등감과 질투심에 매몰되지 않고 남의 우위를 기꺼이 인정할 수 있다는 것이다.

자기만족과 관련하여 우리는 산의 나무와 꽃을 유심히 볼 필요가 있겠다. 나무가 크다고 우쭐하고 작다고 소침해 보이던가? 또 꽃은 어떠하던가? 봄이면 나무와 꽃은 크면 큰 대로 작으면 작은 대로, 또 붉은 것은 붉은 대로 흰 것은 흰 대로 자기의 존재를 한껏 발산하여, 하나 더하고 뺄 것 없는 완전체를 구현하니, 봄의 숲속에 한가롭게 앉아 있어 보면 절로 드는 느낌이다.

행복하려면 걱정하고 불안해하지 말아야 할 것이다. 사후적으로 보면, 걱정한 것 중 현실화되는 것은 극소수이다. 또, 길이 막히면 다른 길이 열리는 법이다. 사형 집행 직전에 사면받은 도스토옙스키의 예에서 보듯이 상황은 생물처럼 끊임없이 변화하니, 오늘 밤을 걱정과 불안으로 지새우지 말고 내일 아침에 처음부터 다시 생각해 볼 일이다. 진인사대천명(盡人事待天命)은 걱정과 불안 해소의 처방이기도 하겠다. 일상에서 내가 할 수 있는 것을 다하고 나머지는 던져 버리는 자세가 습관이 되어야 할 것이다. 또, 주위를 보면 체력이 강건하여 웬만한 걱정과 불안은 돌파해 버리는 사람이 더러 있다. 달리다가 돌부리에 걸릴 때 다리 힘이 좋은 이는 약간 휘청하다가 계속 달려갈 수 있지만, 다리 힘이 좋지 않은 이는 그대로 넘어져 버리는 것이다(정상의 상태라면 다리 힘과 마음의 힘이 다르지 않아야 한다). 따라서 체력 단련도 걱정과 불안 해소의 처방으로 제시될 수 있지 싶다.

소확행(小確幸)에 대해서도 언급해야겠다. 소확행이란 말을 처음 접했을 때는 무언가 좀스러운 느낌이 들고 잗다란 것에 매몰되는 듯한 삶의 태도가 연상되어 좀 부정적이었지만, 행복의 척도가 주관적이고 다행해졌다는 점은 참으로 긍정할 만하다고 생각된다. 이전에는 행복의 척도가 객관적이고 단일했다. 재산, 학력, 직업 등에 의해 일률적으로 재단되었던 것이다. 그러나 아내와 산책길에 갓 구운 붕어빵을 한 봉지 사서 나누어 먹는 그 작은 것에서 구체적인 행복을 느낀다면 그 또한 그만일 터이다. 쉽진 않겠지만 재산, 학력, 직업 등 사회적 잣대에 크게 구애되지 않고 자신만의 잣대를 지니고 살면서 행복을 느낀다면, 그 역시 무슨 상관할 바이겠는가.

행복에 대한 논의에서는 요즈음 회자되는 워라밸과 오버투어리즘에 대한 성찰도 빠뜨릴 수 없을 것 같다.

워라밸은 일(Work)과 삶(Life)의 균형(Valance)을 의미한다. 요즈음 이 말이 회자되는 것은 그간의 일 중심 현상에 대한 반성과 개인의 권리의식 고양의 결과로 이해된다. 그런데 지금의 현상을 보건대, 중심이 저쪽 끝의 일에서 이쪽 끝의 삶으로 이동하여 또 다른 불균형이 시현되고 있는 것이 아닌가 싶다. 일은 지옥이고 삶은 천국이며, 일은 삶의 경제적 조건을 해결하기 위한 수단일 뿐이라는 의식이 팽배한 것 같다. 월~금은 토 · 일의 삶을 위해 지옥을 감수하는 시간인 듯한 것이다. 7일 중 5일을 수단으로서 폐기하고서야 균형 운운(云云)은 가당치 않으며 온전한 삶도 불가능할 터이다. 일과 삶은 그렇게 양극단에 자리하는 것이 아니다. 따라서 일을 저쪽 끝에 두고 삶을 이쪽 끝에 둘 것이 아니라, 양자를 가운데에서 공존케 해야 할 것이다. 그러려면 일과 삶의 관계에 대한 깊고 오랜 사색이 전제되어야 하리라.

일을 기피하고 삶을 추구하는 현상에서 사람들이 그 삶의 요소로서 가장 중시하는 것이 여행과 먹는 것이 아닌가 싶은데, 거칠게 말하자면 지금의 여행은 소비주의 및 과시주의의 한 형태에 지나지 않아 보인다. 그래서 일부에서는 그 부정적 측면에 오버투어리즘(Over-Tourism)이라는 표찰을 붙이고 있다. 여행의 진정한 의미는 독만권서(讀萬卷書)와 짝이 되는 행만리로(行萬里路)에 있을 터이다. 그것은 소비가 아니고 생산이며, 과시가 아니고 성찰인 것이다.

행복은 '지금'과 '여기'에서 결판을 내어야지 '나중'과 '저기'를 기웃거리면 파랑새 찾기나 무지개 좇기의 결과이기 십상일 터이다.

행복의 조건으로 교감 또한 거론하지 않을 수 없겠다. 아무리 뛰어난 맛이나 아름다운 경치, 감동적인 책이나 재미난 영화라도 그 느낌을 혼자 누린다면 무언가 좀 미진하다는 생각이 들지 않겠는가? 그 느낌을 다른 사람과 공유할 수 있다면 감흥은 증폭한다. 혼자서는 잠시 즐거울 수 있어도 오래 즐거울 수 없는 법이니, 「월하독작(月下獨酌)」의 정취도 가끔씩일 뿐이다. 우리가 글을 쓰고 그림을 그리며 음악을 만드는 것도 교감 본능의 발현일 터이다. 그래서 행복을 위해서는 기본적으로 일상을 함께하는 가족과 교감할 수 있어야 하고(유감스럽게도 대체로 그렇지 못한 것 같다), 교감 가능한 친구 몇도 없어서는 곤란하다 하겠다. 교감은 관계라고도 할 수 있을 것이며, 사랑이라고도 할 수 있을 것이다. 여하튼, 피로 이루어진 존재는 피로 이루어진 또 다른 존재와 손을 잡고 가슴을 열어 그 피의 온도를 높이는 한에서 행복감이 배가된다는 사실을 우리 대부분은 경험으로 터득한 바 있지 싶다.

법정 스님이 제안했던 행복의 방법 하나도 생각난다. '텃밭을 가꾸어라.' 텃밭 가꾸기의 묘미를 모르는 사람에게는 느닷없다는 느낌도 들 것 같다. 그러나 봄날 등으로 따뜻한 햇볕을 받으며 밭

고랑에 앉아 풀을 뽑거나 씨를 묻고 있으면, 그 제안이 참으로 적절하다고 수긍할 수 있지 싶다. 새삼 삶이 감사하다고 생각되기 때문이다. 텃밭 가꾸기의 제안은 기실 소박한 삶, 자연 친화적인 삶, 생명 경외적인 삶에의 주문에 다름 아니라고도 하겠는데, 삶이 영위되고 세계가 작동하는 모습에 비추어 보면 소박과 자연과 생명 같은 가치를 도외시한 행복감은 가능하지 않을 터이다.

나는 어떤 대상에 대해 연민(憐憫)을 느껴야(느껴져야지, 느껴야 한다면 이미 연민이 아닌 것 아닌가?) 하는 이유가 그 대상의 모습이 나의 잠재적인 모습(일종의 가능태)일 수도 있기 때문이라고 여기려 하는 편이다. 지금의 내 모습은 많은 가능성 중에서 하나가 우연과 필연의 착종(錯綜)으로 나타난 것이며, 나의 가능성 중에는 연민 대상의 모습 또한 포함되어 있다는 것이다. 그러므로 내가 이렇게 간절히 행복을 바라듯 남 역시 그러하다는 사실에 대해서도 늘 깨어 있으려 노력해야 하리라. (2020. 1. 30)

남의 업식에 간여치 말라

대부분의 사람은 남이 나를 비판하거나 무시하는 것에 대해 크게 분노한다. 그런데 곰곰이 생각해 보면 그러한 분노는 어처구니없다고까지 말할 수도 있을 것 같다. 왜 그런가? 남의 나에 대한 비판이나 무시는 그 남의 업식 소산(所産)이기 때문이다. 사람에게 자유의지가 없는 것은 아니지만, 업식은 대체로 불가항력적인 속성이 있는 것이다.

그러한 점은 우리의 삶을 관찰해 보면 어렵지 않게 수긍할 수 있을 터이다. 우리 삶에서 표출되는, 다시 말해 우리의 감각기관이 외부의 대상을 접함으로써 생겨나는 감정들은 절대다수가 수동적이다. 예컨대, 믿음은 믿는 것이 아니라 믿어지는 것이다. 의심 또한 의심하는 것이 아니라 의심되는 것이고, 좋음 역시 좋아하는 것이 아니라 좋아지는 것이다. 믿음, 의심, 좋음은 의지로 되는 것이 아니다. 의지로 믿고, 의심하고, 좋아하면 지속 가능성이 없어 옳은 믿음, 의심, 좋음이 될 수도 없으려니와, 그것은 애당초 믿음, 의심, 좋음 자체가 아닌 것이다.

그의 나에 대한 비판이나 무시 역시 나의 모습, 행위, 언어 등에 대한 그도 어쩔 수 없는 그 자신의 업식의 힘[業力]이 작용한 결과이다. 똑같은 나의 모습, 행위, 언어 등에 대해 또 다른 사람은 칭찬하거나 존경을 표할 수 있다. 그것 역시 그의 업력의 작용인 것이다. 그렇다면 남이 나를 비판하거나 무시한다고 분노하는 것은 조금 비약해서 말하면 그림자 붙들고 씨름하는 것과 다를 바 없다고도 하겠다. 그러니 어처구니없다는 말이 크게 틀리지는 않은 것이다.

같은 바람을 맞아 소나무는 솔바람 소리를, 대나무는 댓바람 소리를 낸다. 남의 나에 대한 비판이나 무시를 향한 분노는 소나무에게 왜 댓바람 소리를 내지 않고 솔바람 소리를 내느냐고, 또 대나무에게 왜 솔바람 소리를 내지 않고 댓바람 소리를 내느냐고 윽박지르는 격이니, 이것이 어처구니없는 것이 아니고 무엇이랴.

여하튼, 나를 비판적으로, 또는 무시할 만한 대상으로 인식하는 남의 시각은 내가 간여할 수 있는 영역이 아니다. 그가 그렇게 보는 것을 내가 어찌한단 말인가. 더구나 그러한 시각이 그 남 또한 어찌할 수 없는 강고한 업력에 휘둘린 결과임에랴!

남의 견해에 대해 시비(是非)하는 것도 업식 간여라 할 수 있겠다. 견해 역시 업식의 소산이기 때문이다. 물이 가장 마땅한 곳을 고르고 골라 흐르길 되풀이한 결과 물길이 만들어졌듯이, 한 사람의 견해 역시 그의 삶 전체에 비추어 보면 대체로 그럴 수밖에 없는, 마땅한 귀결일 터이다. 그런데 우리는 그 견해를 자기의 관점에서 끊임없이 옳다 그르다 시비한다. 나는 이 지점에서 에드문트 후설이 설파했던 '판단중지(epochē)'에 귀 기울이지 않을 수 없다. 더는 판단(시비)하지 말아야 하는 것이다.

남의 견해에 대한 시비는 일종의 폭력이기까지 하다. 서구 시민사회의 요체가 자아의 인식과 그를 바탕으로 한 자유의 쟁취였음에 비해, 동양의 전통 농경사회에서는 가문, 마을, 국가 등 집단의 규율이나 가치가 자아나 자유의 관념을 압도했고 그런 경향은 지금도 곳곳에서 목격된다. 그런 만큼 서구와 동양은 폭력의 기준이 다를 수밖에 없는데, 우리 사회는 자아에 대한 섬세한 인식의 부재에서 빚어지는 언행이나 한 개인의 사유세계에 대한 시비가 폭력이라는 관념 자체가 거의 없는 것 같다. 요즈음 나는 강한 어조, 확신에 찬 어투조차 좀 부담스럽다. 그 어조, 어투에서는 나의 사유를 몰아붙이는 힘(일종의 폭력) 같은 것이 느껴지곤 하기 때문이다.

내가 이론으로가 아니라 실천으로 남의 견해에 개입해서는 안 되겠다는 생각을 갖게 된 계기가 있다. 어릴 때부터 보아 왔던바, 친척 중 한 분이 제사에 정성이 없었다. 나는 그 행태를, 나아가 그분 전체를 성인이 된 이후에도 한참이나 싫어했다. 그러다가 죽음과 제사에 대한 내 생각에 큰 변화가 있고 나서야 그 싫음을 멈출 수 있었다. 짐작하건대 그분은 우리가 제사에 부여하는 가치에 대한 믿음이 없지 않았나 싶다. 믿음이 없으니 정성 또한 없을 수밖에 없겠고, 믿음 없는 것 역시 그분 삶의 마땅한 귀결일 터에 제사의 가치에 대한 우리의 믿음이 옳다는 증거는 또 어디에 있나.

그러니 이치적으로 보면 남의 견해에 시비할 것이 아니며, 그럼에도 시비함은 가히 폭력인 것이다. 폭력이 자행되고 용인되어서야 쓰겠는가?

조금 덧붙여야 하겠다. 업식과 관련된 것은 아니지만, 서두에서 말한 나에 대한 남의 무시(업신여김)를 보다 현실적으로 성찰해 볼 도구일 수 있겠다 싶은 생각 내지 남의 업신여김에 대한 위에서의 업식 논리와는 또 다른 해법일 수 있겠다 싶은 생각 때문이다.

사실 남의 업신여김에 대한 나의 분노는 본능적인 것이어서, 최선이라 할 사전의 통제는 거의 불가능하다. 차선은 사후에라도 가급적 빨리 알아차리는 것이라 하겠는데, 다음의 『맹자』「이루장구(離婁章句) 上」의 구절은 그 알아차림의 촉매가 될 수 있을 것 같다.

사람은 반드시 스스로 업신여긴 뒤에 남이 그를 업신여기며, 집안은 반드시 스스로 허문 뒤에 남이 그것을 허물며, 나라는 반드시 스스로 친 뒤에 남이 그것을 치는 것이다(夫人必自侮然後 人侮之 家必自毀而後 人毀之 國必自伐而後 人伐之).

한마디로 말하자면, 남의 나에 대한 업신여김은 그 원인 제공자가 나 자신이라는 것이다. 사실이 그렇지 않던가. 대개 내가 업신여김을 당할 만하니 남이 나를 업신여긴다. 그러함에도 우리는 나를 성찰할 생각은 하지 않고 그 남에 대한 분노부터 표출한다. 그 분노의 표출이야 본능이라서 어쩔 수 없다 하더라도, 얼른 '아, 나 스스로가 나를 업신여겼구나!(내가 업신여김당할 짓을 하였구나!)' 하고 알아차려야 하는 것이다.

  글을 맺으며 스스로에게 경계하노니, 제발 남의 업식에 간여
하지 말라. (2020. 9. 30)

다산(茶山)의 비질

지난 연말 즈음에 친구가 읽어 볼 만하다면서 누군가가 쓴 글을 카톡으로 보내왔다. 최정예 관료에서 하루아침에 궁벽한 전라도 땅 해남으로 유배를 간 다산 정약용이 절망에 빠져 무너져 가는 자신을 일으켜 세우기 위해 매일 아침 빗자루로 마당을 쓸었다는 내용이었다.

출전(出典)을 확인해 보지는 않았으나 그럴 법하다 여겼으며, 좋은 말과 글이 난무하는 요즈음 웬만한 내용에 대해서는 별로 주목하지 않는 편인데 그 글은 뇌리에 한참 남아 이런저런 생각을 하게 하였다.

그 생각 중 하나는 '비질의 의미'라 하겠다.

어릴 적 고향집에서 마당 쓸기는 닭 모이 주기와 함께 내 몫이었다. 흙 마당이었으되 잡초는 거의 없었으며, 어린 눈에는 퍽 넓어 보였다. 매일은 아니었겠지만, 나는 아침밥 전에 그 마당을 긴 대빗자루로 쓸고는 했다. 마당을 가로로 몇 등분하여 뒷걸음질하며 한 부분을 쓸고 또 다음 부분을 쓰는 방식이었다. 제법 시간을 들여 그렇게 다 쓸고 나서 돌아보면, 마당은 비질 흔적이 선명하니 깨끗하였고, 내 마음 또한 상쾌하였다. 그처럼, 나는 아침의 마당 비질이 기실은 '마음의 정화작업'임을 일찍이 체득할 수 있었던 것이다.

하루 시작 즈음의 그러한 마음정화는 만사여의(萬事如意)의 기본이 아닐까 싶다. 주자(朱子)는 「소학서제(小學書題)」 첫머리에서 쇄소지절(灑掃之節, 물 뿌리고 청소하는 예의범절)을 언급하고, 그것을 큰 배움[大學]인 제가치국(齊家治國)의 근본으로 규정하였다. 주자가 강조한 것은 물론 기초적 범절이지만, 그 강조에는 물 뿌려 비질하는 행위의 마음정화 작용 또한 상당하게 내포되었다고 나는 생각한다.

법정 스님은 어느 글에서 수행자가 아니었다면 아마도 청소부나 목수가 되었을 것이라고 밝혔다. 오래전 지인이 스님이 머물 때의 불일암을 다녀와서 하던 "자로 잰 듯 장작 쌓아 놓은 것이 스님 성품 그대로더구만."이라는 말을 듣고, 나는 스님의 청소부 운운(云云)을 떠올렸던 기억이 있다. 장작 쌓기뿐 아니라, 여러 면에서 귀감이 될 만한 스님의 철저한 삶의 질서는 청소와 맥락을 같이한다고 여겨진다.

근래 청소 및 정리의 심리학이 심심찮게 거론되고 있거니와, 1982년 제임스 월슨과 조지 켈링이 발표한 범죄심리학 관련 논문에서 주장된 '깨진 유리창 이론'도 앞서 말한 비질의 의미망에 포함된다고 하겠다. 외물(外物)이 내면(內面)에, 또는 형식이 내용에 미치는 영향을 잘 설명한 이론이다. 자동차가 짧은 시간에 쓰레기 투기 등으로 엉망이 되는 것은 깨진 유리창이 마음에 투사된 때문일 터, 선명하니 깨끗한 마당의 비질 흔적도 그렇게 마음에 투사되는 것이다.

또 다른 생각은 '패턴(Pattern)의 효용'이다.

오래전 가정사로 인한 난관에 봉착하여 꽤 긴 시간 마음고생을 심하게 하였다. 밤이 막막하였고, 아침이 두려웠다. 그때 내가 고수하고자 했던 바는 밤 10시쯤이면 '걱정은 내일 일어나서 다시 하자.' 왼 다음 자 버리고 어김없이 새벽 4시에 일어나서 산으로 가는 것이었다. '다 지나간다.' 했듯이 시간이 흐르면 폭풍우는 잦아드는 법, 만약 그때 내가 상황에 휘둘려 자포자기하고 불규칙적인 삶을 영위했다면 필시 몸과 마음이 적잖이 상했을 것이고 후유증도 만만치 않았을 듯하다. 결국 생활의 패턴화가 나의 '삶을 보호'했다고 하겠는데, 다산의 매일의 비질도 생활의 패턴화에 속하는 것으로 보이는 것이다.

경험상 건전한 정신은 건강한 육신이 아니면 깃들이기가 어려우니 정신은 건강한 육신의 부지(扶持)를 받아야 하며(거듭 말하건대, 그럼에도 정신과 육신은 하나이다), 무릎이나 척추 및 경추는 약하므로 그 환자들에게 의사가 주변 근육을 강화하라고 주문하는 것처럼, 나는 불안정하여 끊임없이 흔들리는 우리네 삶도 패턴화로 인해 보호될 수 있다고 믿는다. 땅에 펼쳐진 갑바(방수포)에 돌 몇 덩이만 놓으면 어지간한 바람에도 펄럭거리지 않듯이, 우리의 하루를 구성하는 요소 중 몇 가지만 패턴화시켜도 그것이 갑바 위의 돌이 되어 끊임없이 흔들리는 우리의 삶을 지긋하게 눌러 안정되게 만드는 것이다.

회사나 국가 등의 조직에서 주요 인사가 부재(不在)하게 되면 그 운영에 심대한 차질이 빚어질 것 같지만, 실제로는 대부분의 경우 그렇지 않다. 조직은 구성원 개개인을 초월하는 조직 자체의 운영원리인 시스템에 의해 작동하기 때문이다. 우리의 삶에서 그 시스템에 해당함 직한 것이 나는 패턴화가 아닐까 싶으니, 삶의 중요한 구성요소 몇이 패턴화되어 있으면 일상에서 날카로운 돌부리에 부딪히더라도 형편없는 모습으로 나자빠지는 일 없이 약간 휘청할 뿐 곧 자세를 추슬러 전진을 계속할 수 있는 것이다. 그렇게 삶이 계속될 수 있게 보호하는 힘이 패턴화의 관성력(慣性力)일 터이다.

이 패턴의 효용은 몇 년 전 댄 애리얼리 등에 의해 저술된 책 『루틴의 힘』(부키, 2020)이 주장하는 바와 전혀 다르지 않으며, 내가 앞서 쓴 글 「리추얼」과의 관계에서는 그에 포괄된다고 말할 수 있을 성싶다. 그러므로 삶에 있어서의 패턴은 최근 인구(人口)에 회자(膾炙)되는 루틴(Routine)이나 리추얼과 동일한 의미망 속에 자리한다고 하겠다.

눈 감고, 상상하며 상념에 잠겨 본다. 간밤 잠을 설치게 하던 신세의 처량함과 앞날의 막막함을 걷어차고 이른 아침 마당으로 나선 다산. 한참이나 저 멀리 해무(海霧) 어린 구강포(九江浦)를 묵묵히 바라보고는, 대빗자루를 집어 들고 마당을 쓴다. 어제도 그랬고, 내일도 그럴 것이다. 무너지려는 자신을 그렇게 일으키고 또

일으킨 세월이 18년, 다산은 꿈에도 그리던 고향 마제로 귀환할

수 있었다지…. (2021. 1. 28)

폐사지에 앉아

1999년도에 어영 집을 마련하고 주말마다 들러 지내면서, 오랜 습관대로 새벽에 산행을 하였다. 마침 동네 바로 뒤가 산이어서 이 길로도 다녀 보고 저 길로도 다녀 보다가, 드디어 한 길을 산행코스로 고정하였다. 매번 산 너머 개울가의 열 평 남짓한 터에서 운동하고, 가끔은 맑디맑은 개울물에 세수도 한 후에 하산하곤 했던 것이다.

그런데 지난겨울 동네 상수원 정비를 위해 중장비로 그 길을 넓힌 결과, 호젓한 맛이 사라져 버렸다. 다른 코스가 필요했다. 즉각 떠오른 것이 폐사지였다. 오래전 참취를 캐다가 발견했고, 느낌이 좋아서 뇌리에 남아 있었던 것이다.

절터는 산 8부쯤 높이에 자리한다. 뒤로 장대한 바위가 병풍처럼 두른 비탈에, 석축을 높이 쌓아 겨우 건물 하나 들어설 자리가 마련된 것이다.

90세를 바라보는 동네 노장(老丈)께 절을 아시느냐 물었더니, 당신 어릴 때 이미 폐사 상태였다고 답했다. 동네가 임진왜란 때 피난민들에 의해 형성되었다 하므로, 절은 17세기쯤 생겨 19세기

이전에 무너지지 않았을까 짐작해 본다.

절의 흔적으로는 석축, 돌탑, 그릇 조각이 전부이다.

앞면 석축은 그런대로 온전한데, 아마도 쓰인 돌들이 크기 때문일 듯하다. 돌들의 크기로 보면 결코 작다고는 할 수 없을 역사였던 것 같은데, 이 외딴 산골에서 적지 않았을 인부들이 긴 시간 어떤 모습으로 노역을 했던 것일까? 또 인부들은 흐르는 땀과 거친 호흡 속에 무슨 소망을 간직했던 것일까?

절터 들머리 좌우에는 축구공 크기의 돌들로 구성된, 밑 부분만 남은 탑 둘이 보인다. 누가 무슨 마음으로 쌓았던 것일까? 절에 오는 사람들이 그 자리쯤에서 갖가지 소원을 빌며 합장한 후 돌하나씩을 들어서 놓곤 했을까? 필시 허름했을 입성의 그 아낙네들은 어디로 갔으며, 간절했을 그네들의 소원은 또 어디로 흩어져버렸는가?

낙엽이 두껍게 쌓인 절터에서 발견된 것은 공교롭게도 2~3cm 크기의 그릇 조각 6개다. 종류로는 질그릇으로 보이는 것, 연 하늘색 유약을 바른 것, 갈색 유약을 바른 것 세 가지이다. 무슨 용도로 쓰였던 것일까? 무슨 용도로 쓰였건, 씻긴 그릇들은 공양 간 한쪽의 대나무로 만들어진 살강에 엎어져 다음 용도를 기다렸으리라. 그 그릇들에 물을 담아 불전에 놓던, 그 그릇들에 밥과 국을 담아 공양하던 수행자의 모습을 그려 본다. 그는 또 어디로 갔는가?

기와 조각 하나 보이지 않는 것으로 짐작하건대, 절은 아마도 초가였던 모양이다. 하기야 이 가파른 산속에 기와는 언감생심이었을 터이다. 절은 과연 어떤 모습이었을까?

불상이 없지는 않았을 터인데, 어디로 간 것일까? 마지막 수행자가 가지고 갔을까? 목불(木佛)이어서 썩었거나 소실된 것일까?

물은 어디서 구했을까 싶어 주변을 둘러보다가, 절터 200m쯤 아래에서 바위틈으로 가늘게 흐르는 물줄기를 발견했다. 물의 양이나 절터와의 거리로 보면 꽤 불편했을 것 같다. 드므를 사용하였을 터이고, 드므에 물 채우는 것이 수행자의 중요 일과 중 하나였겠다.

의아한 점 한 가지는, 채소 정도는 저 귀퉁이에 있었을 정랑(淨廊)의 인분으로 남새밭 한 뙈기 일구어 자체적으로 조달했을 법하건만 밭뙈기 하나 앉았을 만한 자리가 보이지 않는다는 것이다. 정녕 채전(菜田) 하나 없었을까?

수행자의 일상을 상상해 본다. 주변의 지형과 환경으로 짐작하면, 참으로 다람쥐 쳇바퀴 돌 듯한 생활이었지 싶다. 찾는 이도 거의 없어서, 이달(李達)의 시(1장의 「5월」 참조)에서와 같이 모처럼 객(客)이 당도해 사립문을 열어 주며 저 아래 골짜기마다 송홧가루 부옇게 날리는 것을 보고서야 5월이 되었음을 알곤 하지는 않았을까? 그 봄밤, 초가 옆 수풀에서는 새벽이 되도록 소쩍새가 울었을 터이다. 소슬한 가을바람에는 가슴 휑해지는 공허감을 이기지 못해 더러는 목적지 없는 출타(出他)도 했겠지. 가끔은 낮은 염불소리와 목탁소리 사이로 딱따구리 나무 쪼는 소리도 선명하게 들렸으리라.

마지막 수행자는 어떠한 모습으로 절을 떠났던 것일까? 이 물음에서는 자연스럽게 『사벽의 대화』(지허, 도피안사, 2010)가 소환된다. 지허 스님이 1년간 살던 심적(深寂)의 토굴을 떠나던 장면이 내게는 그만큼 인상 깊었던 것이다. 토굴을 깨끗하게 정리정돈 한후, 떠나기 직전 지허 스님은 마당에 서서 토굴과 그 주위를 둘러보는데, 책을 읽으면서 나는 그 심정을 십분 이해할 수 있을 것 같았다. 이 절터의 마지막 수행자가 떠나가던 모습도 그와 별로 다르지 않았다고 믿으련다.

그 마지막 수행자 떠나고 남겨진 빈 절은 또 어떠한 모습으로 사그라져 갔을까?

폐사지에 널린 편편한 큰 돌들을 쌓아 의자를 만들어 놓고, 운동 후에 잠시 앉아 쉬면서 그런 감상에 잠겨 보는 것이다. 감상은 대개 다음과 같이 무상(無常)으로 귀결한다.

지난겨울, 금방 삶아 찬물에 헹궈 손으로 집어 먹는 국수 맛을 연상케 하던 절터 여기저기의 한천낙목(寒天落木) 굴참나무들에는 벌써 연록의 눈엽(嫩葉)이 보석처럼 매달려 봄바람에 나부끼고, 쇠물푸레나무와 덜꿩나무의 앙증맞은 흰 꽃들도 군데군데 피어 특유의 은은한 향기를 발산한다. 이런 모습이 몇십 번 연출되고 나면, 나 또한 이 폐사지를 거쳐 갔던 사람들의 흔적 대열에 합류하겠지.

흔적, 의자에서 털고 일어나 몇 걸음 가다가 의자를 돌아보면 방금 내가 앉았던 흔적은 없다. 그러나 나는 분명 거기 앉아 있었다. 그렇다, 석축을 쌓았던 인부들, 절을 찾아 소원을 빌던 아낙네들, 절을 지키던 수행자 등등, 그들은 한때 이 공간에 실재(實在)했을 것이므로, 흔적은 흔적 없음 속에 엄존하는 것이다. 내가 이 폐사지에서 운동하고 감상에 잠기는 것의 흔적을 먼 훗날 이 폐사지에 우연히 들르는 자가 짐작이나 할까마는, 그 흔적 없음 속에도 나는 그 자리에 있었던 것.

그러나 한편, 무시무종(無始無終)한 시간과 광대무변(廣大無邊)한 공간으로 표현되는 우주도 생겨나서 머물다가 무너져 끝내는 사라진다는데[成·住·壞·空], 그 우주에 비하면 먼지 한 톨도 못 될 사람의 살던 흔적 더듬고 운운(云云)해서 무엇 하리! (2021. 4. 29)

나의 몇 가지 큰 믿음

소심한 편이라고 할 내가 세상살이를 하면서 겪는 분노할 일, 걱정할 일, 자책할 일, 절망할 일 등이 적지 않을 터임에도 그러한 일들로 인해 밤잠을 설치거나 못 자는 경우가 거의 없는 것은 아마도 몇 가지 큰 믿음을 지니고 있기 때문이지 싶다. 그 믿음들로 인해 불안감 같은 것이 나를 크게 잠식하지는 못하는 듯하다는 것이다. 그 믿음들을 대략 나열해 본다.

다 지나간다는 믿음

살아가면서 봉착하는 고통 속에서 허우적거릴 때, '결국은 다 지나간다.'라는 말은 얼마나 큰 위로이던가. 그 말에 확실한 믿음이 있으면 우리는 크나큰 고통도 견딜 수 있게 되는 것이다.

그러한 믿음은 희망이기도 하여 절망이야말로 금물이라 하겠으나, 불행히도 사람에게 있어서 희망과 절망은 대개 수동이지 자유의지가 작동하는 능동의 영역이 못 된다. 따라서 다 지나간다는 사실에 대한 확실한 믿음은 믿음 일반이 그러하듯 인식(認識)에서 오는 것이 아니다. 그렇다고 경험(經驗)에서 오는 것만도 아니라고 말하고 싶다. 인식에 경험이 얹히고, 경험이 다시 인식으로 재

해석되어 내면화(內面化)될 때라야 비로소 오는 것이라 하겠다.

모든 것이 다 지나가기 마련인 것은 상황과 생각이 끊임없이 변하기 때문이다. 우리가 어떤 상황 속에서 절망에 빠지는 것은 그 상황이 고착된다고 짐작하는 데 원인이 있을 터이다. 그래서 우리는 일상에서 수시로 무상(無常)을 상념할 필요가 있는 것이다.

모든 것은 마땅한 데로 흘러간다는 믿음

경험을 토대로 사유해 보건대, 세상사는 인과(因果)의 법칙에 따라 돌아가는 듯하다. 모든 결과는 '마땅한 귀결'이라는 것이다. 그렇다면 결과에 대해 저항하지 말고 받아들여야 하리라. 그러한 점에서 보면, '가장 좋은 것은 물과 같은 것이다[上善若水]'라고 말한 노자는 혜안이 크게 열린 자라고 하지 않을 수 없겠다.

우리의 분노와 그로 인한 불안의 많은 부분은 결과에 대한 저항에서 비롯하지 싶다. 그 결과를 마땅한 데로 흘러온 것이라고 받아들인다면, 그런 분노와 불안은 없게 될 터이다. 그러나 인과의 법칙은 마음 편하자고 작심하여 맹신하는 것이 아니라, 선각자들이 체득하여 설파했고 우리는 각자의 삶의 경험을 거기에 비추어 그것을 진리로 인정하는 것이다. 인과의 법칙은 이치(理致)라고도 하겠는데, 삶과 세상의 운행에는 이치를 벗어나는 부분이 없어서, 설사 원인과 결과 간에 끈이 없는 것 같은 경우에도 우리 인간의 인식능력이 미치지 못할 뿐 그 연결은 엄연하다는 점을 겸허히 수용해야 할 터이다.*

그래서 살아가면서 한 길이 막히면 절망하지 말고, 곧 마땅한 또 다른 길이 열리고 이제부터 나의 삶은 그 길로 흘러가게 되리라 여기면 되는 것이다.

인간이 적응하지 못하는 상황은 없다는 믿음

죽는다면 모든 것이 끝이니 더 논할 것도 없겠고, 사람은 죽지 않는 한 어떠한 상황에도 적응하게 마련이다. 다만, 적응에 빠르고 늦는 차이는 있겠다. 그러니 극악한 상황에 봉착했다고 주저앉을 일이 아닌 것이다. 이러한 인간의 적응력은, 생각건대 무수한 시간 동안 진화를 거듭한 데 따른 것이지 싶다.

내가 이러한 믿음을 가지게 된 데에는 내력이 없지 않다. 스무 살 때 몰입해서 읽었던 이문열의 연작소설『젊은 날의 초상』의 「하구」에서 폐병 환자 황 씨가 화자에게 '세상에서 가장 강한 것은 삶이오. 그것이 인내하지 못하는 고통은 없소.'라고 말했는데, 무슨 인연이었던지 그 말은 또렷하게 이해되지도 않은 채 뇌리에 깊숙이 박혀 내가 겪는 사람살이의 여러 면모를 해석하는 척도의 하나로 작용하였고, 결국에는 인간이 적응하지 못하는 상황은 없다는 굳건한 믿음을 가지게 했던 것이다.

---

*   몇 년 전부터 우연과 필연에 대해 자주 사색한다. 필연은 인과의 법칙에 따라 그럴 수밖에 없는 결과가 도출되는 것이고, 우연은 인과의 법칙과 무관하게 결과가 도출되는 것이라고 구분할 수 있지 싶다. 그런데 삶과 세상의 운행에는 의외로 우연이라고 규정해야 할 것이 많은 듯하다는 생각이 점점 커지고 있다.

나는 이 믿음을 가진 이후 내게 닥치는 상황의 변화에 대해 크게 불안해하거나 두려워하지 않는다.

화(禍)에는 복(福)이 기대어 있고 복(福)에는 화(禍)가 숨어 있다는 믿음

'禍兮福之所依 福兮禍之所伏'은 『도덕경』에 보이는 경구(警句)이다. 나의 이 믿음은 미혹한 믿음[迷信]이 아니며, 이치적으로 설명이 가능하다. 사람이 큰 화를 당하면 초기에는 충격으로 인해 삶이 휘청거리지만, 시간이 지나면서 원인에 대한 반성도 하고 수습을 위한 진지한 노력도 하게 된다. 그 결과 적어도 화를 당한 초기보다는 상황이 개선되고, 나아가 복이라고 일컬을 만한 상태에 이를 수도 있다. 화에 복이 기대어 있었던 것이다. 한편, 사람이 출세나 축재(蓄財)에서 월등하게 성취하는 큰 복을 맞고 보면 대부분 알게 모르게 교만해지고 안일에 빠지며, 타인들의 질시도 받게 된다. 그렇게 되면, 『주역』 첫머리에 출현하는 '항룡유회(亢龍有悔)'라는 말이 있듯이 갑자기, 또는 서서히 하강곡선을 타기 십상이다. 복에 화가 숨어 있었던 것이다.

화를 당했을 때도 절망하지 말아야 하겠지만 특히 복을 맞았을 때는 조심에 조심을 거듭해야 할 것이니, 옛사람들이 겸손을 최고의 덕목으로 강조한 것은 참으로 의미심장하다 하겠다. 삶은 생각하기에 따라 결코 짧지 않은 여정일 수 있는데, 화와 복의 관계에 대하여 그러한 믿음이 있다면 일희일비(一喜一悲)하지 않을 수 있어서 삶이 크게 불안정하지 않을 터이다.

삶에는 '고민총량불변(苦悶總量不變)의 법칙' 같은 것이 작동한다는 믿음

인간은 한편 육신의 존재이기도 하기에, 고민이나 고난은 필수라 하겠다. 육신은 물적 토대를 필요로 하고 그러한 필요는 욕구와 욕심을 잉태하기 마련이며, 생겨난 육신은 늙고 병들어 죽는 [老·病·死] 사이클을 피할 수 없기 때문이다.

궤변 같지만, 인간의 삶에서 고민이 필수라고 한다면 지금 내가 직면하고 있는 고민이 없어지기를 바랄 일만도 아닐 터이다. 또다른 고민이 생겨날 것이기 때문이다. 어쩌면 지금의 고민을 고마워해야 할지도 모른다. 지금의 고민은 그나마 좀 익숙해진 것인데, 또 다른 고민이 생겨나면 익숙해질 때까지 상당한 고통을 치러야 할 뿐 아니라 그 고민은 훨씬 흉악할 수 있는 것이다.

삶에는 결코 빌 수 없는 고민이 기거하는 공간이 별도로 있다는 것이 나의 직·간접 경험과 사유의 결론이다. 그 공간은 항상 고민들로 가득할 수밖에 없어서, 가령 A 고민이 없어지면 B 고민이 생겨, 우리 삶에서는 한 시기를 놓고 보거나 통시적(通時的)으로 볼 때 고민의 총량은 크게 변하지 않는다는 것이다. 그런 믿음을 지닌다면, 생겨나는 고민들에 대해 그러려니 여기며 삶을 대체로 잘 견딜 수 있게 될 터이다.

진인사(盡人事)한 이상 대천명(待天命) 이외에 달리 할 바가 없다는 믿음

타고난 재주가 하열(下劣)했던 나로서는 삶의 수풀을 헤쳐 나오면서 노력을 경주하지 않을 수 없었다. 그래서 매사 최선을 다하는 것이 나름 습관이 되어, 외형적으로는 그럭저럭 평균치의 삶은 영위하고 있는 듯하며 내면적으로는 대체로 결과를 별 불안감 없이 기다리고 받아들일 수 있는 태도를 갖게 된 것 같다.

어떤 일에 접하여 자신이 할 수 있는 것을 다한다면[盡人事] 결과에 대한 불안이나 불만이 삶이 휘둘릴 정도로 크지는 않을 수 있을 터이다. 할 수 있는 것을 다했는데 더 이상 어찌하겠는가. 달리 할 바가 없으니, 결과를 초연히 기다리고 받아들일 수 있게 되는 것이다[待天命]. 할 수 있는 것을 다하지 않았거나 못 했을 경우 후회가 생기게 되는데, 그러한 감정의 찌꺼기가 있으면 당당하고 평정한 삶을 영위하기가 어렵다.

할 수 있는 것의 정도 또는 범위와 관련하여 유념해야 할 것은, 그 정도 또는 범위라는 것이 사람에 따라 다를 수밖에 없으므로 어떤 객관치를 상정하여 타인을 강박하거나 자신을 들볶아서는 안 된다는 점이라 하겠다.

일체개공(一切皆空)에의 믿음

나는 현실적 종교로서의 불교를 신앙하고 있지는 않지만 붓다의 가르침[佛敎]을 근본이 되는 가르침[宗敎]으로 받아들이고 있으니, 불교가 나의 종교라고 해도 크게 틀리지는 않을 것 같다.

그 붓다의 가르침 중 내가 가장 천착하고 있는 것은 '모든 것은 공(空)하다.'이다. 일체개공(一切皆空)은 붓다 가르침의 핵심이자 전부라고 해도 무방하지 싶다.

현상을 버리면 다시 본질이 어디에 있겠냐만, 그렇다고 현상을 실체로 안다면 곤란하다. 현상은 인연 따라 여러 조건이 화합하여 생겨난 것으로, 인연이 다하면 흩어지는 허상이기 때문이다. 이 점은 붓다의 가르침이라 해서 신봉할 바가 아니라, 살아가면서 접하게 되는 현상의 생멸을 유심히 관찰하면 수긍하지 않을 수 없을 터이다.

우리가 삶에서 불안증을 갖는 것은 현상을 실체로 앎에 그 원인이 있다고 하겠다. 현상을 실체로 아는 한, 그 현상에 대한 집착이 강고하여 현상의 훼손이나 멸실은 충격일 수밖에 없기 때문이다. 만약 현상을 허상으로 여긴다면 그 훼손이나 멸실에 대해 우리는 훨씬 여유로울 수 있으리라. 나의 경우, 잘되지는 않지만 때때로 앞서 누차 언급했던 무상(無常)과 이 일체개공(一切皆空)을 뇌어 보는데, 까탈스러운 성격으로 인한 집착을 내려놓는 데 일정한 도움이 되고 있는 것이다.

옛사람들이 세상살이를 종종 '섭세(涉世)'라고 표현했듯이, 세상은 격랑(激浪)이 소용돌이치는 강이나 바다쯤 되지 싶다. 일엽편주(一葉片舟)라 할 우리 미미한 인간이 그런 물길을 건너는 것이 삶일진대, 어찌 불안감이 없으랴.

그러한 항해라 할지라도 구명구(救命具)를 지녔다면 익사 가능성은 현저히 감소할 것이고, 따라서 불안감 또한 적잖이 불식될 터이다. 우리네 삶에서 그 구명구 역할을 하는 것이 큰 믿음들이겠다. 큰 믿음은 잘 흔들리지 않으니, 그 믿음에 나의 밧줄을 걸어 두어야 섭세에 전도(顚倒)되는 일이 없을 것이다. (2021. 9. 29)

도토리묵을 쑤며

어영 집 뒷산에는 도토리나무가 많다. 5월에 마당에 서서 뒷산을 올려다보면 부드러운 봄바람에 도토리나무 숲이 허옇게 뒤집히곤 하는데, 신록의 계절이면 도토리나무 잎 뒷면에는 솜털이 생겨나기 때문이다. 그 모습을 보며 나는 "도토리나무 숲에는 바람이 살고 있구나."라고 중얼거리면서 괜히 감성을 과장해 보기도 한다.

도토리나무에는 여러 종류가 있으나 그중에서도 나는 굴참나무를 제일로 좋아한다. 두꺼운 수피(樹皮)에서 전해지는 질감이 푹신해서인데, 바람 없고 볕 바른 겨울날 그 수피를 어루만지고 있으면 잔잔한 행복감에 젖어 들 수 있다.

그렇게 도토리나무가 많다 보니 중추(仲秋) 무렵엔 한 차례의 아침 산책길에 비닐 주머니 가득 도토리를 주울 수 있다. 주운 도토리는 곧장 전지(剪枝)가위로 갈라서 햇볕에 말린다. 그러지 않으면 내부의 미세한 도토리거위벌레 유충이 도토리를 잠식하여 형편없이 만들어 버린다. 이틀쯤만 말리면 도토리의 알맹이가 수분 증발로 수축하면서 껍질과의 사이에 공간이 생기고, 그 공간에 칼 끝부분을 넣으면 알맹이는 껍질과 쉽게 분리된다. 도토리 알맹이를 방앗간에서 분쇄해 냉동실에 넣어 두고 조금씩 묵으로 만들어 먹는 것이다.

　도토리묵 만들기는 도토리 가루를 베주머니에 넣어 물에 불린 후 여러 번 치대어 전분을 뽑아내는 것에서 시작된다. 전분 위의 물을 따르고 나서 끓이는데, 적당히 물을 조금씩 부어 가며 주걱으로 재게 저어 주어야 한다.

　묵이 잘되었는지 못되었는지는 탄성에 의해 판단된다. 잘된 도토리묵은 탱글탱글하여 큰 각도로 휘어도 부서지지 않는데, 탄성이 뛰어나면 식감도 좋기 마련인 것이다. 또, 도토리묵 맛의 핵심은 떫고 씁쓰름함인데, 그러한 맛의 정도가 아주 적당해야 한다. 강하면 받치고, 약하면 밍밍하기 때문이다.

　도토리묵 만들기에서 내가 가장 애로를 느끼는 부분은 끓이기를 마친 묵을 식히기 위해 다른 용기에 붓는 과정이다. 솥이 뜨겁기도 하거니와, 지체하면 묵이 솥에 눌어붙기 때문에 주걱과 숟가락으로 솥 벽의 묵을 재빠르게 긁어내야 하는데 결코 긁어내지지 않는 묵이 몇 숟가락은 된다. 그 몇 숟가락이면 도토리가 몇 알인가 싶어, 마음이 조금 편치 않은 것이다.

　그런데 2000년 이후 거의 해마다 도토리묵 쑤기를 거듭하면서 깨달았다. 그 몇 숟가락 묵의 희생 없이는 묵이 만들어질 수 없다는 것을. 가만히 생각해 보면, 일부 포기 없인 목적 달성 자체가 불가능하다는 점은 세상사 모두에 적용되지 싶다. 들깨를 털 때도 갑바 바깥으로 튀어 나갈 들깨를 아까워하면 들깨 털기를 할 수 없다. 어느 정도 누수를 감수하지 않겠다면 저 멀리 산기슭의 맑은 물을 동네로 인입(引入)하기 위한 관(管) 묻기도 이루어질 수 없다. 늑대들이 양 떼를 덮칠 때에도 뒤처진 몇 놈의 희생이 있어야 나머지 양들은 도망가 살아남는다. 그처럼 버려지는 것은 남겨지는 것의 토대가 되고, 우리는 모두 타자의 희생 위에 생존해 있는 것이다.

젊은 시절 나는 참으로 자책(自責)이 심했다. 특히 시간 낭비, 시행착오 같은 것을 견디지 못했다. 위의 묵·들깨·물·양 떼에서와 같이, 의미가 없다고 여겨지는 시간과 행위 위에서야 비로소 의미 있다고 생각되는 시간 및 행위도 존재하기 마련이어서 그 의미 없다 여겨지는 시간과 행위 또한 가슴으로 끌어안아 주어야 할 내 삶의 일부일진대, 나는 매양 의미가 없다고 여겨지는 시간과 행위의 작자(作者)인 나 자신을 들볶았던 것이다.

그러한 자책은 나이가 들어 가면서 많이 덜해진 편인데, 2년 전 문경 봉암사 수좌(首座) 적명 스님이 입적했을 때 스님의 유고(遺稿)라며 신문에 소개된 "하루 헛되었다 자책 말라. 헛것 모여 퇴비 되니라."라는 구절을 읽고 많은 위로를 받았고 한동안 화두로 삼기까지 하였다. 살다 보면 '이게 뭐 하는 짓인가?' 싶은 자괴감 생기는 소일(消日)이 있게 마련인데, 적명 스님은 그러한 시간 또한 의미 있는 시간의 퇴비가 될 것이므로 헛되이 보냈다 자책할 필요 없다고 하는 것이다. 적명 스님은 헛되이 보낸 시간과 후일의 의미 있는 시간을 수단과 목적의 관계로 파악한 듯하나, 요즈음

나는 시간이나 행위 등에 대해 가급적 의미 여부를 판단하지 않으려 하며, 설령 의미 없다 여겨져도(그조차도 목적이며, 수단일 수는 없음) "그래, 이럴 때도 있지."라고 독백하며 자신에 대해 관용하려 한다. 그러다 보니 남에 대해서도 제법 "사정이 있겠지." "그럴 수도 있지." 하게 되는 것 같다.

아내의 초등학교 친구들이 1박 2일 일정으로 어영 집에 놀러 오신단다. 귀한 손님들에게 무슨 색다른 것을 대접할까 고민한 끝에, 도토리묵을 만들었다. 잘 긁어내지지 않는 찌꺼기 묵은 애써 긁어내려 하지 않고 편한 마음으로 포기해 버렸다.

막걸리 사발을 놓고 아내와 시식(試食)해 본다. 탱글탱글하니 탄성도 좋고, 떫고 쌉쓰름한 맛도 적당하다. 막걸리 한 사발 마시고 손바닥으로 입술을 훔친 후 묵 한 점을 집는다. 초겨울 오후의 햇살은 햴쑥하고, 저 멀리 산정(山頂)과 하늘 간의 공제선(空際線)에서는 한기가 느껴진다. 천천히 묵을 씹으며 생각한다. 긁어내지지 않아 버려지는 묵 찌꺼기처럼 갖가지 원인으로 궂은일을 하는 사람들의 노고가 있기에, 이 정물(靜物)같이 안온한 내 시간도 존재할 터이다. 그러니 알맹이의 부드러움이 자신의 잘남에 기인하는 것이 아니라 한서(寒暑)와 해충(害蟲)을 막으며 거칠어진 껍질 덕분이라는 사실을 부디 잊지 말아야 하리라. (2021. 11. 28)

빛바랜 사진 한 장

서너 달 전 당숙 한 분이 빛바랜 흑백 사진 한 장을 보내셨다. 사진을 보자마자 나는 김동리『무녀도』초입(初入)의 무녀도(巫女圖)에 대한 묘사를 처음 읽었을 때와 흡사한 기괴스러운 감동에, 강렬한 전율마저 느꼈다.

사진의 반은 다보탑이 차지했고 나머지 반은 불국사 대웅전과 그 위 허공으로 양분되었는데, 다보탑 탑신의 계단과 상부에는 세 사람이 직립(直立)해 있다. 사진에 보이는 탑신 계단 9개 중 7번 계단 좌측 가장자리에는 30세쯤으로 보이는 남자가 양복을 입고 코트를 걸친 채 섰고, 8번 계단 우측 가장자리에는 늙수그레한 여인이 흰색의 고무신 및 버선과 무명 저고리 및 치마 차림에 유달리 검은 모발인 채로 섰으며, 9번 계단(탑신 상부) 좌측에는 짧은 모발과 듬성듬성한 수염의 30세가 좀 넘어 보이는 남자가 검정 고무신을 신고 무명 바지 및 회색 두루마기를 입고 7번 계단 남자와 마찬가지로 지팡이를 짚고 섰다. 옷차림들로 보아 계절은 겨울이었던 것 같다.

우선 내 감동이 어디에서 오는 것인지 애써 분석해 보자면, 아마도 오래된 흑백 사진 특유의 분위기 속에 감지된 다보탑을 바람처럼 스쳐 갔을 세월, 지금은 금단(禁斷)이 된 영역을 너무나 자연스럽게 범(犯)해 버린 행위가 유발하는 반역의 쾌감, 흑백의 직립들이 분사하는 맹수의 웅거(雄據) 같은 원시성, 전설 같은 소문으로만 인지하던 옛사람을 목격한 듯한 흥분 같은 것이지 않을까 싶기도 하다.

다보탑 탑신 계단의 세 사람은 아래로부터 차례로 정수 종조(從祖, 조부의 형제), 증조모, 삼수 종조이다. 증조모는 1940년에 작고하였고 그때 정수 종조는 28세였으니, 사진에서 정수 종조가 30세쯤으로 보인다면 그 사진은 증조모가 작고하기 1년 아니면 2년 정도 전에 찍은 것일 듯하다. 그러니까 증조모는 인생의 말년에 두 아들과 함께 경주 나들이를 했던 모양이다. 교통 등 여행의 모든 조건이 열악했을 당시에 어떻게 그런 나들이가 이루어졌을까? 일본에서 운수업에 종사하다 모처럼 귀국한 정수 종조가 고향에서 농투성이로 땅에 코 박고 살던 어머니와 작은형님에게 자신이 관리하던 차량(트럭)으로 경주 구경시켜 드리길 작심하고 여행을 제안하지 않았나 싶다. 그런데 큰형님인 나의 조부(만수)는 왜 빠졌을까?

나는 사진을 여러 차례 보면서 여행의 제안 및 계획과 관련한, 또 여행 중 오갔을 세 모자의 살가운 대화를 갖가지 버전으로 구성해 보곤 했다. 그러한 구성이 가능했던 이유는, 정수 종조는 내 초등학교 입학즈음에, 삼수 종조는 내 고등학교 재학 때 돌아가시어 내가 그 두 분의 체신(體身)과 음성과 표정 등을 잘 기억하고 있기 때문일 터이다. 더구나 나는 조부 삼 형제의 각별했던 우애와 효심에 대해서도 들은 바가 적지 않았던 것이다.

증조모는 군란(軍亂)이 일어났던 임오년(壬午年, 1882년) 양산 어곡의 단양 우씨 집성촌에서 출생했는데, 줄곧 거기서 자라 스물이 못 되어 새미기 고개 너머의 화제 감토봉으로 시집왔다. 두 살 연하인 증조부가 가난만 남겨 두고 32세로 작고했을 때에는 큰아들인 인수 종조가 12세에 불과하여, 어린 5남매를 둔 과부 증조모의 고생길은 그야말로 활짝 열려 버렸다. 게다가 집안의 기둥으로 여겨졌던 인수 종조가 그 1년 후 13세의 나이로 어미의 단말마 피울음을 뒤로하고 삼도천(三途川)을 건너갔음에랴!

인근 마을에서 나고 자라 역시 감토봉으로 시집와서 증조모를 12년 모신 바 있는 조모는 생전에 가끔 당신의 시어머니에 대해 말씀했는데, 그중 가장 기억에 선명한 것은 어린 자식들의 허기진 모습을 더는 볼 수 없어서 증조모가 새미기 고개를 넘어 친정으로 가서 양식을 얻어 오곤 했다는 이야기이다. 그래서인지 나는 증조모 성묘 때면 가끔 묘소에서 건너다보이는 새미기 고개 쪽으로 머리를 돌려 허름한 입성에 자루를 말아 쥐고 풀죽은 걸음으로 산길을 오르는 증조모의 모습을 안타깝게 그려 보기도 하는 것이다.

남편과 장남을 잇달아 잃은 증조모는 무슨 정신으로 삶을 지탱했을까? 모진 것이 목숨이어서 사람은 죽지 않으면 살아진다던가, 어쨌든 증조모는 이후 25년 과부의 삶을 살아 내며 세 아들을 성가(成家)시켰고 외동딸은 친정 마을로 출가시켰다. 그 간고했던 삶을 함께했던 조부 및 종조들의 우애와 효심이 예사로울 수는 없었을 터, 종조들은 늘그막의 어머니에 대한 표창(表彰)으로 경주로의 여행을 결행했을 것이다.

그러나 이제는 그 여행의 주역들 모두 고인(故人) 된 지 오래다. 증조모는 신산했던 삶의 현장에서 가까운 산의 기슭에서 영면 중이고, 정수 종조는 막내로서 그 바로 아래 어머니의 체취가 느껴질 법한 위치에 누웠으며, 삼수 종조도 직선거리 1km 내의 어머니가 바라다볼 수 있는 장소에 묻혔다. 이 겨울, 증조모 묘소의 도래솔 위로는 그 겨울 다보탑 상륜부 찰주(刹柱)를 세월처럼 스쳐 갔을 스산한 바람이 흐르고 있겠다.

장손으로서 기억에 있는 증조묘 제사 받들고 묘소 살핀 세월이 50년도 넘었건만, 대면한 적이 없어서인지 사실 증조모는 내게 막연한 추상(抽象)이었을 뿐이다. 그런데 이번의 80년도 더 된 빛바랜 흑백 사진 한 장은 증조모가 내 심부(深部)에서 구체(具體)로 전환되는 계기가 되었다. 그렇다, 나의 삶은 결코 나 자신이 잘나서가 아니라 조상들의 그러한 단내 나는 삶을 징검다리 삼아 지금 여기에 존재하는 것이다.

그렇기는 하지만, 형해(形骸)만 핥는 듯하는 보학류(譜學類)의 관념은 내 일찌감치 배격하던 바이기도 하여, 새삼스럽게 조상 숭배를 말하고자 하는 것은 아니다. 나의 심부에서 구체로 전환된 증조모의 신산했던 삶을 미루어서 한 사람 한 사람의 일생을 허투루 대할 것이 아니라 내가 그러하듯 그들 또한 온갖 고뇌와 번민 속에서 나름 안간힘으로 일생을 완주했을 것이기에 동질감이나 연민을 가지고 그 일생에 보다 경건하고 겸허해야 함을 말하고 싶은 것이다. 하물며 최근에 종종 보게 되는, 타인의 죽음 뒤로 침을 뱉는 행위임에랴! (2021. 12. 30)

회갑년의 다짐

A 仁兄, 겨울의 한복판입니다. 북풍에 서걱거리는 메마른 수풀을 바라보다가 문득 봄이 빨리 오면 좋겠다 싶었고, 봄이면 함께 목련꽃 그늘 아래서 저 멀리 구름꽃 피는 언덕을 바라보며 〈4월의 노래〉를 소리 높여 부르곤 하던 仁兄도 생각났답니다. 시절은 어김이 없으리니 눈물 어린 무지개 계절이야 곧 오겠지만, 삼도천(三途川)을 건너가 버린 仁兄이 돌아올 리는 만무하겠지요?

아마도 40세를 몇 년 앞둔 때였지 싶습니다. 원불교 교당 다니던 아내의 어깨너머로 힐끔거리던 『대종경(大宗經)』의 한 구절에 시선이 사로잡혔습니다. '나이 40이 되면 죽음 보따리를 챙기기 시작하라.' 이후 그 구절은 마음 깊이 각인되었던지, 어릴 적 고향의 익숙한 풍경이기도 한 멀리 산자락을 따라 흐르듯 나아가던 상여 행렬과 함께 종종 죽음을 환기하곤 했지요. 근년에는 仁兄이 속해 있기도 한 그 죽음의 세계에 대한 생각이 부쩍 심해져서, 새벽 산책길에 하루도 죽음이 환기되지 않은 날이 없는 것 같습니다. 결코 나쁜 현상이라 할 수는 없겠지요? 죽음에 대한 사유는 대체로 삶에 대한 새로운 다짐으로 귀결하기 때문입니다.

올해는 회갑년이고, 오늘은 볕을 받으며 바람 없는 산기슭을

346

제법 오래 걸었습니다. 걷는 동안에 많은 생각이 명멸(明滅)하더군요. 문득 살날이 보이는 듯하여 마음이 조금 급해지더이다. 없는 재주 보충하느라 나름 최선의 노력을 경주해 왔고 삶이 그다지 의미 있다 여겨지지 않기에 지금 죽더라도 별 미련은 없을 성싶지만 (그러나 막상 죽음이 엄습하면 살려고 발버둥 칠지 모른다. 살려는 의지는 본능이므로), 받은 잔은 마셔야 하듯 의지와 상관없이 태어나 어차피 살아 낼 수밖에 없다면 '지금'과 '여기'에 집중해서 삶의 농도를 높여야 하겠다는 생각이 들었는데, 함께 떠오른 몇 개의 실천 방안을 이미 삼도천 너머에 계시는 仁兄에게 다짐 삼아 들려주고 싶습니다.

풀 수 없는 문제는 과감하게 제치고자 합니다.

학창 시절에 풀 수 없는 문제를 붙들고 씨름하느라 그 뒤의 풀 수 있는 문제는 손도 대 보지 못하고 시험종료 종이 울려 시험을 망친 기억이 두어 번 있습니다. 얼마나 억울했던지, 지금도 그 심정을 고스란히 떠올릴 수 있을 정도입니다. 분루(憤淚)를 삼키며 결심했지요. '풀 수 없는 문제는 과감히 제쳐 버리자.' 이후 많은 시험을 치렀지만, 풀 수 없는 문제와 씨름하느라 시험을 망쳤던 적은 없습니다.

삶도 문제해결의 과정일진대, 시험에서의 각성(覺醒)과 달리 나는 풀 수 없는 삶의 매듭들 앞에서 많은 시간을 흘려보냈습니다. 삶은 유한하고 능력 또한 제한적이거늘, 참으로 어리석었던 것입니다. 조금 과장되게 비유하자면, 팔 하나를 잃었을 경우 나머

지 신체로 살아가는 법을 익혀야 하건만 잃은 팔(풀 수 없는 문제)
에 집착해 나머지 성한 신체(풀 수 있는 문제)마저 팽개쳤던 것이
며, 내 가진 것(풀 수 있는 문제)을 다 쓰고 있지도 못하면서 남 가
진 것(풀 수 없는 문제)을 부러워했던 것입니다.

중국의 주은래(周恩來)가 제창한 이후 정치계 등에서 자주 인
용되는 '구동존이(求同存異)'라는 말을 좋아합니다. '같음을 구하
고 다름은 남겨 둔다.'는 뜻이지요. 타인과 문제 해결을 협의함에
있어서 존이(存異)의 태도는 반드시 필요합니다. 그런 태도가 없다
면 그 다름을 다루는 우리의 행태는 불을 보듯 뻔할 터이니, 내 것
을 상대방에게 주입하고 강요하게 되는 것입니다. 다름은 잘 해결
되지 않습니다. 풀 수 없는 문제 제치듯, 그냥 남겨 두어야 하는 이
유입니다.

삶은 참으로 신비하여, 그렇게 제치거나 남겨 둔 문제가 시절
인연을 만나 저절로 풀리기도 합니다. 『이솝우화』에서 햇볕이 무르
익자 자연히 외투를 벗게 되는 것처럼 말입니다. 그런 인연이 도래
하지 않으면 그 또한 받아들여야 하는 것입니다. 아무리 거센 바람
을 일으켜 봤자 외투는 결코 벗겨지지 않을 것이기 때문입니다.

풀 수 없는 문제 붙들고 씨름하다가는 시험뿐 아니라 인생도
종(鐘) 치게 된다는 사실을 엄숙하게 가슴에 새겨야 하겠지요?

과거에 발목 잡히지 않으려 합니다.

가만히 생각해 보면, 사람들 불행의 많은 부분은 과거의 늪에
서 빠져나오지 못함에 기인하는 것 같습니다. 과거는 이미 흘러가

버렸고, 그렇게 흘러간 과거는 현재에서 보자면 실체로서의 흔적이 없다는 점에서 허구와 다르지도 않을 것이건만, 사람들이 과거의 늪에서 빠져나오지 못하는 이유는 그 과거가 마음에 남긴 상처 때문이라 하지요? 그래서 '마음'을 공부할 필요가 있다는 것일 터인데, 혜가가 달마를 심방(尋訪)하여 불안한 마음을 호소했을 때 "그 마음 꺼내어 보아라." 하던 달마의 응대와 시내를 건너지 못해 난처하던 여자를 업어 주고 무심하게 걷던 A 스님이 조금 전의 여자 업은 사실을 문제 삼는 B 스님에게 "그대는 아직도 여자를 업고 있는가?" 하던 되물음은 화두로 삼을 만하다고 하겠습니다. '마음의 상처' 운운(云云)해도 그 상처라는 것은 현재의 시점에선 실체 없는 생각일 뿐이므로, 과거의 늪에서 빠져나오지 못하는 것은 허깨비 붙들고 씨름하는 것과 다를 바 없을 터입니다.

그와 관련하여 나는 『채근담』의 "風來疎竹 風過而竹不留聲 雁度寒潭 雁去而潭不留影"이라는 구절도 좋아합니다. '성긴 대숲에 바람 불어와도 바람 지나가면 대숲에 소리 머물지 않고, 기러기 차가운 연못 지나가도 기러기 가고 나면 연못에 그림자 머물지 않는다.'는 뜻인데, 대숲과 연못 또한 마음의 메타포이겠습니다. 대숲과 연못에는 이미 소리 및 그림자의 흔적도 없다는 것입니다.

보다 구체적인 예를 보자면, 『삼국지』에서의 조조와 『대망』에서의 도요토미 히데요시 또한 주목을 요한다 하겠습니다. 감정의 전환이 빠르기 때문입니다. 젊은 시절에는 그런 모습이 교활하게 여겨져 혐오했지요. 그런데 60년을 살아 보니, 그런 모습이 필요는 한데 쉬운 것도 아니고 과거에 발목 잡혀서는 가능하지도 않다는 점을 인정할 수밖에 없는 것입니다.

　유한한 삶, 허깨비와 씨름하느라 소모할 수는 없는 노릇이라
는 사실에 부디 깨어 있고자 합니다.

　나쁜 일을 당했을 경우, '불행'으로 규정하지 않고 '그런 일이
일어났을 뿐'이라 여기렵니다.

　우리는 살면서 수많은 일과 맞닥뜨립니다. 좋지도 나쁘지
도 않은 일 또한 적지 않지만, 이론적으론 반은 나쁜 일이고 반
은 좋은 일이라 할 수 있겠습니다. 그러나 실제적으론 장마철에
가끔 비치는 태양처럼, 좋은 일은 별로 없고 나쁜 일이 대부분이
라 해도 과언이 아닐 듯합니다. 그런 까닭에 나쁜 일을 당했을 경
우 '불행'으로 규정한다면 우리네 삶은 그야말로 불행한 것이 되
어 버릴 터입니다. 그런데 곰곰이 생각해 보면 좋은 일 또는 나쁜
일은 우리들의 지극히 주관적인 시비분별(是非分別)일 뿐입니다.
'그런 일'이 있을 따름이지, 애당초 '좋은 일' 또는 '나쁜 일'은 없
다는 것이지요.

　우리는 나쁜 일을 당했을 경우에 '불행'으로 규정하고서는 수
십 번 또는 수백 번 시곗바늘을 과거로 돌려 다른 선택을 했더라
면 하고 통탄합니다. 그러나 그 일은 이렇게도 일어나고 저렇게도
일어나는 일이 우연히 이렇게 일어난 것뿐일 터입니다. 의지가 있
는 하늘(우주의 주재자)이 나에게 횡액을 내린 것이 아니라, 물리
(物理, 만물의 이치)가 시현(示顯)된 것입니다. 우주의 주재자는 없
으며, 물리가 있을 따름이지요. 우주의 주재자는 사람들이 지루하

고 무의미한 삶을 견뎌 내기 위해 삶에 의미를 부여하며 만들어 낸 허상입니다. 물리는 가시(可視)의 범위에선 인과(因果)로 인식되고, 그 범위를 넘어서면 우연으로 치부되는 것입니다. 우주의 주재자가 없으므로, 태어남과 죽음에 우주적 의미가 있을 리 없을 터인데 사주니 팔자니 하며 그에 우주적 의미를 부여하는 것은 터무니없다 하겠습니다. 천인감응설(天人感應說) 등이 판치던 2000년도 더 전에 『논형(論衡)』을 저술하여 하늘의 의지를 부정했던 한나라의 왕충(王充)에게 나는 진즉 합리적인 자연주의자라고 여겨 공감한 바 있기도 했지요.

모든 일이 물리의 시현이라 해도, 인간은 불완전하여 좋은 결과[果]를 위해 언제나 좋은 원인[因]을 구사할 수만은 없습니다. 최선을 다하고 나머지는 받아들여야 할 터인데, 수십 번 또는 수백 번 시곗바늘을 과거로 돌리는 것은 앞서 말한 과거에 발목 잡히는 것에 속하기도 하겠지요?

창밖의 키 큰 목련은 벌써부터 연회색 겨울눈을 가득 달고서 봄기운을 기다리고 있습니다. 1999년 이곳 어영 집을 마련하면서 심은 것인데, 만개(滿開)하면 주변이 온통 환해지는 것이 참으로 볼 만답니다. 어영 집 마련은 仁兄도 알다시피 자연이 벌려 준 조그만 틈새에 오두막 짓고 나무 두어 그루 심고서는, 책 읽다 눈 침침해지면 밭매고 밭매다 목마르면 차 마시며 그 나무들과 함께 있는 듯 없는 듯 늙어 가고 싶다는 소망에서 이루어진 것이지요. 그동안의 24년 세월에 나무들은 저렇게 풍성하게 '존재'하고 있건만, 나는 '소유'의 경쟁 대열에서 빠져나오지 못한 채 회갑년을 맞이하고 말았습니다.

회갑년을 맞았으니, 이제는 참으로 진지하게 죽음 보따리를 챙기기 시작해야 할 것입니다. 도잠이 고향의 전원으로 돌아가길 결행하면서 "悟已往之不諫('지나간 일은 어떻게 할 수 없음을 깨달았다.'는 의미. 「귀거래사」에 나온다)"이라고 술회한 것처럼 지나간 시간을 어떻게 할 수는 없고, 앞으로의 시간은 항상 죽음을 인식하면서 위의 다짐들을 실천하며 의미 있게 가꾸어 보렵니다. 생전에 신의를 잃은 기억이 거의 없는 仁兄에게 실언할 수는 없지 않겠습니까. (2022. 1. 28)

옹졸하면 못쓴다

요즈음 내 화두 중 하나는 '옹졸하면 못쓴다.'이다. 물론 계기가 있었으니, 이러하다. A와 S는 내 고등학교 때의 절친(切親)이다. 모두 나처럼 시골 출신으로서 부산에서 유학하는 처지라, 동질감으로 인하여 친해졌던 것이다. 학업을 마치고 각자 사회생활을 할 때도 우리는 의기투합하여 곧잘 만났다. 문제는 S가 결혼하면서 발생하였다. S는 집들이 초청을 하면서 우리 친구들을 향해 우리도 잘 알고 있는 자신의 두 가지 취약점을 아내에게는 비밀로 해 달라 부탁하는 것이었다. 한 가지야 그럴 수 있겠다 싶었지만, 다른 한 가지에 대해서는 경악스럽기까지 하였다. 이후 나는 심한 회의감에 빠졌다. 세상살이를 두루 경험한 지금 같으면야 그러려니 할 수도 있겠지만, 당시 30대 초반의 좁은 도량과 짧은 식견으로는 '내가 저런 인사(人士)를 친구로 사귀었나?' 싶었던 것이다. S에 대한 심정이 그러하니, 평소 약속을 잘 지키지 않던 데다 때마침 치밀하지 못한 성격으로 경제적 난관에 봉착하여 가끔 아쉬운 소리를 하던 A에 대해서도 마음이 멀어져 갔다. 그러다가 S가 30대 후반에 고인(故人)이 되니, A와는 만남마저 뜸해졌다. 간간이 A의 전화를 받았으되 기껍지 않았으며, A 아버지의 부음을 전해 들

고도 문상하지 않은 데 대해 섭섭함을 토로하는 A의 전화가 있었
지만 작정했던 내 길을 가기로 다짐했을 뿐이다. 그 몇 년 후 A와
막걸릿잔을 기울일 일이 있었다. 특유의 인정스러움을 여전히 간
직하고 있던 A는 약속관념 희박하던 자신의 결점을 보완하려는
노력도 진지하게 경주하고 있었으며, 나 역시 세상살이를 더해 가
면서 사람 품는 가슴이 제법 넓어져 있었던 모양이다. 그날 우리
는 가슴속 이야기를 적잖이 쏟아 내었다. 이후 A와 나는 종종 전화
하고 만났는데, 1년쯤 전 A는 가정사로 고민이 많던 나를 불러 술
을 샀고 술자리가 파(破)할 무렵 나는 지난날의 박절에 대해 A에
게 사과했다. A는 "쓸데없는 소리한다." 할 뿐이었다. 보통 사람 같
았으면 내 박절의 초반에 벌써 원망심만 가득 품고 돌아섰을 터인
데, A는 결코 옹졸한 사람이 아니었던 것이다. 나는 A를 보면서 사
람이 옹졸해서는 못쓰겠구나 싶었다. 기실 나는 불쑥불쑥 옹졸해
지려는 자신을 난감하게 바라보고 있던 참이었다.

옹졸하면 안 되는 이유를 나는 자신에게 크게 두 가지로 일러
두고 싶다.

하나는, 뜬구름 잡는 듯한 소리로 들릴지 몰라도 원래 마음이
랄 것이 없다고 생각하기 때문이다. 내 세상살이에서의 고뇌에 곧
잘 소환되곤 하는 『채근담』의 "성긴 대숲에 바람 불어와도 바람
지나가면 대숲에 소리 머물지 않고, 기러기 차가운 연못 지나가도
기러기 가고 나면 연못에 그림자 머물지 않는다."라는 구절에서 대
숲과 연못은 마음의 은유이겠는데, 그렇게 소리나 그림자가 머물

지 않는 것은 마음이라고 할 것이 없기 때문일 터이다. 또, 우리가 혜가처럼 불안한 마음을 호소하고자 달마를 심방(尋訪)한다면 달마는 대뜸 "그 마음 꺼내어 보아라." 할 터, 그의 추궁에 우리는 숨이 턱 막히며 새삼 "아, 마음이랄 것이 없구나." 중얼거리지 않을 수 없겠다. 그렇게 마음이랄 것이 없는 대신 생각이 있을 뿐이라 하겠는데, 생각은 주관이 쌓아 올린 신기루[妄念]에 불과하므로, 그 생각 소산(所産)인 옹졸 또한 실체가 아닌 것이다.

다른 하나는, 나에게 모멸감이나 분노나 섭섭함을 일으키는 타인의 언행에는 그로선 그럴 수밖에 없는, 즉 인과적 경로가 있다고 믿기 때문이다. 물이 가장 마땅한 곳을 고르고 골라 흐르길 되풀이한 결과 물길이 만들어졌듯이, 대상에 대한 그의 언행 패턴 역시 그의 삶 전체에 비추어 보면 마땅한 귀결이리라는 것이다. 나는 이를 업식(業識)으로 이해하는데, 사람에게 자유의지가 없는 것은 아니지만 업식의 힘[業力]은 너무나 강고하여 대체로 불가항력적이라 하겠다. 타인의 언행 패턴은 그렇게 그로서는 그럴 수밖에 없는 귀결이고 그 자신도 어떻게 할 수 없으니, 내가 어찌할 수 있는 영역이 아닌 것이다. 하물며 나 자신마저 해(害)하는 옹졸 같은 부정적 감정을 발출하는 것으로서의 간여(干與)임에랴!

몇 마디 부언한다.

타인의 언행 패턴뿐 아니라, 그에 대한 반응으로서의 내 옹졸 역시 업식일 터이다. 오래전 어느 수행자의 글을 읽었는데, 마음에도 길이 난다고 했다. 한 번 가고 두 번 가고 하다 보면 수풀에 길이 생기듯이, 마음도 한 번 쓰고 두 번 쓰고 하다 보면 그 방향으로 길이 난다는 것이겠다. '뜻(意)으로 짓는 업(業)'의 개념에 문외한은 아니었지만, 수행자의 글은 신선한 충격으로 다가와 뇌리에 오래 머물면서 마음의 작용에 대해서 적잖이 사색하는 계기가 되어 주었다. 그렇다, 감사도 옹졸도 각각 그 방향으로 마음 씀의 누적이 만든 마음의 길일 뿐인 것이다. 그러니 마음에 감사의 길이 나도록 해야지, 옹졸의 길이 나도록 해서야 되겠는가.

옹졸은 배타적인 마음이라고도 하겠다. 내가 품어 낼 수 없기 때문에 끊어 버리고 돌아서는 것이다. 품을 수 있으려면 이해하는 힘과 기다리는 힘이 필수일 터인데, 그러한 힘 키우는 데는 우선 '세상에 쓸모없는 것은 없다, 쓸 줄 모를 뿐.'이라는 경구(警句)에서 자신의 부족을 인식하는 것이 적지 않게 도움이 되지 싶다. 물론, 긴 호흡으로 기다려도 안 되면 그 또한 그만인 것이지 어찌하겠는가.

한편, 참으로 어렵다는 것을 번번이 인식하지만 타인의 단점은 나의 잠재적 단점이기도 할 것이므로 비난하려 하지 말고 그의 장점만 보면 될 것이다. 돌이켜 보면, 내가 회계사 시험에 합격했을 때 가족을 제외하고 S만큼 기뻐해 주었던 사람은 없었다. 그는 참으로 자신이 합격하기라도 한 듯이 기뻐했는데, 그런 마음 씀은 아무나 가능한 것이 아니다. A 또한 '마지막 촌사람'이라 할 만하니, 대부분의 시골 출신도 도시에 오래 살면서 도시인이 되고 마는 현실에서 그렇게 순정스러움을 보전하는 것은 특장(特長)이 아닐 수 없는 것이다.

'스승이 될 만하지 않으면 친구도 될 수 없다.'고 했던가? 서두에서 A와의 일에 대해 장황하달 정도로 설명한 것은 그의 옹졸하지 않음이 그만큼 인상적이었기 때문일 터인데, A는 자신의 옹졸하지 않음으로 나에게 '옹졸해서는 못쓴다.'는 이치를 크게 깨우쳐 주었으니 스승도 될 만하다 하겠다. 따라서 나는 이 바람 불고 티끌 날리는 세상에서의 허망한 삶을 걷는 데 그를 요긴한 길동무 삼고자 하면서, 밤마다 자신의 거울을 손바닥으로 발바닥으로 닦아본다고 읊던 시인(윤동주, 「참회록」)처럼 날이면 날마다 주문처럼 외우련다. '옹졸하면 못쓴다, 옹졸하면 못쓴다, 옹졸하면….'
(2022. 4. 29)

버리자 얻어진 것들

천명(天命)을 알게 된다는 나이에 접어들면서 나의 삶은 버거움이 줄기 시작했고, 회갑년(回甲年)인 지금은 많이 가벼워진 편이다. 치열하게 추구하던 셋을 버린 때문이라 여기는데, 대략 다음과 같다.

먼저 자유이다.

사회생활을 하면서 가장 갈구한 것이 '완전한 자유'였다. 심신에 대한 속박이 없는 삶을 살고 싶었던 것이다. 객관적 속박의 반작용으로 인한 갈구였던 것 같지는 않고, 곰곰이 생각해 보면 대학생 때 탐독했던 라즈니쉬 등 인도 철학자들의 저서 영향이었지 싶다. 그 저서들에는 예컨대 '너를 비워 하늘의 소리가 너를 피리 삼아 노래하게 하라.'와 같은 책려(責勵)가 가득하였다. 나의 가슴은 그런 구절들로 벅차오르기에 조금도 부족하지 않게 젊고 뜨거웠던 것이다.

그러다 보니 삶이 항상 불만스러웠다. 일상은 불가피하게 부자유로 차고 넘쳤기 때문이다. 나는 삶의 자유를 찾아 오랫동안 책 속으로, 산야로, 학문으로, 소위 달사(達士)라는 사람들의 거처로 헤매었다. 그러다 무슨 계기가 있었던 것 같지는 않지만 언제부터인가, 삶은 자유로울 수 없다는 사실을 깊이 인식하고 그 부자유를 수용하기 시작하였다. 그런 인식과 수용의 근저(根底)는 대략 둘이지 싶다. 하나는 인간이 기본적으로는 잡다한 욕구와 노(老)·병(病)·사(死)를 필수로 하는 육신의 존재라는 것이고, 다른 하나는 인간 마음의 속성이 끊임없는 교량(較量)이라는 것이다. 그래서 삶에는 육신의 고통과 마음의 번뇌가 끊이지 않아, 하늘의 소리가 피리 삼도록 나를 비움은 애당초 가능한 것이 아닐 터였다.

참으로 아이러니한 것은 그렇게 완전한 자유라는 것을 버린 이후 나의 삶은 아주 많이 자유로워졌다는 점이다. 언젠가 어느 대학 정신의학과 교수의 신문칼럼에서 '행복해지려 노력하면 오히려 불행해진다.'는 내용을 접했는데, 내 자유 갈구의 데자뷔라는 생각을 금할 수 없었다. 잠 또한 그렇지 않던가? 내일의 중요한 일정 때문에 오늘 밤 잘 자야 한다는 생각에 사로잡히면 잠은 이미 달아나 버리고 정신이 말똥말똥해지는 경험을 우리 대부분은 가지고 있을 터이다.

완전한 자유는 그저 저 멀리에서 나부끼는 방향의 푯대일 뿐, 우리의 가닿을 현실적인 목표가 될 수는 없는 것이다. 그러나 처음부터 부자유한 삶을 받아들이는 것보다 치열하게 자유로운 삶을 추구하다가 삶이 부자유하다는 사실을 인식하고 수용하는 것이 완전한 자유의 푯대에 보다 가깝게 다가가는 방법이지 싶다. 그래서 나는 자유를 찾아 헤맨 시간을 결코 허비라 여기지 않는다. 삶의 목적은 그렇게 삶의 의미를 깨우쳐 나가는 데 있다고 믿으며, 송나라의 어느 비구니가 오도송으로 읊은 대로 날 저물도록 봄을 찾아 고갯마루 구름 속 헤매는 수고 없이는 내 집 뜨락 매지(梅枝) 끝에 이미 한껏 맺혀 있는 봄을 알아보지 못하는 것이 불완전하고 불합리한 우리네 인간의 숙명이라 생각하기 때문이다.

다음은 직업이다.

회계사로 생활한 지 35년이다. 이문열이 '왜 소설가가 되었느냐?'란 질문에 미로(迷路) 속에서 길을 찾는 것처럼 힘겹게 대답해 나가는 것을 흥미롭게 읽은 적이 있다. 그는 어쩌다 보니 소설가가 되어 있었다 했으며, 거듭되는 질문을 겪고서야 그 대답을 모색하기 시작했던 것 같았다. 나도 가끔 내가 어쩌다 회계사가 되었는지 생각해 보는데, 이문열뿐만 아니라 대부분의 사람 역시 그러할 성싶게 나 또한 '어쩌다 보니 회계사가 되어 있었다.'라고밖에 말할 수 없을 듯하다.

인문학에 관심이 많았지만, 홀어머니가 소농(小農)을 영위하는 가정 형편상 대학의 학과 선택 기준은 단연 취업이어서 경영학과에 진학했다. 대학 1~2학년을 극심한 니힐리즘에 경도(傾倒)하여 지내다 보니 나 자신을 극단으로 몰고 싶은 욕구가 치밀었고, 그 대상이 회계사 시험이었다. 여한 없이 공부했고 비교적 단기간에 합격했으나, 회계법인에서의 생활은 만족스럽지 않았다. 이론과 실무의 괴리도 버거웠지만, 무엇보다 '내가 하는 일이 과연 의미가 있는가?' 하는 물음이 불쑥불쑥 고개를 내밀었던 것이다. 당시 내가 '삶의 의미'에 얼마나 천착해 있었는지는 TV로 프로야구 경기를 시청하면서 스타 선수들에 대해 '눈떠 있는 시간 대부분을 저런 것 하며 보내다니, 참 한심스러운 삶이다.'라고 생각한 것에서도 어렵잖게 짐작된다 하겠다. 무언가 보다 '본질'에 가까운 삶의 방식이 있을 것 같았고, 나의 회계사로서의 삶은 '겉핥기'인 것 같아 초조하고 불만스러웠던 것이다.

아마도 위에서의, 삶은 자유로울 수 없다는 사실을 인식했던 시기와 비슷하지 싶다. 양파껍질 까기를 연상하면서 본질과 비본질(현상, 겉핥기)은 따로 있는 것이 아니라는 점이 강하게 체감되었다. 예를 들어 양파가 다섯 겹(바깥으로부터 A~E)으로 구성되어 있는데, 비본질을 버리려 A를 벗기면 B가 본질인 것 같지만 B는 다시 C에 대해서는 껍질(비본질)인 것이고, 그렇게 벗겨 나가면 E도 버려져 종국에는 남는 것은 없다는 것이다. 정신이 영영(靈靈)한들 똥자루라 폄하되기도 하는 육신에 담기지 않으면 소용이 없고 존귀한 이(理) 또한 일상의 기(氣)에 의지하지 않으면 작용할 수 없다고 한 것처럼 본질 역시 현상으로 구현되는 것이며, 나아가 본질과 현상은 다른 것도 아니라는 인식이었던 것이다.

그러한 체감 이후 나는 비로소 본질·비본질의 문답(의미 논쟁)에서 상당 부분 놓여났으며, 회계사로서의 삶에 제법 안분자족(安分自足)하게 되었다. 그러한 전환에는 다음과 같은 인식 또한 지대한 영향을 미쳤다 하겠다. 생(生)과 사(死)는 '되는 것'이지 나의 의지가 개입할 여지가 없다. 生된 이상 死될 때까지는 살아내어야 하는데, 삶은 대단한 무엇이 아니고 그 生과 死 사이의 빈 시간 메우기에 다름 아니다. 그 시간은 야구공 던지며 메우든 계산기 두드리며 메우든 또 다른 어떤 것으로 메우든 거의 무차별하며(삶은 다 거기서 거기), 수처작주 입처개진(隨處作主 立處皆眞)이란 말대로 내가 주체일 수 있으면 다른 시비할 바 없다는 것이다.

그다음은 거처이다.
산골에서 나고 자란 까닭에 초등학교 5학년 때 유학으로 시작된 도시 생활은 나이가 들어 갈수록 많이 답답하였다. 대학교 2학년 여름방학 어느 날 혼자 등산을 하였다. 다른 것은 모두 휘발되어 버렸는데, 두 가지만 아직도 기억에 생생하다. 굉장하게 더웠다는 것과 산을 오르고 내리는 내내 언젠가 때가 되면 하고 싶은 시골 생활을 세세하게 설계했다는 것이다. 나의 전원의 거처에 대한 갈구는 그로 보면 연원이 상당하다 하겠고, 심지어는 생래적(生來的)인 것인 아닌가 싶기도 하다.
학업을 마치고 시작된 사회생활이 어느 정도 안정되면서, 주말이면 도시락과 물통이 든 배낭을 짊어지고 거처로 삼을 만한 전원을 찾아 부산에서 가까운 시골들을 헤매고 다녔다. 내 전원의 가장 중요한 조건은 적막하면서 안온함이었고 그러려면 문명이 덜 스민 곳이어야 했는데 그런 곳 찾기가 쉽지 않아, 아픈 다리도 쉬게 할 겸 냇가에 앉아 도시락을 먹을 땐 막막함에 식욕을 잃은 적도 여러 번이었다. 그러길 2~3년, 어영 집의 터를 점지하였고 곧장 누옥(陋屋)을 얽었다. 24년 전 일이다.
어영 집이 마련되면서 나의 삶은 많이 단순해졌다. 평일에는 사무실 나가 일하고, 주말은 어영 집에서 보냈던 것이다. 뭣 모르고 그렇게 수년 살면서 몇 가지 깨달은 바가 있었으니, 어영 집이 한편 짐이기도 했고 마을 사람들과의 관계 또한 부담감이 적지 않았던 것이다. 어떤 때는 어영 집 가기가 귀찮기도 했는데 일주일 간격이나마 가지 않으면 관리가 안 되니 그럴 수도 없었고, 산골에서 나고 자랐으되 이미 도시 생활 수십 년째인 내게 시골 사람들의 생활 방식은 너무 개방적이었고 언행 표출 또한 너무 직접적이었다.

전원의 거처가 마련되면 내 삶의 많은 부분이 해결될 줄 알았는데, 별로 그렇지 않았던 것이다. 비유하자면, 군데군데 갖가지 꽃도 핀 초원을 멀리서 보면 저기 무슨 오물이 있을까 싶은 천상의 세계 같지만 가까이 가서 보면 여기저기 소똥 같은 것도 있고 파리와 모기도 있으며 흙이 험하게 드러난 곳도 있기 마련인데, 나는 그러한 사실을 간과했다 하겠다. 요컨대, 사람 사는 곳은 어디나 이런저런 문제가 있을 수밖에 없는 법이어서 중요한 것은 내 마음이다 싶었다.

이후 나는 도시의 삶에 대해서도 애정을 느끼며 "그래, 시은 (市隱)이 대은(大隱)이지."라고 중얼거리게 되었고, 겨울의 황량한 시골에서 런던 거리의 불빛을 그리워하던 조지 기싱의 술회(『기싱의 고백』, 효형출판, 2000)에 공감을 표할 수 있었다. 그리고 스콧 니어링이 개발을 피해 버몬트의 파익스폴스에서 메인의 하버사이드로 이사하는 내용(『조화로운 삶의 지속』, 보리, 2002)을 읽으면서부터 생긴, 보다 안온한 전원으로 거처를 옮겨 볼까 하는 생각 또한 부질없어 하고 있는 것이다.

이처럼 나는, 자유를 버리고서야 비로소 자유로워졌고 직업에서의 의미를 버림으로써 내 직업을 사랑하게 되었으며 전원의 거처에 대한 신봉(信奉)을 버려 도시의 삶도 품을 수 있었다. 가만히 생각해 보면, 완전한 자유와 직업에서의 의미와 전원의 거처 추구는 모두 시비(是非)하고 분별(分別)하는 마음에 기인했다 하겠다. 기네스북에 오를 정도로 장수(확률적으로 거의 불가능)하지 않는 한 내 삶의 남은 시간은 빤히 돌아 보이는 지난 시간보다 진정 짧을 것이므로, 그 남은 시간 부디 시비와 분별을 버리고 또 버려서 천화(遷化)하는 날에는 새털보다 가볍게 창공의 푸름 속으로 섞여들 수 있기를 간절히 염원해 본다. (2022. 5. 31)

띄워 놓고 바라보기

지금도 가끔 그렇지만, 젊었을 때는 의사결정 뒤에 후회하는 경우가 많았다. 그 후회가 괴로워, 원인을 제법 진지하게 분석해 보곤 했다. 분석의 결론은 의사결정의 성급함이었다. 결정의 성급이 곧잘 후회로 귀결되는 이유는 무엇일까? 나는 '주관의 오류'와 '다양한 변수의 미고려'를 이유로 지목하면서, 그 둘을 함께 불식하는 방도로 '띄워 놓고 바라보기'를 제안하게 되었다.

인간은 주관을 벗어나는 것이 가능하지 않으며, 사안(事案)을 둘러싼 변수들을 모두 고려하는 것도 바라기 어렵다.

우리 각자 자신의 업식(業識)을 통해 세계를 바라볼진대, 객관이란 말은 성립 자체가 불가하다. '주관'이 있어서 그 대척으로 '객관'이라는 말이 생긴 것이지, 현실에서 객관은 존재할 수 없는 것이다. 주관은 내가 선 자리에서 바라보는 것이어서, 동일한 대상을 타인이 그가 선 자리에서 바라보면 다른 모습이 연출된다. 그와 같이 주관은 대상의 전체를 관망할 수 없기에 오류가 불가피한 것이다.

의사결정 대상을 둘러싸고 있는 변수 또한 무수할 뿐 아니라 시간의 경과에 따라 변화하면서 유기적 상호작용까지 하므로, 인

간의 제한된 인지와 판단으로 그 모두를 고려할 수 없다. 전체를
A, B, C로 나누어 그 각각에 대해 연구하고 그 연구성과를 합하면
전체가 규명될 것인가에 대해, 고개를 저으면서 부분들 간의 유기
적인 상호작용을 이유로 든 후쿠오카 마사노부(『생명의 농업』, 정
신세계사, 1988)의 통찰력은 결코 간과할 수 없을 터이다.

주관을 벗어날 수도 없고 모든 변수를 고려할 수도 없다면 어
떻게 해야 한다는 것인가? 주관의 특성은 '들뜸'이나 '돌출'이지
않을까 싶은데, 그 들뜸이 가라앉고 돌출이 깎이는 데는 시간의
경과가 필요하다. 시간이 경과한다 해서 주관이 객관으로 전화(轉
化)하는 일이야 있을 턱이 없지만, 그렇게 시간의 거름망을 통해
주관의 특성은 상당 부분 여과되는 것이다. 시간의 효력은 그뿐이
아니다. 우리의 인지와 판단이 제한적이긴 해도 시간을 두고 이리
도 생각해 보고 저리도 생각해 보면 보다 많은 변수에 대한 고려
가 가능해지는 것이다.
　그러하니, '띄워 놓고 바라보기'에서 띄워 놓는다는 것은 대상
을 내가 바라볼 수 있는 권역(圈域)에 위치시키는 것이며, 바라본
다는 것은 충분한 시간을 가지고 대상을 다양한 각도로 궁리한다
는 것이라 하겠다. 보여야 볼 수 있을 것이므로, 대상을 바라볼 수
있는 권역으로 끌어다 놓지 않으면 바라보는 행위 자체가 존재할
수 없다. 그러므로 띄워 놓는다는 것은 앞의 글「안테나를 세우자」
에서의 안테나를 세우는 것과 비슷한 맥락일 터이다. 안테나가 세
워져 있어야 정보들이 일단 수신 · 저장되어 있다가 시절인연을 만

나 실행(實行)으로 발아할 수 있는 것이지, 수신·저장이 없다면 시절인연이란 말이 성립할 수도 없거니와 발아는 참으로 난망(難望)할 것이기 때문이다.

바라본다는 것에서 유념할 점 하나는 작위(作爲)의 마음을 내려놓는 것, 쉽게 말하면 힘을 빼는 것이라 할 수 있지 않을까 싶다. 우리는 그러한 예를 도연명과 퇴계의 독서법에서 만날 수 있다. 도연명의 글에서도 비슷한 내용이 보이지만, 퇴계는 「도산잡영병기(陶山雜詠幷記)」 기문(記文)에서 '책을 읽다 이해되지 않는 부분이 있으면 억지로 이해하려는 대신 일단 덮어 두고는 가끔씩 떠올려 사색하며 저절로 이해되기를 기다린다.' 했는데, 바라보기의 전범(典範)으로 삼을 만하다 여겨진다. 그러니 바라봄을 달리 간명하게 표현하자면 관조(觀照)라고 할 수 있겠다.

두어 가지 비유로 바라봄에 함축된 의미를 부연하고자 하는데, 다음과 같다.

하나는 축구이다. 날아오는 공을 그대로 차는 것과 일단 정지시켰다가 차는 것은 어떻게 다를까? 전자(前者)는 찬스를 놓치진 않겠지만 정확도는 떨어질 것이고, 후자(後者)는 정확도가 높겠지만 찬스를 놓칠 수 있을 것이다. 그렇게 장단이 있지만, 나는 기본적으로 바라봄의 의미가 담긴 후자에 방점이 찍히는 것이 바람직하리라 생각한다.

다른 하나는 사격이다. 총을 들고 표적을 응시할 때, 처음 몇 초 총구가 흔들린다. 그때 격발하면 탄환이 표적을 빗나기 십상이다.

시간이 조금 흐르면서 호흡과 총을 받쳐 든 두 팔도 안정되는데, 바라봄의 연장선에 있다고 할 그때가 격발의 적기(適期)일 터이다.

의사결정 뒤에 후회하는 경우가 줄어든 데 일조(一助)한 것으로 거론하지 않을 수 없는, 타인의 요청 또는 부탁에 대해 면전에서 가부(可否)를 정하지 않고 '생각해 보자.'라고 답하는 응대법 역시 그 핵심은 '시간 두기'이겠다.

타인의 요청 등을 할 수만 있다면 수락하여 도움을 주어야 하겠지만, 거절하지 못해 엉겁결에 수락한 뒤 후회와 갈등을 느낀 적이 얼마나 많았던가. 그래서 좀 삭막하지만 누군가 모처럼 전화로 방문하겠다 하면 용건이 무엇일까 꼽아 보고 어떻게 대응할지 생각해 보게 되었으니, 70~80%는 그러한 예상을 크게 벗어나지 않는다. 그렇게 할 겨를이 없는 요청 등에는 '한번 생각해 보자.'고 답하는데, 추후 거절로 귀결하는 경우 면전의 거절이 아니어서 그 타인의 반감이 덜할 수 있고, 수락으로 귀결하는 경우에도 나 자신의 희생 감수를 작정하는 데 필요한 시간을 가질 수 있는 것이다.

그러나 현대사회는 워낙 템포가 빨라 띄워 놓고 바라보는 것이 허용되지 않는 경우도 적지 않다. 약간 부정확해도 신속이 요구되기도 하는 것이다. 그래서 '띄워 놓고 바라보기'는 더러 실기(失機)의 후회를 초래하기도 하여, 요즈음에는 자주 『중용』에서 강조한 시중(時中, 그때그때의 형편에 맞게)을 진지하게 생각해 본다. (2022. 6. 30)

결혼이 선택? 운동은 필수!

제목이 특이해 끌리는 바가 있고 리듬과 가사도 괜찮은 듯하여, 가수 김연자가 불러 인기를 끌던 노래 〈아모르 파티〉를 가끔 듣는다. 삶이 참 허망하다 싶을 때에는 제법 위로가 되기도 하는 것이다.

가사 중에 '연애는 필수, 결혼은 선택'이라는 구절이 나온다. 처음 들었을 때, 생경했지만 확 다가왔다. 가슴 뛰는 삶을 위해서는 연애가 필수라는 것이다. 결혼 전 오랜 연애 기간을 가져 봤던 터라, 연애가 가슴 뛰는 삶에 필수라는 외침에 전적으로 공감한다. 그리고 결혼이 선택이라는 주장에도 동의하는 편이다. 시대가 달라졌고 그에 따라 사람들의 가치관도 변해서인지, 결혼을 반드시 해야 하느냐고 의문을 제기하는 젊은이가 적지 않은 듯하다.

인류사의 오랜 시간 동안 견고한 제도로 정착된 결혼이 선택이라 하더라도 나는 운동은 필수라고 생각한다. 이에 운동에 대한 나의 주견(主見)을 정리해 보고자 하는 것이다.

왜 운동을 해야 하는가?

일반적으로 운동을 해야 하는 이유로 '건강의 증진이나 유지'

를 든다. 어느 누구도 부인할 수 없을 터이다. 기실 근간에 종종 '노후 대비를 위해서는 경제력 못지않게 근력도 저축해야 한다.'는 말을 듣는다. 의학계의 견해에 의하면, 근력은 30대 초중반에 최고점에 다다르고 이후 지속적으로 감소한다. 운동을 하게 되면 그 최고점이 높아질 뿐만 아니라(저축의 최대화) 감소의 기울기 또한 낮아져서 노년기에 이르러서도 일상을 영위하는 데 별 지장이 없을 정도의 근력을 보유할 수 있게 되지만, 그렇지 않으면 일상마저 버거워지면서 삶의 질이 크게 저하하는 것 외에 낙상 같은 치명적 위험에도 쉽게 노출된다. 그러니 운동을 하지 않을 수 있겠는가.

그러나 나는 운동해야 하는 이유를 그보다 조금 더 나아간 차원에서 찾아야 한다고 생각하는데, 바로 '심(心)·신(身)의 최적화(最適化)'이다.

운동을 통해 심·신의 최적화를 도모하면 건강의 증진이나 유지는 저절로 따라올 터인데, 그러한 운동과 건강 간의 관계는 다음과 같은 일과 돈 간의 그것과 유사하지 싶다. 돈을 벌려고 일하면 일이 자칫 지옥이 되기 쉽지만, 일하는 목적을 일 자체의 재미나 타인에 대한 도움이나 사회를 위한 기여 등 보다 높은 차원에 두면 일이 즐겁게 되고, 일이 즐거우면 성과가 저절로 높아져 보상 또한 크게 되는 것이다.

그렇다면 어떠한 상태가 심·신의 최적인가에 대해, 공허한 이론이 아닌 일반적 경험을 가지고 논의를 시작해 보자. 예컨대 요즈음 같은 신록의 계절에 숲속 둘레길을 걸어 보면 미움이나 불안 같은 부정적 관념이 휘발되며, 나아가서는 새삼 삶이 감사하게 느꺼지고 세상이 아름답게 여겨지기도 한다. 삶과 세상이 실제로 그러한지는 모르겠지만, 생(生) 되어졌으니 어차피 사(死) 되어질 때까지 살아 낼 수밖에 없겠기에 삶과 세상이 그렇게 느껴지고 여겨져 나쁠 것이 뭐가 있으랴. 어쨌거나 몸의 움직임을 통해 근력이 단련되고 마음마저 쾌청 또는 호연(浩然)해진다고 할까 그러한 상태, 쉽게 말하자면 육신이 건강하고 그에 따라 정신 또한 건전한 상태를 심·신 최적이라고 할 수 있을 터이다.

여기서 중요한 것은 운동하는 사람이 몸을 단련하면서 마음의 호연까지도 의식해야 하며 그 양자 간의 인과 관계 및 선순환 관계를 확실하게 인식하고 있어야 한다는 점이라 하겠는데, 몸과 마음의 그러한 관계는 인간이 본질적으로 늙고 병들어 죽을 수밖에 없는 육신의 존재이고 그 육신이 작동하는 근저(根底)는 생명력이기 때문일 성싶다.

한 가지 부연하자면, 만약 누군가 "나는 운동을 하지 않아도 심·신이 최적이야."라고 주장한다면 그는 자신의 경험 범위 내에서 말하는 것이겠지만, 그가 운동으로 경험의 범위를 넓히게 되면 심·신 최적의 표준 또한 높아지며, 그 표준에서 과거의 심·신을 평가하면 최적이 아니었음을 자인하지 않을 수 없을 듯하다.

운동은 어떻게 해야 하는가?

첫째, 꾸준히 하는 것이 최우선이다.

'꾸준함을 이기는 재능은 없다.'는 말은 자못 준엄하고, 수적천석(水滴穿石)도 꾸준함의 미덕을 말할 때 곧잘 인용된다. 사실 사람들의 능력은 비슷비슷하니, 꾸준함이 모든 부문에서 성공과 실패를 가르는 요인인 것은 분명하다 하겠다.

운동에서도 마찬가지로 꾸준히 하는 것이 가장 중요하지 싶다. 꾸준함이 필요한 이유는 그것을 통해 행위가 습관이 되기 때문인데, 누구나 수긍하겠지만 운동은 힘이 드는 행위이므로 습관이 되지 않으면 계속하기 어려운 것이다. 학생 때도 공부를 잘했고 사회에 나와서도 모범적으로 직업에 종사하는, 자기관리에 철저한 사람들 중에서 운동다운 운동을 하지 않는 자가 의외로 많은 것 역시 습관이 되지 않은 때문일 터이다. 운동의 습관화는 아침에 일어나면 세수하고 식사 후엔 양치질하는 것만큼이나 자동적이어야 하는 것이다.

운동을 하루도 빠짐없이 하리라 결심해야 하는데, 결코 불가능한 것은 아니다. 출장 중에도, 밤샘한 다음 날에도, 감기몸살 중에도 할 수 없는 것이 아니니 운동의 종류와 강도를 적절히 조절하면 되는 것이며, 심지어는 운동은 못 하더라도 운동하는 장소까지 갔다 오기라도 해야 하는 것이다.

둘째, 일정한 시간에 하는 것이 좋다.

일정한 시간에 해야 한다는 것은 운동을 꾸준히 하기 위한 방법론의 하나이기도 할 터이다. 운동하는 시간대가 왔다 갔다 하면, 어느 순간 운동을 중도 폐지하기 마련이기 때문이다.

그 일정한 시간 또한 'morning routine'이란 말이 있듯 아침 식사 전이면 더욱 좋겠다. 이유는 둘이다. 하나는 하루의 일과가 시작되기 전에 심·신을 최적화하는 것이 가장 바람직하기 때문이다. 상식적으로 생각해 보아도 잠자리에서 일어나 가장 먼저 해야 할 것이 몸을 깨우는 일이어야 할 터이고, 신(身)뿐만 아니라 심(心)까지를 고려한다면 어제의 부유(浮遊)하던 감정이 잠자는 동안 가라앉아 다시 부유하기 이전인 그 시간이 가장 적합하지 않겠는가. 다른 하나는 현실적으로도 아침 식사 전 이외의 시간은 상황에 따라 가변적이어서 꾸준함을 담보하기 어렵기 때문이다. 예컨대 직장인의 경우 아침 식사 전이 결코 쉽지는 않지만 그 시간 아니면 퇴근 후의 시간밖에 없는데, 퇴근 후에는 몸도 파김치가 되기 일쑤이며 직장 회식이나 친구 모임 같은 것이 산발(散發)하지 않던가.

셋째, 가급적 야외에서 하기를 권유한다.

젊은 시절에는 주로 헬스장에 다녔다. 고강도 트레이닝을 선호하여 땀을 많이 흘렸는데, 집에는 없는 샤워 시설이 있어서 편하기도 했던 것이다. 나이가 들면서는 실내가 갑갑하게 느껴져 산에 설치된 운동시설을 이용하기 시작했다. 그러다가 아이가 초등학교 고학년 때 함께 운동 다니자 해서 헬스장을 다시 찾았다. 역시 갑갑했으며, 몸의 근력을 키우는 데는 문제가 없겠지만 마음의 호연까지를 도모하기에는 부족하다는 느낌도 적지 않았던 것 같다.

야외 운동은 여름의 혹서와 겨울의 혹한, 그리고 비 올 때가 좀 문제일 수 있는데, 그 또한 꾸준히 하다 보면 별 장애가 아니게 되며 오히려 계절과 자연을 진하게 느끼는 계기가 된다. 새 소리도 듣고 바람결도 느끼며 산색(山色)의 변화와 구름의 유랑도 볼 수 있으니, 이러한 점 등으로 인하여 야외 운동을 통해 마음의 호연까지를 도모할 수 있는 것이다. 어제 비가 내려 '금방 찬물로 세수를 한 스물한 살 청신한 얼굴'(피천득의 시 「5월」) 같은 신록에 신생 (新生)의 햇살이 비치고 선선한 바람이 일렁이며 윤기 나는 새소리가 흐르는 오늘 아침의, 운동으로 인해 가빠진 숨결을 다스리며 맛보았던 몸과 마음이 함께 날아갈 듯한 가벼운 느낌은 야외 운동이 아니라면 어찌 가능했으랴!

넷째, 근육의 움직임에 집중해야 한다.

살아가는 데 있어서 감각의 연마는 아주 중요한 일이지 싶다. 느끼는 것이 사는 것이어서, 느낌이 없으면 삶도 없을 것 같기 때문이다. 음악을 들어도, 그림을 보아도, 시를 읊고 소설을 읽어도, 맛있는 음식을 먹어도, 향기로운 차나 커피를 마셔도, 다정한 친구와의 만남을 앞두고도 가슴 설레지 않는다면 글쎄, 삶이 있다고 할 수 있을까?

헬스장에서 러닝머신 위를 걸으며 손잡이 사이에 신문을 걸쳐 놓고 읽는 사람을 본 적이 있고, 이어폰으로 무언가를 듣는 사람은 더욱이 적지 않았다. 러닝이나 산책을 하면서 음악을 듣거나 대화를 하는 사람도 아주 많은 편이다. 맛있는 음식을 먹으며 TV나 스마트폰을 본다면 그 음식의 맛있음을 온전히 느낄 수 없을 터, 비단옷을 입고 밤길을 가는 것과 별로 다르지 않을 듯하다.

삶을 밀도 있게 영위하려면 '지금'과 '여기'에 집중하는 것이 필요할 터인데, 운동할 때에는 근육의 미세한 움직임을 느끼는 데 집중해야 하는 것이다. 등산을 예로 든다면, 가급적 발바닥과 대지의 접촉감에, 심장의 박동과 거친 호흡에 집중하려 해야지, 얼른이 고역에서 벗어나기만을 갈구하거나 하산하여 막걸릿잔 기울일 생각으로 마음이 몸을 저만치 앞서가서는 산을 찾은 의미가 무색해지지 않겠는가.

위에서 논의의 편의상 몸과 마음을 분리했지만, 기실 몸과 마음은 분리되는 것이 아니다. 우리가 자칫 몸과 마음을 이분법적으로 생각하게 되는 원인은 어릴 때부터의 교육을 통한 몸과 마음의 상대화가 이후의 언어 및 사유 습관으로 고착되었다는 점, 종교가 영혼과 사후(死後)를 강조하면서 정신을 상위에 육신을 하위에 둔 점 등에 있지 않나 싶다.

육신은 정신을 포괄하며, 육신의 신경계적 작용의 측면을 정신이라고 일컫는 것에 불과할 터이다. 거듭 말하거니와 육신과 정신은 둘이 아니니, 잠시 아파만 보아도 그 점 분명하게 알 수 있는 것이다. 아픈 육신 그 어디에 온전한 정신이 따로 있던가.

따라서 '몸의 전체성'에 대해 진지하게 사색하고, 운동이 그 전체성을 향상시키는 메커니즘을 이해하는 한편, 운동으로 그 향상을 실천해야 할 터이다. 나아가 '몸 공부' 차원에서 몸과 내가 인식하는 우주 간의 연계에 대한 감각도 연마할 필요가 있겠다. (2023. 4. 30)

반본환원

　사찰의 전각 외벽에는 흔히 십우도(十牛圖)가 그려져 있다. 십우도는 수행자가 정진을 통해 본성을 깨달아 가는 과정을 잃어버린 소를 찾는 것에 비유해서 그린 선화(禪畵)로서 그 과정이 10단계로 구분되어 있는데, 9번째 그림의 제목이 '반본환원(返本還源)'이다.

　무수한 발걸음으로 온갖 역경을 거치며 도착한 곳이 원래 그 자리, 처음 출발했던 지점이라는 것이다. 허탈하지 아니한가? 그러나 동일한 지점이지만 출발했던 그때와 도착한 지금 수행자의 눈길은 판이하다. 수행자는 그 먼 여정을 통해 사물의 있는 그대로의 모습을 볼 수 있는 혜안(慧眼)을 갖게 된 것이다. 비유하자면, '물은 물이고 산은 산이다.'에서 '물이 산이고 산이 물이다.'를 거쳐 다시 '물은 물이고 산은 산이다.'로 반본환원했음이다. 외형은 똑같이 '물은 물이고 산은 산이다.'이지만 도착지의 그것에는 '물이 산이고 산이 물이다.'라는 형이상학적 명제에 대한 천착의 내공(內功)까지도 웅숭깊게 용해되어 있을 터이다.

　60년 넘어 살아오면서의 경험으로 조심스레 말해 보건대, 그러한 반본환원의 의미는 우리네 삶의 존재론적, 또 당위론적 면모인 것도 같다. 그래서 몇 가지 논제(論題)를 가지고 반본환원의 그와 같은 의의를 조금 더 추적해 보고자 한다.

가슴이 스산할 때에는 가끔 〈세한도(歲寒圖)〉를 들여다본다. 허름한 집 한 채와 그 둘레에 늘어선 기괴한 네 그루 송(松, 소나무) · 백(柏, 잣나무)이 그림의 전부이다. 작자와 제작 경위를 모르고 본다면 초등학생이 그렸다 해도 그렇겠거니 싶을, 참으로 엉성한 그림이다. 그런데 그림의 작자는 서예에서 독보적 경지를 개척했다고 평가받는 추사(秋史) 김정희이고, 제작 경위는 그림 우측에 상세히 기술되어 있어 보는 이의 자세를 새삼 곧추세운다.

추사는 글씨와 그림에 관한 한 아주 까칠했던 사람이다. 그러한 점은 『완당평전』(유홍준, 학고재, 2002)이 인용한 추사의 문집 곳곳에서 확인된다. 그림에 있어서도 이론뿐 아니었으니, 추사의 문인화와 산수화는 격조는 물론, 솜씨 또한 범상치 않다고 평가받고 있는 것이다. 추사가 벗에게 보낸 편지에는 서예를 연마하느라 가운데가 뚫린 벼루가 10개이고 털이 다 닳은 붓이 1,000개라는 내용이 보인다. 서화에 대한 그의 노력이 어떠했는가를 짐작할 수 있다. 추사는 운필(運筆)을 자유자재로 할 수 있었던 사람이다. 그렇다면 우리는 〈세한도〉를 처음 보였던 대로 보아서는 아니 될 터이다.

서예의 거장이자 그림에 대해서도 일가견이 있었던 추사는 어째서 〈세한도〉 같은 엉성한 그림을 그렸던 것일까? 추사의 글씨는 몇 번의 변전(變轉)을 거치는데, 특히 명문가의 금수저로서 탄탄대로를 걷다가 55세 때부터 8년간 제주도에서 위리안치형(刑)을 치르면서 그 변전은 확고해지고 심화되어 추사체 특유의 골기(骨氣)가 삼엄하게 서리게 되는 것이다. 추사도 처음에는 초등학생 같은 솜씨였을 터이고, 전성기에는 테크닉과 미려함의 극치를 보이지만, 연륜이 쌓이고 신고(辛苦)를 겪으면서 삶과 예술에 대한 안목이 깊어짐에 따라 서화의 의미에 대해 고민하며 숱하게 자문하고 자답했을 것이다. 그리하여 결국 군더더기를 다 떨쳐내고 본질만 남기는 처음의 졸박(拙朴)함으로 돌아왔고, 그 반본환원의 진면목을 우리는 〈세한도〉에서 확인하고 있는 것이다.

그러면 이제 우리는 소리 높여 물어야 한다. 기껏 처음으로 돌아오기 위해 그 고통스러운 긴 여정을 거쳤단 말인가? 어떻게 보면 우리네 삶이 원래 그런 것 같다. 어쨌거나, 동일한 지점이지만 시발(始發)의 그곳과 종착(終着)의 그곳은 다르다. 외형은 비슷하나 내용은 판이하다 하겠으니, 시발의 그곳에는 있을 리 없는, 긴 여정의 고통이 승화된 아우라가 종착의 그곳에는 있는 듯 없는 듯 어려 있는 것이다.

부연하면, 〈세한도〉는 테크닉 운운(云云)을 넘어서서 심사(心思)를 표현한 그림으로 논의되어야 하는데, 추사는 당시의 암울했던 자신의 심사 표현에 가장 적합한 필법을 구사했다. 그것이 〈세한도〉 특유의 거친 질감과 황량한 분위기인 것이다. 다양한 필법의 풀(pool)을 가진 거장이 아니라면 가능했겠는가.

당(唐)·송(宋) 팔대가(八大家)에 드는 소동파는 작문(作文)에

관하여 의미심장한 말을 남겼다. "무릇 글을 지음에 마땅히 기상이 뛰어나고 오색이 찬란하도록 해야 하는데, 점차 노숙하게 되면 평담(平淡)에 이른다."

비평용어로서의 평담은 쉽게 말해서 글자 그대로 '평이하며 담백하다.'는 의미라고 하겠는데, 예로부터 중국과 우리나라에서 문장의 최고 풍격(風格)으로 여겨졌다. 소동파의 말에서도 문장은 평담을 지향해야 한다는 것인데, 그 평담의 구축 경로가 주목된다. 평담은 기상이 뛰어나고 오색이 찬란한 과정을 거친 다음에라야 이를 수 있는 경지라는 것이다.

초보자의 문장도 외형상으로는 일단 평담하다 할 수 있을 터이다. 그러나 소동파의 평담은 그것과 판이하다. 초보자의 평담에서 출발해, 뛰어난 기상과 찬란한 오색의 구사 단계를 거치고, 문장과 인품이 더욱 성숙해지면서는 그러한 기상과 오색을 추구하는 욕구마저 다 놓아 버린 채 본질만 남은 평담으로 반본환원하는 것이다.

평담의 이러한 구축 경로를 송나라의 갈입방(葛立方)은 보다 직설적으로 표현했다. "대저 평담에 이르고자 한다면 마땅히 화려함을 짜는 것[組]에서 출발하여 그 화사한 향기를 떨어뜨려야 한다. 그런 뒤에야 평담의 경계에 이를 수 있다."

갈입방은 일단은 극도로 화려한 경지까지 올라가고, 그런 다음에 그 화려함을 떨쳐 내어야 평담에 이를 수 있다고 하는 것이다. 왜 화려함을 추구하고 마침내는 떨쳐 내어야 하는지, 떨쳐 내면 화려함이 없을 터인데 그것이 화려함을 추구하지도 않은 것과는 어떻게 다른지, 의문이 아닐 수 없다.

화려함을 거친 평담과 그렇지 않은 평담(이 경우는 이미 평담이라 할 수도 없겠지만)의 차이는, 전자에는 비록 화려함이 걷혔지만 그 음영(陰影)이 실루엣처럼 드리워져 있어 평담이 그저 평담에 머물지 않고 격조 있는 다채로운 풍미를 은근히 함유하고 있는 점이 아닐까 싶다.

나는 퇴계 이황의 시에서 평담의 경계와 그 구축 경로를 확인할 수 있었다고 여긴다. 퇴계의 시들을 읽으면서 평이함에도 격조가 유별나다 생각하고 있는데, 아니나 다를까, 문인(門人) 정유일이 벌써 "그 시가 처음에는 매우 청려(淸麗)하였으나, 이윽고 화미(華靡)함을 잘라 버리고 한결같이 간담(簡淡)한 데로 돌아와 스스로 일가(一家)를 이루었다."고 말하고 있었다. 간담은 평담과 다른 것이 아니며, 그 구축의 경로 또한 소동파나 갈입방이 말한 바와 동일한 것이다.

퇴계는 자신의 시에 대해 평담의 동의이어(同意異語)라 할 고담(枯淡)을 말했고, 그럼에도 힘쓴[用力] 것이 깊기 때문에 오래 보면 의미가 없지 않을 것이라며 은근한 자부심을 내비친 바 있다. 용력한 것이 깊다 한 만큼 퇴계 또한 시를 잘 쓰기 위해 엄청난 노력을 했던 모양이며, 그 결과가 정유일이 말한 청려함 또는 화미함이겠다. 그러나 종국에는 그마저도 모두 잘라 버리고 본질만 남겼다 하겠으니, 스스로 말한 고담의 경계인 것이다. 볼수록 의미가 우러나는 것은 그 고담 속에, 잘라 버렸으되 은근하게나마 배어 있지 않을 수 없는 오랜 용력의 산물인 청려 또는 화미의 그림자 때문일 터이다.

반본환원의 경로를 거친 간담 또는 고담의 퇴계 시는 자신의 자부가 아니라도, 날카로운 감식안으로 유명한 허균이 알아보고 "선생은 비단 성리학만이 아니라 시에 있어서도 다른 사람들을 압도한다."라고 평가한 바 있는 것이다.

평담, 고담, 간담이 구축되는 그러한 경로에 관해서는 비근(卑近)한 예를 두어 가지 들 수 있을 것 같다.

먼저, 조각이다. 거대한 대리석 덩어리가 주어지지 않았다면 미켈란젤로인들 다비드상(像)을 남기지 못했을 성싶다. 본질적인 것만 남도록 대폭 깎아 낼 수 있는 여지가 있었기에, 그 대폭 깎여 나간 부분의 양감(量感)이 조각의 질감(質感)에 투영되어 그러한 명품이 탄생할 수 있었다고 나는 고집하는 것이다.

다음은, 몸짱이다. 마른 사람은 아무리 운동을 해도 근육이 왜소함을 면할 수 없기에, 결코 몸짱이 될 수 없다. 몸짱은 벌크업(bulk up)이라는 말에서도 드러나듯 부피(통통함)가 전제되어야 하는데, 통통한 사람이 운동을 통해 그 살을 깎고 또 깎아 내어 근육만 남도록 하는 과정을 통해 도달된다. 그래야 날카로운 근육에서 풍성함의 여운이 감지될 수 있다고 나는 또 고집하는 것이다.

엄홍길은 히말라야 14좌(座)를 한국인 최초로, 세계 8,000m 이상 16좌를 인류 최초로 등정했던 위대한 산악인이다. 그런 그가 이후로는 네팔에 교육과 복지를 지원하는 재단을 이끌며, 장애인 등과 함께 서울 근교의 순탄한 산을 천천히 걷곤 한다.

또, 우리나라 여성 최초로 백두대간을 종주하고 세계 여성 산악인으로는 처음으로 히말라야 강가푸르나봉을 등정하여 주목받았던 남난희는 오래전 『낮은 산이 낫다』(학고재, 2004)를 출간하더니, 최근 TV로 방영된 다큐멘터리에서는 20년째 지리산에 깃들여 살면서 매일 집 근처 산길을 걷는 모습을 보여 줬다.

나는 그들의 산행에 대해서도 반본환원의 의미를 부여하고자 한다. 그들은 젊은 시절 사람이 오를 수 있다고 생각할 수 없는 가파른 산들을 목숨 걸고 올랐다. 그러다가 지금은 어린 시절 놀이터 삼던 뒷동산과도 같은 순탄한 산, 낮은 산으로 돌아와 자신 및 자연과 대화하면서, 더러는 이웃과 손잡고 천천히 걷고 있는 것이다.

그런데 그들의 순탄한 산, 낮은 산 천천히 걷기가 보통사람들의 산행과 같을 수는 없을 터이다. 그들의 행보에는 추사가 전성기에 보여 준 테크닉과 미려함의 극치에 비견될 수 있는, 히말라야의 험준한 지형과 험악한 풍설을 건너온 삼엄한 공력 또는 자부가 잠재해 있을 것이기 때문이다.

서두에서 살짝 암시했거니와, 나는 우리의 삶도 처음부터 원만한 것보다는 모난 것에서 깎이고 또 깎이는 고통을 거쳐서 비로소 원만해진 반본환원적인 것이 훨씬 가치 있고 귀한 것이라 믿는다. 삶의 목적(삶에 목적이 있다고 한다면)이 세계와 자아에 대한 이해쯤에 있고, 그러한 반본환원의 과정이 삶의 목적 실현에 도움이 된다는 것 이상으로 불가결하다고까지 생각하기 때문이다.

일상의 예를 하나 들어 보자면, 처음부터 끝까지 건강을 유지하는 사람과 건강을 잃고 절치부심(切齒腐心)하여 건강해진 사람 중 현재 자신의 건강에 대한 감사, 건강하지 못한 사람의 고통에 대한 연민과 공감, 육신에 한계에 대한 성찰과 그로 인한 겸허 등의 측면에서 수월(秀越)한 자는 단연 후자일 터이다.

그와 같은 점으로 인하여 나는 앞의 글 「종교에 대한 단상」에서 '신의 은총 속에 안존(安存)하기보다는 광야에서 피 흘리는 인간이길 지향(志向)해야 한다.'고 주장했던 것이며, 먼 여정을 거쳐 이제는 원래 자리로 돌아와 혜안으로 '물 절로 아득히 흘러가고 꽃 절로 붉게 피어나는(水自茫茫花自紅, 반본환원도圖에 대한 송나라 곽암의 송頌)' 경계를 물끄러미 바라보고 있는 수행자의 깊은 내공에 기꺼이 두 손을 모으는 것이다. (2023. 6. 30)

참고도서

『논어』,『맹자』,『중용』,『주역』,『서전(서경)』,『시전(시경)』

『도산전서 1~4』, 한국정신문화연구원, 1980.

『국역퇴계전서 1~29』, 퇴계학연구원, 1991.

『남명집』(한국문집총간 31)

『삼국유사』, 최남선 편, 서문문화사, 1995.

『장자』, 안동림 번역, 현암사, 1998.

『도덕경』, 오강남 번역, 현암사, 1995.

『원효의 대승기신론 소·별기』, 은정희 역주, 일지사, 1991.

『도연명전집』, 이성호 변역, 문자향, 2001.

『채근담』, 조지훈 역주, 현암사, 1996.

김기택,『갈라진다 갈라진다』, 문학과지성사, 2012.

김동리,『무녀도』, 문학과지성사, 2004.

김성동,『만다라』, 한국문학사, 1979.

김영란,『김영란의 책 읽기의 쓸모』, 창비, 2016.

김영민,『동무론』, 한겨레출판, 2008.

김영민,『동무와 연인』, 한겨레출판, 2008.

김영민,『인간의 글쓰기 혹은 글쓰기 너머의 인간』, 글항아리, 2020.

김용준,『새 근원수필』, 열화당, 2001.

김원룡,『한국미의 탐구』, 열화당, 1978.

김원룡,『나의 인생 나의 학문』, 학고재, 1996.

김훈,『라면을 끓이며』, 문학동네, 2015.

남난희,『낮은 산이 낫다』, 학고재, 2004.

라빈드라나드 타코르, 장경렬 번역,『기탄잘리』, 열린책들, 2010.

마르셀 프루스트, 김희영 번역,『잃어버린 시간을 찾아서 1』, 민음사,
    2012.

매리언 울프, 전병근 번역,『다시, 책으로』, 어크로스, 2019.

박목월, 조지훈, 박두진,『청록집』, 을유문화사, 2006.

박인환,『목마와 숙녀』, 근역서재, 1973.

백석,『정본 백석 시집』, 문학동네, 2007.

생텍쥐페리, 전성자 번역,『어린왕자』, 문예출판사, 1999.

헬렌 니어링 · 스콧 니어링, 이수영 · 윤구병 번역,『조화로운 삶의 지
    속』, 보리, 2002.

신영복,『담론』, 돌베개, 2015.

신형철,『슬픔을 공부하는 슬픔』, 한겨레출판, 2018.

어니스트 헤밍웨이, 김회진 번역,『노인과 바다』, 범우사, 1994.

E. F. 슈마허, 김종욱 번역,『작은 것이 아름답다』, 범우사, 1986.

유순하,『하회 사람들』, 고려원, 1988.

유홍준,『완당평전 1~3』, 학고재, 2002.

윤경렬,『마지막 신라인 윤경렬』, 학고재, 1997.

이문열,『젊은날의 초상』, 민음사, 1981.

이문열,『그대 다시는 고향에 가지 못하리』, 나남, 1986.

정지용,『향수』, 민음사, 2016.

조지 기싱, 이상옥 번역,『기싱의 고백』, 효형출판, 2000.

지식공작소 편집부,『다시 읽는 국어책(중학교/고등학교)』, 2002.

지허,『사벽의 대화』, 도피안사, 2010.

칼릴 지브란, 오강남 번역,『예언자』, 현암사, 2003.

피천득,『피천득 시집』, 범우사, 1991.

헤르만 헤세, 임홍배 번역,『나르치스와 골드문트』, 민음사, 2002.

후쿠오카 마사노부, 최성현 번역,『생명의 농업』, 정신세계사, 1988.

집필순 글목록

기억과 거울

초판 1쇄 발행 2024년 11월 8일

지은이 이재일
펴낸이 강수걸
편집 이선화 강나래 오해은 이소영 이혜정 김효진 방혜빈
디자인 권문경 조은비
펴낸곳 산지니
등록 2005년 2월 7일 제333-3370000251002005000001호
주소 부산시 해운대구 수영강변대로 140 BCC 626호
전화 051-504-7070 | 팩스 051-507-7543
홈페이지 www.sanzinibook.com
전자우편 sanzini@sanzinibook.com
블로그 http://sanzinibook.tistory.com

ISBN 979-11-6861-381-2 03810